SANG

ET

POUSSIÈRE

COLLECTION PANACHE

SANG

ET

POUSSIÈRE

1 - HANS

AUDE VIDAL-LESSARD

ADA ÉDITIONS

Éditeur : François Doucet
Directeur de collection : L.P. Sicard
Révision éditoriale : L.P. Sicard
Révision linguistique : Mélanie Boily
Conception de la couverture : Félix Bellerose
Photo de la couverture : © Getty images
Mise en pages : Sébastien Michaud
ISBN papier : 978-2-89803-225-7
ISBN PDF numérique : 978-2-89803-226-4
ISBN ePub : 978-2-89803-227-1
Première impression : 2019
Dépôt légal : 2019
Bibliothèque et Archives nationales du Québec
Bibliothèque et Archives Canada

Éditions AdA Inc.
1385, boul. Lionel-Boulet
Varennes (Québec) J3X 1P7, Canada
Téléphone : 450 929-0296
Télécopieur : 450 929-0220
www.ada-inc.com
info@ada-inc.com

Imprimé au Canada

Participation de la SODEC.
Nous reconnaissons l'aide financière du gouvernement du Canada par l'entremise du Fonds du livre du Canada (FLC) pour nos activités d'édition.
Gouvernement du Québec — Programme de crédit d'impôt pour l'édition de livres — Gestion SODEC.

Catalogage avant publication de Bibliothèque et Archives nationales du Québec et Bibliothèque et Archives Canada

Titre : Hans / Aude Vidal-Lessard.
Noms : Vidal-Lessard, Aude, 1993- auteur. | Vidal-Lessard, Aude, 1993- Sang et poussière
Collections : Collection Panache.
Description : Mention de collection : Collection Panache | Sommaire incomplet : t. 1. Sang et poussière.
Identifiants : Canadiana 20190032324 | ISBN 9782898032257 (t. 1)
Classification : LCC PS8643.I348 H36 2019 | CDD jC843/.6—dc23

Pour les survivants.

Ce qui ne nous tue pas nous rend plus fort.

Remerciements

Ce roman n'aurait pas vu le jour sans l'aide d'une armée de personnes extraordinaires, envers qui je serai éternellement reconnaissante.

Tout d'abord, je tiens à saluer l'implication de mes bêtas-lecteurs : Frédéric, Stéphanie, Aurèlie, Louis-Pascal, Jessica et Megan. Merci de me suivre depuis toutes ces années et de faire partie de mon escouade. Vous êtes des recrues exemplaires !

Je dois ensuite souligner le travail de précieux collègues et frères d'armes : Patrice Cazeault, Véronique Drouin et Magali Laurent. Merci pour tous vos mots d'encouragements et vos conseils, aussi justes et précis — et aussi tranchants ! — que les lames de Hans !

Finalement, merci à vous toutes et à vous tous qui avez choisi de vous joindre à Hans pour cette folle aventure de sorcellerie, de règlements de compte et de sucreries !

Les sifflements du vent résonnaient à ses oreilles. Ca, et les martèlements de son cœur.

Par la fenêtre, Hansel pouvait voir les arbres morts qui déroulaient leurs carcasses grises vers les nuages. Leurs branches nues et griffues étaient immobiles. D'où, alors, les mugissements du vent lui parvenaient-ils ?

— Elles arrivent !

Un bruit de pas précipités vint dans sa direction. Hansel se détourna de la fenêtre comme son père surgissait dans la pièce, une fillette blonde derrière lui, ses grands yeux bleus ronds de terreur.

Grethel.

Hansel ouvrit les bras, et sa sœur y accourut sans qu'ils aient à échanger un regard — ils n'en avaient jamais besoin.

Son père se pencha sur lui et posa une main ferme sur son épaule.

— C'est le moment, Hansel.

Hansel leva la tête vers lui. Le visage de son père était pâle, ses traits creusés par quelque chose de plus fort que l'inquiétude, que la peur. Son œil valide passait sans cesse de ses enfants, accrochés l'un à l'autre, au paysage terne de l'autre côté de la fenêtre. Son autre œil, décoloré par le temps et marqué d'une cicatrice qui mangeait toute sa tempe gauche, bougeait frénétiquement dans l'orbite mais sans rien voir.

— Ta mère les retiendra le plus longtemps possible, autant qu'il le faudra, mais il ne faudra pas vous arrêter, ni vous retourner. Elles ne doivent pas vous attraper. Tu comprends, Hansel ?

Hansel hocha la tête. Son père insista :

— Tu te souviens de ce que tu dois faire ?

Sur ces mots, il extirpa un objet d'une poche de sa tunique : un caillou blanc, aux faces inégales et aux arêtes prononcées, qui tenait dans le creux de sa main. Hansel acquiesça de nouveau.

— Bien. Bien.

Son père lui prit la main et plaça la pierre blanche dans sa paume, avant de refermer ses doigts autour. Il garda ainsi la petite main dans la sienne un moment.

Dehors, les cris du vent semblèrent se rapprocher.

Le père tira soudain Hansel et Grethel contre lui.

— Tout va bien se passer, leur promit-il en plaquant un baiser sur leur tête.

Hansel ne bougea pas, mais il sentit Grethel trembloter. De sa main libre, il trouva celle de sa sœur et l'étreignit. Il ne voulait pas qu'elle pleure. Elle ne devait pas pleurer. Il était là. Tout allait bien se passer.

Grethel pressa la main de son frère en retour.

— Vite, maintenant !

Leur père s'écarta et les entraîna avec lui quelques pas plus loin, jusqu'à une vieille porte fermée par une simple planche de bois. Lorsqu'il retira la planche et la jeta sur le côté, la porte s'entrouvrit d'elle-même en grinçant.

Les hurlements du vent s'insinuèrent dans la maison. Grethel sursauta et Hansel raffermit sa poigne sur la main de sa jumelle. Dans son autre main, il serra la pierre blanche remise par son père. Ce dernier posa un œil lourd sur lui.

— Sois fort, Hansel. Protège ta sœur.

Le poids de ces paroles tomba sur les épaules de Hansel, mais il n'en montra rien, redressa le menton puis hocha la tête. Son père ouvrit la porte en grand.

— Maintenant courez. Courez !

Hansel n'adressa pas de dernier regard à son père. Il fonça hors de la maison et courut vers les bois, les doigts de Grethel serrés dans une main, la pierre blanche dans l'autre.

Partie I

— York —

UN MOUVEMENT ATTIRA L'ATTENTION DE HANS à la limite de son champ de vision, teinté de couleurs éclatantes derrière les verres de ses lunettes nocturnes. Il pivota, mais il ne s'agissait que des hélices des éoliennes, plantées dans la plaine comme des arbres morts à quelques centaines de mètres de là. Il ne s'en étonna pas ; cela faisait des heures que Claws et lui étaient à leur poste, et rien n'avait bougé depuis. Le vieil édifice qui leur servait de tour de garde leur offrait une vue optimale sur tout le refuge et, avec leurs lunettes de nuit, rien ne leur échappait. Un cafard se serait faufilé entre deux touffes d'herbes sèches au pied de la tour, quarante-deux étages plus bas, qu'ils en auraient eu conscience.

Hans eut pourtant du mal à se détendre : le calme plat était généralement synonyme de danger imminent au refuge de York.

— Tu crois qu'elles préparent quelque chose ? fit la voix rocailleuse de Claws.

Hans lui jeta un regard de biais. Ses lunettes lui renvoyèrent l'image grotesque d'une silhouette rouge et jaune, percée d'yeux bleus globuleux, sur fond de béton et de tiges métalliques verdâtres.

Il grogna et repoussa l'instrument sur son front. L'autre soldat retrouva immédiatement son apparence normale — quoique le résultat fût à peine mieux. Ses cheveux noirs se dressaient en tous sens sur son crâne et, à travers sa barbe mal rasée, se dessinaient de multiples cicatrices, anciennes comme plus récentes. Il était costaud et élancé, pourtant ses pommettes un peu trop saillantes et les minces ridules autour de ses yeux sombres lui donnaient l'air plus vieux que ses vingt-sept ans. Son ami faisait peur à voir – et c'était sans compter les tubes de métal qu'on devinait sous les tissus scarifiés de sa gorge, et sa main droite, manquante, remplacée par cinq longues serres mécaniques.

Quoique Hans ne faisait pas bien meilleure figure, avec ses cheveux auburn qui se dressaient sur la moitié de son crâne, l'autre chauve et marquée par un enchevêtrement de cicatrices blanchâtres. Mila répétait que ça faisait son charme. Claws prétendait que ça lui donnait de la prestance. Quant à tous les autres habitants de York, ils trouvaient son apparence effrayante.

Hans ne s'était toujours pas décidé à savoir qui avait raison, qui avait tort.

– Hans ?

L'air provenant des poumons de Claws remonta dans les tubes qui avaient remplacé sa trachée, et passa ses lèvres en un son peu naturel.

Hans se détourna et reporta son attention sur les plaines asséchées, grises et désolées dans la nuit sans lune, jonchées de bâtiments à demi effondrés. Jadis, York comportait une dizaine de tours résidentielles, et toutes bénéficiaient d'électricité et d'eau courante. Les gratte-ciel, même si leur béton était grignoté par le temps, ne s'écroulaient pas sur eux-mêmes comme aujourd'hui, leur structure tordue comme l'échine d'un vieillard fatigué. Les habitants sortaient encore dans les rues, les enfants riaient. Malgré la sécheresse et les tempêtes, malgré la rudesse de la vie, les citoyens de la ville avaient encore l'espoir d'un jour meilleur. Mais ça, c'était avant le début de la Grande Guerre, trois générations plus tôt ; guerre qui durait encore aujourd'hui.

Hans crispa les mâchoires.

— Elles préparent toujours quelque chose, gronda-t-il en guise de réponse à l'intention de Claws.

Ce dernier garda le silence une seconde, puis soupira et retourna à sa surveillance.

Hans rabattit ses lunettes sur ses yeux d'un geste rageur et tenta d'imiter son collègue, mais il avait maintenant la tête ailleurs. Ses derniers mots tournaient en boucle dans son esprit.

Elles préparent toujours quelque chose.

Elles.

Elles avaient déclenché la Grande Guerre soixante-quinze ans plus tôt. Personne ne les avait vues venir — parce qu'elles n'existaient pas. Elles n'étaient qu'un mythe, une histoire qu'on racontait aux enfants turbulents pour les faire obéir. Pourtant, elles étaient là, parmi les Humains, depuis des siècles. À attendre.

Elles.

En dix ans d'affrontements, elles avaient mis à genoux près de cent millions d'hommes, de femmes et d'enfants à travers les continents occidentaux et orientaux. Une décennie plus tard, le nombre de leurs victimes s'élevait à un milliard de par la planète. À ce jour, alors qu'elles ne semblaient pas près de s'essouffler, la proportion d'Humains qui continuaient de se battre était insignifiante. Elles étaient trop fortes, trop avides, trop nombreuses.

Elles avaient mis à feu et à sang un refuge voisin à peine deux jours plus tôt.

Elles avaient tué les parents de Claws alors qu'il n'était pas encore un homme. Elles lui avaient ouvert la gorge et l'avaient laissé pour mort le même jour, le condamnant à vivre avec les vestiges de cette journée cauchemardesque tout le reste de sa vie – sa vie de soldat, de protecteur ; l'incarnation du dernier espoir de la race humaine.

Elles.

Elles avaient pris sa famille à Hans.

Elles avaient tenté de le tuer.

Elles avaient failli réussir.

Elles.

Les Sorcières.

Quelque chose s'enfonça douloureusement dans la peau du cou de Hans. Il s'aperçut qu'il triturait frénétiquement son pendentif. Le caillou blanc, entortillé dans un filin métallique, était jadis moins lisse, moins brillant. Les années passées à le serrer au creux de ses paumes, à le frotter entre ses doigts et à le gratter du bout des ongles l'avaient poli. Comme à chaque fois que son tic le prenait, Hans fourra sa main libre dans la poche de son pantalon de toile, où ses doigts se refermèrent sur une pochette de cuir entrouverte. Il y trouva un bâtonnet de réglisse, qu'il jeta dans sa bouche et engloutit sur-le-champ, avant d'en attraper un deuxième et de le coincer entre ses dents.

– Tu devrais rentrer, lui conseilla Claws en le voyant avaler la moitié du bâtonnet en une seule bouchée.

Presque toute la partie supérieure du visage de Claws était masquée par l'énorme monture métallique de ses lunettes nocturnes, mais Hans n'avait pas besoin d'en voir plus pour savoir que son ami haussait un sourcil bariolé de cicatrices.

Hans ignora l'autre homme et goba le reste de sa friandise. Quand sa main replongea vers sa poche, il fut arrêté par la main mécanique de Claws qui se referma sur son poignet. Malgré l'épais tissu de son blouson, Hans put sentir la poigne solide du membre artificiel, dont Claws ne déployait qu'une fraction de la véritable puissance.

— Rentre, insista l'autre soldat. Les réfugiés de Code auront besoin que tu sois parfaitement alerte, demain.

Hans ouvrit aussitôt la bouche, prêt à répliquer qu'il avait déjà enchaîné des missions de sauvetage en de bien moins reposantes situations, mais Claws le devança, un sourire dans la voix :

— Et puis qui tiendra Mila au chaud si tu es de garde toute la nuit ?

Hans ne dit rien, jusqu'à ce qu'un mince sourire, à peine une ombre, recourbe finalement ses lèvres.

Claws le relâcha et lui tourna le dos, posant les coudes contre l'encadrement de ce qui avait sans doute été une fenêtre — un jour, il y avait bien des années de cela.

— Allez, lança-t-il en se penchant par-dessus bord, sondant les rues désertes à travers les verres de ses lunettes de nuit. Je tiendrai le coup sans toi jusqu'à la relève.

Hans ne bougea pas tout de suite.

— Bouge-toi ! lui ordonna Claws en le chassant d'un geste de sa main de métal. Va, Mila t'attend.

Avec un petit éclat de rire, Hans laissa retomber sa main qui serrait jusque-là son pendentif et commença à s'éloigner.

— Qu'est-ce que je ferais sans toi, hein ? fit-il en tournant les talons.

— Je me le demande ! approuva Claws.

Jetant un dernier bâtonnet de réglisse dans sa bouche, Hans traversa la pièce au petit trot jusqu'à une large trappe qui s'ouvrait dans le plancher et donnait sur une échelle de corde d'apparence interminable. Il passait ses jambes dans l'ouverture quand la voix granuleuse de Claws le héla :

– Hansel.

Hans leva la tête. Son ami le regardait par-dessus son épaule, ses lunettes nocturnes directement alignées sur les siennes.

– Nous allons gagner la Guerre.

Hans serra les dents et se jeta à travers la trappe.

• • •

L'AIR DE LA NUIT était chaud et humide. Quand Hans gravit l'échelle menant au toit du bâtiment voisin du Gîte, où vivait toute la population de York, il était en sueur, sa tignasse en pagaille collait à sa nuque et à son front. La courroie de cuir de ses lunettes nocturnes le démangeait, sans parler de sa veste-armure qui pesait une tonne sur ses épaules, mais il ne pouvait retirer ni l'une ni l'autre avant d'être en sécurité entre les murs du Gîte.

Pourtant, malgré sa hâte de se débarrasser de son encombrant équipement de soldat et de retrouver Mila, qui venait sans doute à peine de terminer son quart à l'étage des soins infirmiers, il hésita à l'instant de traverser la passerelle qui le mènerait au Gîte. Certes, la température était moite, et ce, malgré les jours plus courts et les nuits plus longues, à cette période de l'année. Cependant, la nuit était tranquille, presque paisible.

Le Gîte, lui, n'était jamais aussi calme. Hans avait de la chance : en tant que capitaine, il avait droit à des quartiers privés. Ces derniers n'étaient pas aussi spacieux et confortables que ceux de Claws, qui dormait dans un vrai lit depuis qu'il était devenu colonel quelques lunes plus tôt. Néanmoins, c'était toujours mieux que les dortoirs communs à huit ou dix couchettes des simples soldats et officiers de base — et le grand luxe à côté des quartiers des réfugiés, où tous s'empilaient les uns sur les autres.

Finalement, Hans s'écarta de la passerelle, suspendue à plus de quatre-vingts mètres de la terre ferme et dont les chaînes gémissaient lugubrement lorsque ballotées par une bourrasque. Il recula de plusieurs pas avant d'atteindre un immense pan de béton à moitié écroulé et élimé, peut-être les vestiges d'un mur de l'époque où l'édifice ne tanguait pas encore dangereusement d'un côté. Il s'y adossa, se permettant une minute pour souffler après sa course dans les escaliers et les couloirs des différents bâtiments de York, son escalade des échelles de trente mètres et ses sauts d'un toit à l'autre.

Le trajet entre la tour de garde Sud et le Gîte pouvait lui prendre vingt-deux minutes. Lorsqu'il jeta un œil à la montre à gousset qui se trouvait dans une poche de sa veste-armure, il découvrit que seulement quinze s'étaient écoulées. Techniquement, il devait toujours se trouver à la tour Sud, avec Claws, mais ce dernier lui avait permis de s'éclipser. Le général ne s'apercevrait de rien s'il décidait de s'attarder un peu sur les toits pour perdre son regard dans le brouillard du ciel et manger des friandises.

Alors c'est ce qu'il fit.

Hans se laissa glisser à terre. Après s'être assuré d'un coup d'œil que le pan de mur le protégeait des regards des soldats postés au sommet du Gîte, il se défit de sa veste-armure, qu'il jeta à côté de lui. Libéré du poids du vêtement à l'épreuve des lames et des balles – mais pas de la magie des Sorcières –, il se sentit tout de suite mieux. La sueur gouttait toujours sur ses tempes et entre ses omoplates, et sa tunique le collait comme une deuxième peau, mais au moins, le béton était frais dans son dos. Avec un soupir, il envoya la tête en arrière et leva les yeux sur les nuages que ses lunettes de nuit teintaient de vert et de jaune. Par pure habitude, il rechercha des zones bleues, qui auraient signifié que le brouillard laissait apparaître des bouts de ciel. Il savait qu'il n'en trouverait pas, cependant : cela faisait des décennies que plus personne n'avait aperçu de fragments de ciel. Il n'y avait que le brouillard. Toujours le brouillard.

Hans soupira.

– *Est-ce que les nuages s'écarteront un jour ?* avait-il grogné à l'attention de Claws un après-midi, presque dix ans plus tôt.

Il n'était encore qu'un gamin de dix ou onze ans et venait d'arriver à York. Le village où il vivait avant, avec sa famille, avait été saccagé – un véritable massacre, selon ce que certains soldats avaient raconté à l'époque, mais Hans s'efforçait de tout oublier. Il avait été le seul survivant secouru par l'équipe de York. Il ignorait ce qui était arrivé à tous les autres, et n'avait jamais voulu le savoir. À la suite de son arrivée au Gîte, il s'était isolé, ne parlant à personne. Il était le petit sauvageon avec de hideuses cicatrices sur le crâne, une pierre blanche dans la main, et qui quémandait des sucreries. Les autres réfugiés l'évitaient. Au bout d'un quart de lune, un jeune soldat avec des tubes visibles sous la peau translucide de son cou était venu le réveiller au beau milieu de la nuit. Hans se souvenait vaguement de lui – il faisait partie de l'escorte qui l'avait trouvé au milieu de la forêt, seul et meurtri.

– *Le nouvel assistant de Doc m'a donné ça pour toi,* lui avait dit le soldat d'une voix bizarre et effrayante en fourrant une sucette dans sa main. *Garde ça pour toi, d'accord ? Le sucre est rare et tout est rationné ici.*

Dès lors, Hans avait commencé à suivre ce soldat comme son ombre, même si sa voix rocailleuse lui faisait peur. Partout où il allait, Hans lui emboîtait le pas : dans les communes des soldats, aux différentes tours de garde, à l'infirmerie… et sur les toits.

– *Est-ce que les nuages s'écarteront un jour ?*

Niklaus, de son vrai nom, avait fourré les mains dans les poches de sa veste-armure. Il n'avait pas encore croisé la route de la Sorcière qui ferait se nécroser les tissus de sa main droite, l'obligeant à l'amputer – lui-même – et à la faire remplacer par un membre mécanique. Le surnom de Claws ne lui serait attribué que des années plus tard.

– *Ce ne sont pas des nuages, Hansel.*

– *Alors qu'est-ce que c'est ?*

– *Le brouillard : de la poussière, des gaz, du poison – c'est l'air qui est pollué.*

– *Et il restera comme ça longtemps ?*

Niklaus avait soupiré et avait gardé le silence de longues secondes.

– *Il était déjà comme ça il y a des siècles, même si on voyait encore le ciel. Moi, je ne l'ai jamais vu. Alors oui, Hansel, il va rester comme ça longtemps.*

Hans s'était contenté de grimacer.

– *Mon nom, c'est Hans.*

Mais Claws avait continué de l'appeler Hansel.

Hans l'avait laissé faire.

• • •

IL FAILLIT S'ENDORMIR. Quand sa montre à gousset émit un léger tintement métallique, à peine perceptible à travers l'épais tissu de sa veste-armure, pour le prévenir de la fin de son tour de garde, Hans se redressa en grognant, les muscles gourds. Il avait la tête lourde et ses lunettes nocturnes étaient de travers ; leur courroie avait remonté à l'arrière de son crâne. D'une main, il les rajusta tandis que de l'autre, il farfouilla dans sa veste, jetée en boule à côté de lui. Il dénicha sa montre et celle-ci lui révéla qu'il avait passé presque une demi-heure sur le toit, alors qu'il n'avait prévu y rester qu'une poignée de minutes.

Il balaya rapidement les alentours du regard, mais rien ni personne en vue.

Il avait eu de la chance qu'aucun soldat n'arpente ce toit pendant qu'il s'y trouvait. Le général lui aurait mis une baffe s'il avait su que Hans se la coulait douce ailleurs que dans ses quartiers privés ; et Claws s'en serait pris une de plus pour avoir permis à son protégé de filer avant la fin de son quart.

Avec un profond soupir, Hans se remit debout en enfilant sa veste-armure. Le tissu du vêtement lui parut plus rêche que durant tout le reste de son service, même s'il savait que la sensation n'était due qu'à sa fatigue et à son impatience de retrouver le confort relatif de ses quartiers. Cette dernière pensée finit de le convaincre qu'il s'était suffisamment attardé sur les toits pour cette nuit.

Il fila vers le bord de la tour, puis emprunta la passerelle qui reliait ce bâtiment au voisin ; le Gîte. La structure de câbles et de chaînes du ponton grinça légèrement à chacun de ses pas, et le vent, plus fort ici qu'aux sommets des gratte-ciel, gonfla sa veste, fit claquer ses pantalons et fouetta ses cheveux. Juste avant d'atteindre le toit du Gîte, Hans ne put s'empêcher de baisser les yeux : plusieurs dizaines de mètres plus bas, la vue des rues fissurées et encombrées de débris de toutes sortes lui provoqua un léger vertige.

— Déjà fini ? lui lança une voix dès qu'il eut posé le pied sur le toit du Gîte.

Trois hommes d'âges divers étaient postés là, cette nuit — ils étaient habituellement cinq, voire plus, mais les derniers jours avaient été tranquilles. Hans repoussa la lugubre pensée comme quoi ils étaient *trop* tranquilles.

— Pressé de retrouver Mila ? reprit celui qui se tenait en plein milieu du toit, juste au-dessus d'une large trappe ornée d'un anneau métallique.

Hans salua d'un hochement de tête les deux autres soldats, plantés aux coins nord et sud du bâtiment, puis rejoignit le troisième. Celui-ci redressa les épaules à son approche, mais ne s'écarta pas.

— Qu'est-ce que tu veux que je te dise ? répliqua Hans. Elle me tient plus chaud que tous mes anciens copains de commune réunis.

Le visage anguleux de l'autre soldat se barra d'un franc sourire qui s'étira presque jusqu'aux massives montures de ses lunettes de nuit.

— Évidemment, vu comme ça, qui pourrait vous en vouloir ? plaisanta-t-il.

Hans laissa échapper un éclat de rire pendant que l'homme reculait d'un pas et se penchait pour attraper l'anneau de métal. Il ouvrit la trappe en grand, puis salua Hans d'un signe du menton.

— Bonne nuit, soldat, lui glissa Hans en s'introduisant dans le passage.

— Bonne nuit, capitaine, lui répondit l'autre avant de refermer la trappe.

• • •

PEU IMPORTE L'HEURE DU JOUR ou de la nuit, le Gîte n'était jamais parfaitement silencieux. Il y résonnait en permanence un bourdonnement en provenance de la salle des génératrices, où s'emmagasinait le surplus d'énergie éolienne récoltée au fil de la journée. Il en était ainsi même quand l'électricité était coupée aux étages des dortoirs et des soins infirmiers. Lorsqu'il ne s'agissait pas de ce vrombissement, c'était le ronflement des énormes pompes qui remontaient l'eau des puits artésiens — sans parler des bêlements des chèvres, qui constituaient leur principal bétail, ou les pleurs d'un enfant terrorisé par le noir et, un peu trop souvent, les bruits étouffés d'une réfugiée et d'un soldat profitant d'un coin tranquille pour se tenir compagnie.

Souhaitant échapper à tout ce raffut au plus vite, Hans suivit le dédale de couloirs à grands pas, presque au trot, jusqu'à ses quartiers privés. Ceux-ci se situaient au onzième étage du Gîte, qui en comptait dix-huit. Ce niveau comptait également toutes les communes des soldats, qui offraient un concert constant d'ordres beuglés, d'éclats de rire et de ronflements. Les deux étages inférieurs abritaient quant à eux la salle commune, où étaient servis les repas rationnés quotidiens, ainsi que les dortoirs des réfugiés, desquels montaient des plaintes et des voix assourdies en tout temps. Les niveaux supérieurs, uniquement réservés au personnel militaire, retentissaient pour leur part du martèlement de semelles renforcées, du matin au soir et du soir au matin.

Le placard à balais qui servait de chambre à coucher à Hans était équipé d'une porte, c'était déjà ça.

À l'entrée de ses quartiers, Hans s'aperçut que le panneau métallique qui bloquait habituellement l'entrée était relevé. Comme il n'en était ainsi que lorsque Mila et lui étaient tous les deux à leurs postes, il en conclut que la jeune femme n'était toujours pas de retour. Sauver des vies était un travail de tous les instants à York, après tout.

Une pointe de déception enfla dans la poitrine de Hans, qui ne s'était éveillé qu'après le départ de Mila, ce matin-là. Il se ressaisit cependant et, déroulant le panneau jusqu'au sol après s'être glissé dans l'embrasure à peine plus haute que lui, entreprit sans plus tarder de se départir de son lourd uniforme de soldat. Une fois ses lunettes nocturnes retirées, il se retrouva dans le noir le plus complet, mais il connaissait si bien la pièce de deux mètres sur trois qu'y voir lui était inutile. Il fourra l'outil dans la poche de poitrine de sa veste-armure, puis se défit de cette dernière, qu'il suspendit à un crochet tout près de la porte. Puis, il extirpa ses pieds endoloris de ses bottes, les repoussa dans un coin et marcha jusqu'au mur opposé. Là, à ses pieds, il trouva une mince paillasse sur laquelle étaient jetés quelques couvertures et deux oreillers plus durs que du cuir de chèvre.

Hans s'y assit lourdement, le dos contre le mur, et soupira. Les derniers jours avaient été longs.

Trop tranquilles. Trop silencieux. Trop angoissants.

Le dirigeant du refuge de York, le général Reish, ne laissait rien paraître et rassurait les habitants du Gîte, autant les réfugiés que les soldats. Mais, il était nerveux. Et quand le général était sur les dents, tout le monde était sur les dents.

Il y avait de quoi.

York étant l'un des seuls refuges à tenir bon depuis le début de la Grande Guerre, les Sorcières n'avaient de cesse d'essayer de le faire tomber. Non seulement agrandiraient-elles ainsi leur territoire, mais elles mettraient également la main sur un petit troupeau de bétail, denrée presque aussi rare et précieuse que l'eau en ce monde. Si elles laissaient quelques survivants, elles se retrouveraient avec une poignée de nouveaux esclaves en prime. Sans oublier le message que la destruction d'un refuge comme York enverrait aux poches d'Humains encore libres : *tout espoir est vain*.

Les soldats de York essuyaient souvent de quatre à cinq batailles par lune, ou du moins devaient-ils intercepter des éclaireurs pour les traîner en salle d'interrogatoire – manœuvre généralement dérisoire puisque les Sorcières se jetaient un sort d'amnésie ou de mort avant que le général n'ait pu leur arracher quelque information utile.

Mais voilà sept jours que personne n'avait tué, ou même entrevu, de Sorcières.

Elles préparaient quelque chose, Hans en était certain. Et ça le rendait fou.

En serrant les poings, Hans s'aperçut qu'il tenait son pendentif, dont les filins métalliques qui s'enroulaient autour de la pierre blanche s'enfoncèrent douloureusement dans sa paume. Il le relâcha aussitôt, la gemme lisse et tiède retombant dans l'ouverture de sa tunique et s'écrasant sur sa poitrine avec un bruit sourd. Instinctivement, il porta la main à la poche de son pantalon où il gardait ses friandises, mais la bourse de cuir vide lui rappela qu'il avait englouti son dernier bâtonnet de réglisse sur le toit.

Il grommela. Dès le lendemain matin, il devrait passer par le laboratoire d'Andy – dit Candy – pour que son ami lui file de nouvelles sucreries en même temps que son injection de suppléments vitaminés. Sans ses friandises, le mauvais caractère de Hans le rattraperait et il risquait de se défouler sur l'un des membres de l'équipe qui allait l'accompagner lors de sa mission de sauvetage des réfugiés de Code.

Penser à ce raid qui l'attendait moins de six heures plus tard lui rappela qu'il ferait bien de dormir un peu. Toutefois, l'étau qui enserrait son cœur depuis qu'il avait découvert ses quartiers vides le fit hésiter – jusqu'à ce qu'il prenne conscience que sa tête était lourde, si lourde… Peut-être pourrait-il s'allonger un moment, un tout petit moment, en attendant le retour de Mila…

Un œil sur le mince interstice lumineux au pied de la porte, Hans s'affala sur la paillasse, la moitié du visage enfouie dans l'oreiller. Quelque chose s'enfonça dans ses reins et il se souvint qu'il n'avait pas retiré sa ceinture, à laquelle étaient fixés deux poignards jumeaux, ses armes fétiches. Il ne la détacha pas, mais mit une main dans son dos pour extirper les lames de leur fourreau, puis les glissa sous son oreiller. C'était déjà mieux ainsi, mais voilà que sa tunique, trempée de sueur après de longues heures passées au sommet de la tour de garde, commençait à le démanger.

Le filet de lumière clignota sous la porte – ou était-ce plutôt lui qui avait du mal à garder les yeux ouverts ? – et Hans tira sur le col de son vêtement en grognant. Avant qu'il ne soit allé plus loin, cependant, ses paupières se refermèrent, sa main relâcha sa tunique et retomba sur la paillasse, et il s'endormit.

• • •

QUELQU'UN SE TENAIT AU-DESSUS DE LUI.

Hans rouvrit les yeux, referma les doigts sur le manche de son poignard et bondit. Des mains s'enroulèrent sur son poignet, parant son attaque, mais il glissait déjà sa main libre sous son oreiller. Comme il se saisissait de son second couteau, un rire cristallin emplit la minuscule pièce du sol au plafond.

Hans se crispa de la tête aux pieds, puis lâcha :

– Nom d'un… Mila ?

Davantage d'éclats de rire lui répondirent.

– Tu es folle ? s'insurgea-t-il. J'aurais pu te tuer !

– Mais tu ne l'as pas fait, nuança la jeune femme.

La poigne se relâcha légèrement sur le poignet de Hans, puis les doigts remontèrent doucement jusqu'aux siens, enroulés sur le manche de son arme. S'il avait visé juste, la pointe de sa lame devrait en cet instant-même être dirigée sur la jugulaire de Mila – et il visait toujours juste.

Avec un soupir, il laissa le poignard sous l'oreiller pendant que Mila lui retirait l'autre arme de la main. Un tintement métallique résonna dans l'obscurité, lui signifiant que le couteau avait été déposé sur le sol, puis la paillasse s'enfonça sous un poids supplémentaire. Hans sentit les jambes de Mila de chaque côté des siennes, bientôt suivies de son souffle chaud sur ses lèvres. Il n'eut qu'à s'étirer d'un ou deux centimètres en avant pour que sa bouche s'unisse à celle de sa compagne.

— Bonsoir, la salua-t-il finalement en s'écartant.

— Bonsoir, lui répondit Mila dans un murmure.

Hans ferma les yeux. Son geste ne changea rien à sa vision, plongée dans le noir de toute façon, mais il eut le sentiment de devenir plus conscient de la présence de la jeune femme. Il percevait son souffle qui s'entremêlait au sien, devinait le mouvement de sa poitrine qui se soulevait et s'abaissait tout près de son torse. Ses mains trouvèrent naturellement le creux de sa taille fine et s'y blottirent. La proximité de leurs deux corps permis à Hans de déceler le frisson qui parcourut Mila à son contact.

— Tu as mis du temps, la sermonna-t-il à mi-voix. Je croyais te trouver ici à mon retour.

— Je prenais un bain, expliqua la jeune femme.

Elle se serra contre Hans, autant que ça l'était physiquement possible avec leurs uniformes qui les sépa raient. Hans remonta ses mains dans le dos de Mila, et ses doigts se mêlèrent à son épaisse chevelure. Leurs boucles étaient encore humides.

— Et j'ai raté ça ? grommela-t-il.

Un bain lui aurait fait du bien. Se frictionner le corps avec un savon à sec et se vider sur la tête un bassin d'eau récoltée durant la saison des pluies n'était certes pas l'activité la plus agréable, mais ça l'aurait au moins débarrassé de la crasse d'une journée de travail. Sans oublier qu'il ne disait jamais non à ce que ce soit Mila qui le frictionne...

— Je voulais t'inviter à te joindre à moi, répliqua sa compagne, mais j'en ai eu assez d'attendre que tu rentres.

Hans fronça les sourcils, incertain, puis grogna en comprenant. Il se laissa basculer en arrière, contre son oreiller, et ses mains retombèrent sur les cuisses de Mila.

— Je me suis endormi sur le toit, se justifia-t-il.

— Encore ? s'étonna la jeune femme.

— Encore, confirma-t-il.

Mila rigola. C'était un son doux, clair et spontané. Il adorait son rire. Comme tout le reste chez elle.

Alors qu'elle s'esclaffait, son corps frémit contre le sien, ses cuisses pressèrent ses hanches, et Hans s'efforça de ne pas penser aux sensations que toutes ces choses éveillaient en lui. Il tritura distraitement les coutures le long du pantalon de toile de Mila. Avant qu'il ait pu les en empêcher, ses doigts coururent jusqu'aux hanches de sa compagne, puis se glissèrent sous sa tunique pour caresser la peau tendre de son ventre.

Les éclats de rire de la jeune femme s'évanouirent et ses mains se posèrent sur celles de Hans. Ce dernier s'immobilisa, attendit, jusqu'à ce que les doigts de Mila suivent le chemin de ses bras jusqu'à ses épaules, puis de ses épaules jusqu'à sa taille. Là, ils relevèrent sa tunique et entreprirent de tracer les lignes et les courbes de son torse.

Hans se tendit.

Son corps n'était pas parfait. Il était loin de l'être. La cicatrice inégale qui barrait la moitié droite de son crâne n'était que la partie visible de sa monstruosité, celle qu'il lui était impossible de cacher. Mais, sous son uniforme de soldat, toute son épaule droite arborait une drôle de couleur ; son dos était parcouru de chair étrangement tordue et boursouflée ; la moitié de la peau de sa poitrine et celle de tout son flanc étaient parcheminées mais dures comme le cuir ;

celle de ses jambes et de ses pieds était constituée d'un amalgame de toutes ces horreurs.

Les rares fois où il avait croisé son reflet dans un miroir ou à la surface de l'eau, Hans avait souhaité pouvoir échanger sa peau brûlée pour la trachée et la main artificielles de Claws.

Son ami et Mila étaient les seuls à l'avoir vu dans toute sa laideur.

Soudain, Hans se redressa, bien décidé à chasser ses idées noires. Mila émit un petit cri de surprise lorsqu'il l'attrapa par la taille pour la tirer aussi près de lui que possible. Il tenta de la faire taire avec un baiser, mais elle le repoussa aussitôt en gloussant.

— Qu'est-ce qui…

— Tais-toi. Embrasse-moi.

Mila se tut. Ses mains étaient posées à plat sur le torse de Hans, le maintenant à courte distance — assez près pour qu'il perçoive la chaleur de son corps et devine son visage tout près du sien, assez loin pour que cela se transforme rapidement en torture.

Il ne les voyait pas, mais il savait que les yeux de Mila devaient étinceler comme deux flammes vertes dans l'obscurité.

Il s'appuya contre ses mains chaudes à travers sa tunique, sentit une boucle de cheveux noirs chatouiller sa joue. Il tendit les lèvres, effleura celles de sa compagne d'un baiser aussi léger que la brise.

Les doigts de Mila s'enfoncèrent dans le tissu de son vêtement et l'attirèrent brutalement en avant. Sa bouche s'écrasa sur celle de Hans, brûlante, avide. Hans lui rendit son étreinte, un bras enroulé autour de sa taille, une main enfouie dans ses cheveux. Les doigts de Mila se posèrent de chaque côté de son visage, avant de glisser le long de son cou et de sa nuque, puis de descendre jusqu'au bas de son dos. Lorsqu'ils agrippèrent l'ourlet de sa tunique, Hans pivota subitement sur le côté en faisant rouler la jeune femme sous lui. Celle-ci ricana contre ses lèvres et Hans interrompit leur baiser en se redressant. Il passa sa tunique par-dessus sa tête et la jeta plus loin.

– On ne devrait pas…, commença à protester Mila quand Hans enfouit son visage dans son cou.

Il posa les lèvres juste sous son oreille, puis un peu plus bas, et encore plus bas jusqu'au creux du col de sa tunique.

– Dis-moi que tu plaisantes ? grogna-t-il entre deux baisers.

Ses doigts trouvèrent le corsage de la tunique de Mila, et il entreprit de délacer le tout, en couvrant de baisers chaque nouveau centimètre de peau qu'il dénudait. Il sentit que le corps de Mila se couvrait de frissons sous ses lèvres.

– Tu n'as pas une mission de sauvetage à mener dans quelques heures ? reprit la jeune femme, un sourire espiègle dans sa voix.

Hans émit un son à mi-chemin entre le soupir et l'éclat de rire.

– Si…

Il acheva d'écarter les pans du vêtement de Mila, déposa un dernier baiser sous son nombril et retourna à sa gorge. Il la sentit se cambrer, son corps cherchant à se presser contre le sien. Elle continua pourtant d'insister :

– Tu ne devrais pas dormir, dans ce cas ?

– Je dormirai à mon retour de mission.

– Mais tu te dois d'être parfaitement éveillé…

— Je *suis* parfaitement éveillé.

— Et si jamais…

— Nom d'un charognard, Mila, tu vas la fermer ? gronda Hans devant l'hilarité intarissable de son amante.

Il souligna son impatience en plaquant sa partenaire contre la paillasse. Les ricanements de la jeune femme s'étouffèrent tout à coup quand Hans appuya son bassin contre le sien, et que la peau brûlante de son ventre nu toucha la sienne.

Hans posa doucement son front contre celui de Mila.

— Maintenant, ordonna-t-il, *embrasse-moi.*

Les bras de Mila s'enroulèrent autour de son cou. Elle le tira vers elle jusqu'à ce que leurs bouches s'effleurent et que leurs respirations rauques s'entremêlent.

— À vos ordres, mon capitaine.

• • •

LORSQUE HANS S'ÉVEILLA à la lueur clignotante de l'ampoule nue suspendue au plafond, Mila était déjà partie. Son parfum frais de savon imprégnait toujours les couvertures, ainsi s'autorisa-t-il une minute pour s'attarder, le nez dans l'oreiller. Sa peau fourmillait encore au souvenir de leurs caresses de la nuit passée et il aurait bien aimé pouvoir traîner au lit plus longtemps, histoire de profiter de ce sentiment de sérénité, si rare, qui l'emplissait. Mais il était soldat, et flâner faisait partie de ces nombreux luxes qu'il ne pouvait se permettre. Des gens comptaient sur lui, aujourd'hui tout particulièrement.

Avec un long soupir, Hans se leva. Ses vêtements de la veille jonchaient le sol. Il les repoussa du pied dans le coin destiné à la lessive, puis attrapa des sous-vêtements et une tunique propres, ainsi que son uniforme de jour, qu'il passa à toute vitesse. Cela fait, il récupéra ses couteaux – le premier par terre près de la paillasse, le second sous son oreiller – et sa ceinture, à laquelle il glissa ses armes. Il ne lui resta plus qu'à enfiler ses bottes et à remonter sa montre à gousset, qu'il transféra de sa veste-armure de nuit à celle qu'il portait.

Puis, direction le labo de Candy.

• • •

LE LABORATOIRE D'ANDY, le scientifique, chimiste, chirurgien de guerre et ingénieur d'armes de York, se situait au treizième étage du Gîte. Comme tout le reste du personnel militaire, Hans s'y rendait trois à quatre fois par lune pour un court examen médical. Ceux-ci étaient obligatoires pour tous les réfugiés, mais les soldats, qui quittaient parfois York pendant des jours et croisaient la route de charognards ou d'étrangers, subissaient ces entrevues plus souvent. Si Hans ne manquait pas un seul de ses rendez-vous, cela n'avait toutefois rien à voir avec le bon fonctionnement de son métabolisme – et tout à voir avec les friandises que lui réservait son ami.

Comme Hans écartait le pan de tissu mille fois rapiécé qui faisait office de porte du labo – la véritable porte avait été arrachée de ses gonds environ une lune plus tôt, à la suite d'une explosion –, il se retrouva nez-à-nez avec un soldat qui quittait la pièce. Ses cheveux châtains étaient ébouriffés, et sa tunique légèrement de travers. Lorsque le jeune homme rencontra le regard de Hans, ses joues se colorèrent et il baissa promptement les yeux, avant de contourner Hans et de filer.

Hans ravala un sourire et entra dans le laboratoire d'Andy.

D'un côté, une longue table où s'amoncelait de l'équipement militaire en tout genre : couteaux, armes de poing, fusils longue portée, vestes-armures, membres mécaniques. Un mannequin de bois — dont les clous et les attaches métalliques qui en dépassaient témoignaient de ses nombreux raccommodages — arborait une étrange boule hérissée de piquant au niveau du cœur. Sans doute une des dernières expérimentations du scientifique.

De l'autre côté de la pièce, des tablettes débordant de bocaux au contenu non identifié, des tubes et des fioles parfaitement alignés et étiquetés, un large évier qui avait connu des jours meilleurs et, finalement, des plaques chauffantes encombrées de matières diverses et odorantes. Hans n'en fut pas certain, mais parmi les casseroles bosselées et les objets enveloppés de papier ignifuge, il crut distinguer des morceaux de lard en train de cuire.

Enfin, au milieu de tout ce fouillis, Andy : moitié génie, moitié savant fou. Hans ne s'était jamais décidé à savoir s'il trouvait rassurant ou inquiétant que celui qui rafistolait leurs blessures de guerre fût la même personne qui passait des heures à imaginer des façons d'en infliger de bien pires.

Le jeune homme était en train de repositionner ses lunettes à verres grossissants sur sa tête lorsqu'il aperçut Hans.

— Bonjour, capitaine ! l'accueillit-il avec sa bonne humeur habituelle.

Il lissa sa tunique, dont plusieurs boutons étaient défaits, et en replaça le col. Hans ne put s'empêcher de remarquer la discrète rougeur au creux de son cou ; voilà qui confirmait ses soupçons quant à l'embarras du garde qu'il avait croisé à son entrée dans le labo.

— Eh, salua-t-il à son tour.

Puis, avec un geste du menton en direction de la sortie par laquelle venait de disparaître le jeune soldat :

— Mignon. Je dois être jaloux ?

Andy lui décocha un clin d'œil, ses yeux verts malicieux.

— Tu sais bien que non.

Hans lui rendit son sourire, mais déjà, son ami changeait de sujet :

— Prêt à aller sauver le monde ?

— L'est-on vraiment un jour ? soupira Hans avec un haussement d'épaules.

L'autre afficha un air mi-attendri, mi-désolé, comme il l'aurait fait devant un enfant qui viendrait de dire une bêtise. Si n'importe qui d'autre l'avait observé de la sorte, Hans lui aurait probablement mis son poing en plein nez. Mais Candy, lui, avec son visage maculé de suie, ses vêtements barbouillés de cambouis, et son sourire fendu jusqu'aux oreilles du matin au soir, pouvait dire tout ce qu'il voulait. Parce que c'était Candy, tout simplement.

— Assieds-toi là, ordonna alors ce dernier en pointant un tabouret qui semblait avoir partiellement fondu malgré qu'il fût en bois — une autre expérience de savant fou, de toute évidence.

Hans obéit pendant qu'Andy allait farfouiller sur ses tablettes. Comme il lui tournait le dos, Hans remarqua qu'une énorme touffe des cheveux bruns de son ami était étrangement courte par rapport au reste de sa tignasse, en plus d'arborer une teinte foncée, comme roussie. Un demi-sourire retroussa ses lèvres : ce ne serait pas la première fois qu'une des mixtures ou des créations militaires d'Andy lui explosait à la tête.

La bonne humeur de Hans s'envola toutefois quand l'autre jeune homme pivota face à lui, un morceau de lard suintant de graisse dans une main – et une seringue dans l'autre.

Hans détestait les aiguilles. C'était ironique. Lui qui risquait tous les jours sa vie dans la Guerre, qui ne comptait plus les coups de couteau qu'il s'était pris depuis ses débuts en tant que soldat... Il avait même une longue estafilade blanche sur l'épaule droite, souvenir d'un carreau d'arbalète empoisonné, sans compter les deux clous argentés qui dépassaient du lobe de son oreille gauche et qu'il avait lui-même plantés là à treize ans dans le seul but de ressembler à Claws.

Lui, le capitaine aux cicatrices qui terrorisait les recrues, le petit sauvageon à la pierre blanche, redoutait l'injection d'antibiotiques et son aiguille de trois centimètres.

Andy vint se planter à ses côtés et lui tendit le morceau de lard.

– Votre ration de protéines, mon capitaine ! lança-t-il d'un ton faussement solennel.

Andy ne se montrait jamais sincèrement solennel envers qui que ce soit. Même pas envers le général. Comme s'il était au-dessus de tout ça. D'un certain côté, il l'était peut-être : en plus de Claws, qu'il avait soigné après la perte de sa main, il avait sauvé la vie de la moitié des soldats de York, dont Hans et le général lui-même.

Hans lorgna en direction de la seringue, l'estomac noué. Son compagnon rigola en surprenant son regard noir.

– Tiens, prends ça, dit-il en mettant le morceau de lard dans la main de Hans. Ça va t'aider.

Hans s'exécuta et porta le bout de viande à sa bouche. Comme il allait en croquer la moitié, toutefois, il se figea : Andy retroussait la manche de sa tunique et s'apprêtait à lui faire l'injection. S'apercevant de sa tension, le chirurgien leva ses yeux vers lui.

— Regarde de l'autre côté ! s'exclama-t-il et il lui tourna le menton de sa main libre. Tu n'apprendras donc jamais ta leçon ?

Avant que Hans n'ait pu réfuter, il lui planta l'aiguille dans le bras. Hans grimaça tandis qu'une désagréable sensation de chaleur se répandait sous sa peau. Pour ne plus y penser, il engloutit son morceau de lard en une bouchée. Le goût de sel et le croquant de la viande qu'il appréciait tant habituellement lui parurent pourtant fade et trop coriace. Il grogna quand un petit pincement lui signifia qu'Andy retirait l'aiguille.

— Voilà, c'est fini !

Hans jeta un coup d'œil au minuscule point violet qui apparaissait sur sa peau pâle. Il s'empressa de le camoufler en replaçant la manche de sa tunique, puis sauta à bas du tabouret.

— Framboise ou raisin ? s'enquit Andy sans plus de préambule en tournant les talons.

Hans le suivit jusqu'à la première plaque chauffante, où il s'immobilisa tandis que son ami parcourait encore quelques pas jusqu'à une tablette au fond de la pièce, sur laquelle reposait un gros bocal en verre opaque. Pendant qu'il s'en saisissait et plongeait une main à l'intérieur, Hans attrapa deux autres morceaux de lard fumant, qu'il enfourna aussi rapidement que le premier.

— Framboise, répondit-il comme s'il avait la moindre idée de ce que ce mot signifiait.

Il n'avait jamais vu de framboise ou de raisin — ni n'importe quel autre fruit dont Candy disait s'inspirer pour les saveurs de ses friandises. Les fruits et légumes étaient rares, ils ne poussaient qu'en des endroits bien précis à l'ouest du Continent, et sur une période de quelques lunes seulement. Les refuges qui désiraient s'en procurer devaient monter une équipe de soldats pour aller les chercher. Les volontaires étaient cependant rares : l'expédition pouvait durer des jours. Surtout, très peu de gens osaient s'aventurer sur les Terres Fertiles — le territoire des Sorcières.

Hans pouvait très bien se contenter des sucreries confectionnées par Andy, même si leurs supposées saveurs de framboise et de raisin n'étaient que des mots inventés par le chimiste.

— Les friandises de Son Capitaine ! clama ce dernier avec une courbette bien basse.

Lorsqu'il se redressa, ses lunettes grossissantes retombèrent sur son nez. Les verres colorés, l'un large et épais d'un centimètre, l'autre plus petit, mais avec plusieurs lentilles qui se superposaient, occupaient la moitié de son visage et lui donnaient un air mi-comique, mi-terrifiant.

Hans s'empara des sucettes rouges et bleues, que lui tendait Andy. En les fourrant dans la poche de son pantalon, il tourna les talons et s'éloigna en direction du pan de tissu qu'il avait franchi plus tôt.

— N'oublie pas ta ration d'eau quotidienne ! lui rappela Andy dans son dos. Et bonne chance pour la mission !

— Merci pour les friandises, répliqua Hans sans se retourner.

— Ramène-nous ces réfugiés sains et saufs — et toi avec !

Hans disparut dans le couloir.

• • •

LES 4X4 FILAIENT À TOUTE ALLURE à travers le désert. Leurs pneus soulevaient des nuages de poussière, qui tourbillonnait dans l'air étouffant de chaleur et allait rejoindre le brouillard.

Hans tira sur le col de son uniforme, qui lui avait jusqu'à maintenant couvert la bouche et le nez, évitant au sable de s'y infiltrer.

— Encore combien de temps ? cria-t-il à l'intention du conducteur de leur véhicule.

Le moteur électrique de l'engin ne produisait qu'un faible bourdonnement, mais le vacarme des pneus dans la terre sèche et la rocaille, lui, était si intense que les soldats devaient hurler pour se faire entendre.

Hans, debout à l'arrière du 4x4, dut se pencher entre les deux sièges avant pour distinguer la réponse du soldat.

— Nous aurions déjà dû apercevoir le groupe, mon capitaine. Je crains qu'il ait échoué à rejoindre le lieu de rendez-vous.

Hans grommela.

Deux jours plus tôt, le général de York et celui de Code avaient échangé un Chuchoteur, un insecte mécanique capable d'imiter la voix d'une personne pour transmettre un message à une autre, pour convenir de ce rendez-vous. Le refuge de Code venait tout juste de subir une attaque de Sorcières, et c'était aux soldats de York, *à Hans*, de récupérer les survivants pour les ramener à York. Il n'avait jamais échoué à mener à bien une mission de sauvetage ; il n'allait certainement pas échouer aujourd'hui.

Il jeta un œil autour de lui. Mis à part les sept véhicules qui formaient leur escouade, rien ne venait déranger le calme plat du désert : pas un arbre ou buisson, même rabougri, ne se dressait où que ce soit ; pas un charognard, alors que ces bêtes étaient partout ; pas même une crevasse pour venir zébrer l'étendue grise immaculée du sol.

Cet endroit était encore plus aride et inhospitalier qu'un refuge mis à sac par les Sorcières.

Hans songea avec ironie que, selon ce qu'il savait de l'Ancien Monde – le monde avant les Sorcières, avant le brouillard, avant que tout ne soit que ruines et désolation –, il y avait eu de l'eau à cet endroit. Beaucoup d'eau. Un lac, une rivière ou un fleuve, il n'aurait su le dire. Pour ce que ces mots lui évoquaient, c'était du pareil au même. Bien sûr, c'était avant la Montée des Eaux et la Grande Sécheresse.

Lors de la première catastrophe, qui s'était déclenchée des générations avant le début de la Grande Guerre, le niveau des océans avait tant monté que des territoires entiers avaient été engloutis et détruits, des millions de vies fauchées par les tempêtes, les ouragans, les tsunamis. La seconde, qui avait eu lieu presque immédiatement après et avait fait rage des décennies durant, avait quant à elle asséché les trois quarts des sources d'eau douce mondiales. Les populations avaient eu du mal à s'adapter et à s'organiser, optant pour la dispute d'un bout de terre viable plutôt que pour l'entraide et la coopération. Rapidement, on trouva dans les rues davantage de cadavres, ratatinés par le manque d'eau et brûlés par la chaleur, que de survivants.

Par la suite, le brouillard avait obscurci le ciel jusqu'à ne laisser passer que quelques misérables rayons de soleil. Les végétaux s'étaient décolorés avant de commencer à mourir. Bientôt, il n'était plus resté que de la terre grisâtre, du sable, de la poussière — et le brouillard.

Puis, alors que les Humains étaient déroutés, abattus et vulnérables, elles étaient arrivées : les Sorcières.

Hans dut serrer les dents pour s'empêcher de hurler de rage et d'enfoncer les doigts dans le siège du conducteur auquel il s'agrippait, pour maîtriser son envie de cogner dans quelque chose.

C'est à ce moment qu'une masse sombre se dessina à travers la poussière, plus loin devant les 4x4. Une vague de soulagement tira un soupir à Hans.

— Les voilà ! annonça le conducteur, confirmant ce que Hans croyait.

Hans pivota aussitôt vers les véhicules qui complétaient le convoi. De son bras libre, il exécuta plusieurs gestes qui indiquèrent la marche à suivre aux soldats maintenant que leur « cargaison » était en vue.

Dans une suite de crissements de pneus, les 4x4 accélérèrent.

Hans remonta vivement le col de sa veste sur son nez et plissa les paupières lorsqu'un tourbillon de sable et de cailloux explosa autour de leur véhicule. Il se cramponna au siège du chauffeur d'une main et à une barre métallique composant la structure de la voiture de l'autre. Les engins rebondissaient et étaient ballotés en tous sens. Leurs passagers étaient fortement secoués, et Hans vit les jointures du conducteur blanchir tant il s'accrochait au volant. Lui-même dérapa à quelques reprises et serra les mâchoires pour les empêcher de claquer. Quand leur 4x4 stoppa brusquement à une demi-douzaine de mètres du groupe de réfugiés immobiles, il fut étonné de ne pas s'être coupé un bout de langue avec les dents.

Une fois les sept véhicules à l'arrêt, un silence lugubre s'abattit sur les lieux. En tant que plus haut gradé et meneur de la mission, Hans fut le premier à sauter hors du 4x4. Il n'avait cependant pas fait un pas en direction des réfugiés qu'il eut un mouvement de recul : leur groupe comportait si peu de membres !

Au fil des différentes expéditions auxquelles il avait pris part, simples repérages ou équipe de renforts, il avait pu en voir de toutes les couleurs : réfugiés terrifiés et désespérés, prêts à abandonner un membre de leur famille derrière eux pour s'en sortir ; armée improvisée, seulement équipée de bâtons pointus et de couteaux émoussés ; enfants laissés à eux-mêmes par des parents lâches… Pourtant, jamais il ne s'était retrouvé face à un groupe de survivants si restreint : quatre soldats, dont l'un avec un bras en écharpe, un autre s'appuyant visiblement davantage sur sa jambe droite, quatre adultes de vingt-cinq à quarante ans, trois jeunes enfants et un chien-loup au pelage foncé que l'un des gamins enserrait de ses petits bras comme si sa vie en dépendait.

Avant de tomber aux mains des Sorcières, trois jours auparavant, le refuge de Code résistait à la Guerre depuis dix années, au fil desquelles il s'était formé en assimilant de plus petites populations environnantes. Dix ans. Et ces onze personnes — et leur animal — était tout ce qui restait.

— Général Reish ? s'enquit alors le soldat à la jambe faible, incertain.

Hans se ressaisit. Après avoir adressé un signe de la main à son équipe, il s'avança à la rencontre de l'homme qui l'avait interpellé, qu'il devina être le général de Code. Il avait à peine fait un pas que le chien-loup se mit immédiatement à aboyer.

— Capitaine, corrigea Hans en saluant les quatre soldats de Code d'un hochement de tête. Reish m'envoie.

— Julian, se présenta simplement le général de Code.

Il balaya rapidement Hans de la tête aux pieds — ou bien il se disait qu'il était logique qu'un homme aussi jeune que lui ne soit que capitaine, ou bien il lorgnait la cicatrice inégale sur son crâne et se demandait quel horrible évènement en avait été la cause.

À quelques pas de là, le chien-loup continuait d'aboyer.

Hans les ignora tous les deux.

— Vous êtes au complet? questionna-t-il.

Mais il connaissait déjà la réponse.

Julian approuva et jeta un regard triste sur sa petite escouade. Les soldats en sueur semblaient épuisés. Leurs uniformes foncés, dépourvus de capuche ou de col à rabattre sur le visage, étaient inadaptés aux vents du désert ou à la clarté du jour, et collaient à leurs corps. Les réfugiés, quant à eux, affichaient des mines sombres, tandis que les quelques enfants du groupe sanglotaient.

De son côté, le chien-loup s'époumonait toujours.

— Ne tardons pas davantage, conseilla Hans en tournant les talons.

Il fit un geste de la main vers le groupe de survivants. Son équipe s'activa aussitôt à en escorter les membres jusqu'aux sept 4x4 et à les y séparer. L'opération fut rapide vu la petite quantité de réfugiés et, en fin de compte, seuls quatre véhicules furent nécessaires pour caser tout le monde à peu près confortablement. En une minute, le groupe était prêt à repartir. Hans s'assurait d'un dernier coup d'œil que tout était en ordre lorsqu'un cri suraigu se fit entendre :

– Non! *Non!*

La voix provenait de la voiture la plus éloignée de la sienne. Hans s'y précipita à toutes jambes, s'attendant à trouver l'un de ses passagers écroulé, inconscient, déshydraté ou carrément mort d'épuisement. Lorsqu'il s'aperçut que des aboiements frénétiques se mêlaient aux cris, il comprit qu'il s'agissait en fait de toute autre chose.

– Non! gémit encore le gamin à l'instant où Hans s'immobilisait près du 4x4. NON!

L'enfant chavirait presque par-dessus le bord du véhicule, ses petits bras tendus vers son chien-loup qu'un soldat emmenait plus loin. Tandis qu'un réfugié tentait de maîtriser le gamin, l'animal, de son côté, se débattait dans tous les sens en alternant geignements et aboiements. Il finit par se libérer de la poigne de son tortionnaire, mais plutôt que de s'enfuir ou d'aller retrouver son maître, il resta planté là et aboya de plus belle.

Le soldat porta alors la main à sa ceinture et en extirpa un objet noir et brillant.

L'enfant hurla.

– *NON!*

Quelque chose claqua dans l'esprit de Hans. Bruyamment. Douloureusement. Soudain, ce ne fut plus un petit garçon et son chien-loup qu'il regarda, mais un sauvageon à la peau crasseuse et scarifiée, avec dans ses mains une pierre blanche qu'il serrait comme le trésor le plus précieux.

Avant d'avoir compris ce qu'il faisait, Hans se jeta en avant.

Il entendit crier.

Il entendit aboyer.

Puis une puissante détonation fit vibrer tout le désert jusque dans ses moindres recoins.

Ses oreilles bourdonnaient. Lorsque le son s'atténua, il s'aperçut que les cris s'étaient arrêtés. Mais pas les aboiements – les aboiements continuaient, sans relâche.

– Que..., fit une voix près de Hans.

Il battit des paupières, puis prit conscience qu'il se tenait face à l'un de ses hommes, une recrue de seize ou dix-sept ans. L'adolescent avait le bras dressé au-dessus de sa tête, et dans sa main se trouvait un fusil au canon fumant. Hans s'aperçut que c'était lui qui tenait le bras du soldat dans cette position.

– Capitaine ? finit par interroger la recrue à mi-voix.

Ses sourcils pâles étaient froncés au-dessus de ses yeux clairs, arrondis par l'incompréhension.

– Est-ce que je t'ai ordonné de tuer le chien ?

Il prit conscience que c'était sa voix quand la recrue tenta de dégager son bras de son emprise et balbutia :

– Mais qu'est-ce qu'on peut faire d'un tel animal ? Je croyais... Il n'arrête pas de...

– *Est-ce que je t'ai dit de buter la saloperie de chien ?* rugit Hans.

La recrue blêmit. Même le chien-loup se tut.

– Non, mon capitaine. Désolé, mon capitaine.

Hans relâcha le bras du soldat. Le chien-loup se remit instantanément à aboyer.

– Retourne à ton poste, intima froidement Hans.

La recrue baissa la tête et obéit sans un mot de plus. Hans le suivit des yeux. Dans les 4x4, tous les regards étaient braqués sur lui. À ses pieds, le chien-loup braillait encore.

Hans grogna.

— Nom d'un..., commença-t-il à l'attention de l'animal.

Mais il s'interrompit. La bête ne le regardait pas. Elle fixait l'horizon, par-delà la ligne des 4x4. Il suivit son regard et comprit tout à coup.

— Les Sorcières, échappa-t-il dans un murmure.

Au même moment, une multitude d'ombres, telle une nuée d'énormes oiseaux, se dessina à travers la poussière plusieurs dizaines de mètres plus loin.

Le sang de Hans ne fit qu'un tour.

— LES SORCIÈRES ! hurla-t-il.

Puis ce fut le chaos.

Alertés par son cri, ses soldats et ceux de Code s'emparèrent de leurs armes — fusils à longue portée et arbalètes pour les premiers, simples poignards ou machettes pour les seconds. Dans le même temps, certains réfugiés se précipitèrent hors des 4x4 pour tenter de fuir ou de se cacher sous les véhicules. D'autres encore dégainèrent des épieux et autres armes de fortune dans l'intention de se battre eux aussi. Les enfants se recroquevillèrent les uns contre les autres en éclatant en sanglots.

Hans mit les mains dans son dos et se saisit des deux poignards fixés à sa ceinture.

Des sifflements aigus retentirent, comme ceux du vent entre les immeubles abandonnés de York, comme ceux qu'il produisait autrefois entre les branches des arbres. Hans connaissait ce bruit. Il leva les yeux vers le ciel.

Elles étaient là.

Élégamment installées sur leurs branches d'arbres, leurs longues chevelures tressées de fleurs et de vignes, vêtues d'étoffes si délicates que les courbes de leurs corps se devinaient sous le tissu, une dizaine de Sorcières les toisaient, des sourires suffisants aux lèvres.

Elles restaient là, à voleter tranquillement au-dessus de leur convoi, pendant qu'eux retenaient leur souffle.

Hans croisa le regard noir comme la nuit de l'une d'elles. Elle lui offrit un large sourire, aux dents parfaites et pointues.

— Protégez les réfugiés ! ordonna-t-il à tous les soldats.

Et toutes en même temps, dans un mouvement parfaitement synchrone, les Sorcières plongèrent sur eux.

Des coups de feu retentirent, suivis de cris de rage, de hurlements de douleur, de corps qui s'entrechoquaient et tombaient.

Hans vit la Sorcière aux iris noirs se jeter sur lui. Il se campa alors solidement dans le sol, les poings serrés autour des manches de ses poignards. Juste avant de le heurter, la femme afficha une infime trace d'incompréhension, mais il était déjà trop tard pour rectifier sa trajectoire : l'impact fut si violent que Hans sentit ses pieds décoller du sol et que ses mâchoires claquèrent ensemble. Il tint néanmoins bon et referma ses bras sur le corps de la Sorcière en l'entraînant dans sa chute. Tous deux allèrent rouler dans la poussière, les membres pêle-mêle. Hans entendit son adversaire pousser un cri étouffé quand ses lames lui tranchèrent la peau.

Après plusieurs culbutes, ils s'immobilisèrent finalement et se retrouvèrent l'un par-dessus l'autre, grognant et se débattant. L'un de ses couteaux avait échappé à Hans durant leurs roulades, et la pointe de celui qu'il lui restait était suspendue à quelques centimètres de la gorge de la Sorcière, étendue sous lui. Celle-ci repoussait son bras du mieux qu'elle le pouvait avec une main, pendant que Hans lui maintenait l'autre contre le sol de sa propre main libre. Comme la lame s'approchait dangereusement du cou de la Sorcière, les yeux de cette dernière s'arrondirent. Elle ouvrit la bouche et, d'une voix rauque et essoufflée, siffla une suite de mots incompréhensibles, telle une vipère dotée de la parole. Hans sentit brusquement sa poitrine se comprimer, et l'air commença à lui manquer. Il tenta de peser davantage sur son poignard, mais son champ de vision s'obscurcissait et la Sorcière continuait ses incantations. Il relâcha la main de la femme et la plaqua fermement sur sa bouche pour la faire taire. Une bouffée d'air s'engouffra aussitôt dans ses poumons, mais la Sorcière répliqua en refermant sa main désormais libre sur la gorge de Hans.

Ils se tenaient dans cette même position depuis de longues secondes, aucun des deux ne prenant l'avantage sur l'autre, lorsque Hans eut l'impression que son opposante relâchait sa prise sur sa gorge. Il reporta son attention sur son visage juste à temps pour la voir écarquiller les yeux. Au même moment, elle releva son regard vers le sien et lui enfonça un genou dans l'entrejambe.

Hans grogna et se plia en deux sous la douleur. La Sorcière en profita pour faire sauter le poignard de sa main et l'envoyer plus loin, avant de le repousser lui aussi. Comme il roulait sur le côté, elle se releva et Hans s'empressa de se redresser, s'attendant à ce qu'elle lui saute de nouveau dessus. À sa grande surprise, toutefois, elle n'en fit rien — elle n'était même plus à ses côtés.

Dérouté et ankylosé, Hans leva les yeux : la Sorcière volait à quelques mètres du sol, sa robe déchirée par les coups de poignard s'ouvrant sur son flanc et dévoilant une partie de sa poitrine. L'étoffe était rougie, mais Hans pouvait voir que les coupures qu'il avait infligées à son adversaire ne saignaient déjà plus. Il ne l'avait pas blessée mortellement.

Alors, la chose la plus étrange se produisit : une deuxième Sorcière surgit près de celle aux yeux noirs, et cette dernière prit place auprès de sa complice sur la branche à l'écorce pâle, après quoi elles filèrent au-dessus de Hans à toute vitesse sans chercher à relancer le combat. La Sorcière aux yeux noirs lui jeta un dernier regard par-dessus son épaule bariolée de sang, puis elle disparut derrière un nuage de poussière.

Sans attendre de comprendre ce que tout cela signifiait, Hans se jeta sur son poignard qui gisait quelques pas plus loin — avant de se figer. Comme lui, les autres soldats et les réfugiés armés sondaient le ciel et les alentours, à l'affût. Mais toutes les Sorcières avaient disparu, et le silence était revenu sur le convoi.

Hans déglutit lentement. Son cœur battait à tout rompre ; il s'autorisa une profonde inspiration avant de demander d'une voix forte :

— Tout le monde va bien ?

Il vit avec étonnement que tous acquiesçaient à voix basse ou d'un hochement de tête. Les enfants pleurnichaient toujours et l'un des soldats de York paraissait mal en point, son épaule formant un drôle d'angle avec le reste de son corps. Quelques autres blessures mineures étaient aussi à dénoter, mais sinon, un constat troublant s'imposa à Hans : les Sorcières n'avaient fait aucune victime.

— Nom d'un charognard, marmonna-t-il, qu'est-ce…

Instinctivement, il referma les doigts sur son pendentif. Du même coup, il prit conscience que la pierre blanche aurait dû se trouver sous le col de son uniforme. Il l'y glissait toujours lors de missions où les choses risquaient de devenir physiques, afin de ne pas laisser une prise supplémentaire à l'ennemi. Elle avait dû s'en extirper pendant que la Sorcière aux yeux noirs et lui roulaient l'un sur l'autre…

L'air étonné qu'avait arboré celle-ci à la fin de leur affrontement lui revint soudainement en mémoire. Était-ce la vue de son pendentif qui lui avait provoqué cette réaction ?

– Capitaine ? l'appela un soldat, le tirant de ses réflexions. Et maintenant ?

Hans reporta son attention sur la rangée de 4x4. Les soldats et une partie des réfugiés s'éparpillaient autour, mais le groupe semblait être au complet. De plus, le calme était à peu près revenu, maintenant que les Sorcières avaient fui.

Hans retourna cette dernière pensée dans son esprit : les Sorcières avaient *fui*. De toute sa vie de soldat, il ne se rappelait pas avoir été témoin d'une telle scène.

Devant les regards insistants de toute son escouade, Hans masqua son trouble en se détournant pour chercher son deuxième poignard, qui lui avait glissé des doigts quand la Sorcière l'avait heurté. Il l'aperçut dans la poussière, à quelques mètres à peine de là.

– Nous devrions sans doute gagner York au plus vite, intervint le général de Code pendant que Hans récupérait son arme.

Il les glissa toutes les deux dans leur fourreau, au creux de ses reins.

– Le général a raison, approuva-t-il. Remontez tous à…

Il s'interrompit quand l'évidence se forma dans son esprit. Les autres soldats le fixèrent, attendant la suite de ses ordres, mais Hans n'arrivait plus à parler. Sa bouche était devenue aussi sèche que le sol sous ses pieds.

— Capitaine ? s'enquit le général.

Hans posa les yeux sur lui, mais sans le voir. C'était d'autres visages qui s'imposaient à lui en cet instant.

Claws.

Mila.

Il se rappela la conversation qu'il avait eue la veille même avec Claws. *Tu crois qu'elles préparent quelque chose ?*

Les mots jaillirent de sa bouche et il vit tous les regards s'affoler, les visages blêmir :

— York. D'autres Sorcières doivent déjà être là-bas.

• • •

UNE ODEUR DE BRÛLÉ flottait dans l'air. Un parfum de fumée, de cendres encore chaudes, et d'autre chose.

Hans n'attendit pas que le 4x4 se soit immobilisé pour sauter à terre et se précipiter vers le Gîte.

— Mila ! s'écria-t-il.

En levant les yeux vers le sommet du bâtiment, il constata aussitôt les dégâts : des nuages âcres et noirs s'échappaient d'un des étages les plus hauts, des pans entiers de murs étaient roussis et des ombres couraient en tous sens sur les passerelles et les toits avoisinants.

L'idée que des Sorcières pouvaient encore se trouver dans les environs l'effleura, mais il n'en avait cure.

Dans l'immédiat, une seule personne importait à ses yeux.

— MILA !

Sa voix se mêla aux exclamations abasourdies que poussaient les soldats et les réfugiés qui débarquaient lentement des 4x4. Il les ignora, sondant l'obscurité des premiers étages à travers les fenêtres brisées, à la recherche d'une silhouette familière.

Lorsque les Sorcières avaient attaqué, Mila avait dû se trouver avec les animaux ou à l'infirmerie. Si elle y était toujours, elle aurait dû percevoir l'appel de Hans, même à travers le chaos ambiant. Si elle allait bien. Si elle n'était pas blessée. Si elle n'était pas…

Une forme indistincte se dessina parmi la poussière, au rez-de-chaussée.

Les genoux de Hans faillirent le lâcher lorsqu'il reconnut avec soulagement la silhouette svelte qui se précipitait vers lui. En un battement de cœur, il fut auprès d'elle. Il l'enserra de ses bras aussi étroitement qu'il le put et enfouit son visage dans ses cheveux.

Inspira profondément.

Respira son odeur.

Sentit son corps contre le sien, sa poitrine qui se soulevait, son souffle dans son cou.

Il dut se répéter une demi-douzaine de fois qu'elle allait bien pour s'en convaincre.

Il finit par s'écarter et plaça son visage juste devant le sien, pour la fixer droit dans les yeux.

— Elles sont encore là ?

Mila secoua énergiquement la tête et ouvrit la bouche, mais Hans la devança :

— Claws ?

Les grands yeux de la jeune femme s'écarquillèrent imperceptiblement.

— C'est la panique, balbutia-t-elle en guise de réponse. Les soldats courent dans tous les sens, des réfugiés manquent à l'appel… J'ignore s'il…

Elle ne compléta pas. L'angoisse se referma comme un poing sur les tripes de Hans, mais il se ressaisit : Claws était un excellent combattant, robuste et futé. Il en avait vécu pas mal au fil de sa vie de soldat. Il allait bien.

Il le fallait.

— Et Candy ? relança Hans.

Il se pencha en arrière pour observer la fumée qui montait des derniers étages.

— Sain et sauf, déclara Mila. Physiquement, du moins ; son laboratoire a été saccagé.

Hans grimaça. Andy vivait pour ses expériences. Il passait tout son temps dans son labo à tester des solutions et à confectionner de nouvelles armes. Même s'il sortait indemne de l'affrontement, il serait anéanti de voir ses quartiers détruits.

Ses mains formèrent des poings dans le dos de Mila.

— Je savais qu'elles préparaient quelque chose, gronda-t-il. Je...

Des aboiements l'interrompirent. Il releva la tête, aux aguets, et des murmures s'ajoutèrent aux grondements du chien-loup. Le groupe de soldats et de réfugiés qui accompagnait Hans fut pris d'agitation, et il en découvrit la cause à quelques pas de là : des ombres émergeaient du rez-de-chaussée du Gîte. Des bottes crissaient sur la terre sèche et rocailleuse. L'éclat métallique de pistolets et de lames perça les nuages de poussière et de débris qui s'élevaient du sol sur trois étages. De légers chuintements ponctués d'un tintement aigu se firent entendre en rythme.

À ce son, Hans s'écarta de Mila, se redressa et mit les mains derrière son dos. Les soldats de son escouade l'imitèrent et attendirent. La plupart des réfugiés se turent également, tandis qu'un des enfants échappait une sorte de couinement et que le chien s'époumonait de plus belle.

Le général Reish apparut une seconde plus tard, escorté d'une poignée de soldats plus ou moins mal en point. Lui-même était couvert de sang de la tête aux pieds, son uniforme noirci et poisseux. Sa jambe droite, entièrement mécanisée en-dessous du genou, se voyait au travers d'une large déchirure visiblement due à une lame au niveau du tibia. Ce membre artificiel était à l'origine du chuintement qui suivait le général partout où il allait. Un bruit distinctif, tout comme le tintement de sa canne sur le sol. Constitué d'un alliage spécialement conçu par Andy, l'objet servait à la fois de béquille et d'arme au dirigeant de York. À la façon dont sa surface luisait de sang, il était facile de savoir quelle utilité lui avait préféré le général pendant la bataille.

L'homme s'arrêta à quelques pas de Hans pour le toiser, lui et son équipe. Hans retint son souffle pendant que les yeux gris glaciaux de son supérieur le scrutaient. Ils s'attardèrent une fraction de seconde de trop, et Hans prit conscience qu'il n'avait pas replacé son pendentif sous son uniforme. Ses mains le démangèrent de s'enrouler autour de la pierre blanche, comme pour la cacher à la vue du général. Ce dernier reporta à cet instant son attention au reste du groupe, et Hans eut l'impression de pouvoir recommencer à respirer.

Comme Reish tournait la tête, Hans croisa le regard du soldat qui se tenait derrière lui ; une vague de soulagement déferla dans ses veines quand Claws hocha subtilement la tête, lui signifiant qu'il allait bien. Un poids s'envola de sa poitrine et il eut du mal à réprimer un soupir. D'un coup d'œil, il vit que Mila avait elle aussi pris connaissance de la présence de leur ami.

Les savoir tous les deux en vie, ainsi qu'Andy, lui suffit momentanément à oublier l'odeur de mort qui imprégnait les rues de York. Cela ne dura qu'un moment, un tout petit moment, jusqu'à ce que les aboiements du chien-loup se fassent tout à coup plus insistants.

Hans fit volte-face, les doigts déjà serrés sur les manches de ses poignards.

Il pensait découvrir une nuée de Sorcières sur leurs branches, voletant autour d'eux telle une armée de vautours qui reviendrait à la charge.

Il pensait apercevoir une meute de coyotes ou de chacals en train de les encercler, les crocs dégoulinant de salive, attirée par les effluves du sang frais et de la chair brûlée.

Il y aurait été préparé.

Mais il ne l'était pas à voir le chien-loup se précipiter sur Reish, tous crocs dehors.

Reish, lui, l'était.

Hans entendit le chuintement. Il vit l'éclat de la canne de Reish lorsqu'il la brandit. Hans ouvrit la bouche, mais aucun son n'eut le temps de franchir ses lèvres. Il y eut un reflet métallique à travers la poussière, un sifflement qui fendit l'air.

Les aboiements du chien-loup s'étouffèrent dans un gargouillis humide et la bête s'écroula aux pieds du général.

Tandis qu'un flot de sang jaillissait de la gorge tranchée de l'animal et s'épanouissait en une mare écarlate sur le sol gris, un hurlement anéanti déchira le silence.

Hans serra les dents, un goût de bile sur la langue.

Sans l'ombre d'un regard pour l'une ou l'autre de ses victimes — celle à qui il venait d'ôter la vie, et celle à qui il venait de briser le cœur –, le général Reish tourna les talons.

Son pied d'acier claqua durement sur le sol lorsqu'il s'éloigna, et sa canne rougeoya sinistrement dans la lumière blafarde du jour. Au moment de dépasser sa troupe, dont faisait partie Claws, l'homme jeta un œil à Hans et à son escouade. Les recrues de Hans se mirent immédiatement en branle, certains rassemblant et guidant les réfugiés de Code vers l'entrée du Gîte, d'autres manœuvrant les 4x4 jusqu'au hangar où les engins étaient stockés.

Lorsque les réfugiés passèrent devant lui, Hans croisa le regard vitreux du gamin au chien-loup.

Son cœur se serra. Pour ne pas y penser, il serra les poings dans son dos jusqu'à ce que ses ongles s'enfoncent dans ses paumes.

Bientôt, il ne resta plus que Mila et lui dans la rue.

Mila, lui — et le chien-loup qui baignait dans son sang.

— Hansel, murmura Mila.

Ses doigts effleurèrent timidement son poignet, mais Hansel s'écarta. Elle n'insista pas et, après lui avoir adressé un regard triste, marcha à son tour jusqu'à l'entrée du Gîte, à l'intérieur duquel elle disparut.

Un instant plus tard, Hans porta la main à son pendentif. Déglutissant avec peine, il referma sa main sur la pierre et la serra au creux de sa paume.

Puis il rentra au Gîte sans se retourner.

• • •

DEUX CENT SOIXANTE-DOUZE. C'était le nombre de réfugiés restant à York. La veille à l'aube, quand Hans avait quitté pour sa mission de sauvetage, ils étaient près de trois cent vingt.

Serrant les mâchoires, Hans se hissa au-dessus de la barre métallique à laquelle il était suspendu, avant de redescendre et de recommencer. Encore. Et encore.

Sept. Huit.

Près de cinquante corps. Brûlés. Roussis. Abattus comme des bêtes et abandonnés dans leur sang. Frères d'arme. Hommes. Femmes. Enfants.

Treize. Quatorze. Quinze.

Hans avait participé au déplacement des cadavres. Il fallait les éloigner du Gîte au plus vite, sans quoi la puanteur allait attirer des hordes de charognards de toutes sortes. Et à la suite d'un tel massacre, plus personne n'avait l'énergie d'affronter ces créatures. Pas plus que celle d'empiler les défunts en un vulgaire tas à la périphérie de la ville, tels d'horribles détritus, et d'y mettre le feu. Mais il fallait bien que quelqu'un le fasse.

Vingt-huit. Vingt-neuf.

Hans se rappelait l'odeur. Au début, il n'y avait eu que la poussière, la chaleur, le crépitement des flammes. Puis ç'avait été les effluves rances des vêtements, des cheveux et de la chair en train de fondre. Finalement, à travers la fumée noire et nauséabonde qui montait du brasier, un parfum de viande avait imprégné l'air. L'estomac de Hans s'était tordu d'envie, l'eau lui était venue à la bouche.

Il avait couru jusqu'au bâtiment le plus proche et s'était vidé l'estomac au pied d'un mur à moitié effondré.

— Hans ?

La voix enrouillée de Claws se répercuta en écho contre les murs de ciment de la salle d'entraînement. Comme tous les étages supérieurs, ce niveau avait subi quelques dégâts – des morceaux de plâtre étaient tombés du plafond, certaines ampoules électriques ne fonctionnaient plus –, mais rien en comparaison des postes d'attaque, du labo d'Andy et des salles des génératrices. Depuis trente-six heures, des gardes, des ingénieurs et une poignée de volontaires s'activaient en tous sens pour calmer les réfugiés, assurer la fonctionnalité des machines et maintenir le courant dans le Gîte. Peu d'entre eux avaient dormi au cours de la nuit dernière, trop occupés qu'ils étaient à rétablir un semblant d'ordre. Hans lui-même n'avait pas fermé l'œil depuis son retour de mission.

– Hansel, réitéra Claws, plus fort cette fois.

Comme Hans dépliait les bras, il se retrouva pile à la hauteur de son ami. Ce dernier avait l'air grave, un pli anxieux se creusait entre ses sourcils broussailleux. Depuis la veille, un hématome violacé lui colorait la pommette droite et une multitude de petites coupures s'étendait sur cette même moitié de son visage. Mis à part cette blessure mineure, qu'il devait à un coup de branche en pleine tête, il ne comptait qu'une côte cassée et quelques estafilades au couteau.

Il avait eu de la chance.

Hans se hissa une dernière fois au-dessus de la barre métallique.

– Oh, doucement, le charria Claws pendant qu'il se laissait retomber sur ses pieds. Tu vas te déchirer un truc, Monsieur Muscles.

Hans l'ignora et se pencha pour se saisir de sa tunique, qui reposait avec sa veste-armure et ses poignards sur le sol. Il passa rapidement le vêtement, avant de fouiller la poche de son pantalon et d'y dénicher la dernière sucette que lui avait refilée Andy. Arrachant l'emballage d'un coup de dents, il fourra la sucrerie dans sa bouche. Le goût de framboise, si c'était bien ainsi qu'Andy avait nommé la saveur, explosa dans sa bouche. Pendant une seconde, Hans se sentit mieux. Un peu. La rage qu'il tentait d'expier par le biais de ses exercices physiques s'apaisa momentanément ; les images de cadavres et de flammes qui dansaient derrière ses yeux disparurent.

Puis la seconde s'écoula et tout lui revint avec la force d'un coup de poing.

La sucette eut soudain un goût de cendres froides.

— Qu'est-ce que tu veux ? lança-t-il en revenant à Claws.

— Savoir comment tu vas, lui répondit celui-ci.

— Bien. Très bien.

Mais ses paroles sonnaient creux. Il se demanda qui il tentait de convaincre ainsi.

Claws croisa les bras sur son torse, avant de réprimer une grimace de douleur. Sans doute pour ménager sa côte cassée, il fourra sa main intacte dans la poche de son pantalon, tandis que la mécanique retombait le long de son corps.

— Mila dit que tu n'es pas rentré à tes quartiers la nuit dernière.

Hans haussa les épaules ; celle de droite lui fit mal, et il réprima un rictus. C'était toujours comme ça quand il passait plusieurs heures à s'entraîner : ses cicatrices le démangeaient et le tiraient, comme si la peau dure et épaisse était sur le point de se fendre sur ses muscles gonflés par l'effort.

— Je n'avais pas sommeil, marmonna-t-il, les mots déformés par la sucette sur sa langue.

Claws se rembrunit, ne croyant pas une seule seconde à cet énorme mensonge.

— Tu n'aurais rien pu faire de plus, tu sais? lança-t-il soudain.

Hans lui en voulut de le connaître si bien. Pour éviter les yeux perçants de son ami, il se pencha et récupéra ses poignards, qu'il remit lentement dans leur fourreau.

— Peut-être, se contenta-t-il de dire.

D'un mouvement un peu sec, il s'empara de sa veste-armure et l'enfila, complétant son uniforme. Cinq secondes plus tard, il crevait déjà de chaud sous toutes ces couches de vêtement.

— Tu as ramené une dizaine de réfugiés au Gîte, hier, insista Claws en cherchant à croiser son regard. C'est une dizaine de vies épargnées grâce à toi.

Hans l'ignora et déglutit, les dents serrées sur le bâtonnet de sa sucette. Il n'arriva pourtant pas à ravaler la boule qui s'était coincée dans sa gorge.

— Tu m'excuseras, gronda-t-il en extirpant sa montre à gousset de sa poche de poitrine pour jeter un œil au cadran, mais je dois y aller. Le général m'a attribué une poignée de recrues pour la patrouille de ce soir.

Il entendit le soupir caverneux de Claws. Il vit les pupilles emplies de pitié qu'il posa sur lui.

Il tourna les talons et s'éloigna sans laisser la chance à son compagnon de le retenir.

— Tu ne peux pas sauver tout le monde, Hansel, le mit malgré tout en garde celui-ci.

Sa voix enrouillée se mêla à l'écho des bottes à semelles renforcées de Hans sur le plancher cimenté. Inconsciemment, il glissa une main entre les pans de sa veste-armure et referma ses doigts sur son pendentif. Les filins métalliques s'enfoncèrent dans ses paumes.

— Non, grinça-t-il sans se retourner. Mais je peux essayer.

• • •

SIX GAMINS SE TENAIENT DEVANT LUI. Aucun d'eux ne devait avoir plus de seize ans. Ils s'efforçaient tous d'arborer un air calme et confiant, mais la respiration irrégulière des uns et la lueur de peur dans les yeux des autres les trahissaient.

Les pauvres. La plupart d'entre eux n'auraient même pas dû se trouver là, ce soir. Ils n'en étaient qu'au début de leur formation et ne devaient pas aller sur le terrain avant encore plusieurs lunes. L'attaque de Sorcières de la veille était toutefois venue chambouler le fil de leur formation et le général voulait trouver des remplaçants aux hommes qu'il avait perdus dans la confrontation.

Tant pis si les recrues n'étaient pas prêtes.

Devant tous ces visages angoissés, Hans retint un soupir désapprobateur. Enfin… Ce n'était pas comme s'il pouvait y changer quelque chose.

— Première sortie nocturne ? s'enquit-il.

Il prenait garde au ton de sa voix, bien sûr ; dans le lourd silence de la nuit, toutefois, le plus petit des soupirs s'apparentait à un cri. Ce serait pire encore une fois qu'ils auraient quitté les murs rassurants du Gîte pour arpenter les rues de York.

— Oui, mon capitaine, acquiescèrent en chœur cinq des six recrues.

Le sixième, un garçon aux yeux ronds et noirs comme deux billes et dont les mains disparaissaient dans les manches trop longues de son uniforme, eut un léger hoquet de surprise.

— Oui-mon-capitaine, lâcha-t-il comme un seul mot en détournant précipitamment le regard du crâne de Hans.

Ce dernier roula des yeux. Il oubliait comme il était célèbre au Gîte — enfin, sa cicatrice. Les rumeurs allaient bon train sur ce qui lui était arrivé : la version la plus populaire voulait qu'une meute de charognards s'en soit prise à lui alors qu'il revenait d'une patrouille ; une autre mettait quant à elle en scène une Sorcière qui aurait tenté de le scalper.

Toutes ces histoires étaient fausses, même si certaines s'approchaient bien de la réalité.

— Ce soir, il ne s'agit que d'une patrouille de routine, reprit-il d'un ton qu'il espérait rassurant. Tout devrait bien se dérouler. Vous connaissez le trajet demi-lune ?

Les membres de sa petite escouade confirmèrent tel que précédemment. Comme ils redevenaient silencieux, une voix féminine s'éleva :

— Direction tour de garde Sud, suivie d'un arc de cercle en périphérie de la ville jusqu'à la tour Ouest ; retour en ligne droite vers le Gîte ; inspection aléatoire des rues transversales secondaires ; durée à respecter pour ce trajet : deux heures.

Hans jeta un œil amusé à son interlocutrice, la seule fille du groupe. Dans l'obscurité des lieux, il lui devina de longs cheveux clairs, une silhouette menue et des yeux brillants. À vue de nez, il lui donnait quinze ans.

— En voilà une qui a porté attention aux théories, commenta-t-il. Un point pour toi.

— Merci, mon capitaine, répondit la recrue avec un hochement de tête solennel.

— Lèche-cul, grommela quelqu'un.

Hans balaya le reste du groupe d'un regard noir. Il fixa les cinq autres recrues les unes après les autres et ce n'est que lorsqu'il fut certain que toutes avaient blêmi qu'il glissa une main à sa ceinture, où il avait coincé ses lunettes de vision nocturne. D'un simple geste du menton, il ordonna aux six gamins de l'imiter et enfila l'équipement, ajustant la large courroie de cuir à l'arrière de sa tête. Sa cicatrice ne mit pas longtemps pour commencer à le démanger, mais il savait que cette désagréable sensation s'estomperait d'ici quelques minutes.

Il toisa une dernière fois les visages tournés vers le sien, tous arborant désormais des teintes allant du jaune au rouge, leurs yeux remplacés par de larges globes de verre cernés de métal.

— Prêts ? interrogea-t-il. En route.

• • •

IL ARRIVAIT QUE DES RAYONS DE LUNE percent le brouillard. Sous sa pâle lueur, le paysage se drapait d'un voile d'argent, la terre asséchée prenait des airs d'étendue d'eau agitée et les gratte-ciel rappelaient d'étranges et gigantesques sculptures. Dans ces rares moments, Hans pouvait presque oublier le chaos, les morts et même la Guerre.

Mais pas ce soir.

Alors qu'il longeait les limites de York, tout n'était que masses informes et biscornues noyées de vert à travers ses lunettes de nuit, sans lesquelles il n'aurait rien distingué d'autre que des ombres parmi d'autres. Ses pas résonnaient dans la nuit, ponctués de ceux des six recrues qui le talonnaient. Le martèlement de son sang à ses tempes couvrait presque le bruit de leurs respirations, certaines étonnamment régulières vu le manque d'entraînement, d'autres plus sifflantes. À intervalles plus ou moins rapprochés, il entendait les gamins pousser des exclamations ou échapper des hoquets quand le cri d'un charognard s'élevait au loin, ou lorsque des pans de murs déjà instables se fissuraient et s'écroulaient.

Hans les comprenait bien ; peu après son arrivée à York, lorsqu'il s'était mis à accompagner Claws au moindre de ses tours de garde, il était si nerveux de se retrouver hors des murs du Gîte qu'il croyait à une attaque de Sorcières au premier sifflement de vent.

Ça lui était passé au bout de quelques lunes.

Ça leur passerait à eux aussi.

— S'il vous plaît, s'essouffla l'une des recrues peu avant qu'ils n'atteignent la tour Ouest. Une pause, mon capitaine.

Hans pivota sur lui-même sans s'arrêter, continuant sa course à reculons, pour jeter un œil à son petit groupe. L'un de ses membres traînait derrière de plusieurs pas, le visage rouge écarlate à travers les globes des lunettes de nuit.

— Les pauses ne sont pas permises pendant les patrouilles, le rabroua la seule fille de l'escouade.

— Ferme-la, lèche…

— Eh, les interrompit Hans.

Il s'était exprimé d'un ton mesuré afin de ne pas perturber le silence des lieux, pourtant, cette seule syllabe suffit à ramener l'ordre. Les deux novices qui avaient commencé à se disputer baissèrent la tête tandis que les autres maintenaient le rythme, muets.

– Pardon, mon capitaine, s'excusèrent les deux perturbateurs.

Hans les ignora et leva une main.

– Halte, ordonna-t-il.

Il ralentit le pas jusqu'à s'immobilier, et les recrues s'exécutèrent en se marchant sur les pieds, visiblement surprises.

– Comment tu t'appelles ? demanda Hans au garçon qui avait quémandé un temps de répit.

Celui-ci se trémoussa avec gêne quand toutes les têtes se tournèrent vers lui.

– Lloyd, répondit-il d'une toute petite voix.

– Lloyd, répéta Hans. Fais-moi signe quand tu seras prêt à repartir.

Le garçon ouvrit et referma la bouche sans produire un son. Il s'attendait apparemment à être réprimandé. Les autres membres du groupe, aussi étonnés que lui, firent passer leur attention de Lloyd à Hans d'un seul et même mouvement.

– Ou-oui, bafouilla finalement Lloyd. Bien sûr. Merci, mon capitaine.

Hans hocha une fois la tête. Lloyd farfouilla aussitôt dans l'une des poches de sa veste-armure et en sortit une petite gourde en cuir, dont il fit sauter le bouchon avant de porter le goulot à sa bouche. Les autres jeunes attendirent sans bouger, croyant peut-être à un piège sournois de la part de leur supérieur. Lorsqu'ils comprirent que celui-ci était parfaitement sérieux, ils ne se firent cependant pas prier bien longtemps avant de s'emparer de leurs propres flasques d'eau et d'en engloutir une bonne rasade. Seule la fille resta immobile, son visage obstinément tourné vers celui de Hans. Ce dernier n'aurait été en mesure de déchiffrer ses traits, en grande partie masqués par ses lunettes de vision nocturne. Il l'ignora et porta instinctivement une main à la poche de sa veste où il gardait son stock de friandises, mais bien sûr, il la trouva vide. Avec le laboratoire d'Andy à moitié détruit, son matériel et ses équipements abîmés, à peine en état de marche, Hans devrait se passer de sucreries pendant un moment.

Cette seule idée le fit grincer des dents.

— On nous avait dit que vous étiez terrible, lui lança tout à coup la fille.

Elle semblait étonnée, presque abasourdie. Hans chassa les sucettes et les morceaux de réglisse de son esprit et concentra son attention sur son interlocutrice.

— Comment ça, terrible ?

— C'est vrai ! intervint une autre recrue avec des hochements de tête si vigoureux que ses lunettes rebondirent sur son nez. Le colonel nous avait prévenus qu'il était dans notre intérêt de nous tenir à carreau avec vous.

Hans balaya le reste du groupe du regard ; tous confirmèrent d'un signe du menton.

— Le colonel ? s'enquit-il.

— Celui avec la main de métal, précisa la fille.

Hans retint un éclat de rire.

Claws.

— Bien sûr, fit-il en esquissant un demi-sourire. Écoutez : vous ne devez jamais croire un seul mot de…

Quelque chose bruissa tout près.

Hans fit volte-face, prêt à bondir, ses poignards déjà en mains. Derrière lui, les novices s'emparèrent de leurs propres armes dans un ensemble de hoquets nerveux. Le silence le plus complet se fit par la suite, lourd comme une chape de plomb, et Hans retint son souffle. Il sonda les ténèbres environnantes du regard, mais rien ne bougea.

Mis à part les débris de verre, de ciment et de métal mêlés qui les jonchaient, les rues de York étaient désertes. Les édifices qui tenaient encore debout étaient eux aussi à l'abandon, et Hans ne décela de mouvement suspect à aucun de leurs étages. Sans un souffle de vent pour les agiter, même les nuages de brouillard au-dessus de leurs têtes se tenaient immobiles.

Un minuscule point blanc clignota soudain à la limite du champ de vision de Hans. Il pivota, les semelles de ses bottes crissant sur le sol rocailleux. Le temps qu'il batte des paupières, toutefois, le point lumineux avait disparu.

De longues secondes s'écoulèrent, mais toujours pas le moindre mouvement.

— Capitaine ? demanda un des garçons à voix basse.

Hans resserra sa prise sur les manches de ses poignards. Sa bouche était sèche, son cœur lui martelait les côtes. Il prit conscience qu'il retenait toujours son souffle. Il le relâcha lentement et rengaina ses armes en s'efforçant de se détendre.

— Tout va bien, annonça-t-il. Ce n'était rien.

Mais comme les mots franchissaient ses lèvres, il ne quittait pas des yeux l'endroit où il avait cru apercevoir le point blanc.

— Ne tardons pas davantage, finit-il par ordonner. Reprenons la route.

• • •

MOINS D'UNE HEURE PLUS TARD, sur le trajet de retour de leur ronde, un faible bourdonnement se fit entendre — et Hans le vit de nouveau. Il stoppa sa course en se saisissant de ses armes.

— Qu'est-ce que c'était? s'exclama Lloyd alors que le reste du groupe s'immobilisait à son tour.

— Pas si fort! le réprimanda l'un de ses compagnons.

— Tu veux que les Sorcières t'entendent? renchérit un autre.

— Shhh! leur siffla Hans par-dessus son épaule.

Toutes les recrues se turent dans un claquement de mâchoires.

Hans reporta son attention sur un passage qui s'ouvrait entre les décombres à sa gauche. L'espace semblait à peine assez large pour y écarter les bras, et il était difficile de dire jusqu'où le chemin s'enfonçait. L'un des bâtiments qui le flanquaient était en grande partie détruit; à travers l'amas de blocs de ciment et les poutrelles de métal tordues qui l'encombraient, s'y déplacer promettait d'être périlleux.

Cependant, comme Hans hésitait, la minuscule lueur blanche apparut de nouveau et s'éteignit aussitôt. Hans leva une main et détacha deux doigts du manche de son poignard pour donner ses ordres. Il y eut une seconde d'agitation derrière lui tandis que les recrues prenaient position pour surveiller les alentours selon ses commandements. Puis, dès que le silence revint, il s'avança vers le passage.

Le son de pas accordés aux siens lui signifia qu'un novice le couvrait; rien qu'à leur légèreté, il devina qu'il s'agissait de la fille. Accompagné de l'adolescente, Hans se déplaça prudemment jusqu'à l'entrée du passage, où il fit signe de s'arrêter à sa camarade — si une Sorcière, un charognard ou tout autre type d'ennemi se cachait parmi les ombres, il n'allait pas risquer de lui livrer une gamine sur un plateau.

Il attendit donc d'être certain qu'elle obéissait, puis bondit, ses lames levées.

Le passage était vide.

Il scruta les renfoncements entre deux murs, examina les recoins derrière d'énormes débris et leva les yeux sur les poutres qui pendaient à moitié dans le vide, en équilibre précaire au-dessus de lui. Ses lunettes de nuit ne lui renvoyaient rien d'autre que les teintes de vert habituelles.

— Vous entendez ça ? chuchota une voix.

Hans se retourna et découvrit, de l'autre côté de la rue où son escouade s'était dispersée, le garçon qui avait parlé. Il brandissait une machette devant lui, le nez en l'air. Le cœur de Hans s'affola dans sa poitrine. Durant un instant, il crut que le gamin avait entendu le sifflement du vent à travers les branches que chevauchaient les Sorcières. Il tendit l'oreille, mais rien.

C'est à cet instant qu'il vit quelque chose clignoter tout près de la tête de la recrue.

Son poignard quitta sa main sans même qu'il ait à y penser. La lame fendit l'air et disparut dans les ténèbres de l'autre côté de la rue avant d'émettre un léger tintement métallique. Hans sut immédiatement qu'il avait atteint sa cible.

Il s'extirpa de la ruelle et franchit à grands pas la distance qui le séparait de l'endroit où le point blanc était apparu. Il eut vaguement conscience des six regards braqués sur lui, mais y porta à peine attention. Lorsqu'il vit se dessiner la forme de son poignard parmi les autres ombres vertes de son champ de vision, les recrues se regroupaient déjà autour de lui, curieuses.

— Qu'est-ce que c'est que ça ? interrogea l'une d'elles.

Hans se posa la même question en apercevant la chose piquée au bout de son poignard, dont la pointe s'enfonçait de deux bons centimètres dans un pan de mur de ciment effrité. La lame s'y était plantée comme dans de la graisse et s'en dégagea tout aussi facilement grâce à l'alliage qui la composait, une création toute spéciale d'Andy. Hans n'eut pas plus de mal à retirer l'objet mystérieux qui était empalé sur son arme.

— Ça ressemble à..., commença quelqu'un.

— Un Chuchoteur, compléta Hans.

Il fit tourner l'objet entre ses doigts, intrigué. Les Chuchoteurs arboraient généralement la forme d'insectes, souvent dotés d'ailes pour ne pas éveiller les soupçons lorsqu'ils volaient. Andy appelait *abeilles* ceux qu'il fabriquait dans son labo. Celui que tenait Hans avait plutôt la forme d'un cafard ou d'une coquerelle, même s'il n'en avait jamais vu de semblable : la machine était étrangement légère, effilée, et dotée de longues antennes à l'endroit de sa tête triangulaire. Des reflets couraient à la surface de sa délicate carapace lorsque Hans la tournait dans sa main. C'était ces reflets, comprit-il, qu'il avait aperçus et qui avaient trahi la présence du Chuchoteur. Ce dernier, tandis que Hans continuait de le détailler sous toutes les soudures, agitait ses longues pattes aux articulations rondes et lisses.

— C'est un des nôtres ? questionna une des recrues en étirant le cou par-dessus l'épaule de Hans.

— Ou celui d'un refuge voisin ? proposa une autre.

Hans ne se donna pas la peine de répondre. Il savait toutefois que ce cafard ne venait pas du Gîte, ni n'était destiné à s'y rendre. Lorsqu'un Chuchoteur avait un message à délivrer, il filait de son point de départ à sa destination sans jamais s'arrêter. Celui-là, pourtant, les avait suivis. Le point blanc que Hans avait entrevu aux limites de la ville, un peu plus tôt, le lui confirmait. Mais pourquoi ce Chuchoteur les traquait-il ? Et surtout, d'où venait-il ?

Un mauvais pressentiment lui tordit les entrailles.

— Rentrons, lança-t-il alors.

Il rengaina prestement son poignard, qu'il serrait toujours dans une main, et rangea précautionneusement le cafard qu'il tenait dans l'autre dans la poche de sa veste-armure. Il prit garde à bien en boutonner le rabat, pour que la bestiole ne s'en échappe pas.

Il tourna ensuite les talons et revint vers le centre de la rue, les membres de son équipe s'écartant docilement sur son passage. Lorsqu'il força la cadence, il n'eut pas un mot à dire pour que les novices l'imitent et lui emboîtent le pas, reprenant leur route vers le Gîte.

— Capitaine ? intervint la fille du groupe avec une légère hésitation dans sa voix. Que comptez-vous faire du Chuchoteur ?

Hans sentit le cafard qui remuait dans sa poche. Une nouvelle vague d'appréhension le happa et il tenta de l'ignorer, mais son pressentiment persistait.

Il accéléra le pas.

— Je connais quelqu'un au Gîte, expliqua-t-il. Je parie qu'il sera très heureux d'examiner cette chose, quelle qu'elle soit.

• • •

— CE N'EST PAS UN CHUCHOTEUR.

Hans garda le silence et attendit qu'Andy poursuive. Ce dernier était penché sur l'étrange cafard découvert au cours de la patrouille, qu'il observait à travers ses verres grossissants. Sans les lunettes de nuit de Hans pour altérer son apparence, la bestiole mécanique arborait une couleur dorée des plus flamboyantes. La lumière de la lampe que braquait Andy dessus révélait également de fines veinures dans sa carapace, ainsi que de multiples anfractuosités et boursoufflures partout sur son corps. Hans n'avait jamais vu de machine aussi complexe et délicate que celle-là.

Le scientifique partageait son avis, vu l'excitation qui l'avait envahi à l'instant où Hans était entré dans son labo – ou ce qui en restait, entre une montagne de gravats dans un coin et une poutrelle en équilibre précaire qui soutenait un pan de plafond dans un autre. Depuis l'arrivée de Hans, un quart d'heure plus tôt, Andy s'était empressé de nettoyer un coin de table, qui avait miraculeusement survécu à l'attaque des Sorcières, et y avait posé l'insecte mécanique avant de revêtir ses lunettes à verres multiples. Il avait ensuite examiné le cafard sous tous les angles en le tapotant du bout d'un doigt ou de la pointe d'un scalpel. À un certain moment, il l'avait porté à sa bouche et avait léché un coin de sa carapace. Hans avait préféré ne pas poser de question.

– Candy ? insista-t-il pour tirer son ami de sa contemplation.

Le jeune homme tourna à moitié la tête vers son interlocuteur, comme pour garder à la fois un œil sur lui et un autre sur le cafard. Les pattes de ce dernier s'agitèrent en tentant de s'agripper à la table, mais la surface de métal de celle-ci était glissante. L'insecte ne parvint ainsi qu'à se déplacer de quelques centimètres avant qu'Andy ne mette la main dessus et le ramène plus près.

Au bout d'un moment de silence, Hans arqua un sourcil interrogateur. Les verres asymétriques des lunettes d'Andy lui renvoyèrent son reflet en double, le premier drôlement déformé, le second donnant un air de grosses billes à ses yeux bleus.

— Hmm? fit Andy avant de comprendre. Oh, bien sûr. S'il ne s'agit pas d'un Chuchoteur, alors qu'est-ce que c'est?

Il se redressa en relâchant le cafard, qui continua de gigoter mollement sur la table, et croisa les bras sur son torse.

— C'est là où ça se complique.

Hans mit une seconde à réagir.

— Et pourquoi?

Lentement, Andy porta une main à ses lunettes et les releva sur son front. Un œil fixé sur son sujet d'expérimentation, il gratta sa joue mal rasée et lança :

— Tu vois ce matériau doré, si différent de ceux que j'utilise pour mes Chuchoteurs? Eh bien, j'ai cru le temps d'une minute qu'il s'agissait d'or.

Hans en fut bouche bée.

— De l'or? parvint-il à s'étonner au bout d'un moment. Je croyais qu'on n'en trouvait plus depuis des siècles — pas en de telle quantité, du moins.

L'or était en effet si rare que plusieurs le considéraient presque comme un mythe. Hans avait entendu dire que ce métal précieux, tout comme certains autres dont l'argent et le cuivre, avaient jadis servi de monnaie d'échange contre de la nourriture, des armes et divers biens matériels. Il n'en était cependant plus ainsi depuis de très nombreuses générations.

Andy fit alterner son regard entre son interlocuteur et le cafard doré.

— Ce n'est pas tout à fait vrai, nuança-t-il d'une voix légèrement hésitante. On ne trouve plus d'or ici, ni sur aucun autre territoire humain de la planète.

Humain.

— Tu veux dire…, commença Hans.

Mais Andy leva un doigt pour l'interrompre.

— Ceci dit, cette bestiole n'est pas faite d'or, ni d'aucun autre matériau puisqu'il ne s'agit pas d'une machine : tu as devant les yeux un véritable scarabée.

— Un quoi ?

— C'est une espèce d'insecte.

Hans posa un regard ahuri sur la créature qui gigotait toujours sur la table. Un scarabée. Il n'avait vu qu'une mince variété d'insectes au cours de sa vie. Les ingénieurs se plaignaient parfois de la présence de cafards dans la salle des machines, et les pucerons constituaient chaque année une menace pour les céréales cultivées dans les serres hydroponiques. Certaines ruines, à la limite de la ville, grouillaient également de scorpions, mais Andy disait que ces derniers ne faisaient pas partie de la famille des insectes.

Un scarabée.

— Mais c'est *vivant*, argua Hans.

Il voyait d'ici la fissure qu'avait laissée la lame de son poignard dans la carapace dorée de la bestiole.

Comprenant le désarroi de Hans, Andy émit un petit bruit dubitatif.

— C'est là que ça devient vraiment compliqué, acquiesça-t-il. Il ne devrait pas être vivant, du moins pas après que ton poignard l'ait pratiquement coupé en deux. Il n'aurait pas non plus dû te suivre tout le long de ta patrouille — à moins que quelqu'un le lui ait ordonné.

À cette révélation, Hans échangea un regard lourd de sens avec le scientifique. Celui-ci hocha sombrement la tête.

— Cette chose a été envoyée par les Sorcières, confirma-t-il.

Tous deux reportèrent leur attention sur le scarabée. Celui-ci se trémoussait toujours en glissant sur la table de métal.

— Mais si ce n'est pas un Chuchoteur, intervint Hans, à quoi est-ce que ça sert ?

Il n'était pas certain de vouloir connaître la réponse, mais Andy poussait déjà un profond soupir.

— À recueillir des informations, peut-être ? Difficile à dire quand il s'agit des Sorcières. Si ça se trouve, un sort lui a été jeté et c'est un genre de bombe-insecte à retardement.

À ces mots, Hans releva des yeux écarquillés sur le scientifique.

— Mais j'en doute fort ! s'empressa de préciser ce dernier en levant ses mains dans un geste apaisant.

Il soutint le regard de Hans un moment avant de revenir au scarabée.

— Mais au cas où…

Se saisissant de la bestiole, il fila vers un coin de la pièce où, sur les comptoirs et les tablettes, s'amoncelaient une foule d'objets inidentifiables, sans doute du matériel rescapé de l'attaque des Sorcières qui n'avait pas encore été remis en ordre. Après y avoir farfouillé à grands bruits de verre et de métal s'entrechoquant, le chimiste extirpa du bazar une sorte de bocal, fait d'un matériau que Hans ne reconnut pas. Son ami y jeta l'insecte, fourragea de nouveau dans son fouillis et y dénicha un gros couvercle, qu'il vissa bien serré sur le récipient.

— Simple précaution, lança-t-il à Hans en levant le contenant entre eux. Si ce truc doit exploser, ce bocal saura contenir la déflagration.

Il ponctua ses paroles de ce sourire un peu de travers qui lui était propre. Sa tentative d'alléger l'atmosphère tomba toutefois à plat et Hans lui rendit un simple hochement du menton avant de tourner les talons.

– Oh, j'ai trouvé ça pour toi ! le retint son ami.

Hans n'avait pas fait un pas qu'Andy surgissait déjà devant lui. Dans sa main tachée de suie et de poussière de rouille, le bocal anti-explosion avait été remplacé par une poignée de sucettes de toutes les couleurs.

– Elles sont cassées et auront peut-être un arrière-goût de fumée, poursuivit le scientifique, mais c'est toujours mieux que rien.

La seule vue des friandises fit gargouiller l'estomac de Hans. Il attrapa les sucettes et les fourra dans une poche de son pantalon, même s'il mourait d'envie d'en dévorer une sur-le-champ. Le manque de sucre jouait sur ses nerfs depuis près de quarante-huit heures et le rendait d'humeur instable. La découverte de la créature dorée et de son lien avec les Sorcières ne faisait rien pour améliorer son état, mais il n'était pas encore temps de rentrer à ses quartiers pour y trouver un peu de quiétude. Il devait d'abord aller faire son rapport de patrouille au général et l'informer de ce que savait – ou ne savait pas – Andy à propos du scarabée.

Ensuite seulement, il pourrait calmer sa faim, cette dépendance au sucre qui n'avait rien d'une addiction ordinaire.

Sentant ses pensées glisser vers une zone dangereuse, Hans attrapa la pierre blanche sous le col de sa tunique pour la serrer entre ses doigts. Ses filins métalliques s'enfoncèrent dans ses paumes et Hans revint à lui, au présent.

Il s'aperçut qu'Andy le fixait avec attention, ses yeux verts légèrement arrondis, inquiets.

— Quoi ? s'enquit Hans.

Andy se trémoussa nerveusement.

— Avant que tu n'ailles faire ton rapport à Reish, il y a autre chose que...

Il s'interrompit, leva les yeux vers le plafond, les rebaissa sur ses pieds, puis s'humecta les lèvres. Lorsqu'il ramena enfin son attention sur Hans, ce dernier savait déjà qu'il n'aimerait pas ce qui allait suivre.

— Cette chose n'a pas pu arriver ici toute seule, expliqua lentement le scientifique. Une Sorcière a dû la laisser au Gîte pendant l'attaque en espérant qu'elle accomplisse ce pour quoi elle a été créée, mais...

Il se tut une seconde fois et prit un air songeur, les sourcils froncés. Un moment s'écoula avant qu'il ne reprenne :

— Il n'y a pas que ça ; les Sorcières nous sont tombées dessus pendant le changement de garde, et tu sais comme moi que ça ne laisse qu'une mince marge de manœuvre.

Hans sentit sa gorge se nouer. Cette conversation prenait un tournant qu'il redoutait, et ce, depuis qu'il avait découvert le scarabée dans les rues de York, et compris qu'il ne s'agissait pas de l'une des machines d'Andy. Ce mauvais pressentiment qui lui avait tordu les tripes... il soupçonnait déjà quelque chose, sans savoir quoi précisément.

Andy secoua la tête, perdu dans ses pensées.

— Tout était si bien orchestré, poursuivit-il à voix basse. *Trop* bien orchestré.

Il releva les yeux sur Hans, l'air grave.

— Et s'il ne s'agissait pas que d'une simple attaque, Hans ? Si elles préparaient vraiment quelque chose — quelque chose de gros.

Il ne s'agissait pas d'une question.

Un tic nerveux agita les doigts de Hans alors qu'il combattait l'envie d'attraper une sucette. Il serra les poings pour se maîtriser, puis exprima tout haut ce qu'Andy et lui pensaient déjà tout bas :

– Il y a un traître à York.

• • •

L'EAU S'ÉCRASA SUR SON VISAGE, ruissela le long de ses bras, de son dos, de son torse. La sueur et la crasse s'en allèrent avec elle et s'écoulèrent par le drain à ses pieds. Elles libérèrent son corps, laissant sa peau nue moite dans la chaleur étouffante des lieux.

Hans aurait souhaité que ses tracas les suivent et disparaissent eux aussi dans la tuyauterie.

Jetant le seau d'eau désormais vide dans un coin de la minuscule alvéole supposée lui offrir l'intimité nécessaire pour se doucher, il pencha la tête en avant jusqu'à ce que son front touche la surface rêche et inégale du mur. Épuisé, tendu comme un arc de la tête aux pieds, il poussa un profond soupir, puis se permit un instant pour fermer les yeux.

Les derniers jours avaient été éprouvants. Depuis que le général avait été mis au courant qu'un traître courait peut-être entre les murs du Gîte, il avait doublé les heures de travail de tous ses hommes et exigeait des rapports plus fréquents. Les soldats ne tenaient quant à eux plus en place ; ils étaient nerveux et susceptibles – un regard de travers et c'était l'engueulade. Ils ne se faisaient plus confiance et allaient même jusqu'à soupçonner leurs copains de commune, qu'ils connaissaient pourtant depuis des années. Du côté des réfugiés, même si le général s'évertuait à les calmer, la rumeur d'une taupe aidant les Sorcières n'avait pas mis longtemps à se répandre. La tension était plus palpable que jamais à York.

Hans se rappelait une situation similaire, bien des années auparavant, alors qu'il n'était qu'une simple recrue. Tout le continent nord-occidental avait subi de terribles tempêtes de sable et des orages électriques dévastateurs. La saison des pluies avait été la plus courte que les habitants avaient connue depuis des décennies, et la récolte avait été terriblement pauvre. Bien vite, on avait commencé à manquer d'eau pour subvenir à la fois à l'irrigation des serres et aux besoins en eau potable – ceux des réfugiés comme ceux des bêtes. Quand les animaux avaient commencé à s'écrouler, la menace d'une famine s'était ajoutée à celle de la déshydratation.

La peur poussait les gens à agir de façon insensée.

La faim aussi.

Il y avait eu des émeutes, des conflits. Des réfugiés avaient provoqué des bagarres pour une bouchée de lard desséché. Certains avaient dérobé des rations supplémentaires dans l'espoir de tenir plus longtemps, et ce, au péril des vies de leurs concitoyens. D'autres encore avaient préféré se jeter du haut du toit, choisissant une fin immédiate à une mort trop lente et trop douloureuse.

La plupart des réfugiés, à York comme ailleurs, n'avaient survécu que grâce aux mêmes temps capricieux qui avaient failli les décimer : les pluies suivantes avaient débuté des lunes entières à l'avance, coupant court à leur agonie. Certaines villes parmi les mieux équipées avaient aussi dépêché une équipe de soldats pour des expéditions en Terres Fertiles. Celle de York, dont avait fait partie Claws, était revenue à bon port en ramenant des caisses de provisions, des poules et des chèvres laitières.

D'autres escouades n'étaient pas rentrées du tout.

Aujourd'hui, la situation était bien différente, et pourtant si semblable. Cette fois, cependant, la pluie et le soleil ne pouvaient rien faire pour contrer le sentiment de panique qui enflait rapidement à York. La lourde tâche d'apaiser les inquiétudes des citoyens et d'empêcher que le chaos ne s'abatte de nouveau sur le Gîte reposait entièrement sur les épaules du général Reish, ainsi que sur celles des soldats de York.

Sur celles de Hans.

Une sourde expiration, comme un grondement, échappa à Hans et résonna dans l'espace mi-clos autour de lui. Dans le vain espoir de chasser un peu de la tension qui l'habitait, il se passa une main sur le visage, fourragea dans sa tignasse inégale et emmêlée, se massa la nuque. Il sentit, au niveau de son oreille droite et dans son cou, la peau tannée comme du cuir de sa cicatrice. Plus bas, ses doigts trouvèrent le fil métallique de son pendentif et s'y attardèrent. Puis, comme ils descendaient intuitivement vers sa poitrine et la pierre blanche qui y pesait, le grincement d'une porte qu'on entrebâillait se fit entendre. Le bruit de pas sur le sol de ciment, à peine perceptibles tant ils étaient légers, lui parvint ensuite. Hans pensa ouvrir un œil, mais c'était inutile. Il était seul ici, tous les autres soldats de son quart étaient allés manger ou s'étaient directement mis au lit en rentrant. Surtout, il connaissait ces pas qui se dirigeaient vers lui — il avait su que c'était elle à l'instant où elle avait franchi la porte.

Des bras chauds entourèrent son torse.

— Eh toi.

Sa voix était douce et apaisante. Il sentit son corps se presser contre le sien et frissonna lorsqu'elle posa un baiser à la base de sa nuque.

— Tu m'as manqué, aujourd'hui, poursuivit-elle, et son souffle sur sa peau le fit frémir. Hier aussi. L'autre jour d'avant aussi.

Pour réponse, il se contenta de soupirer.

— Je me fais du souci pour toi, annonça-t-elle après plusieurs secondes de silence.

Il ne disait toujours rien ; elle finit par le faire pivoter face à elle. Son toucher était délicat, mais Hans sentit néanmoins une certaine raideur dans ses gestes, peut-être même un peu de frustration. Lorsqu'il se résigna à rouvrir les yeux, s'extirpant de ses pensées et revenant au présent, il dut affronter le regard mi-inquisiteur mi-inquiet de Mila.

— Tu vas bien ? lui demanda-t-elle dans un murmure.

— Oui, répondit-il avec un haussement d'épaules. Enfin, non. Je n'en sais rien.

Elle fronça les sourcils, et ses lèvres pleines se pincèrent comme si elle s'apprêtait à ajouter quelque chose.

Hans s'en voulut aussitôt d'être aussi nonchalant. Il savait que le dernier quart de lune avait été aussi pénible pour Mila que pour lui. Peut-être plus. À la suite de l'attaque des Sorcières, elle avait pratiquement été confinée à l'infirmerie, et n'avait eu que très peu de temps pour souffler, encore moins pour profiter d'une nuit de sommeil digne de ce nom. Il y avait trop de blessés à soigner, trop d'orphelins terrorisés à rassurer. La jeune femme prenait son rôle à York très au sérieux et faisait passer le bien-être des autres avant le sien. Même dans les temps les plus durs — surtout dans ceux-là –, elle recalait ses inquiétudes au second plan et s'efforçait de projeter une image légère et positive aux gens autour d'elle. Rendre le sourire à ses confrères et consœurs de York lui importait davantage que tout le reste. Il en avait toujours été ainsi. C'était une des nombreuses qualités que Hans admirait chez sa compagne. Même dans les moments les plus sombres, Mila répandait sa lumière à travers le Gîte. Et une partie de ses rayons n'était consacrée qu'à lui, et à combattre la noirceur qui l'habitait.

– Merci de t'en faire pour moi, lui dit-il. Mais c'est inutile.

Elle soutint son regard, l'air entendu, l'œil perçant. Hans feignit de ne rien remarquer et lorgna rapidement en direction de son uniforme, plié et empilé en un tas bien net un peu plus loin; les vêtements de Mila reposaient en boule juste à côté. Il fit un pas en arrière, s'adossa au mur et baissa les yeux sur le corps nu de la jeune femme. Sa peau naturellement pâle devenait blafarde dans la lueur des globes suspendus ici et là au plafond. Ses cheveux noirs, légèrement ébouriffés après une longue journée de travail, tombaient en cascade sur sa poitrine. Une mèche barrait un côté de son visage; Hans tendit la main pour la replacer derrière son oreille.

– Hans, soupira Mila.

Il l'ignora et, enroulant un bras autour de la taille de sa compagne, l'attira à lui. Elle se laissa faire et vint se lover contre son torse, mais se détourna quand il pencha son visage vers le sien.

– Je sais à quoi tu penses, le prévint-elle.

Hans ébaucha un demi-sourire et s'apprêtait à riposter que ses intentions étaient plutôt évidentes, mais Mila ne riait pas lorsqu'elle poursuivit :

– Tout ne repose pas sur tes épaules, tu sais?

Le sourire de Hans s'effaça et il laissa tomber la tête en arrière, les yeux sur les fissures qui couraient au plafond.

— Tu *n*'as *pas* à tout prendre sur tes épaules, insista Mila. Tu n'es pas seul.

Hans réprima un grondement irrité.

— Pas maintenant, Mila…

Mais elle avait raison, comme d'habitude. Elle le connaissait trop bien. Elle savait parfaitement ce qui le taraudait, et ce, malgré qu'ils s'étaient à peine vus ces derniers jours. Ils étaient trop occupés avec leur travail respectif.

De plus, Hans avait tendance à s'isoler lorsque la noirceur en lui devenait trop dense, trop profonde. Il pouvait alors passer des heures à ruminer ses idées noires sans voir le temps filer. La Grande Guerre, la désolation, la peur, les morts et les responsabilités saturaient son esprit en permanence. Parfois, il en oubliait de manger, de dormir.

Il oubliait qu'il pouvait compter sur Mila, se reposer sur elle. Elle était son ancre dans la tempête. Son havre de paix à travers le chaos. Sa lumière. Il devait simplement accepter de la laisser entrer.

Hans baissa les yeux sur sa compagne.

— Pas maintenant, répéta-t-il tout bas.

Maintenant, il ne souhait qu'être avec elle, ne plus penser qu'à elle, et oublier tout le reste — s'oublier en elle.

— Je vais bien, assura-t-il.

— Mais…

— *Mila.*

Il prit son visage en coupe entre ses mains, souleva son menton et fit distraitement courir son pouce sur la courbe de ses lèvres douces, si douces.

— Je vais bien, réitéra-t-il, ses yeux dans les siens. D'accord ? Je vais *bien*.

Il posa sa bouche sur la sienne avant qu'elle ne puisse ajouter autre chose. Elle résista une fraction de seconde, puis se fondit en lui sans plus de retenue.

Leurs respirations s'entremêlèrent. Mila jeta ses bras autour de son cou et Hans la sentit l'attirer à elle, avide et impatiente. Il lui rendit son étreinte avec fougue, entourant sa taille fine d'un bras avant de la soulever pour aller la coincer contre le mur. Elle frissonna, se blottit contre son torse. Leurs baisers se firent rapidement plus profonds, plus fiévreux, et leurs caresses plus pressantes. Soudain, les ongles de Mila s'enfoncèrent dans les épaules de Hans, et elle s'agrippa à lui pour le ceinturer de ses jambes.

Le cœur sur le point d'exploser, Hans pressa finalement son corps contre celui de son amante.

La jeune femme s'accrocha à lui de toutes ses forces et il se plaqua contre elle pour goûter à sa bouche, à son souffle rauque, à ses soupirs. Il s'emplit du parfum de ses cheveux et de celui de sa peau brûlante. Il s'enivra de sa chaleur et de sa tendresse, se perdit dans les courbes de ses hanches, dans le galbe de ses seins et dans la passion dévorante de son regard.

Il s'égara complètement en elle, et pendant ce pur moment de plénitude, il oublia la Guerre, la désolation, la peur, les morts et les responsabilités. Il aurait souhaité que cela dure encore mais, bien trop tôt, un tintement aigu monta de la pile de vêtements jetés plus loin.

Sa montre à gousset le ramenait à l'ordre et à la sinistre réalité.

— Tu dois déjà y aller ? s'enquit tristement Mila, ses lèvres contre l'oreille de Hans.

Il avait enfoui son visage dans le cou de sa compagne. Les cheveux de cette dernière le chatouillèrent lorsqu'il hocha la tête.

— Une dernière patrouille, expliqua-t-il. Je n'en ai pas pour longtemps.

Mila soupira. À contrecœur, il ignora ses protestations et la reposa précautionneusement à terre.

— Tu me manqueras, lui confia-t-elle comme il s'écartait. Même si ce n'est que pour deux petites heures.

— Je sais, répondit-il. À moi aussi.

Elle lui offrit un petit sourire, qu'il s'empressa de couvrir d'un baiser avant de se détourner et de marcher jusqu'à ses habits. La seule pensée d'enfiler ceux-ci pour débuter un nouveau quart de garde l'horripilait, d'autant plus que la journée avait été longue et qu'il mourait de fatigue, alors il s'exécuta au ralenti. Au moins avait-il troqué son uniforme de jour trempé de sueur pour celui de nuit, propre et sec.

Mila le rejoignit bientôt pour se rhabiller elle aussi. Il l'observa faire du coin de l'œil, déçu d'avoir dû mettre fin à leurs caresses et de la quitter si vite. Il se promit de maintenir un rythme plus soutenu pendant sa patrouille, histoire de rentrer au Gîte plus rapidement que les deux heures habituellement allouées à cette tâche.

Une minute plus tard, il était paré de pied en cap et prêt pour son dernier quart de travail. Il prenait un instant supplémentaire pour remonter sa montre à gousset et s'assurer qu'elle tinterait d'ici quatre-vingt-dix minutes quand Mila, en train de relacer sa tunique, se figea brusquement.

— Tu as entendu ça ? questionna-t-elle.

— Quoi donc ?

Comme les mots franchissaient ses lèvres, les globes suspendus au plafond clignotèrent puis s'éteignirent, les plongeant dans le noir le plus total.

— Qu'est-ce que…

– Ce n'est sûrement que le couvre-feu, élucida Hans.

Mais il mentait pour rassurer Mila. Il avait eu les yeux sur sa montre une seconde plus tôt seulement : il n'était pas encore l'heure de tout éteindre.

Quelque chose clochait.

Au même moment, une cacophonie de bruits étouffés et déformés par la distance et les murs leur parvint des étages supérieurs : des pas précipités, des voix aux accents secs et tranchants, des plaintes effrayées…

Et les sifflements aigus, presque mélodieux, du vent entre les branches.

Hans jura entre ses dents.

– Viens, ordonna-t-il à Mila.

Il tendit la main dans l'obscurité jusqu'à trouver celle de la jeune femme et, sans plus attendre, l'entraîna à sa suite. De sa main libre, il extirpa ses lunettes de nuit de sa veste-armure et les enfila précipitamment. Son champ de vision s'illumina de vert comme ils atteignaient le couloir, et il accéléra le pas. Derrière lui, Mila courait en lui écrasant les doigts de peur de les laisser glisser, aveugle dans cette soudaine panne de courant. Elle avait toutefois une pleine confiance en Hans et lui emboîtait le pas sans jamais ralentir ou résister.

Dans un silence uniquement troublé par le son de leur respiration irrégulière et de leurs pas sur le ciment, ils parcoururent ainsi un dédale de couloirs pour rejoindre les étages supérieurs et le reste des réfugiés. Ils longeaient l'un des murs extérieurs du Gîte, pourvu de grandes fenêtres, la plupart fracassées depuis longtemps et qui permirent brièvement aux dernières lueurs du soir d'éclairer leur course, quand une ombre jaune et rouge surgit dans la vision périphérique de Hans.

— Attention !

Faisant volte-face, il intercepta Mila dans son élan et se jeta au sol avec elle. Au même instant, les dernières fenêtres volèrent en éclats et une rafale de poussière se déversa dans le couloir. Des morceaux de verre, des gravats de plâtre et de béton s'abattirent tout autour d'eux. Hans ne se risqua à relever la tête que lorsque la pluie de débris eut cessé. Il tenta de sonder les lieux du regard, mais la poussière embrouillait même ses lunettes nocturnes.

Il baissa les yeux sur Mila, allongée sous lui.

— Tu vas bien ?

Elle s'empressa d'acquiescer, calme malgré le désarroi lisible sur ses traits. Sa respiration était courte, pourtant Hans la savait prête à se défendre, à se battre, à tuer s'il le fallait. Elle en était tout aussi bien capable que lui, même si elle avait quitté les rangs des soldats pour ceux des soigneurs déjà plusieurs années plus tôt.

Hans se redressa lentement puis se remit sur pied en tendant la main à Mila pour l'aider à faire de même.

— Qu'est-ce qui s'est passé ? interrogea cette dernière.

Hans tendit l'oreille. Des coups de feu se mêlaient aux sifflements du vent, là, dehors. À pas prudents, il fit mine de s'approcher de la fenêtre la plus près.

— Je ne...

Les doigts de Mila lui échappèrent avant qu'il n'ait pu compléter sa phrase.

— HANSEL ! hurla-t-elle.

Il pivota et chercha sa main, mais elle avait déjà disparu.

Son sang se glaça dans ses veines. Derrière ses lunettes de nuit, ses yeux s'écarquillèrent.

– Mila ?

– HANSEL !

Sa voix résonna dans le couloir, mais elle était étouffée par la distance. Il avançait déjà dans ce qui lui semblait être la bonne direction quand…

– Hansel ?

Une voix féminine, douce et veloutée, qu'il avait déjà entendue.

Sa main plongea vers son fourreau, mais avant qu'il ne touche ses poignards, ses pieds décollèrent du sol. Il fut projeté contre le mur, où l'arrière de son crâne heurta durement le ciment. Son bras, replié pour atteindre ses armes, se retrouva coincé derrière lui. Une décharge de douleur lui vrilla l'épaule avec un craquement ; Hans fut temporairement aveuglé par la souffrance. Elle ne se dissipa qu'au bout de longues secondes, au bout desquelles il prit conscience que ses pieds ne touchaient toujours pas à terre. Il tenta de baisser la tête, mais ses muscles refusèrent de lui obéir. Sa bouche se fit sèche quand il comprit : il était épinglé au mur, figé comme une statue. Il essaya de se débattre, mais rien à faire. Il arrivait à peine à remuer les doigts et les orteils.

– Hansel, répéta la voix qui avait percé les ténèbres un peu plus tôt.

À défaut de pouvoir bouger, Hans se tendit de la tête aux pieds.

– C'est un joli nom, poursuivit la femme.

Elle surgit à travers la poussière qui voletait dans l'air. Sa silhouette se dessina dans la pénombre de la nuit naissante alors qu'elle s'avançait vers Hans. Sans que ce dernier puisse y faire quoi que ce soit, l'inconnue balaya l'espace devant son visage d'un geste de la main : ses lunettes nocturnes lui furent arrachées. Il les entendit retomber plus loin dans une suite de cliquètements métalliques.

La nouvelle obscurité l'aveugla et l'obligea à battre des paupières, pour découvrir qu'il se trouvait nez à nez avec la Sorcière.

Elle se tenait à un pas de lui, la tête penchée en arrière pour pouvoir l'observer en face. Son corps blanc, aux formes parfaitement visibles sous la fine étoffe de sa robe, semblait briller dans les ténèbres. La pâleur de sa peau rappela à Hans le faible éclat de la lune lorsque celle-ci perçait les nuages. Les pieds de la jeune femme étaient nus, mais cela ne sembla pas la gêner lorsqu'elle s'approcha encore et que des tessons de verre crissèrent sous son poids. Elle s'immobilisa enfin, si près que Hans sentit la chaleur de son souffle sur son menton. Un frisson écœuré coula le long de son échine. Quand les doigts de la Sorcière coururent sur sa gorge, il fit mine de reculer. Toujours collé au mur, les pieds ballant à plusieurs centimètres du sol, le plus petit geste lui demandait toutefois un effort surhumain.

Il parvint à baisser imperceptiblement la tête au moment où la Sorcière introduisait une main sous le col de sa tunique.

— Lâche ça tout de suite, grogna-t-il, ou…

— … tu vas me tuer ? compléta-t-elle.

Elle releva ses yeux, noirs comme la nuit, vers les siens. Hans se les rappelait très bien. C'était ceux de la Sorcière qu'il avait failli tuer, un quart de lune plus tôt, pendant le sauvetage des réfugiés de Code.

Il se maudit intérieurement de ne pas y être parvenu ce jour-là.

La femme esquissa un petit sourire sans rompre leur contact visuel, aguicheuse. Hans aurait presque pu le lui rendre, du moins si elle n'avait pas été une Sorcière, et si les dents qui se dessinaient entre ses lèvres n'avaient pas été aussi affûtées que celles d'un chacal.

Sans se départir de son air amusé, la Sorcière s'empara du pendentif de son prisonnier et l'extirpa de sous sa tunique. Hans serra les dents en tentant à nouveau de se débattre. Il ne réussit qu'à pivoter les épaules, visiblement pas assez pour que sa geôlière le remarque, mais suffisamment pour décoincer son bras et tendre les doigts vers le fourreau au creux de ses reins. L'effort lui tira une énergie folle, mais il parvint à effleurer le cuir du manche d'un de ses poignards.

— C'est donc bien toi…, souffla la Sorcière, le regard rivé à la pierre blanche qu'elle soulevait dans sa paume.

Hans sentit le fil métallique s'enfoncer dans sa nuque. Un soupçon de peur fit s'accélérer les battements de son cœur. Il se demanda si elle avait l'intention de tenter de lui arracher le pendentif ou de l'étrangler avec le filin. Tétanisé comme il l'était par le sortilège de sa tortionnaire, il n'aurait aucune chance de réagir.

Il s'efforça de plus belle de refermer les doigts sur son poignard. Il était sur le point d'y arriver quand la femme releva tout à coup son visage vers le sien. Leur regard se croisa et, sans qu'il ne sache trop pourquoi, qu'elle le dévisage ainsi fit se tordre son estomac.

— Vous avez les mêmes yeux, tu sais ? lui demanda-t-elle alors.

Hans cessa momentanément de respirer. La Sorcière continua de l'observer, une lueur presque émerveillée dans ses iris sans fond. Il soutint son regard, les mâchoires serrées, son cœur martelant frénétiquement ses côtes. Sa main trembla sur le pommeau de son poignard lorsqu'il répliqua froidement :

— Je l'ignore ; j'ai oublié.

La Sorcière ne crut pas une seule seconde à son mensonge, pas plus qu'il ne le faisait lui-même toutes les fois où il se le répétait. Un large sourire recourba les lèvres de son interlocutrice et révélèrent ses dents pointues.

— C'est faux, affirma-t-elle.

Elle tira légèrement sur le pendentif de Hans pour appuyer ses paroles.

— Tu ne porterais pas ça si c'était vraiment le cas.

Hans grimaça, mais ne la contredit pas.

— Elle ne t'a pas oublié non plus, lui confia la Sorcière sans se défaire de son sourire. Elle ne l'a jamais fait.

Elle se tut et attendit. Quoi ? Des remerciements ? Des questions ? Des insultes ? Hans ne savait trop. Il ne dit rien. Il en était de toute façon incapable. Sa gorge s'était serrée et il déglutit deux fois – la première pour ravaler le goût de bile qui avait empli sa bouche ; la seconde pour réprimer cette horrible parcelle d'espoir qui avait jailli dans son cœur.

La Sorcière reposa délicatement la pierre blanche contre son torse. Elle recula d'un pas et détailla rapidement son prisonnier de la tête aux pieds.

— J'ai été mandatée pour te ramener auprès d'elle, lui révéla-t-elle. Elle sera heureuse de te retrouver.

À cette idée, des sentiments contradictoires se saisirent de lui : joie, terreur, dégoût, tristesse, soulagement… L'un d'eux toutefois prima sur tous les autres, et il éclata d'un rire froid sans même s'en rendre compte.

— Qu'y a-t-il de si drôle ? se renfrogna la Sorcière.

Hans cessa de rire aussi subitement qu'il avait commencé et planta ses yeux bleus dans ceux de son interlocutrice.

— C'est que je vais vous décevoir toutes les deux.

Sous le regard ahuri de la Sorcière, il dégaina son poignard et lui fit fendre l'air.

La femme bondit en arrière pendant que Hans retombait au sol, brusquement libéré de son sortilège. En se redressant, il découvrit avec satisfaction qu'un trait sanguinolent barrait le torse de son opposante.

– Comment as-tu..., balbutia cette dernière, les yeux ronds.

Hans resserra sa prise sur son poignard ; un éclair de douleur vrilla son épaule, sans doute une séquelle de son impact violent contre le mur. Il l'ignora et tira sa seconde arme de son fourreau de sa main libre.

La Sorcière le dévisageait toujours, Hans s'apprêtait à se jeter sur elle, quand le visage de sa rivale s'éclaira.

– Tu es comme elle.

Hans se figea. La femme lui sourit largement, ses dents étincelantes dans la nuit. Hans lui trouva plus que jamais l'air d'un charognard.

– Je...

– Hansel !

Une puissante détonation claqua dans l'air. Hans vit la Sorcière bondir si rapidement en arrière que sa silhouette en devint floue. Au même moment, une parcelle d'un mur explosa et des morceaux de ciment volèrent en tous sens. Hans leva un bras pour se protéger ; lorsqu'il le baissa, il n'eut qu'une seconde pour apercevoir une forme blanche drapée d'une robe translucide se précipiter vers la fenêtre la plus près et se jeter dans le vide.

– Hans !

Il se retourna. Claws accourait, sa main intacte serrée sur son pistolet, qu'il pointait toujours vers l'endroit où avait disparu la Sorcière. Entre ses doigts de métal, il tenait la main de Mila, qui le talonnait. Le regard de Hans s'attarda un court instant sur leurs mains jointes avant que Mila ne laisse Claws pour se jeter à son cou.

— Tu vas bien ? s'inquiéta Claws en s'arrêtant à leurs côtés.

Hans s'empressa de remettre ses poignards dans leur fourreau.

— Oui, commença-t-il en faisant mine de rendre son étreinte à Mila. J'ai juste…

Il s'interrompit avec une exclamation de douleur quand son épaule droite fut comme traversée par une décharge électrique.

— Tu es blessé ? l'interrogea Mila, et elle s'écarta précipitamment de peur d'empirer ses souffrances.

— Ça va, la rassura-t-il aussitôt. Mon épaule, je crois que…

Claws ne lui laissa pas le temps de finir.

— Inspire, lui ordonna-t-il, les deux mains déjà plaquées de chaque côté de son épaule.

Hans s'exécuta juste avant que son ami ne remette son articulation en place, le tout dans un puissant craquement. L'opération arracha un cri de douleur à Hans ; son champ de vision s'assombrit complètement pendant un moment. Lorsqu'il recouvrit la vue entre ses cils trempés de larmes, il aperçut le visage de Mila tout près du sien, les traits inquiets, et celui de Claws, juste derrière.

Ses gémissements de douleur se muèrent en grognements agacés.

— Nom d'un charognard, je vous dis que je vais bien !

Ses deux compagnons s'écartèrent avec réticence.

— Qu'est-ce qui s'est passé ? questionna tout de suite Hans.

Les yeux noirs de Claws passèrent de l'épaule de son ami à son visage.

– J'allais te poser la même question, dit-il, les sourcils froncés.

– Pourquoi ? l'interrogea Hans. Tout le monde va bien là-haut ?

Il se rappelait les pas de course qui lui étaient parvenus des étages supérieurs, les plaintes craintives des réfugiés et les voix des gardes. Sans parler des coups de feu…

– Sain et sauf, affirma Claws. Une poignée de Sorcières a survolé le Gîte et lancé quelques coups de semonce, mais nous avons pu étouffer la panique. Il semblerait qu'une Sorcière ait été touchée. Une équipe se forme déjà pour la capturer et la ramener pour un interrogatoire. Enfin, si cette chienne est toujours vivante lorsqu'on la retrouve.

Hans pensa à ce que lui avait dit son assaillante avant qu'il ne se libère de sa magie. À la personne qu'elle prétendait servir.

– Je veux en être, déclara-t-il.

Il devait mettre la main sur cette Sorcière avant que d'autres ne le fassent. Surtout, avant que Reish ne l'interroge.

Claws secoua la tête.

– Tu es de patrouille, ce soir, tu te rappelles ?

Hans en oublia momentanément la Sorcière fugitive.

– Mes recrues, prit-il conscience. Elles vont bien ?

Mila esquissa un mince sourire, et Claws arqua un sourcil étonné aux mots teintés d'inquiétude de son frère d'arme. Hans se surprit lui-même du sentiment protecteur qui l'envahit tandis que les visages des six adolescents de son escouade défilaient dans sa tête.

– Oui, le rassura bien vite son ami. Toute l'équipe est venue nous prêter main-forte au premier sifflement du vent, la blondinette en tête.

Hans dut réprimer un sourire en coin, quelque chose ressemblant à de la fierté lui réchauffant la poitrine.

— Tu pourras filer les rejoindre après avoir fait ton rapport, conclut Claws.

Cette annonce chassa subitement toute trace de légèreté chez Hans. Son regard dévia en direction de la fenêtre par laquelle s'était enfuie son opposante à la suite de l'arrivée explosive de Claws et Mila. Il revit ses yeux noirs, la curiosité avec laquelle elle l'avait dévisagé. Ses pensées s'entrechoquèrent dans son crâne.

Que se serait-il produit si Claws n'avait pas déboulé, arme au poing ? La Sorcière était là pour Hans. Elle avait pour mission de l'emmener. Le rythme cardiaque de Hans s'accéléra lorsqu'il se rappela qu'il avait envisagé de la suivre. Cette possibilité l'avait effleuré pendant une seconde, une seule seconde.

Une seconde de trop.

Hans ravala la boule qui s'était coincée dans sa gorge. Revenant au présent, il prit conscience que Claws ne le fixait plus, du moins pas dans les yeux : il regardait la pierre qui ornait son pendentif, autour de laquelle Hans avait refermé ses doigts sans même s'en rendre compte. Il la relâcha avec empressement et se tourna vers Mila, qui avait gardé le silence jusque-là.

— Je vais bien, le devança celle-ci. Ne t'en fais pas pour moi. J'ai été projetée à l'autre bout du couloir et je n'arrivais plus à bouger, mais c'est tout. Le sortilège a cessé de faire effet de lui-même un instant avant que Claws ne me vienne en aide.

Hans acquiesça, soulagé. Il tenta d'ignorer le poids du regard de Claws et de ses questions silencieuses qu'il sentait encore peser sur lui.

— Rentre à mes quartiers, maintenant, tu veux bien? reprit-il. Je serai plus rassuré si je sais que tu t'y trouves.

Mila accepta d'un signe de tête.

— Je te raccompagne, offrit aussitôt Claws.

Avant de s'éloigner, Mila se pencha promptement sur Hans et posa un baiser sur ses lèvres.

— Sois prudent, le pria-t-elle en lui jetant un dernier regard par-dessus son épaule.

Hans attendit que ses amis s'éloignent, mais Claws s'attarda un instant.

— J'ai trouvé ça, pour toi.

Il lança à Hans ses lunettes de vision nocturne, que la Sorcière avait jetées parmi les débris de vitre et de béton au début de leur confrontation. Une fissure zigzaguait sur l'un des verres. Quand Hans passa l'appareil, une moitié de son champ de vision fut totalement plongée dans le noir. Une pichenette vint à bout du problème : le couloir clignota quelques fois en vert, avant de s'éclairer de façon stable.

Hans remercia Claws d'un hochement du menton, mais l'autre ne bougea pas.

— Il y a autre chose..., commença-t-il.

Il s'interrompit pour jeter un œil par-dessus son épaule; Mila avait déjà disparu au bout du couloir, laissant son chaperon derrière.

Claws revint à Hans, visiblement satisfait.

— Cette Sorcière, fit-il à voix basse avec un geste de la main vers la fenêtre qui avait permis à la femme de s'évader. Qu'est-ce qu'elle te voulait?

Hans serra les dents, mais ne dit rien.

— Hansel..., insista gravement Claws.

Hans lui jeta un regard noir avant de se rappeler que ses lunettes et leur large monture masquaient la moitié de son visage à son compagnon.

— Je n'en sais rien, répondit-il un peu sèchement.

Il tourna le dos à Claws et fila dans les ténèbres sans lui permettre d'ajouter autre chose.

• • •

LE SOLEIL ÉTAIT À PEINE LEVÉ quand Hans quitta ses quartiers pour se rendre à la salle commune. S'y trouvaient alors déjà plusieurs soldats, de retour de leur patrouille nocturne ou s'apprêtant au contraire à prendre la relève de jour. Quelques réfugiés lève-tôt étaient aussi présents et s'autorisaient un dernier moment de détente avant d'aller effectuer leurs tâches quotidiennes.

En ce matin, le sel, la viande grillée et les œufs embaumaient l'air. C'était plus de parfums alléchants que Hans n'en avait senti depuis longtemps au Gîte. À la suite de la dernière attaque dévastatrice des Sorcières, les pertes humaines, bien que nombreuses, n'avaient pas été les seules à déplorer. Du bétail avait aussi péri et, s'il était inquiétant de voir ainsi leurs ressources diminuées, le plus de viande possible avait été récupérée, salée, cuite ou séchée. Les réfugiés avaient aujourd'hui droit à des rations de protéines plus copieuses que tout ce qu'ils avaient vu ou espéré depuis des lunes.

Hans avait lui-même l'eau à la bouche chaque fois qu'il mettait le pied dans la pièce, et ce jour ne faisait pas exception. Toutefois, ce n'était pas la faim qui l'avait mené là d'heure si matinale, mais le soleil.

Le soleil, comme la lune, perçait rarement les nuages. Sa lumière, même filtrée par le brouillard, était captée par les panneaux solaires dispersés sur les toits de York. Il s'agissait là de l'une des trois technologies qui contribuaient à la production du courant dans le Gîte, avec les éoliennes en périphérie de la ville, ainsi que la méthanisation des déjections du bétail, effectuée dans des cuves à l'étage des machines. Malgré le brouillard, la chaleur de l'astre diurne était toujours aussi accablante, et ce, même durant la saison sombre, où les jours étaient pourtant les plus courts et les plus frais de l'année. La silhouette du disque solaire restait néanmoins habituellement invisible, lointaine et inaccessible, au-delà du brouillard. Mais parfois, dû à un phénomène qui échappait à Hans, les nuages de pollution se faisaient moins denses et le pâle cercle lumineux se montrait. Jamais bien longtemps et jamais plus de quelques journées par lune.

Aujourd'hui était l'une de ces journées.

En entrant dans la salle commune et en y découvrant le flot de lumière qui y pénétrait par les rangées de fenêtres, Hans s'était empressé de grappiller quelques tranches de lard et trois œufs bien baveux qu'il avait engloutis en une demi-seconde. Puis, il était venu se percher au bord d'une fenêtre à peu près intacte par laquelle il pouvait apercevoir le soleil, tout là-haut, et sentir sa chaleur sur sa peau. Il s'était même risqué à retirer sa veste-armure et à retrousser les manches de sa tunique jusqu'au coude, ce qui ne manquait jamais d'attirer l'attention sur ses cicatrices.

Tant pis.

La vision du soleil, sa lumière de l'autre côté des nuages, avait quelque chose de rassurant, d'apaisant. Voilà un quart de lune que son esprit était assailli de mille et une questions, de mille et un tracas. Avec l'attaque des Sorcières, et l'incertitude quant à la présence d'un traître au Gîte – sans parler de la Sorcière aux yeux noirs et de son invitation –, Hans était tendu, épuisé, impatient et agressif. Le soleil semblait être tout ce dont il avait besoin pour faire le vide, même pour un simple instant.

Alors, avachi contre le bord de la fenêtre, baigné des rayons du jour, il poussa un long soupir et ferma les yeux.

Sitôt ses paupières closes, il oublia où il se trouvait. Il oublia les murs qui le cernaient, le brouhaha des conversations indistinctes autour de lui. Il laissa son esprit dériver à l'extérieur du Gîte et au-delà du refuge de York. Dépassé ses frontières, loin de son ciel drapé de brouillard, par-delà ses terres hostiles.

Il se perdit dans l'éphémère lueur des rayons du soleil.

Et s'oublia lui-même.

Quand tout à coup :

– Vous avez les mêmes yeux, tu sais ?

Il fit mine de lever le regard, mais il n'en avait pas besoin : la Sorcière se trouvait déjà devant lui. Ils se fixaient tous les deux, leur visage à un cheveu l'un de l'autre. Son souffle tiède s'écrasait sur son menton et il sentait ses doigts contre sa poitrine tandis qu'elle tirait sur son pendentif. *Son pendentif.* Le sang dans ses veines se réchauffa et il voulut repousser sa main, mais ses membres refusaient de lui obéir.

Pendant ce temps, elle sourit et ses prunelles aussi noires que la nuit se mirent à briller.

– Vous avez les mêmes yeux, tu sais ?

Il s'apprêtait à répondre, mais sa voix restait obstinément coincée dans sa gorge, et ses lèvres, scellées.

— Je l'ignore ; j'ai oublié.

Sa voix… Il n'avait pourtant pas l'impression d'avoir ouvert la bouche.

La Sorcière le défia du regard.

— C'est faux. Tu ne l'as pas oubliée — et elle ne t'a pas oublié non plus…

Elle se pencha plus près ; il vit ses iris changer de couleur. Du noir le plus profond, ils s'éclaircirent jusqu'à arborer le bleu le plus pur, celui qu'on disait qu'arborait le ciel auparavant, bien auparavant.

Il ne vit bientôt plus rien d'autre que ses yeux.

Ses yeux identiques aux siens.

— … Je ne t'ai pas oublié, Hansel.

— …

— *Hansel.*

Il rouvrit les yeux. Le visage qu'il avait été en train de contempler s'effaça lentement, remplacé par de hauts murs gris et ternes, mouchetés de flaques d'une lumière blafarde qui filtrait par des fenêtres crasseuses. Il était toujours affalé au pied de l'une de ces lucarnes et dut battre quelques fois des paupières, ébloui par la soudaine luminosité.

L'esprit embrouillé, il mit un instant à comprendre qu'il avait dû s'endormir, ou pour le moins rêver éveillé. Lorsqu'il regarda autour de lui, il ne put s'empêcher de songer que la semi-obscurité des lieux, les formes des gratte-ciel qu'il devinait de l'autre côté des fenêtres sales, même le soleil, derrière le brouillard ; tout lui parut terriblement fade et sans éclat après ces yeux bleus qui l'avaient fixé une minute plus tôt.

Sa gorge se noua. Pendant une fraction de seconde, un sentiment de tristesse mêlée d'amertume l'envahit, mais il se ressaisit et s'efforça de se concentrer sur le présent. Au même moment, un toussotement caverneux attira son attention, le faisant relever les yeux.

– Claws ? s'étonna-t-il en découvrant son ami, planté à quelques pas de là. Que...

C'est à ce moment que l'épais silence le frappa. Hans s'interrompit pour faire le tour de la pièce du regard et croisa une vingtaine de paires d'yeux.

Plus personne ne bougeait. Plus personne ne parlait.

Tout le monde l'observait.

Hans revint à Claws et prit conscience que son camarade n'était pas seul. Une demi-douzaine de gardes l'accompagnaient et se tenaient légèrement en retrait. Parmi eux, le général Reish. Le visage des hommes était fermé, leurs traits durs. À moitié dissimulées sous un pan de leur veste-armure, ils avaient tous une main posée sur leur pistolet.

Durant un instant, Hans fixa l'escouade sans comprendre. Puis, une idée, une crainte, germa au creux de son ventre et y pesa comme une pierre. La bouche sèche, il quitta le bord de la fenêtre pour se remettre debout, le tout dans des gestes lents, un œil alternant entre les visages à l'air sombre et les six armes à feu, qui n'attendaient que d'être dégainées et pointées sur lui.

– Claws ? répéta-t-il d'un ton plus sec. Claws, qu'est-ce qui se passe ?

Son ami soutint son regard et fit s'entrechoquer ses doigts mécanisés. Ses lèvres s'entrouvrirent, mais ce ne fut pas sa voix qui s'éleva :

– Capitaine Hansel.

La forme de Reish se détacha légèrement de l'escouade. Il s'immobilisa à quelques pas de Hans en faisant tinter la pointe de sa canne sur le sol, et fixa ses yeux gris dans ceux de son soldat.

– Votre présence est requise en salle d'interrogatoire.

L'angoisse titilla le cœur de Hans lorsqu'il se rappela qu'une Sorcière avait été touchée lors du raid de la veille. Un raid qui avait pour but, s'il en croyait les confidences faites par la Sorcière aux yeux noirs qu'il avait rencontrée, de le débusquer, lui, et de l'emmener. Claws lui avait dit qu'une équipe avait été lancée aux trousses de la fugitive pour la ramener au Gîte dans le but de la questionner. À l'idée que la Sorcière ait pu révéler à Reish la raison de leur présence à York, à ses consœurs et à elle, Hans sentit sa respiration s'accélérer.

– C'est la Sorcière ? s'enquit-il auprès du général. Elle a parlé ?

Il espéra que le léger tremblement dans sa voix passerait pour de l'excitation. Reish annonça froidement :

– Elle est morte. Elle a usé de ses dernières forces pour manipuler l'équipe qui l'escortait et obliger ses membres à la fusiller sur place.

– Oh, laissa tomber Hans.

Il ne ressentit pas le soulagement auquel il s'était attendu ; le dirigeant de York le toisait toujours.

– Et alors ?

– Alors ? répéta Reish face à l'incompréhension de Hans. Alors vous allez devoir nous suivre, capitaine.

Le sol sembla s'ouvrir sous les bottes à semelles renforcées de Hans. Il eut l'impression de chuter des dix étages qui le séparaient de la terre ferme.

– Claws ? interpella-t-il.

Il tourna la tête en direction de son ami, pour une explication ou du soutien, il n'aurait su le dire. Son frère d'arme baissa les yeux.

— Fais ce qu'on te demande, Hansel.

Hans resta momentanément sans voix devant l'inaction de son camarade.

— Pourquoi ça ? finit-il par balbutier. Qu'est-ce que ça veut dire ?

Claws coula un regard nerveux en direction des autres gardes. Certains d'entre eux avaient refermé leur main sur la crosse de leur pistolet. Reish lui-même tapotait désormais la poignée de sa canne avec insistance, tel un avertissement.

— Hansel, insista finalement son ami d'une voix forte.

Hans ne fit ni ne dit quoi que ce soit. Les poings fermés, les joues chauffées par une colère grandissante, il se contenta de foudroyer son interlocuteur du regard.

— *S'il te plait,* l'enjoignit alors celui-ci en articulant silencieusement les mots.

Au même moment, un jeune garde se détacha du groupe derrière Claws et s'approcha de Hans. Comme celui-ci ne daignait toujours pas bouger, le garde porta une main à sa ceinture, où était glissée une paire d'attaches métalliques. Hans identifia l'objet comme l'une des créations d'Andy : des menottes ultrarésistantes, conçues pour entraver n'importe quel ennemi — homme, femme, Sorcière… *traître.*

Hans décocha un dernier regard noir à Claws avant de se détourner.

— Capitaine Hansel, commença l'autre jeune garde en se plantant à côté de lui. À la suite de la découverte d'éléments qui nous poussent à douter de votre loyauté envers le refuge de York et de ses habitants, vous êtes prié de…

Une onde de rage déferla en Hans, qui ne put s'empêcher de repousser le garde avec violence quand celui-ci tenta de lui passer les menottes.

— *Ne me touche pas,* lui siffla-t-il tandis que le pauvre recouvrait à peine son équilibre.

Un chœur de cliquetis métalliques lui répondit. Hans leva les yeux vers le reste de l'escouade : cinq pistolets pointaient leur canon droit sur lui. Il ne se démonta pas pour autant et défia chaque soldat du regard l'un après l'autre.

Plusieurs secondes d'un lourd silence s'écoulèrent ainsi. Hans sentait le poids de tous les yeux qui le fixaient. Il sentait le regard de Claws.

Il se fit un devoir de l'ignorer.

La voix rauque de Reish s'éleva soudain et sembla emplir la pièce jusque dans ses moindres recoins :

— Baissez vos armes.

Les gardes hésitèrent brièvement, imperceptiblement. Puis ils s'exécutèrent et rangèrent leur pistolet dans leur fourreau d'un même mouvement.

Hans croisa le regard du général Reish. Un regard froid, cruel.

— Le capitaine Hansel va nous suivre, conclut l'homme d'une voix qui ne laissait pas entendre le plus petit doute.

Sans rien rajouter, il tourna les talons et s'éloigna vers la sortie.

Le silence revint. Les soldats ainsi que les réfugiés présents dans la pièce dévisagèrent Hans, tendus, ne s'attendant visiblement pas à ce qu'il obéisse au général aussi stoïquement que ce dernier paraissait le croire.

Hans n'y croyait pas non plus. Du moins, il n'y crut pas les premières secondes. Mais, au bout du compte, il jugea préférable de ravaler sa colère, de se taire et de serrer les poings.

Il releva le menton. Sous l'attention des réfugiés et des soldats restants – parmi lesquels Claws, qu'il n'observa pas une seule fois –, il emboîta le pas à Reish sans un regard en arrière.

• • •

LA PORTE DE LA CELLULE fut refermée dans un grincement derrière lui. Hans resta sans bouger un moment, les yeux rivés au mur de ciment sale auquel il faisait face. Sa surface était parcourue de craquelures, d'entailles de diverses largeurs, de nombreuses traînées de sang, ainsi que de cernes sombres, à ras du sol, près d'un seau de métal à l'allure douteuse et dont il préférait ignorer l'utilité pour le moment.

Tous des vestiges du passage des multiples prisonniers qu'avait faits York.

Hans n'y tint plus et pivota sur ses talons. De l'autre côté des barreaux ternis, à une distance de deux pas à peine, le général le toisait, ses yeux gris disparaissant presque complètement dans l'ombre de leur profonde orbite.

– Quelque chose à dire, capitaine ? demanda-t-il à Hans d'une voix granuleuse.

Celui-ci soutint le regard de son supérieur un instant, puis leva les yeux en soupirant vers le globe poussiéreux suspendu au plafond. Il s'agissait de la seule source de lumière de la pièce, et elle vacillait sans cesse en laissant les recoins les plus éloignés dans l'ombre. Le courant y était encore acheminé pour l'instant, mais Hans savait qu'il serait coupé bien avant l'heure du couvre-feu. Il se retrouverait alors plongé dans le noir le plus total.

– C'est ridicule, finit-il par marmonner en reportant son attention sur Reish. Qu'est-ce que je fais ici ?

– Il me semble que c'est pourtant clair, répliqua son interlocuteur.

Hans le dévisagea sans piper mot. Reish attendit, ses énormes bras croisés sur son torse. Sa canne pendait à sa ceinture et son tranchant luisait de façon menaçante dans le faible éclairage.

– C'est ridicule, répéta Hans d'un ton grondant.

– Ce qui est ridicule, intervint Reish, c'est qu'au cours du dernier quart de lune, vous vous soyez retrouvé deux fois en la présence de la même Sorcière, et qu'elle ait épargné votre vie.

Hans ne réagit pas immédiatement, ébahi.

– Quoi ?

Le général resta silencieux une seconde, après quoi il s'écarta des barreaux d'un pas, puis commença à faire des allées et venues entre la cellule et le mur opposé.

– Tout d'abord lors de votre mission de sauvetage, expliqua-t-il gravement. Votre convoi s'est fait attaquer par un groupe de Sorcières alors même que nous étions aux prises avec un autre, ici, au refuge. Julian – le Général de Code, vous vous rappelez ? – m'a relaté l'évènement. Il dit vous avoir vu combattre une Sorcière aux longs cheveux noirs et aux yeux plus noirs encore.

Il cessa ses rondes pour faire face à Hans.

– Il dit aussi qu'en plein affrontement, elle vous a subitement relâché avant d'ordonner le repli.

— Quoi ? s'étouffa Hans. Non ! Elle…

Mais il s'interrompit, car il prenait conscience qu'il ignorait ce qui s'était précisément produit à ce moment-là. Il était aux prises avec la Sorcière aux yeux noirs et, en effet, en apercevant le pendentif de Hans, elle l'avait repoussé avant de s'écarter de lui. Ses comparses et elle avaient ensuite pris la fuite. Du moins, c'est ce qu'avait cru Hans…

La frustration enfla dans sa poitrine. Il ne pouvait donner raison à Reish, mais il ne pouvait pas non plus le contredire avec certitude.

Reish le jaugea rapidement de la tête aux pieds.

— Vous auriez dû mourir, ce jour-là, capitaine. Mais cette Sorcière vous a laissé la vie sauve. Pourquoi ?

Ses mots suintaient le sous-entendu ; le sang bouillonna dans les veines de Hans. Il enfonça ses ongles dans ses paumes, s'obligeant à garder son calme. Il eut malgré tout bien du mal à ne pas grincer des dents en s'expliquant :

— Je l'ignore. Certes, les Sorcières auraient pu nous tuer, mais au prix de la vie d'une partie des leurs. Ça n'aurait pas été la première fois qu'elles jugeaient préférable de limiter les victimes.

— Quarante-huit, répliqua froidement Reish. C'est le nombre de réfugiés que York a perdu ce jour-là. Ici, les Sorcières n'ont pas *limité les victimes.*

Cette fois, Hans se mordit l'intérieur d'une joue pour s'obliger au silence. Ce petit jeu avec Reish mettait sa patience à rude épreuve. D'abord, une équipe l'appréhendait à la salle commune comme s'il représentait une menace pour tout le refuge. Un peu plus tôt, on lui avait également confisqué ses armes sans la moindre explication. Et maintenant, on l'enfermait dans une cellule pour l'interroger ? Il avait accepté de suivre le général et de coopérer parce qu'il n'avait rien à se reprocher. Jamais, toutefois, il ne s'était attendu à se retrouver derrière les barreaux comme un vulgaire prisonnier. Comme une Sorcière.

Comme un *traître*.

Un éclair de douleur lui vrilla la joue et un goût de sang emplit sa bouche.

Reish ignora le regard assassin que lui jeta Hans et redressa son menton piqué de poils grisonnant.

— Julian a eu l'impression que la Sorcière aux yeux noirs et vous vous connaissiez.

Hans abattit son poing sur un barreau. L'impact résonna longuement dans la pièce, presque aussi longtemps que la sensation de brûlure se fit sentir dans ses jointures.

Sa petite démonstration de force ne fit même pas sourciller Reish.

— Conneries, lui siffla Hans. Rien que des conneries.

Le général se pencha calmement vers lui. Son visage n'était plus qu'à quelques centimètres des barreaux lorsqu'un léger tic retroussa un coin de ses lèvres.

— Si ce sont vraiment des foutaises, dit-il, que faisiez-vous hier soir à discuter tranquillement avec cette même Sorcière ?

Hans en resta bouche bée. Il songea d'abord à réfuter que la Sorcière et lui n'étaient certainement pas en train de *discuter*, quand il se ravisa pour se demander comment Reish pouvait être au courant de cet épisode. C'était précisément pour éviter ce genre d'accusations qu'il avait omis de faire son rapport. Les seules autres personnes au courant de l'incident étaient donc Mila et…

Claws.

Cela frappa Hans comme un coup de poing dans le ventre. Claws avait parlé à Reish. Durant une minute, il repoussa cette idée. Il prit pourtant conscience qu'il s'en doutait. À l'instant où Reish et son escouade étaient venus le chercher dans la salle commune, il avait croisé le regard de Claws, son air sinistre, et y avait lu de la culpabilité.

Le général cogna ses jointures contre les barreaux pour sortir Hans de son mutisme.

— Quelque chose à ajouter, capitaine ?

Hans s'autorisa une seconde pour le défier du regard. Puis il cracha un mélange de sang et de salive par terre, entre l'autre homme et lui.

— Allez vous faire foutre.

Reish baissa brièvement les yeux sur le sol avant de rendre son regard noir à Hans. Après quoi il tourna les talons et, sans un mot de plus, quitta la pièce.

Une minute plus tard, un bruit de pas se fit entendre. Hans n'avait pas bougé et reconnut la silhouette du nouveau venu avant même que ce dernier ne passe sous le globe suspendu au plafond.

— Ne te donne même pas cette peine, prévint-il en pivotant vers le mur du fond de sa cellule pour tourner le dos à son comparse.

— Hansel, commença Claws, je te promets que j'ignorais…

— Sors d'ici, l'interrompit Hans. Je ne veux pas te voir.

— Je voulais juste…

— C'EST À CAUSE DE TOI QUE JE SUIS ICI ! rugit Hans.

Il se retrouva nez à nez avec Claws sans avoir eu conscience de se jeter contre les barreaux. Son camarade ne s'écarta pas, mais Hans le vit crisper les mâchoires et sa respiration émit un son rauque en circulant à travers les tubes dans sa gorge.

— J'ai simplement fait mon rapport, argua-t-il.

— Tu as dirigé les soupçons sur moi, lui reprocha Hans.

Il se pressa contre les barreaux de la cellule jusqu'à ce que son épaule droite, celle qui avait été démise lors de son affrontement de la veille avec la Sorcière, le fasse souffrir. Son visage était alors tout près de celui de Claws ; ce dernier réprima un mouvement de recul face à la colère de son ami.

— Maintenant, tout le monde au Gîte va me prendre pour le traître, renchérit Hans. Et c'est *ta faute.*

Les traits de Claws se firent empreints de douleur.

— J'ignorais que Reish voudrait t'emprisonner, tenta-t-il.

Mais Hans n'avait plus rien à faire de tout ce qu'il pouvait dire.

— Sors, ordonna-t-il en soupirant. Va-t'en.

— Mais Hansel, écoute...

— VA-T'EN !

Il frappa les barreaux de ses paumes ouvertes de toutes ses forces. Cette fois, Claws recula. Il fixa Hans de longues secondes, abattu.

— Je suis désolé, laissa-t-il tomber.

Il fit marche arrière sans quitter son ami des yeux, mais finit par tourner les talons et, comme le général Reish avant lui, quitta la pièce en laissant Hans seul derrière lui.

• • •

CE JOUR-LÀ, on ne lui apporta ni eau ni nourriture. À un moment, Hans entendit le cliquetis d'un loquet et sut que la porte menant à sa prison avait été verrouillée. Plus personne ne vint le voir pour l'interroger ; les heures commencèrent à s'égrener dans le silence, seulement troublé par le son de ses semelles renforcées sur le sol tandis qu'il tournait en rond, inlassablement.

Plus tard, le globe qui pendouillait au bout de son fil électrique grésilla puis s'éteignit pour ne plus se rallumer. L'obscurité s'enroula autour de Hans comme des doigts insidieux en s'attardant le long de son échine. Il tenta de fermer les yeux et de s'imaginer ailleurs – dans ses quartiers après le couvre-feu, au sommet d'une tour de garde sous un ciel sans lune –, mais le silence prit vie et murmura à son oreille des histoires de Sorcière aux yeux noirs, de traître et de solitude.

Hans cueillit inconsciemment la pierre blanche de son pendentif au creux de sa main.

Il ne la lâcha plus.

• • •

LE DEUXIÈME JOUR, Mila vint le trouver.

– Je n'ai pas cru Niklaus lorsqu'il m'a dit pour toi.

Elle se tenait au milieu de la pièce, en plein centre du faisceau de lumière tremblotante émise par le globe. Le cœur de Hans avait bondi dans sa poitrine lorsqu'il l'avait vue entrer, et il s'était précipité contre les barreaux pour réduire au maximum la distance entre eux. Mila n'avait cependant pas bougé ; elle ne bougeait toujours pas.

– J'ai su qu'il était sérieux quand tu n'es pas venu me retrouver pour la nuit.

Elle avait l'air grave. Un pli soucieux se creusait entre ses fins sourcils, et elle avait enroulé ses bras autour de son torse dans une posture protectrice. Mais que craignait-elle ainsi ?

Hans appuya son front contre un barreau et soupira.

— Je suis désolé. Toute cette situation est complètement stupide. Mais je te promets que les choses rentreront bientôt dans l'ordre, d'accord ?

Il attendit, les yeux rivés au visage crispé de sa compagne. Pour réaction, celle-ci ne lui offrit cependant qu'un froncement de sourcils supplémentaire et baissa ses prunelles vertes sur le sol. Hans chercha son regard, en vain ; elle évitait le sien.

Sa cage thoracique se comprima douloureusement.

— Mila ? Tout va bien ?

Il vit ses lèvres s'entrouvrir ; une demi-seconde passa avant que des mots ne les franchissent :

— Ça va, mais Hans…, ajouta-t-elle en relevant les yeux — il sentit l'hésitation dans sa voix. Les gens parlent. Les rumeurs vont bon train sur les raisons de ta séquestration.

Les doigts de Hans se resserrèrent autour des barreaux. Évidemment que les gens parlaient. Ils devaient même s'en donner à cœur joie. La veille, quand Reish et son équipe était venus pour l'emmener, seule une poignée de réfugiés et de soldats en pause avait assisté à la scène. Il n'en fallait toutefois pas plus pour relater l'histoire à qui voudrait l'entendre en y ajoutant une déformation par-ci et une exagération par-là… À l'heure qu'il était, Hans incarnait sans aucun doute le visage du traître tant recherché aux yeux de plus d'un réfugié.

Ce n'était pourtant pas pour cette raison qu'il sentait son estomac se retourner.

Non.

C'était à cause de la façon dont Mila le dévisageait. Comme si elle ne le reconnaissait pas. Comme si elle doutait.

De lui.

Hans ouvrit la bouche pour l'interroger à ce sujet, mais elle le devança :

– Quelqu'un a dit que ce n'était pas la première fois que tu croisais le chemin de cette Sorcière avec laquelle Niklaus et moi t'avons trouvé l'autre soir. C'est vrai ?

Elle feignit un ton léger, nonchalant, mais son regard était perçant et ses mots, accusateurs.

Hans fit de son mieux pour ne rien montrer de la douleur qui lui étreignit le cœur à cet instant, mais il ne put empêcher ses dents de grincer lorsqu'il expliqua :

– Elle était parmi le groupe qui nous a attaqués lors du sauvetage des réfugiés de Code.

Mila hocha la tête.

– Mila ? insista Hans au bout d'un moment de silence. J'ignore ce que tu as entendu à propos de cette Sorcière et moi, mais j'espère que tu ne crois pas à ces histoires, quelles qu'elles soient.

La jeune femme soutint son regard pendant des secondes qui durèrent une éternité aux yeux de Hans, qui retenait son souffle. Finalement, les épaules de Mila s'affaissèrent.

– Non, soupira-t-elle. Bien sûr que non.

Elle s'approcha lentement de la cellule de son compagnon pour s'immobilier juste de l'autre côté des barreaux. Elle leva une main, la posa sur celle de Hans. Ce dernier regarda la jeune femme sans ciller, ses yeux plongés dans les siens.

– C'est juste…, commença Mila.

Elle s'interrompit et se détourna le temps de mordiller sa lèvre inférieure.

– Reviens-moi vite, d'accord ? balbutia-t-elle.

Elle ne laissa pas le temps de répondre à Hans et se pencha pour l'embrasser entre les barreaux. Ce fut un baiser léger, mais le goût de ses lèvres sur les siennes fit oublier à Hans la sensation de vide mêlée de frustration qu'il ressentait depuis vingt-quatre heures. Il se pressait contre les barreaux de sa prison et s'étirait vers Mila pour en exiger plus quand des coups furent frappés à la porte, de l'autre côté de la pièce.

— C'est pour moi, chuchota Mila.

Elle s'écarta. Hans ne put rien faire pour la retenir. Il l'observa simplement reculer de deux, puis trois pas, jusqu'à ce que sa main, jusque-là chaude et douce sur la sienne, retombe le long de son corps.

— Je dois y aller, renchérit-elle.

Ses mots avaient quelque chose de définitif qui fit mal à Hans.

Mais il ne dit rien et suivit sa silhouette des yeux tandis qu'elle quittait la pièce. Quand la porte se referma derrière elle en gémissant, le condamnant de nouveau à la solitude, il ne bougea pas. Il resta là, les doigts enroulés autour des barreaux de sa cellule, son regard fixé droit devant, et attendit.

• • •

LE TROISIÈME JOUR, ses mains furent prises de tremblements. Pas à cause de la faim, ni à cause de la soif, mais à cause du manque de sucre. Hans ne pensait plus qu'à ça. La bouche sèche, la langue pâteuse, les crampes d'estomac, les étourdissements ; il pouvait gérer. Les pulsations assourdissantes de son sang à ses tempes, les sueurs froides, les nausées… Ça, c'était une tout autre histoire.

Déjà plus de fois qu'il ne pouvait les compter depuis son réveil, il avait fourré une main dans la poche de son pantalon où il gardait habituellement son stock de friandises. Vide, évidemment. Son esprit torturé l'avait toutefois fait répéter ce geste à maintes reprises, encore et encore et encore. Un peu plus tôt, il avait frénétiquement retourné ses poches, puis avait fouillé celles de sa veste-armure, avant de jeter le vêtement de l'autre côté de la cellule dans un cri de rage en n'y trouvant rien d'autre qu'une pochette de cuir vide ainsi que sa montre à gousset.

Hans se tenait désormais immobile contre le mur du fond, son front pressé contre sa surface dont la fraîcheur lui éclaircissait légèrement les idées, du moins en avait-il l'illusion. Ses bras étaient tendus le long de son corps, ses muscles bandés sous sa peau luisante de sueur et, malgré tous ses efforts pour se maîtriser, des spasmes secouaient toujours ses poings serrés. Quelque part en lui, là où la dépendance n'avait pas encore étendu toute son emprise, il était conscient du pitoyable spectacle qu'il donnait. Le capitaine Hansel, brave soldat de York... Il était à peine assez lucide pour éprouver le soulagement de ne pas être vu dans cet état...

— Vous ne devriez pas être là, lança une voix.

Hans battit des paupières et se retourna lentement. De l'autre côté des barreaux, il découvrit une adolescente toute menue, engoncée dans un uniforme de soldat trop grand pour elle. Les bras croisés sur sa poitrine, elle détaillait Hans de la tête aux pieds, l'air embêté. Celui-ci mit quelques secondes à la reconnaître sans ses lunettes de nuit, dont il avait davantage l'habitude que ces grands yeux bleus innocents : il s'agissait de la fille de son escouade de recrues.

— Quoi ? fut tout ce qu'il trouva à répondre.

— Vous ne devriez pas être là, répéta la fille. Je l'ai dit au général et aux autres, mais ils n'ont rien voulu entendre.

Peut-être l'isolement des derniers jours, additionné à la faim, à la déshydratation et à son besoin désespéré de sucre, l'avait-il plus durement atteint qu'il ne le croyait, car encore une fois, Hans ne parvint qu'à balbutier :

– *Quoi ?*

– Votre emprisonnement, insista la recrue en englobant la pièce d'un signe du menton. Cette histoire comme quoi vous êtes un traître : *ridicule.*

Les mots de la jeune fille mirent un instant à faire leur chemin dans l'esprit de Hans, et un autre encore fut nécessaire pour qu'il parvienne à articuler :

– Tu ne crois pas que je suis le traître ?

Même lui percevait l'incrédulité dans sa voix traînante.

– Pas une seule seconde, confirma pourtant son interlocutrice sans la moindre hésitation.

Hans soutint son regard. Il était clair, vif et sincère. Cette certitude l'étonna, et il ne sut trop qu'en penser ; ces derniers jours, tous les yeux qui avaient croisé les siens exprimaient le doute, la crainte, le dédain. D'abord le général Reish, puis les soldats, les réfugiés…

Hans s'interdit d'aller jusqu'au bout de ses pensées.

– Merci, dit-il plutôt à la recrue qui le fixait toujours.

Elle répondit à son marmonnement à peine intelligible par un hochement de tête solennel.

– Capitaine.

Hans dut ravaler un rictus de dégoût.

– Hans, la corrigea-t-il.

Il désigna sa prison d'un geste de la main.

– Ici, c'est juste Hans.

Sans qu'il puisse les en empêcher, ses doigts tremblotèrent. Il replongea aussitôt les mains dans les poches de son pantalon et s'adossa au mur derrière lui avec une nonchalance feinte, mais l'imperceptible froncement de sourcils de l'adolescente lui révéla qu'elle n'était pas dupe.

— C'est quoi, ton nom à toi ? l'interrogea-t-il rapidement.

Du coup, il prit conscience qu'il aurait dû le connaître. Cette gamine était l'une des recrues sous sa responsabilité, après tout. Il ignorait pourtant comment elle s'appelait, comme il ignorait les noms des autres novices — sauf pour Lloyd, le seul à qui il avait posé la question. Jusqu'à maintenant, il ne s'était presque jamais directement adressé à l'un des jeunes membres de son escouade, encore moins en l'appelant par son nom. Il se contentait habituellement de les vriller du regard, puis il lançait ses ordres à la cantonade, quand il se donnait la peine d'ouvrir la bouche plutôt que de faire des signes de la main.

— Solene, lui apprit alors son interlocutrice.

Hans resta un moment à la regarder sans répondre. Ses yeux roulèrent dans leur orbite pendant qu'il passait la pièce en revue : ses murs gris et ternes, dépouillés de la plus petite fenêtre ou meurtrière ; ses recoins plongés dans l'ombre ; son ampoule unique, au plafond, qui peinait à maintenir son pâle halo lumineux.

Il revint à Solene.

— On t'a déjà dit que ça ressemble à *Soleil* ? dit-il sans trop réfléchir.

L'intéressée ne broncha pas d'un cil.

— Pas grave, commenta Hans. Qu'est-ce que tu fiches ici, au fait ?

Les traits de la gamine s'éclairèrent tout à coup. Elle décroisa les bras pour glisser une main à l'intérieur de sa veste-armure. Elle y farfouilla un instant avant d'en extraire une petite pochette de cuir refermée par un cordon.

— J'étais en train d'oublier, expliqua-t-elle. Le scientifique — Andy, c'est ça ? –, il m'a refilé ça pour vous.

À peine avait-elle formulé le nom d'Andy que Hans s'écartait du mur où il était toujours adossé pour se précipiter contre les barreaux de sa cellule. Son bras fusa vers Solene et lui déroba le sachet de cuir si vite que l'adolescente ne put qu'écarquiller les yeux de surprise. Sitôt l'objet entre ses mains, Hans rebroussa chemin jusqu'au mur, au pied duquel il se laissa choir. Tandis qu'il dénouait le cordon, il ne put réfréner les tremblements de ses doigts et se sentit saliver. Le regard de Solene pesait sur lui, mais dans l'immédiat, mû par cet énorme gouffre qu'avait creusé le manque en lui, il n'en avait rien à faire.

N'importait plus que le contenu de cette pochette, qui apaiserait les terribles contractions de son estomac et les battements frénétiques de son cœur.

— Qu'est-ce que c'est ? demanda Solene en étirant le cou avec hésitation pour mieux distinguer la scène.

La question parvint à peine aux oreilles de Hans ; lorsque les pans de la pochette s'écartèrent pour dévoiler les minuscules cristaux bruns qu'elle renfermait, tout le reste s'effaça de son esprit.

Il dut se faire violence pour ne pas tout avaler sur-le-champ, mais parvint en fin de compte à se maîtriser et se contenta d'une pincée, qu'il saupoudra sur sa langue. Le sucre fondit dans sa bouche. Son goût explosa sur chacune de ses papilles. Ce n'était pas aussi bon que la réglisse ou les sucettes auxquelles Andy ajoutait des saveurs fruitées, mais à ce moment précis, c'était tout de même la meilleure chose qu'il n'avait jamais goûtée.

Hans sentit tous ses muscles se relâcher. Un frisson remonta le long de son dos et s'attarda longuement sur sa nuque. Il s'accorda encore une seconde avant de déglutir, aspirant jusqu'à la dernière goutte de sucre dans sa bouche, puis il laissa tomber sa tête en arrière en fermant les yeux.

Un soupir lui échappa.

La main qui tenait le sachet de cuir frémit légèrement. Il la referma en un poing, autant pour stopper ses tremblements que pour s'interdire de succomber à la tentation d'engloutir une nouvelle portion sur-le-champ. Il ignorait pour combien de temps encore Reish comptait le garder enfermé. Mais, d'ici à ce qu'il sorte de cette cellule — car il avait bien l'intention d'en sortir –, cette maigre ration de sucre brut, qu'Andy avait sans doute piqué dans la réserve, était tout ce qu'il avait.

— D'accord…, fit la voix incertaine de Solene au bout d'un moment. Vous êtes bizarre.

Hans entrouvrit un œil et croisa le regard de l'adolescente entre ses cils. Ses sourcils blonds étaient froncés avec suspicion tandis que son attention alternait entre le visage de Hans et la pochette de cuir qu'il serrait dans sa main. Elle s'imaginait peut-être qu'il s'agissait d'une sorte de drogue, comme il en circulait parfois dans les refuges. Les soldats en prenaient pour rester éveillés plus longtemps ; les réfugiés, pour oublier leurs malheurs.

Solene devait voir Hans comme un accro à qui on venait enfin de fournir sa dose.

Elle n'avait pas tout à fait tort.

Hans ébaucha un demi-sourire désabusé.

— Bizarre ? répéta-t-il. C'est pas moi qui m'appelle *Soleil*.

Elle roula des yeux en grommelant, mais Hans vit les coins de ses lèvres se retrousser très subtilement et des fossettes se creusèrent dans ses joues. Elle n'ajouta rien. Finalement, Hans enfonça les mains dans ses poches, y calant bien le sachet de sucre pour plus tard, puis referma les paupières.

Pendant un long moment, aucun des deux ne parla. Cela suffit à Hans. Dans le calme silencieux de la pièce, qui lui avait jusqu'à présent semblé lourd et angoissant, il devinait la présence de Solene à quelques pas de là, de l'autre côté des barreaux. S'il tendait l'oreille, il pouvait entendre le son régulier de sa respiration. Il percevait aussi le regard qu'elle posait sur lui. Au bout d'un temps passé ainsi, il s'aperçut qu'il appréciait sa compagnie. Que, pour la première fois en trois jours d'emprisonnement, il ne se sentait pas seul. Il était juste un peu déroutant que ce sentiment lui fût procuré par une adolescente qu'il connaissait à peine.

— Vous aviez une sœur, Hans ?

Hans rouvrit subitement les yeux. Il n'aurait su dire combien de temps s'était écoulé, mais la voix de Solene le ramena abruptement à lui, comme s'il avait été sur le point de s'assoupir. Au-dessus de leur tête, la lumière que dispensait l'ampoule semblait encore avoir faibli ; Hans songea qu'elle clignoterait et s'éteindrait sûrement sous peu, comme elle l'avait fait les jours précédents.

Il concentra son attention sur son interlocutrice. Cette dernière était désormais assise en tailleur devant la porte de sa cellule, ce qui confirma son idée comme quoi il avait dû somnoler, puisqu'il ne l'avait pas vue bouger. De sous une longue mèche blonde qui lui tombait devant le visage, elle l'observait fixement. Pourtant, ses iris bleus avaient tout à coup quelque chose de terne, et Hans eut l'impression qu'elle le regardait sans vraiment le voir.

Il s'aperçut qu'il s'était tendu : ses poings étaient serrés, ses mâchoires crispées, et un poids pesait sur sa poitrine. Forçant l'air à entrer et à ressortir lentement de ses poumons, il prit du même coup conscience qu'il avait retenu son souffle.

— J'avais un frère, déclara Solene au même moment.

Elle s'était exprimée d'une voix forte, qui résonna entre les murs de ciment de la petite pièce, apparemment insensible à la tension qu'elle avait provoquée chez Hans. Elle poursuivit sur le même ton, le regard lointain.

— C'était avant — quand je vivais encore au refuge de Vallée Verdoyante.

Hans fronça les sourcils à ces derniers mots.

— Pourquoi est-ce que ce nom me dit quelque chose ?

Comme tirée de sa torpeur par la question de son interlocuteur, Solene battit une fois des paupières ; lorsqu'elle les rouvrit, son regard avait retrouvé sa vivacité, et elle le darda sur Hans avec une telle intensité qu'il dut réfréner un mouvement de recul.

Une longue seconde passa ainsi dans un lourd silence. Puis la mémoire revint brusquement à Hans : Vallée Verdoyante. Un refuge situé au nord-ouest du Continent, là où la chaleur était moins étouffante, l'air plus pur, les pluies plus rafraîchissantes.

Tout juste à côté des Terres Fertiles.

Trois ou quatre ans plus tôt, il était tombé aux mains des Sorcières. Hans se souvenait avoir entendu dire que les pertes avaient été terribles ; qu'après l'attaque, l'endroit n'avait plus rien de *verdoyant*. On racontait que l'affrontement n'avait laissé aucun survivant humain.

L'un d'eux se tenait pourtant devant lui, de l'autre côté des barreaux de sa cellule. Hans eut du mal à réprimer la vague d'effroi qui monta en lui lorsqu'il comprit à quel point Solene était jeune quand son refuge et ses habitants avaient été massacrés.

À peu près le même âge que lui quand il avait vu une Sorcière pour la première fois.

Toujours muette, Solene soutenait le regard que Hans posait sur elle sans ciller. La dureté de ses traits avait quelque chose d'étrange, de déplacé sur son visage aux joues rondes et juvéniles. Hans songea avec amertume qu'il avait sans doute eu l'air de ça, lui aussi, après son arrivée à York.

Les épaules de Solene s'affaissèrent ; elle se détourna dans un soupir.

– Mani, qu'il s'appelait, dit-elle à mi-voix, pensive. Il aurait eu à peu près votre âge si…

Les mots moururent sur ses lèvres. Ses sourcils se rapprochèrent et sa bouche ne forma bientôt plus qu'une mince ligne en travers de son visage. Pendant une minute, elle ne dit rien. Puis tout à coup, elle se secoua et offrit un sourire, quoiqu'un peu forcé, à Hans.

– Vous me faites penser à lui, lui confia-t-elle. En plus grincheux.

Un éclat de rire échappa à Hans à ces derniers mots, le prenant lui-même par surprise. Il n'était pas quelqu'un de léger, comme Andy, ou au sourire facile, comme Claws, et n'était pas positif comme Mila. Plutôt l'inverse. Mais cette adolescente, avec son air curieux et ses grands yeux bleus comme il n'en avait plus vus depuis longtemps, lui rappela qu'à une époque, pas si lointaine, il en avait été autrement.

— Et vous ? reprit la jeune fille. Vous aviez une sœur ?

Ce qui restait du sourire de Hans s'évanouit. Une douleur sourde, derrière son cœur, l'obligea à déglutir.

— Désolé pour ton frère, offrit-il en guise de réponse.

Solene, elle, garda son sourire, mais Hans vit à la lueur triste dans son regard qu'il ne la bernait pas.

— Désolée pour votre sœur, lui dit-elle à son tour.

Il n'ajouta rien. Elle non plus. Puis, au bout d'un moment, elle finit par se remettre debout. Sans un mot, elle tourna les talons.

— Eh, l'appela Hans comme elle atteignait la sortie.

Elle s'immobilisa le temps de lui jeter un regard par-dessus son épaule.

— Merci.

Elle garda ses yeux bleus dans les siens encore un instant, avant d'esquisser un sourire doux-amer. Puis elle se retourna et s'éloigna.

La porte se referma derrière elle.

• • •

LE QUATRIÈME JOUR, Reish entra dans la pièce, Claws sur les talons. Hans était si courbatu et affaibli par la faim et la soif qu'il ne bougea pas un cil en les voyant. Il resta là, prostré dans son coin de cellule, à les jauger tandis qu'ils s'approchaient. Malgré l'épuisement, il réussit à relever le menton à l'intention du général et à jeter un regard noir à Claws.

— Bonjour, capitaine, lança froidement Reish.

Hans ne dit rien. Sa langue était trop sèche, son souffle trop court et tout son corps bien trop perclus de crampes pour qu'il s'en donne la peine.

S'il ouvrait la bouche, il risquait de toute façon de remplacer les salutations par toute une bordée d'insultes.

— J'ai quelques questions à vous poser, reprit le général. Vous serez gentil de bien vouloir y répondre.

Un rictus retroussa un coin de la bouche de Hans ; il sentit ses lèvres gercées se fendre. Le goût métallique du sang lui piqua la langue. Il ravala l'éclat de rire désabusé qui lui brûlait la gorge et désigna Claws d'un geste du menton.

— Qu'est-ce qu'il fait là ?

Sa voix était presque aussi rauque que celle du général, voire celle de son camarade avec sa trachée artificielle. Elle lui écorcha la gorge et lui donna l'impression d'avoir avalé de la rocaille.

— Il a insisté, élucida Reish.

Coulant un regard de biais en direction de son colonel, il eut un très léger hochement de tête, suite auquel Claws franchit avec empressement le dernier mètre qui le séparait de la cellule de Hans.

— Je suis là pour t'aider, lui glissa-t-il en étirant un bras entre les barreaux.

Hans était déjà prêt à l'envoyer paître, sauf qu'il s'étrangla en voyant ce que son compagnon lui tendait : un bout de pain. Son estomac se tordit douloureusement. À part les pincées de sucre transmises par Andy, Hans n'avait rien mangé depuis son premier jour d'emprisonnement. Le petit-déjeuner qu'il avait avalé avant que Reish ne l'arrête, trois jours plus tôt, n'était plus qu'un lointain souvenir. À la vue de la miche de pain dans la main de Claws, Hans n'eut qu'une envie : bondir sur ses pieds pour se jeter sur son compagnon et lui arracher la pâtisserie dont il ne ferait qu'une bouchée.

Le regard carnassier de Reish, juste là, derrière Claws, calma toutefois ses ardeurs. Alors lentement, il se remit debout en se faisant un point d'honneur à ne pas prendre appui contre le mur, même quand sa vision s'obscurcit momentanément et que la nausée lui fit tourner la tête. Il marcha ensuite jusqu'à Claws pour accepter le repas de fortune qu'il lui offrait.

— Laisse-moi t'aider, souffla son ami tout bas, l'air suppliant.

Hans l'ignora et retourna prendre place au fond de sa cellule, son morceau de pain dans sa main. Lorsqu'il s'adossa au mur, ce n'était plus seulement son ventre, mais tout son corps qui hurlait famine. Il n'arracha pourtant qu'un minuscule bout de mie, qu'il jeta nonchalamment dans sa bouche. Le pain était un peu sec et trop dense ; c'était si bon que ses jambes faillirent le lâcher.

— Prêt à parler, capitaine ? s'enquit Reish.

Il ponctua ses paroles d'un haussement las de ses sourcils broussailleux. Hans défit et mangea un, puis deux, puis trois autres morceaux de pain en silence, sans jamais défaire son regard de celui du général. Ce faisant, il remarqua pour la première fois comme Reish avait l'air vieux et fatigué. Peut-être n'était-ce qu'un effet de la médiocre luminosité des lieux, mais des cernes se dessinaient sous ses yeux froids ; ses joues se creusaient sous les poils ras de sa barbe grise ; ses larges épaules étaient voûtées, comme alourdies par le poids des années et de la Guerre.

Depuis de nombreuses générations, la vie était dure, sans pitié, et l'espérance de vie humaine ne dépassait pas les soixante ans – un peu plus pour les réfugiés du nord du Continent, où le temps était, disait-on, moins rude. Hans avait toujours été impressionné par l'ardeur de Reish, par la solidité qu'il inspirait.

Aujourd'hui, dans cette cellule et sous la lueur jaune du globe, toutefois, Hans songea que l'homme, derrière son armure de soldat indestructible, avait bien du mal à cacher le visage du vieillard de cinquante ans qu'il était en réalité.

Dans un regain d'assurance, Hans releva le menton.

– Je n'ai rien à vous dire, déclara-t-il avec toute la désinvolture dont il était capable.

Reish ne broncha pas, mais Hans vit les doigts mécaniques de Claws se contracter.

– Colonel ? interpela le général sans regarder Claws.

– Il va coopérer, lui affirma précipitamment ce dernier.

Hans foudroya son confrère du regard.

– Depuis combien de temps vivez-vous à York, capitaine ?

La question de Reish resta longtemps sans réponse. Hans ne quittait plus Claws des yeux. Celui-ci le fixait également avec insistance, les traits creux, tirés par une inquiétude évidente. Il lui était inutile d'ouvrir la bouche ; sa supplique silencieuse se lisait dans ses pupilles écarquillées : *laisse-moi t'aider.*

Mais Hans se cloîtrait dans le mutisme.

De légers tintements se firent entendre : Reish tapotait le pommeau de sa canne avec impatience.

– Plus de neuf ans, mon général, intervint précipitamment Claws. Une équipe de York l'a rescapé après que son village eut été détruit par les Sorcières.

Reish lorgna en direction de Claws, l'air agacé, avant de revenir à son prisonnier :

— Comment se nommait cet endroit où vous avez grandi ?

Hans termina de grignoter son bout de pain en silence. Le général l'observa faire avec patience, semblait-il, mais il ne pouvait s'empêcher de pianoter sur le manche de sa canne. Claws remuait quant à lui ses doigts mécaniques avec frénésie. Il s'efforçait au calme, mais son regard ne cessait de passer de Reish à Hans. Une infime pointe de ce qui s'apparentait à de la culpabilité titilla alors le cœur de Hans, qui baissa les yeux.

— Beck, confessa-t-il à contrecœur.

Il l'avait à peine murmuré, pourtant prononcer ce mot à voix haute lui donna l'impression qu'un des 4x4 du Gîte s'était écrasé sur sa poitrine. Alors, sans qu'il puisse les arrêter, les images qu'il refoulait jour après jour resurgirent.

Une girouette rouillée sur un toit d'argile, une parcelle de terre encore verdoyante, des éclats de rire, des yeux pétillant de malice.

Des yeux bleus comme les siens.

Il enfonça ses ongles dans ses paumes et se mordit l'intérieur d'une joue. Le temps qu'un goût de sang se mêle à sa salive, les images s'étaient effacées et étaient retournées d'où elles venaient, là où personne ne pouvait les atteindre, surtout pas lui-même.

Lorsqu'il releva les yeux, Hans croisa le regard pénétrant du général et sentit celui de Claws, indéchiffrable, qui pesait aussi sur lui.

— Beck, répéta lentement Reish. Saviez-vous, soldat, que la rumeur court que c'est à cette époque que vous avez vécu votre première confrontation directe avec une Sorcière ?

Hans serra les dents. Le goût cuivré de l'hémoglobine s'intensifia dans sa bouche.

Reish insista :

— Vous aviez quoi ? Onze, douze ans ? C'est jeune pour survivre à ce genre de rencontre.

Hans s'assombrit, mais soutint le regard de son interlocuteur.

— Un coup de chance.

Le général hocha la tête sans répondre. Croisant les mains derrière son dos, il avança à pas mesurés jusqu'à la porte de la cellule de Hans. Il ne s'immobilisa que lorsque les bouts renforcés de ses bottes heurtèrent les barreaux dans un tintement étouffé. Puis ses pupilles sans fond vrillèrent Hans de la tête aux pieds, des pieds à la tête.

— Et ces marques sur votre corps, elles sont dues à ce même coup de chance ?

Hans se renfrogna, ne sachant trop où désirait en venir le général. Pourquoi interrogeait-il Hans sur ses cicatrices, sur…

… ses marques.

La colère déferla dans ses veines. Reish ne voulait pas vraiment savoir à quoi il devait ses brûlures, non. Il le soupçonnait d'avoir été marqué, comme l'étaient souvent des esclaves Humains. Pire : il l'accusait d'être un Soumis, un traître servant volontairement la cause des Sorcières.

Hans ne put réprimer un rictus dégoûté. De toutes les hypothèses qu'il avait pu entendre quant à l'origine de ses cicatrices, si célèbres entre les murs du Gîte, celle de Reish comme quoi il s'agirait de son *marquage* était la plus stupide.

Il n'eut même pas conscience de marcher jusqu'aux barreaux pour se planter devant le général.

— Vous me prenez pour l'un des leurs ? le défia-t-il d'une voix sifflante. Pour un Soumis, un vulgaire larbin ? Après tout ce temps ?

Une main s'abattit sur son épaule et le poussa abruptement en arrière. Hans mit une seconde à s'apercevoir que c'était une action de Claws, qui s'était approché et se tenait désormais lui aussi contre les barreaux, aux côtés de Reish. Le bon sens de Hans, mais surtout ce qui restait de sa confiance envers son ami lui dit que Claws ne l'avait pas écarté du général pour protéger ce dernier, mais pour sa sécurité à lui. Si Hans se montrait trop agressif, Reish ne se contenterait pas de le repousser de quelques pas en arrière. Mais Hans bouillait bien trop, à l'intérieur, pour éprouver même une once de reconnaissance pour son frère d'arme qui venait sans doute de lui éviter un redoutable coup de canne — ou pire.

Reish se pencha un peu plus en avant. Son front barré de minces cicatrices blanchâtres touchait presque aux barreaux de la cellule, maintenant.

— Vous ne seriez pas le premier à voir certains *avantages* à œuvrer pour les Sorcières.

Rien que l'idée de ces *avantages* donna la nausée à Hans.

— Je suis un homme loyal, contra-t-il le général en ouvrant et refermant les poings. À son espèce, à son refuge, à son *général*.

— Et comme tout homme, réfuta celui-ci sur le même ton, vous avez un faible pour les jolies femmes.

Il s'interrompit le temps de hausser une épaule avec désinvolture.

— Les Sorcières ne sont pas bien différentes des femmes humaines. Mis à part cette fâcheuse tendance qu'elles ont d'aiguiser leurs dents…

Hans renifla.

– Ouais. Dans le genre garce psychopathe bien roulée, c'est vrai qu'il ne se fait pas mieux.

– Hansel, gronda Claws pour le mettre en garde.

Hans l'ignora.

Imperméable à ses provocations, Reish croisa les bras sur son large torse, sa canne de métal bien en vue entre ses doigts, menaçante. Il esquissa peu à peu un sourire en coin, qui aurait presque pu passer pour un rictus complice si tout le reste de ses traits n'avait pas été aussi dégoulinant de mépris.

Hans franchit d'un pas la mince distance qui le séparait toujours du général et releva le menton d'un air de défi. Il savait qu'il jouait à un jeu dangereux en lâchant la bride à ses émotions, mais il en avait assez de plier gentiment l'échine pendant que des gens en qui il avait cru pouvoir placer sa confiance le traînaient dans la boue.

– Autre chose, général ? grogna-t-il entre les barreaux.

– Si, répondit immédiatement Reish, de glace. Une dernière : la Sorcière à qui vous devez vos fameuses cicatrices, elle était *bien roulée*, elle aussi ?

Reish était plus grand que lui de plusieurs centimètres, ainsi Hans dut-il étirer le cou pour se retrouver nez à nez avec son interlocuteur.

– Plutôt bien, ouais, fit-il en lui crachant son souffle au visage. Exactement mon genre – jusqu'à ce que d'énormes crocs lui poussent et *qu'elle essaie de me manger !*

Une infime lueur vint éclairer les yeux noirs de Reish, et Claws émit un son de gorge rauque, comme une exclamation de surprise étouffée.

Hans regretta aussitôt de ne pas mieux savoir tenir sa langue.

Il n'avait jamais parlé de cette histoire à qui que ce soit. Ni à Andy, ni à Claws, ni à Mila. Comme tout ce qui avait trait à sa vie avant York, il évitait d'y penser. Le village de Beck, où il avait vécu avec sa famille, ainsi que tout ce qui avait pu s'y produire, appartenaient à une époque révolue.

Il ne voulait plus y songer.

Il ne voulait pas se souvenir.

Il voulait oublier.

Mais il savait que ça n'arriverait jamais.

— Bien. C'est un début.

La voix grave de Reish le ramena au présent. Hans releva les yeux, qu'il avait fixés sur un barreau de sa cellule alors qu'il se perdait dans ses pensées.

Le général le toisa rapidement de haut en bas, un rictus satisfait aux coins des lèvres. Hans ne le lui fit pas ravaler à coups de poing, mais ce n'était pas l'envie qui lui manquait.

Reish recula calmement d'un pas, puis d'un autre.

— Je reviendrai, capitaine, promit-il sombrement. Et cette fois, vous me donnerez des réponses.

Sur quoi il tourna le dos à Hans et s'éloigna en prenant appui sur sa canne, dont le tintement continua de résonner dans le couloir longtemps après que son propriétaire eut quitté la pièce. Derrière lui, Claws s'attardait. Il était toujours planté au même endroit, à moins d'un bras de distance de Hans.

— Qu'est-ce que tu veux ? lui lança celui-ci au bout d'une minute de silence pesant.

Claws ne répondit pas. Jetant un coup d'œil nerveux par-dessus son épaule, il glissa sa main intacte dans sa veste-armure et y farfouilla. Durant un instant, la folle idée que son compagnon allait en sortir une clef et le libérer effleura Hans, qui retint son souffle. Mais ce que son ami finit par lui tendre, le regard plein de sollicitude, n'avait rien de l'objet qu'il attendait. Il ne s'agissait que d'une vulgaire gourde en cuir. Hans l'arracha à Claws sans un remerciement et, faisant sauter le bouchon, engloutit aussitôt une longue et lente gorgée de son contenu, qu'il ravala en même temps que sa déception.

Évidemment, Claws faisait passer sa loyauté envers le général avant tout le reste. Hans n'aurait pas dû espérer qu'il en soit autrement aujourd'hui. Que tous deux aient été amis, presque des frères, depuis dix ans n'y changeait rien.

Claws patienta le temps que Hans ingurgite quelques lampées supplémentaires et fasse mine de lui rendre la flasque pour croiser son regard.

– C'est pour toi, expliqua-t-il en refusant l'objet d'un signe de tête. C'est une solution d'eau fraîche et de vitamines concoctée par Candy ; de quoi t'aider à tenir encore un peu.

Hans n'en laissa rien paraître, mais un drôle de sentiment l'envahit à cette révélation ; c'était la deuxième fois qu'Andy lui venait en aide depuis le début de son incarcération. D'abord par le biais de Solene, et maintenant par celui de Claws.

Une sensation de chaleur ténue gonfla dans sa poitrine tout en lui nouant la gorge. Il comprit qu'il s'agissait de reconnaissance pour la seule personne qui le soutenait véritablement malgré les ragots, malgré les soupçons. Peut-être y avait-il également une part de soulagement, parce qu'il n'était pas aussi seul qu'il l'avait cru, en fin de compte.

Il remit le bouchon en place en silence, puis coinça la gourde à sa ceinture.

– Hansel…, l'appela Claws comme il se détournait.

Il sentit la main de métal de son ami sur son bras, mais se dégagea avant que Claws ne puisse le retenir.

— Non, l'arrêta-t-il simplement. S'il te plait, ne dis rien.

Il sentit Claws hésiter et lui jeta un dernier regard, qu'il regretta dès qu'il vit toute la compassion dans les yeux noirs de son camarade. Son cœur se serra. Quelque part au fond de lui, Hans voulut détester Claws — pour l'avoir livré à Reish, pour l'avoir abandonné dans cette cellule, pour l'avoir laissé tomber plus de fois qu'il ne pouvait les compter au fil des derniers jours.

En cet instant précis, toutefois, il ne parvint qu'à se rappeler comment Claws s'était toujours soucié de lui, et ce, depuis son arrivée à York. Comment il s'était occupé de lui et l'avait pris sous son aile malgré leur maigre écart d'âge. Comment il l'avait protégé. Et lui avait appris à survivre.

Soudain, malgré les années qui avaient passé, malgré les barreaux qui les séparaient et la tension qui flottait entre eux, Hans eut l'impression de redevenir ce petit sauvageon que Claws avait sauvé et élevé. Jour après jour. Sans relâche.

Jamais.

Une lueur indescriptible traversa le regard de Claws. Ses épaules se détendirent. L'ombre d'un sourire passa sur ses lèvres, puis il tourna les talons.

Quand Hans comprit qu'il était en train de s'en aller sans rien dire de plus, il fit un pas jusqu'à la porte de sa cellule, ouvrit la bouche, mais avant qu'il n'ait pu prononcer un mot, Claws était parti.

• • •

AU DÉBUT, L'EAU SUCRÉE L'AIDA À TENIR BON. La concoction apaisa la sensation de manque, calma le tremblement de ses mains et ses crampes d'estomac. Mais elle ne meubla pas le silence, uniquement troublé par les grésillements de l'ampoule au plafond et par le tic-tac des aiguilles de sa montre à gousset. La quiétude des lieux menaça de le rendre fou, presque autant que la solitude.

Personne ne vint lui rendre visite dans les jours qui suivirent. Ni Mila. Ni Claws. Ni Solene. Hans en espéra presque que Reish revienne l'interroger. Tout pour entendre une autre voix que la sienne et faire taire celles des fantômes qui venaient hanter ses rêves. Ceux-ci se paraient de rires d'enfants, d'une vieille girouette rouillée et d'yeux bleus.

Plus d'une fois, Hans s'extirpa de l'un de ces rêves en sursaut, le cœur battant. Et toujours avec cette douleur aiguë, là, au creux de sa poitrine. Quand l'eau sucrée vint à manquer, les images se firent plus vives, plus réelles. Hans en devint terrifié.

Alors il tenta de rester éveillé. Pour contrer le silence et la solitude, il commença à se parler à lui-même, d'abord sous forme de chuchotis, puis de marmonnements, et enfin à voix haute, avant de revenir aux grommellements, ceux-ci de plus en plus décousus et inintelligibles à chaque heure qui s'égrenait. Il tint bon ainsi un certain temps – combien, exactement, il ne le savait trop : à un moment ou à un autre, il avait oublié de remonter sa montre à gousset. Il savait que l'ampoule électrique s'éteignait pour la nuit et se rallumait au matin, mais bientôt, les minutes et les heures se confondirent, tout comme sa voix et celles des fantômes dans sa tête. La lumière clignotait et, parfois, souvent, Hans se perdit dans l'observation du globe en attendant qu'il s'éteigne. Puis se rallume. Puis s'éteigne de nouveau.

Jusqu'à ce qu'une fois il s'éteigne et ne se rallume plus. Les voix appelèrent Hans. Elles murmurèrent dans l'obscurité, l'invitèrent à le rejoindre. Hans résista de toutes les forces qu'il lui restait. Mais l'ampoule au plafond ne se rallumait pas, et ses paupières se fermèrent.

Il finit par s'endormir.

• • •

QUELQUE PART ENTRE LES VOIX dans sa tête, celles du passé et celles de ses cauchemars, Hans entendit quelqu'un appeler son nom. Ce jour-là – ou cette nuit-là ? –, il se traîna jusqu'aux barreaux de sa cage. Il était faible, ses mains sales tremblaient. Il dut user de toute sa volonté pour s'accrocher aux barres de fer et s'agenouiller sans vaciller. Il avait du mal à garder les yeux ouverts. Lorsqu'il y parvenait plus de quelques secondes, l'environnement qu'il apercevait entre ses paupières emplissait son corps frissonnant d'effroi : quatre murs qui fondaient comme de la graisse de chèvre au soleil en se refermant sur lui ; une boule de lumière blafarde qui clignotait au-dessus de lui, qui le fixait comme un œil inquisiteur.

Et elle. Ses yeux bleus. Bleus comme les siens. Où qu'il regardât, elle était toujours là, à la périphérie de son champ de vision. Toujours présente, à le regarder et à l'appeler. À le tourmenter. Encore et encore.

– Shhh, fit une voix en le ramenant au présent. Ça va aller. Ça va aller.

Un visage familier apparut à travers le voile de ses cils. Des doigts s'entrelacèrent aux siens. Doux et chauds.

– Hans, l'appela la voix tout bas. Tu m'entends ?

– Mila.

Sa bouche s'ouvrit, ses lèvres fendues articulèrent son nom, mais il ne reconnut pas sa voix. Le son qui résonna dans la pièce était un croassement sec et cassé, la plainte d'un animal blessé.

– Pas si fort, chuchota précipitamment Mila. Ils ne doivent pas nous entendre.

Hans appuya son front contre un barreau de sa cellule, roula la tête de gauche à droite, de droite à gauche. Il avait sommeil. Tellement sommeil. Mais il ne voulait pas dormir ; lorsqu'il dormait, les voix se faisaient plus insistantes, plus fortes. Les souvenirs aussi. La douleur aussi.

Les doigts de Mila caressèrent sa joue, écartèrent une mèche de cheveux de son front perlé de sueur.

– Oh, Hans… Je suis désolée, tellement désolée…

La culpabilité dans la voix de la jeune femme fit se serrer le cœur de Hans. Secouant la tête, il leva une main et la posa sur celle de Mila, qui traçait la ligne de sa pommette du bout de son pouce.

– Ne le sois pas, parvint-il à dire d'une voix caverneuse. Je…

Mais les mots lui échappèrent. Une ombre ondula à la limite de son champ de vision et son attention dériva vers un coin de la pièce. Vide. Hans plissa les paupières sans comprendre, sans davantage discerner quoi que ce soit dans l'obscurité. Une seconde plus tôt, il aurait pourtant juré avoir aperçu l'éclat d'yeux bleus posés sur lui, le reflet de boucles blondes dans la pénombre.

L'angoisse referma sa mâchoire comme un étau autour de sa poitrine, planta ses crocs acérés dans ses chairs, et répandit sa salive comme un venin dans ses veines. La respiration de Hans s'accéléra. Son cœur cogna durement contre ses côtes, de plus en plus vite. Les voix au creux de son oreille l'appelèrent, invitantes, suppliantes.

Hansel.

Hansel.

– Hansel.

Hans riva son regard à celui de Mila. Sa compagne le dévisageait, les traits tirés par l'inquiétude.

– Ne me laisse pas, l'implora Hans, la voix rauque.

Mila secoua énergiquement la tête alors qu'il serrait sa main dans la sienne comme si sa vie en dépendait. Il avait l'impression que c'était peut-être le cas.

De sa main libre, Mila détacha sa gourde, fixée à sa ceinture, et en fit sauter le bouchon.

– Je t'ai apporté quelque chose – tiens, bois.

La vue de l'outre noua l'estomac de Hans, mais il ne bougea pas. Il n'en avait pas la force. Le simple fait de se maintenir à peu près debout, avachi contre les barreaux, lui était pénible.

Une ride se creusa entre les sourcils de Mila tandis que ses traits se plissaient. Elle s'approcha un peu plus, autant que les tiges de métal qui la séparaient de son compagnon le lui permettaient. Doucement, elle pressa le goulot de la gourde contre la bouche du prisonnier, son autre main soutenant sa tête. Un filet d'eau s'immisça entre les lèvres de Hans, qui ne put retenir une plainte ; le liquide avait rouvert les entailles sur ses lèvres, et la première gorgée fut comme de l'acide dans sa gorge sèche. Mila voulut alors reprendre la flasque, mais Hans parvint à attraper son poignet pour la retenir. Sa poigne était faible, ses doigts toujours tremblants, mais l'eau tiède le revigorait. Quand finalement sa compagne lui confisqua l'outre en arguant qu'il allait se rendre malade, il avait pratiquement englouti la totalité de son contenu. La tête lui tournait un peu, mais lorsqu'il redressa le menton pour observer Mila en face, le visage de la jeune femme était net dans son champ de vision, et il avait moins sommeil. Pour l'instant.

— Je ne croyais pas que tu reviendrais me voir, articula-t-il d'une voix cassée.

Les traits de Mila se décomposèrent.

— Oh, Hans, je...

Deux coups secs cognés à la porte l'interrompirent. Hans sursauta, mais la jeune femme jeta à peine un regard par-dessus son épaule. Elle prit le visage de son compagnon entre ses deux mains, caressant ses joues crasseuses de ses pouces.

— Je suis désolée, chuchota-t-elle en plongeant ses yeux brouillés de larmes dans les siens. Je regrette d'avoir douté de toi, mais tu ne parles jamais de ta vie d'avant et... J'ai eu peur. Je n'aurais pas dû porter attention aux rumeurs. Pardonne-moi.

D'autres coups, plus forts et plus pressants, furent frappés à la porte.

— Je dois y aller, grimaça Mila. Je ne devrais pas être ici et si on me surprend à t'aider, tu seras encore puni.

Un poids invisible comprima la poitrine de Hans. Il pensa à la solitude qui le dévorait depuis des jours, à l'obscurité de sa cellule, aux fantômes qui se terraient dans les coins sombres de la pièce et qui n'attendaient que de pouvoir l'assaillir de nouveau.

— Non, Mila..., balbutia-t-il presque sans s'en rendre compte.

La jeune femme se saisit d'une pochette de tissu coincée sous sa ceinture et en écarta les pans pour révéler un bout de pain luisant de beurre et un morceau de saucisson sec.

— Sois fort, encouragea-t-elle son compagnon. Je sais que tu l'es.

Elle prit sa main et y posa les pauvres victuailles dans leur emballage.

— Je t'aime.

Sur cette dernière confidence, elle se pencha en avant et couvrit les lèvres de Hans des siennes. D'autres martèlements à la porte lui rappelèrent de se presser, mais la jeune femme fit durer le baiser encore un peu. Lorsque finalement elle s'éloigna, une sensation de froid intense s'ancra en Hans et enserra son cœur. Mû par ce même sentiment, il trouva la force de se hisser sur ses pieds pour tendre une main entre les barreaux de sa cage, mais Mila était déjà sur le seuil, hors de sa portée.

— Mila…, l'appela-t-il.

La jeune femme se retourna, la main sur la poignée. Hans eut besoin d'une seconde pour pousser les mots à franchir ses lèvres :

— … J'ai peur aussi.

Les yeux verts de sa compagne s'adoucirent, et le froid que ressentait Hans se résorba un peu.

Aussi silencieusement que possible, Mila tourna la poignée, entrouvrit la porte, puis disparut dans le couloir.

• • •

IL RÊVA DE FLAMMES, de fumée et de cris. Les murs tremblaient autour de lui, une odeur rance lui piquait les narines et irritait sa gorge. Des voix affolées résonnaient dans la distance, entrecoupées des détonations sèches des armes à feu.

Et, presque inaudible, le sifflement du vent entre les branches d'arbre.

Dans son sommeil, Hans frissonna, refermant une main autour de la pierre blanche pendue à son cou.

• • •

QUAND HANS ROUVRIT LES YEUX, quelqu'un se tenait sur le pas de sa cellule.

– Lloyd ? croassa-t-il, la voix enrouée.

Le garçon sursauta si brusquement qu'il faillit lâcher le morceau de pain qu'il tenait.

– Capitaine ?

Hans dévisagea son ancienne recrue pendant une minute, n'y croyant pas tout à fait. Il battit des paupières, mais lorsqu'il les rouvrit, la silhouette maigrichonne et familière de Lloyd était toujours là. L'adolescent le fixait sans ciller. Hans eut un petit soupir de soulagement, qui se mua en grognement tandis qu'il se remettait debout et traînait les pieds en direction de Lloyd. Ce dernier esquissa immédiatement un mouvement de recul, les yeux ronds, en portant sa main libre à sa ceinture.

Hans baissa les yeux ; un pistolet. Du genre pas vraiment méchant, qui ne faisait que peu de dégât et qu'on remettait aux recrues qui n'avaient pas encore appris à toucher une cible à plus de trente mètres. Mais un pistolet quand même.

– Sérieusement ? grimaça Hans.

Il appuya nonchalamment ses avant-bras sur une barre horizontale de sa cellule. Lloyd bondit en arrière de plus belle, le regard rivé aux mains calleuses de Hans qui pendouillaient de son côté de la prison.

— P-pardon capitaine, finit-il par expliquer, mais on m'a dit de me méfier de vous.

Hans s'y attendait, bien sûr. Une pointe de douleur lui transperça pourtant la poitrine. Il haussa les épaules comme si ce geste avait pu chasser cette sensation de pincement.

— Peu importe.

Il désigna la miche de pain entre les doigts de l'adolescent.

— C'est pour moi ?

Lloyd ne répondit pas, les sourcils froncés. Visiblement en dilemme avec lui-même, il finit par faire un pas en avant, puis un autre. Il s'arrêta et tendit le bras vers Hans pour lui remettre la pâtisserie, refusant de s'approcher davantage. En se penchant pour atteindre son repas de fortune, Hans distingua un éclat métallique qui dépassait de sous un pan de la veste-armure de Lloyd. Son cœur eut un raté.

Une clef.

Il s'obligea à repousser cette idée loin de lui.

— Dis-moi, Lloyd, lança-t-il plutôt en arrachant une bouchée de pain avec ses dents. Ça fait combien de temps maintenant que je suis ici ? Une demi-lune ? Plus ? Qu'est-ce que j'ai manqué là-haut ?

Il eut un geste approximatif en direction du plafond et des étages supérieurs du Gîte.

Son interlocuteur se dandina nerveusement.

— Désolé, capitaine, mais je ne suis pas autorisé à vous fournir quelques informations que ce soit sur York.

Hans émit un son à mi-chemin entre le soupir et le grommèlement avant de hausser les épaules et de retourner à son morceau de pain.

De l'autre côté des barreaux, Lloyd recommença à se trémousser, puis fit mine de s'éloigner.

– Eh, l'arrêta Hans entre deux bouchées. Tu oublies un truc.

Quand le gamin le regarda sans comprendre, Hans pointa le doigt vers la flasque métallique coincée sous sa ceinture, qui composait la deuxième moitié de son repas de fortune. Il savait que c'était ce qui lui avait réellement permis de tenir dans ce trou à charognard pendant tout ce temps : pas l'eau, mais ce qu'il y avait *dedans*. Quand Claws lui avait apporté une gourde, quelques jours plus tôt, il avait mentionné des vitamines ajoutées à l'eau par Andy. Hans espérait que le scientifique avait trouvé un moyen de mettre la main sur la flasque de Lloyd avant que celui-ci ne vienne rendre visite à son ancien capitaine. Cette eau, et ce qu'elle contenait, sustentait le besoin de sucre de Hans. Pas assez pour apaiser les crampes d'estomac ni pour faire taire les voix, mais assez pour calmer ses envies de s'arracher les cheveux et de se faire éclater la tête contre les murs.

Lloyd revint précipitamment sur ses pas en balbutiant des excuses et tira la bouteille de sa ceinture. Ses gestes étaient si nerveux que l'objet menaça plusieurs fois de lui échapper avant qu'il ne le dépose enfin dans la main ouverte de Hans.

– Désolé, réitéra Lloyd. Pardon, capitaine.

– Doucement, le prévint Hans, tu vas te péter un truc à être aussi tendu…

Au même moment, un son sourd se fit entendre et une vibration sembla parcourir le sol. Hans se figea en tendant l'oreille.

– Tu as senti ? interrogea-t-il Lloyd après une seconde de silence.

Les yeux du garçon roulaient frénétiquement dans leur orbite.

— Oh non, et puis quoi encore ? gémit-il.

— Qu'est-ce qui se passe ? voulut aussitôt savoir Hans. Ce sont les Sorcières ?

Une secousse, plus violente celle-là, fit trembloter les barreaux de la cellule. L'ampoule suspendue au plafond se balança au bout de son fil en clignotant.

Lloyd secoua la tête.

— Capitaine, je n'ai pas…

— Je sais, l'interrompit Hans. Tu ne peux rien me dire. Mais Lloyd…

Quelque chose s'abattit lourdement contre le mur à la droite de Hans, depuis la pièce adjacente. Un fracas leur parvint tandis qu'une fissure noire se dessinait le long du mur et rampait jusqu'au plafond. Hans releva les yeux pour suivre la faille qui s'arrêta juste au-dessus de lui. Son zigzag sombre disparaissait et reparaissait en rythme avec le globe dont la lueur continuait de vaciller.

— Nom d'un…

Le geignement apeuré que poussa Lloyd ramena Hans à l'essentiel.

— Lloyd, se reprit-il. Fais-moi sortir d'ici.

La recrue tourna son visage devenu blême vers lui, puis baissa les yeux pour suivre son regard jusqu'à la clef qui dépassait de sous sa veste-armure.

— Non, argua-t-il, et il secoua la tête. Capitaine, je ne…

Il fit un pas en arrière.

Hans lâcha la flasque et ce qui restait du bout de pain pour bondir contre les barreaux de sa cellule, les bras tendus vers Lloyd. Ce dernier eut à peine le temps de hoqueter avant que les doigts de Hans ne se referment comme des serres sur le col de sa tunique et le tire brutalement en avant. Son front alla heurter un barreau de métal, qui émit un tintement sous l'impact.

— Ouvre cette foutue porte, Lloyd ! ordonna Hans, son visage à quelques centimètres de celui du garçon. C'est un *ordre* !

Hans vit les yeux de l'adolescent s'écarquiller de terreur. Pendant une fraction de seconde, il ne discerna que le visage blême du garçon, ne pensa qu'à la peur qui se lisait dans ses pupilles. Il comprit que Lloyd avait peur de *lui*. L'instant suivant, l'ampoule s'éteignit en grésillant et plongea la pièce dans le noir le plus total. Hans relâcha à peine sa poigne sur la tunique de Lloyd, mais quand la lumière revint, un instant plus tard, l'adolescent s'était écarté d'un demi-pas, soit suffisamment pour glisser une main à sa ceinture et saisir l'arme qui y était fixée.

— Désolé, capitaine, souffla-t-il.

Hans sentit la pointe du canon s'enfoncer dans son estomac. Malgré tout, sa respiration était calme.

— Ça va, assura-t-il à Lloyd sans ciller. Ça va. Je vais te relâcher maintenant.

Joignant le geste à la parole, il déroula précautionneusement les doigts. Il sentit le canon du pistolet trembloter contre son abdomen. Ses réflexes de soldat voulurent prendre le dessus et il se voyait déjà faire dévier l'arme avant d'assommer Lloyd contre l'un des barreaux de sa cellule, sauf que ce n'était pas ce qu'il voulait. Alors, il s'exhorta au calme et soutint le regard ahuri du garçon jusqu'à l'avoir complètement libéré.

— Je suis vraiment désolé, baragouina Lloyd avant même que Hans n'ait laissé retomber sa main le long de son corps. Désolé !

Sans un regard en arrière, il tourna le dos à Hans et décampa à toute vitesse.

Lorsqu'il eut passé la porte et disparut dans le couloir, Hans baissa les yeux sur ses mains. La première, avec laquelle il avait attrapé Lloyd, était vide. La seconde, elle, ne l'était pas. Un large anneau métallique reposait au creux de sa paume. À cet anneau était accrochée une clef.

Il n'avait pas eu besoin d'y réfléchir. Il n'en avait jamais besoin. Il était juste doué pour voler des trucs sans que les gens s'en aperçoivent. Il l'avait toujours été. Une seconde l'objet était dans la poche de quelqu'un d'autre ; la suivante, l'objet était dans la sienne. Comme par magie.

Hans se précipita sur le verrou de sa cellule, un œil sur la porte que Lloyd avait laissée entrouverte en s'enfuyant. Même après avoir passé un bras entre les barreaux, Hans dut se presser contre les tiges métalliques pour atteindre le trou de la serrure et son épaule émit un son inquiétant tandis qu'il se débattait avec la clef. Enfin, un cliquètement retentit. Hans repoussa la porte de sa prison sans parvenir à réprimer un soupir.

Il n'avait toutefois pas fait un pas à l'extérieur qu'un violent tremblement sous ses pieds l'envoya à terre. Dans sa chute, il se cogna la tête et un son aigu lui vrilla les tympans. Il battit des paupières et se secoua pour tenter de faire taire le bruit ; il mit une longue seconde à s'apercevoir que la stridulation ne résonnait pas qu'à l'intérieur de son crâne. Au contraire : elle retentissait partout autour de lui, dans la pièce, dans le couloir, dans tout le Gîte – dans tout York. Hans était si abasourdi qu'il lui fallut un moment supplémentaire pour confirmer ses doutes : il s'agissait d'une sirène d'alarme, une sorte de sifflement assourdissant produit par d'énormes cornes se situant au sommet de chacune des tours de garde du refuge.

Depuis qu'il vivait à York, jamais les cornes n'avaient servi, jamais l'alarme n'avait été sonnée.

Jamais.

Une déferlante glacée happa Hans et lui coupa le souffle.

Andy. Claws.

Mila.

Il sauta sur ses pieds et se rua vers la sortie.

Dans le couloir, le cri des sirènes prit immédiatement en puissance, répercuté en écho sur tout l'étage. Hans tendit l'oreille, à l'affût, et crut percevoir l'éclat de coups de feu à travers le vacarme. Où qu'il regardât, cependant, le corridor semblait vide, comme tout le reste de cet étage. Si York était victime d'une attaque comme il le soupçonnait, les soldats devaient tous se trouver au quinzième niveau, en train de s'équiper à la salle d'armement, ainsi qu'à leur poste d'attaque, au seizième et dix-septième étage, et sur le toit du Gîte et des bâtiments voisins. Personne ne se souciait de lui — pourquoi l'aurait-on fait ? Au fil des derniers jours, il n'avait été qu'un vulgaire prisonnier aux yeux de tous.

Et les réfugiés ? On les regroupait habituellement au dortoir, difficile d'atteinte car dénué de fenêtre, mais aussi plus facile à défendre. Selon le degré de violence de la bataille qu'essuyait York, des soldats pouvaient aussi escorter tout le monde vers les trappes d'urgence, des passages secrets équipés d'échelles qui grimpaient du premier au dernier étage du Gîte. Cette précaution n'avait cependant jamais servi ; il s'agissait du plan d'évacuation… et Hans refusait de songer à cette option.

Il accéléra la cadence.

Il avait parcouru plusieurs centaines de mètres de couloirs déserts, et gravi une dizaine de volées de marches jusqu'au huitième étage, où se situait l'infirmerie, lorsqu'une sensation de démangeaison à la base de sa nuque le retint d'aller plus loin. Il se trouvait dans la cage d'escalier du coin sud du bâtiment. Depuis qu'il s'était échappé de sa cellule, il n'avait pas rencontré âme qui vive pour l'arrêter ou pour lui expliquer ce qui se passait. Les étages inférieurs à celui-ci ne comportaient que les salles d'emprisonnement et d'interrogatoire, ainsi que les génératrices et les cuves à méthanisation. Les soldats qui étaient de ronde au niveau des cellules avaient sûrement filé au sommet du Gîte pour défendre l'édifice – plus loin au-dessus de sa tête, Hans entendait l'écho de voix, de cris et de douzaines de bottes qui martelaient le plancher. Il aurait dû aller les rejoindre. Pourtant, mû par une sinistre intuition, il pivota vers la porte métallique qui s'ouvrait à ce palier et donnait sur le huitième. Un carré de verre égratigné et poli par les ans, pas plus gros qu'une main ouverte, tenait lieu de fenêtre à hauteur d'yeux. De l'autre côté, le couloir semblait plongé dans le noir.

Hans tendit la main et tira la poignée.

L'allée était silencieuse. Une vingtaine de mètres plus loin, un plafonnier clignotait et jetait une lueur vacillante sur les murs et le sol de béton. Avant ce point, toutefois, l'endroit était plongé dans l'ombre. Hans s'avança, mais buta presque aussitôt sur quelque chose de mou qui lui barrait la route. Avec précaution, il enjamba l'objet et franchit trois pas – sa botte heurta autre chose, cette fois en émettant un bruit humide.

Un mauvais pressentiment naquit au creux des tripes de Hans.

C'est alors que toutes les lumières se rallumèrent en même temps. Hans plissa les paupières et leva une main protectrice devant ses yeux.

Entre ses doigts, il aperçut les corps. Une dizaine. Des soldates et des soldats, l'arme encore au poing, qui jonchaient le sol.

Hans eut un mouvement de recul. Ses semelles émirent un couinement, et il baissa les yeux. Ses bottes baignaient dans une mare écarlate.

Un léger froufroutement, à peine audible, lui fit relever les yeux. Là où l'amas de cadavres s'arrêtait, là où il n'y avait rien une fraction de seconde plus tôt, se tenait maintenant une femme. Une Sorcière.

— Hansel ? questionna-t-elle.

Elle pencha la tête d'un côté, ce qui fit glisser ses longs cheveux bruns tressés de vignes le long de ses épaules. Elle était totalement nue, mais cela ne parut pas l'incommoder. Une ecchymose sombre marquait sa joue gauche, et de multiples estafilades barraient sa peau couleur sable. Des contusions rougeâtres soulignaient ses poignets et ses chevilles, comme si elle avait été attachée. Torturée.

Une prisonnière.

Hans pensa au bruit sourd qui s'était fait entendre depuis la pièce voisine à sa cellule, ainsi qu'à la fissure qui s'était ouverte le long du mur et du plafond par la suite. Il se demanda si c'était un résultat de l'évasion de la Sorcière, si celle-ci avait été sa voisine de cellule sans même qu'il le sache. L'idée lui donna la nausée.

— Es-tu Hansel ? réitéra la femme, intriguée.

Hans la toisa avec froideur.

— Qui demande ?

Un sourire satisfait étira les lèvres gercées de la Sorcière. Du sang frais suintait d'une blessure à celle du bas.

— Tu le sais très bien, répliqua-t-elle en tendant une main en direction de son interlocuteur. Viens avec moi.

— Pourquoi ferais-je une telle chose ? ricana Hans.

Sa réplique parut embêter la Sorcière, dont l'air léger, presque jovial, fondit en l'espace d'un battement de cils.

— Parce que je ne me suis pas laissé capturer et torturer pour rentrer bredouille.

L'annonce prit Hans de court. Cette Sorcière avait permis qu'on l'attrape et qu'on l'enferme ? Pourquoi ? Pour le retrouver, *lui* ? C'était ce qu'elle insinuait. Dans ce cas, depuis quand se trouvait-elle entre les murs du Gîte, attendant le moment de frapper ? Les vestiges de ce que Hans avait pris pour un rêve se dessinèrent dans un coin de son esprit. Il se rappela l'odeur de fumée, les sifflements du vent.

Peut-être ne s'était-il pas agi d'un simple rêve, en fin de compte.

— Nous nous impatientons, Hansel, persista la Sorcière.

— Nous ? intervint Hans avec dédain. Je ne vois personne d'autre, ici.

Au même moment, un puissant grondement monta dans l'air. Le sol trembla sous les pieds de Hans, et l'ossature du Gîte protesta dans une plainte métallique stridente.

La Sorcière dévoila ses dents limées en pointes dans un sourire prédateur.

— Il n'y avait qu'à demander.

Sur ces mots, elle referma sa main tendue vers Hans en un poing serré.

Quelque chose enserra la cheville de Hans et le tira en avant. Hans trébucha, mais parvint à rester debout et baissa les yeux pour voir ce qui le retenait : une main. Le soldat le plus près avait attrapé sa cheville entre ses doigts blancs — ses doigts morts. L'homme gisait à terre, sa veste-armure maculée de sang, sa bouche et ses yeux ouverts, figés dans une expression vide.

Sa main solidement enroulée autour de la cheville de Hans.

Ce dernier bondit en arrière dans un sursaut en tentant de libérer son pied. Au même moment, le reste du corps du soldat s'anima, et il tira brusquement Hans vers lui. Cette fois Hans tomba à la renverse, sans pouvoir réprimer un cri horrifié lorsqu'il s'écroula sur le torse d'une soldate morte dont les deux mains agrippèrent l'un de ses avant-bras.

— J'ai demandé gentiment, s'excusa la Sorcière dans un haussement d'épaules embêté tout en regardant son prisonnier se débattre avec les cadavres qui prenaient vie autour de lui. Tu ne me laisses pas le choix — elle ne prend pas non pour une réponse.

Les mots de la femme se frayèrent un chemin dans l'esprit de Hans malgré la peur qui battait à ses tempes, et malgré les craquements que produisaient les corps brisés des soldats défunts autour de lui.

Elle ne prend pas non pour une réponse.

Cela n'allait pas l'empêcher de riposter.

Il abattit son talon en plein visage du cadavre qui tenait toujours son autre cheville entre ses mains. La tête du mort partit brusquement en arrière et son cou émit un son sec, pourtant, sa poigne ne faiblit pas. Hans se débattit de plus belle, sans autre résultat que d'attiser la rage du défunt, qui attrapa son pied libre.

Pendant ce temps, la Sorcière restait immobile au bout du couloir, à regarder Hans qui bataillait avec ses macabres marionnettes. Hans discerna l'éclat amusé dans son regard.

Tout à coup, la soldate qui retenait l'avant-bras de Hans se jeta sur son dos et enroula son bras libre autour de son cou. Un élan de panique saisit Hans lorsque la poigne de la femme lui coupa le souffle en faisant danser des points noirs devant ses yeux.

Au bout de l'allée, illuminée par la lueur jaune vacillante du plafonnier, le visage de la Sorcière se fendit d'un large sourire. Les entrailles de Hans se tordirent. Sa tête devint lourde, et il ouvrit la bouche en quête d'air. Seul un râle lui échappa. Il agrippa le bras de la soldate à deux mains, mais la magie de la Sorcière devait conférer une force surhumaine à ses pantins, car la morte ne broncha pas.

La peur fit battre le cœur de Hans contre sa cage thoracique, juste en dessous de là où pesait la pierre blanche.

Quelque chose de dur s'enfonça au creux de ses reins, coincé entre le corps de la soldate et le sien. Hans agit sans réfléchir et relâcha le bras de la morte, glissa une main derrière son dos, referma ses doigts sur l'objet et le pointa par-dessus son épaule.

Une puissante déflagration résonna dans tout le couloir. Le bras de la morte relâcha la gorge de Hans, puis tout son corps s'affala mollement au sol. Une seconde détonation retentit. Cette fois, ce fut l'homme qui entravait les pieds de Hans qui fut projeté en arrière. Il se redressa toutefois presque aussitôt, une balle encore fumante encastrée dans le devant de sa veste-armure. Hans appuya de nouveau sur la détente – une fois, deux fois – avant qu'enfin, le soldat ne s'écroule face première sur le plancher, le crâne explosé.

Hans resta sans bouger un moment, les doigts crispés sur la crosse du pistolet, à reprendre son souffle. Un son aigu résonnait dans son oreille gauche, et un liquide chaud coula le long de son lobe d'oreille. Il y portait une main précautionneuse, quand un froissement de tissu se fit entendre derrière lui.

Il fit volte-face, le pistolet brandi. Un autre cadavre avait pris vie et se redressait sur ses jambes, à quelques pas de là. Contrairement aux autres corps, ses vêtements étaient dépourvus de la moindre tache de sang. Son visage, lui, arborait cependant une teinte violacée. Sa bouche ouverte dévoilait une langue enflée, et le blanc de ses yeux était bariolé de vaisseaux sanguins éclatés.

Hans le reconnut malgré ses traits défigurés. Tous deux avaient partagé le même dortoir à six lits, et avaient fait partie de la même escouade, avant que Hans ne fût promu capitaine. Les autres soldats le surnommaient Voleur, parce qu'il ne pouvait s'empêcher de piquer des trucs — des boucles de ceinture, des pistolets, même des lacets de bottes — et de les cacher sous son lit. Une fois, Hans lui avait cassé un petit doigt parce qu'il avait essayé de lui piquer l'un de ses poignards.

Comme il terminait de se relever, les yeux vides et injectés de sang de Voleur croisèrent ceux de Hans.

Hans appuya sur la gâchette. Voleur bascula en arrière et s'écrasa sur le corps d'un autre soldat qui gisait à terre. Il ne se releva pas.

Un souffle saccadé s'échappa des lèvres de Hans. L'arme trembla dans sa main. À cet instant, un bruit d'explosion retentit à l'extérieur du Gîte, et le sol vibra sous lui. Les plafonniers clignotèrent, plongeant momentanément le couloir dans l'obscurité. Lorsqu'ils se rallumèrent, Hans tourna la tête dans tous les sens, son arme levée. Il ne trouva cependant aucune cible. Tous les corps autour de lui n'étaient que ça : des corps.

Et la Sorcière n'était nulle part en vue.

Hans baissa son arme en jurant. Alors, un nouveau tremblement secoua le bâtiment. Il jura encore. Il se remit debout en chancelant quand la stridulation dans son oreille s'intensifia, lui tirant une grimace, et dut s'appuyer d'une main sur le mur tandis qu'il rebroussait chemin jusqu'à la cage d'escalier. De son autre main, il mit en joue chaque cadavre qu'il dut enjamber, prêt à faire feu si l'un d'eux reprenait soudainement vie.

Dans la cage d'escalier, l'écho de voix et de bruit de course, qu'il ne discernait pas dans le couloir du huitième étage, lui parvint. Il leva la tête et aperçut, en train de dévaler les marches en colimaçon depuis le dixième ou onzième étage, une foule de réfugiés. Plusieurs pleuraient. Des enfants poussaient des cris terrorisés et appelaient leurs parents.

Cette vision angoissa Hans jusqu'aux creux de ses os, mais il se secoua pour chasser le froid qui l'envahissait, puis se lança à la rencontre du groupe. Le son aigu dans son oreille gauche ne se tarissait pas. Pris de tournis, il trébucha à de nombreuses reprises dans l'escalier, avant de finalement rejoindre la cohue, deux paliers plus haut. Le groupe de réfugiés s'arrêta subitement en le découvrant, couvert de sang de pied en cap, à bout de souffle et un pistolet à la main, leur barrant la route.

— Capitaine ? hoqueta un adolescent qui semblait mener le groupe.

Hans mit un instant à le reconnaître sans son uniforme de recrue et ses lunettes de nuit. Le jeune garçon était dans son escouade, la même que Solene et Lloyd. Il ignorait son nom.

— Qu'est-ce qui se passe là-haut ? l'interrogea Hans.

— Mais on vous a enfermé ! glapit encore la recrue.

Ses yeux ronds coururent sur les vêtements sales de son ancien capitaine, et s'attardèrent sur son visage. Hans ne lui en voulut pas — après une demi-lune d'emprisonnement, il devait ressembler à ces morts du huitième étage.

— Je me suis échappé, élucida-t-il prestement. Alors ?

Le garçon ouvrit la bouche, mais le mugissement du vent l'interrompit. Le bruit n'avait rien de simples sifflements. Il s'agissait de râles qui vrillèrent les tympans de Hans et de tous les réfugiés. Ceux-ci sursautèrent et gémirent de peur.

— Où emmènes-tu tous ces gens, soldat ? insista Hans, autoritaire.

La recrue se raidit.

— Au hangar, pour évacuation.

— Pour évacuation ? répéta Hans, abasourdi.

— Ce sont les ordres, capitaine.

— Les ordres de qui ?

— Du général Reish.

Ce fut comme si le sol se dérobait sous les pieds de Hans. Il tituba de côté, libérant la voie à la recrue et aux réfugiés qui piétinaient derrière elle. Hans ne put que rester prostré pendant une minute, sous le choc de la nouvelle, pendant que les habitants du Gîte le dépassaient. Puis, il se ressaisit et se précipita contre la main courante pour interpeller son ancienne recrue, qui atteignait le palier inférieur :

— Et tous les autres ? Claws — colonel Niklaus ?

— Tout le monde est sur les toits, lui répondit l'adolescent.

— Lloyd ? Solene ? persista Hans.

Il s'étonna lui-même de prononcer ces noms, mais il s'aperçut qu'il espérait que Lloyd et Solene avaient été assignés à l'évacuation d'autres groupes de réfugiés. Ils étaient davantage en sécurité en quittant le Gîte avec ses habitants qu'en défendant ce qu'il restait du bâtiment sur les toits, aux côtés des autres soldats. Toutefois, un palier plus bas, Hans vit son ancienne recrue hausser les épaules, sans réponse à ses inquiétudes.

Il repoussa la rambarde avec un grognement rageur, puis fonça vers les étages supérieurs. Il atteignit le palier du onzième, qui regroupait les dortoirs communs et les unités privées des soldats, et n'avait croisé la route de personne d'autre quand tout à coup la cloison externe de la cage d'escalier vola en éclats. Hans fut projeté contre le mur opposé parmi une pluie de débris et de poussière. En retombant au sol, il déboula une volée de marches avant de se heurter aux barreaux métalliques de la rambarde, qui stoppèrent sa dégringolade. Sonné, il mit une minute à parvenir à se redresser, une main crispée sur un barreau pour se stabiliser. La stridulation dans son oreille gauche s'était intensifiée. Lorsqu'il releva la tête en direction du palier, là où le plus gros de l'explosion avait frappé, sa vision s'embrouilla. Parmi la poussière, il discerna néanmoins les contours d'une silhouette, dont les cheveux dansaient furieusement autour de sa tête, gonflés par le vent.

— Dernière chance, Hansel, clama une voix qu'il reconnut aussitôt. Viens avec nous, ou nous réduirons cet amas de béton et tous ceux qui se trouvent à l'intérieur en miettes.

La Sorcière s'avança d'un pas jusqu'au bord du palier, de façon à surplomber Hans, accroupi quelques marches plus bas. La poussière tourbillonnait toujours en un épais brouillard dans la cage d'escalier, poussée par les bourrasques qui s'engouffraient par la brèche dans le mur. À travers celle-ci se peignait un ciel noir de nuages, qui ondulaient et tournoyaient sur eux-mêmes. À chaque seconde qui passait, ils semblaient se rapprocher des toits de York, comme si le ciel lui-même s'apprêtait à se refermer sur la ville. Hans ne se souvenait pas avoir jamais vu une telle chose, et dut ravaler le nœud de peur qui s'était formé dans sa gorge.

La Sorcière descendit une marche, puis une autre, sans quitter son interlocuteur du regard. Elle avait des yeux sombres, presque noirs. À cette distance, Hans distingua mieux la multitude de contusions violacées et les entailles qui couraient par centaines sur son corps nu. Il se demanda pendant combien de temps cette femme avait dû endurer les tortures de Reish et de ses sbires avant que l'occasion de s'échapper ne se présente. L'idée qu'elle ait subi tout ça pour le retrouver remua quelque chose dans ses tripes, mais il s'empressa de chasser ses pensées dans un coin reculé de son esprit, là où il ne s'aventurait que rarement.

La Sorcière s'immobilisa finalement, trois marches plus haut de là où il s'agrippait toujours aux barreaux de la main courante. Elle pencha la tête de côté, comme elle l'avait fait plus tôt dans le couloir du huitième étage. Un petit soupir franchit ses lèvres.

— Tu ne le regretteras pas, Hansel.

Elle tendit sa main vers lui, attendant qu'il la prenne dans la sienne en retour. Il l'observa un instant en silence. Elle avait un visage aux traits harmonieux, malgré ses lèvres gercées et une enflure près de son œil gauche. Dehors, l'orage se rapprochait. Hans entendit des cris et des coups de feu se mêler aux hurlements du vent. Pourtant, la Sorcière restait calme et l'ombre d'un sourire flottait aux coins de sa bouche. Elle semblait déjà connaître la réponse de Hans.

Un doigt à la fois, ce dernier relâcha le barreau de la rambarde. Puis, il se redressa en se stabilisant avec ses deux mains. Des débris qui avaient dégringolé dans l'escalier à la suite de l'explosion roulèrent sous ses paumes. Il leva une main vers celle de la Sorcière.

— Tu as pris la bonne décision, approuva celle-ci en entremêlant ses doigts à ceux de Hans.

Hans riva ses yeux aux siens. Sa main libre trouva son pistolet parmi les gravats.

— Je sais, dit-il.

Les yeux de la Sorcière s'arrondirent lorsqu'il la tira vers lui. Sa bouche s'ouvrit, mais le canon du pistolet s'enfonça sous son menton, et la détonation du coup de feu couvrit son dernier cri de surprise. Hans s'écarta alors que le corps flasque de la femme basculait en avant et dévalait les marches jusqu'au palier inférieur, où elle s'écrasa, ses membres tordus et coincés sous elle comme ceux d'une poupée de chiffon.

Hans l'observa encore le temps d'un battement de cœur. Enfin, il se détourna et reprit sa course vers les étages supérieurs à toute vitesse. Il avait le souffle court et son pouls pulsait avec frénésie à ses tempes. Il tenta de se convaincre que la peur et l'adrénaline en étaient la cause, mais ne put repousser complètement de son esprit l'image de la main tendue de la Sorcière.

Le tonnerre éclata au-dessus du Gîte, si fort que les fondations du bâtiment frémirent. Hans faillit perdre pied et se rattrapa à la rampe à deux mains alors que tout l'escalier vibrait sous lui. Un horrible gémissement métallique retentit ensuite entre les murs. En levant des yeux écarquillés vers le sommet de l'escalier qui grimpait sur encore cinq étages, Hans eut l'impression de voir onduler la structure en colimaçon.

– Nom d'un charognard, jura-t-il entre ses dents. Mais que…

Un bruit fracassant, comme dix coups de tonnerre, l'empêcha de terminer sa phrase. L'édifice tout entier s'agita. Hans fut propulsé en arrière alors que toutes les lumières s'éteignaient en même temps et plongeaient les lieux dans l'obscurité. Il déboula une volée de marches jusqu'au palier inférieur, où il stoppa sa chute en se heurtant à un mur. Au même moment, le tonnerre, les hurlements du vent et les gémissements du Gîte lui vrillèrent les tympans en un vacarme assourdissant. Quelque chose de dur le frappa à la tête. Un éclair de douleur blanc éblouissant explosa derrière ses paupières.

Et plus rien.

• • •

IL BATTIT DES PAUPIÈRES. Une fois. Deux fois. Il ne discerna rien d'autre entre ses cils que des ombres mouvantes, tourbillonnantes, qui lui donnèrent le tournis. Il gémit tant sa tête était douloureuse, à l'extérieur comme à l'intérieur : l'arrière de son crâne le chauffait, tandis qu'un son aigu emplissait ses oreilles et lui vrillait le crâne : comme un cri, une alarme…

Tout revint subitement à Hans, qui se redressa d'un coup. Des gravats sous lesquels il avait été enseveli tombèrent au sol en s'entrechoquant, alors qu'une seconde vague d'étourdissement le faisait chanceler. Il tendit le bras à la recherche d'un point d'appui qui l'aiderait à recouvrer son équilibre, mais sa main ne rencontra que du vide. Un cri étouffé lui échappa lorsqu'il vacilla dangereusement au-dessus de ce qui avait été la cage d'escalier, désormais plus qu'un large gouffre haut de treize étages. Enfin, ses doigts se refermèrent sur l'extrémité tordue d'un barreau de la rambarde. Il s'y agrippa de toutes ses forces et, de ses yeux écarquillés, parcourut le panorama cauchemardesque qui s'étalait à perte de vue.

Un pan entier du Gîte, de la largeur de la cage d'escalier et haut d'une quinzaine de mètres, s'était écroulé sur lui-même. Sous lui, Hans pouvait voir que les marches étaient encombrées de débris, tandis qu'au-dessus, la structure de métal se tordait en s'arrachant petit à petit au Gîte. Trois étages plus haut, l'escalier était tant contorsionné qu'il devenait impensable de l'emprunter. Le vent rugissait en s'infiltrant dans le bâtiment par l'énorme brèche, et soulevait des volutes de poussière qui irritèrent la gorge de Hans. Pendant ce temps, tout là-haut au-dessus des toits de York, un maelström de nuages obscurs parcourus d'éclairs s'enroulait sur lui-même. Des points noirs voletaient dans son sillage, zigzagant entre la foudre comme si celle-ci craignait de les toucher.

Des Sorcières.

Un tonnerre de grincements métalliques explosa tout près et détourna l'attention de Hans. À une centaine de mètres à vol d'oiseau au sud du Gîte, une passerelle qui reliait deux édifices entre eux venait de se détacher de l'un de ses points d'ancrage. Son extrémité vola dans les airs en se cabrant, avant de retomber à toute vitesse vers la terre ferme, dix étages plus bas.

C'est à cet instant que Hans entendit les cris. Deux silhouettes, prisonnières du ponton qui s'écroulait et les emportait vers leur mort. Une terreur froide étreignit Hans alors qu'il suivait des yeux la chute de la passerelle et de ses occupants, incapable de regarder ailleurs. C'est ainsi qu'il vit la forme noire qui passa sous la passerelle juste avant que celle-ci ne s'écrase à terre dans un puissant grondement et un tourbillon de poussière. La silhouette remonta vers le ciel en sifflant, puis se dirigea droit sur Hans. Bientôt, il discerna la tignasse sombre virevoltante de la Sorcière, les pans de sa tunique gonflés par les bourrasques, et la branche de bois blanc qu'elle chevauchait.

L'avertissement de la Sorcière qu'il avait tuée plus tôt lui revint en mémoire.

Viens avec nous, ou nous réduirons cet amas de béton et tous ceux qui se trouvent à l'intérieur en miettes.

Hans tâtonna sa ceinture à la recherche de son pistolet, puis fouilla les décombres autour de lui, sans rien trouver.

— Merde ! jura-t-il en bondissant sur ses pieds.

Un éclair vrilla le ciel au-dessus de sa tête. Le tonnerre éclata tout près, assourdissant ; lorsqu'il se tut, un ensemble de cris affolés se fit entendre quelque part dans la distance. Hans gravit les marches aussi vite qu'il le put alors que l'escalier tanguait à chacun de ses pas. Le vent fouetta ses cheveux et ses vêtements, hurla à ses oreilles.

Dans la brise, il crut entendre une voix féminine appeler son nom, mais il se convainquit qu'il ne s'agissait que de son imagination.

En atteignant le palier de ce qu'il estimait être le quatorzième étage — sans toutefois pouvoir en être certain —, Hans se jeta sur la porte qui séparait la cage d'escalier du couloir. Au moment où ses doigts effleuraient la poignée, une langue de vent s'enroula autour de son torse et le tira abruptement en arrière. La chair de poule courut sur son corps telle une onde électrique. Il sut sans avoir à se retourner que la

Sorcière sur sa branche blanche était juste derrière lui. Sa magie crépitait tout autour, dans le courant d'air qui l'enserrait et l'attirait à elle.

Hans sentit ses bottes déraper sur le sol, vit la porte qu'il cherchait tant à atteindre s'éloigner. Son cœur accéléra ses battements. Alors il tendit une main vers son objectif et mit toute sa volonté à faire un pas en avant, malgré le vent envoûté de la Sorcière qui le tirait dans l'autre sens. L'air grésilla en faisant se hérisser les poils de Hans. Tout à coup, la poigne invisible du vent le libéra, et il se jeta en avant. Il entendit la voix rageuse de la Sorcière derrière lui qui entamait une nouvelle incantation, mais il s'était déjà engouffré dans le couloir et la porte se refermait en claquant derrière lui.

À l'intérieur du Gîte, toutes les lumières avaient sauté. Les corridors étaient plongés dans l'obscurité et Hans dut poser une main au mur pour se guider. L'air sentait la poussière ainsi qu'un parfum plus rance, plus lourd ; une odeur qui assécha sa bouche et fit se tordre son estomac. Les sirènes rugissaient toujours dans le lointain, entrecoupées des hurlements du vent et du roulement du tonnerre. Le bâtiment était toutefois silencieux, ce qui poussa Hans à se demander pendant combien de temps il avait été inconscient à la suite de l'explosion de la cage d'escalier. Il ne croyait pas qu'il se fût écoulé plus de quelques minutes étant donné les soldats qu'il avait aperçus sur la passerelle et les cris qu'il avait entendus dans les environs, mais il pouvait se tromper. Ces gens pouvaient être des retardataires. Peut-être ne restait-il plus personne d'autre dans le Gîte. Hans était peut-être le dernier, laissé derrière.

Cette idée provoqua une vague de panique en lui, qu'il s'empressa de chasser de son esprit avant d'accélérer la cadence.

Il se dirigea de mémoire vers la cage d'escalier est, qu'il espérait suffisamment intacte pour lui permettre d'atteindre les derniers étages, où se situaient la salle d'armement et les postes de défense. Dans le silence oppressant, Hans commença à se demander si ses compagnons avaient pu l'abandonner derrière. Il ne voulait pas croire à cette possibilité, mais l'autre explication à leur absence était bien pire. Il choisit d'espérer qu'Andy, Claws et Mila avaient fui lorsqu'ils en avaient eu la chance. C'était cette pensée qu'il avait en tête quand, alors qu'il n'était plus qu'à un coin de la cage d'escalier est, une violente secousse fit trembler le sol sous ses pieds.

Une plainte déchira le silence du Gîte. Hans pressa le pas dans cette direction, et bientôt de minces filets de lumière vinrent éclairer ses pas. Des fils électriques pendouillaient du plafond, des débris de la taille de cailloux parsemaient le sol. Il bondit de côté quand sa botte écrasa quelque chose de mou, l'image des corps des soldats du huitième surgissant dans son esprit, mais il ne s'agissait que d'une peluche abandonnée.

Un nouveau gémissement, plus laborieux que le premier, lui parvint. Hans sonda les ténèbres environnantes du regard et aperçut une ouverture béante dans le mur, au bout du couloir. Il dut franchir quelques pas encore avant de comprendre qu'il s'agissait en fait de l'embrasure de la porte donnant sur la cage d'escalier. La porte avait été arrachée de ses gonds et gisait à terre, sur le seuil. De l'autre côté, la faible lumière du jour éclairait un escalier en colimaçon jonché de morceaux de béton et... d'autres choses.

Hans déglutit avant de franchir le seuil. Ses sinistres soupçons se virent confirmés alors qu'il escaladait prudemment les marches. Ici, il dut contourner des gravats plus gros que sa tête, et là, le corps amorphe d'un réfugié plus jeune que lui.

Cette partie du Gîte avait également souffert des secousses : l'escalier bringuebalait à chacun des pas de Hans, et des fissures inquiétantes couraient le long des murs en laissant filtrer la clarté relative de l'extérieur. Les dégâts n'étaient certes pas aussi importants que ceux qu'avait subis l'escalier sud, pourtant, Hans compta neuf victimes, écrasées sous des débris ou le cou brisé, sans doute après avoir déboulé une volée de marches.

— Capitaine, grinça une voix.

Le sang de Hans ne fit qu'un tour : il pivota en trébuchant vers la voix, ses mains volant par réflexe au creux de ses reins, où se trouvait habituellement le fourreau de ses poignards jumeaux. Bien vite, toutefois, ses bras retombèrent ballants le long de ses flancs.

— Lloyd.

Le garçon se tenait sur le palier supérieur, avachi contre la rambarde. Hans sentit plus qu'il ne vit les yeux de la recrue se poser sur lui.

— Ca-pitaine.

Sa voix était hachée, douloureuse. Un hoquet mouillé secoua le corps de l'adolescent. Hans baissa les yeux : une tige métallique transperçait la poitrine de Lloyd de part en part. Hans avait cru qu'il s'était écroulé contre la rampe, alors qu'en réalité, il était empalé dessus. Les secousses avaient dû tordre et rompre la main courante, et l'épieu de métal avait happé Lloyd comme une énorme griffe de charognard.

— Comment…, commença Hans.

Mais il n'alla pas au bout de sa question. Parce que la réponse n'importait pas — elle n'importait plus.

Lloyd s'étrangla dans un bruit humide.

— Est-ce qu'ils… vivants? balbutia l'adolescent dans un râle. Les réfugiés?

Hans mit une seconde à comprendre ce que Lloyd lui demandait. Son regard dériva brièvement en direction des formes inertes qui jonchaient les marches. Il se rappela le groupe de réfugiés dont il avait croisé la route plus tôt — ils étaient plus nombreux que ce qu'il voyait ici, une trentaine, peut-être plus.

— Ils s'en sont tirés, affirma Hans d'une voix qu'il espérait assurée. Ils ont fui le Gîte.

Malgré la noirceur, Hans décela le regard mêlé d'espoir et de douleur que son ancienne recrue posa sur lui. Il y vit aussi sa peur. La salive de Hans avait un goût âpre qui lui brûla la gorge, mais il s'efforça de déglutir. Il gravit les quelques marches qui le séparaient de Lloyd et posa doucement une main sur son épaule frêle. Le garçon frissonnait sous sa veste-armure.

— Tu as sauvé des vies aujourd'hui, soldat, tu m'entends? lui dit Hans. Tu as guidé ces réfugiés vers la sûreté. Ils sont saufs grâce à toi.

Les yeux de Lloyd roulèrent dans leur orbite pendant une seconde avant de revenir trouver ceux de Hans.

— Capitaine, hoqueta-t-il.

Hans pressa doucement son épaule.

— Ça va aller, soldat. Ça va aller.

Il énonça ces mots avec aplomb. Comme si c'était la vérité. Comme s'il y croyait.

Un violent spasme secoua Lloyd. Son torse se souleva autour de la tige de métal qui le transperçait. Les traits grimaçants, le garçon ouvrit la bouche comme pour hurler, mais seul un son assourdi en sortit. Puis tout à coup, dans un sursaut, il attrapa le poignet de Hans entre ses doigts. Ils étaient poisseux, couverts de sang, et froids. Glacés. Hans ne broncha pas tandis que les doigts de l'adolescent raffermissaient leur prise et serraient son poignet. Fort.

— *Capitaine.*

Les globes oculaires de Lloyd n'étaient plus que deux sphères blanches vitreuses, percées d'un minuscule point noir, dans un visage plus pâle encore. Des sillons de poussière noirâtres barbouillaient ses joues luisantes de larmes. Il serrait toujours le poignet de Hans, ses ongles s'enfonçaient dans sa peau, mais Hans le laissa faire.

— Ça va aller, répéta-t-il.

Ses mots n'étaient qu'un murmure ; il eut du mal à discerner sa propre voix. Il doutait que Lloyd l'eût entendue.

Un bref hoquet échappa à Lloyd. Ses doigts pressèrent une dernière fois le poignet de Hans, puis leur étau se relâcha. Sa main retomba mollement le long de son corps et ne bougea plus.

Hans s'aperçut qu'il retenait son souffle. Sans quitter le visage figé de Lloyd, il s'obligea à expirer lentement, jusqu'à ce qu'il ne reste plus une trace d'air dans ses poumons. Puis, sa main tremblante quitta l'épaule de Lloyd. Doucement, il ferma les paupières du garçon sur ses yeux vides.

Hans serra les dents et poursuivit son chemin.

• • •

LES COUPS DE FEU CESSÈRENT SUBITEMENT alors que Hans atteignait le seizième étage. Il n'avait croisé personne jusqu'ici, ni dans la cage d'escalier, ni dans les couloirs du quinzième, où il avait fait un arrêt à la salle d'armement pour attraper une paire de pistolets. Il devenait de plus en plus probable qu'il fût le dernier survivant à l'intérieur des murs du Gîte, et cette idée avait quelque chose de terriblement angoissant. Les pétarades des balles à l'extérieur, toutefois, lui rappelaient qu'il n'était pas entièrement seul : sur les toits voisins, ses sœurs et ses frères d'arme bataillaient, et il pouvait encore aller leur prêter main-forte.

Mais voilà que tout était devenu silencieux. Pas seulement les fusils et les pistolets ; en tendant l'oreille, Hans s'aperçut que les sifflements du vent s'étaient tus, ainsi que les sirènes d'urgence de la ville.

Un nœud se forma dans la gorge de Hans. Il pensa à Claws, qui se trouvait sûrement sur un toit voisin, arme au poing. Que signifiait ce silence ?

À cet instant, une violente secousse parcourut le sol et interrompit le fil de ses pensées en le faisant trébucher puis valser contre le mur le plus près. Hans recouvra tant bien que mal son équilibre, une main à plat sur le mur, tandis qu'un son aigu résonnait à l'intérieur de son crâne. Il se secoua en jurant entre ses dents et reprit son ascension vers le dernier étage. Il devait à tout prix découvrir ce qui se passait à l'extérieur du Gîte. Il gravit la dernière volée de marches quatre à quatre, le silence seulement troublé par le martèlement de ses bottes et celui de son cœur contre ses côtes. Il ouvrit la porte donnant sur le seizième à la volée et fonça dans le couloir sans ralentir. Une forme floue surgit soudain devant lui et le heurta si durement qu'il perdit pied. L'autre silhouette poussa un petit cri comme il l'entraînait avec lui dans sa chute, avant qu'ils ne s'écrasent tous deux au sol, bras et jambes entremêlés.

— Nom d'un…

— Capitaine ?

Hans se redressa sur ses bras en grognant. Dans l'obscurité, il avait du mal à discerner autre chose que les contours approximatifs de la silhouette menue étendue sous lui ainsi que l'éventail de cheveux pâles autour de sa tête. Il reconnut cependant sa voix :

— Soleil ?

Un bruit sourd empêcha la recrue de répondre et un craquement lugubre se fit entendre juste au-dessus d'eux. Hans se rejeta aussitôt à terre en couvrant sa tête et celle de l'adolescente de ses bras. Au même moment, quelque chose s'abattit à un pas de là en faisant trembler le sol. Des débris de toutes sortes fondirent sur eux. Un objet tranchant s'enfonça dans le dos de la main de Hans et lui tira une grimace de douleur, mais il ne bougea pas.

— Mon nom, c'est Solene, marmonna la novice dans le creux de l'épaule de Hans une fois le calme revenu.

— Et le mien n'est pas Capitaine, répliqua celui-ci d'une voix adoucie par le soulagement de tomber sur un visage familier.

Il s'écarta avec précaution de la jeune fille avant de jeter un regard autour d'eux. Le plafond s'était partiellement effondré et la crevasse livrait passage à des poignées entières de fils électriques qui pendouillaient. Des étincelles crépitaient aux extrémités dénudées de certains d'entre eux, et leur lueur blanche perçait les nuages de poussière qui flottaient sur tout l'étage. À un bras de distance de là où Solene et lui étaient affalés, une large poutre de métal s'était abattue. Sa base était tordue et écrasée contre le sol de ciment, tandis que son sommet disparaissait dans la même crevasse d'où ruisselaient les fils électriques.

Hans déglutit. Solene et lui avaient eu de la chance de ne pas se faire écraser.

— Tu vas bien ? interrogea-t-il celle-ci.

Elle acquiesça rapidement, en appui sur ses bras légèrement tremblant, un œil rivé sur la main droite de Hans : un éclat de métal, long de plusieurs centimètres, y était planté et tremblotait comme une feuille dans le vent à chacun de ses mouvements. Hans serra les dents et l'arracha de sa chair sans plus de cérémonie.

— Je venais vous libérer, révéla alors Solene, détournée de sa sinistre contemplation.

Hans la dévisagea.

— Me…

Une puissante déflagration l'interrompit. L'instant suivant, Hans perçut une sorte de frémissement à travers le plancher, les murs, tout le bâtiment. Puis une longue plainte, comme un gémissement strident, s'éleva depuis l'intérieur même du Gîte. Solene plaqua ses paumes sur ses oreilles, les traits tordus en un rictus de douleur. Hans allait l'imiter quand un soubresaut sous ses pieds le fit dangereusement chanceler. Plaquant une main à terre pour se stabiliser, il fit mine de se redresser, mais tituba de nouveau, pris d'une brusque sensation de nausée. Il baissa les yeux juste à temps pour voir des cailloux rouler à côté de sa main. En les regardant, Hans se sentit tout à coup étrangement déséquilibré sur ses pieds, comme si un côté de son corps pesait plus lourd que l'autre…

Son cœur manqua un battement, et il saisit Solene par le bras.

— Debout ! lui cria-t-il sans pourtant parvenir à se faire entendre à travers le vacarme environnant.

La jeune fille le regarda sans comprendre. Hans tira sans ménagement sur son bras.

— *Debout !* répéta-t-il en s'exécutant lui-même.

Il n'attendit pas que Solene fût sur ses pieds pour la tirer à sa suite. Il voulut l'entraîner vers un autre couloir, mais ils n'avaient tous les deux franchi que quelques pas lorsqu'un nouveau tremblement les fit trébucher et déraper. Hans parvint à rester debout, mais un cri aigu échappa à Solene et sa main lâcha celle de Hans. En regardant derrière lui, il découvrit l'adolescente prostrée au sol, ses doigts enroulés autour de sa cheville.

— Cent âmes damnées, jura-t-elle en levant un regard paniqué vers Hans. *Mais qu'est-ce qui se passe ?*

Sans répondre, Hans regarda autour de lui. Au bout d'un couloir adjacent, par une grande fenêtre fissurée, il pouvait voir le paysage et les environs du Gîte. Le ciel semblait s'être encore obscurci, comme en pleine nuit. Il ne vit pas la moindre trace de Sorcières voltigeant sur leur branche d'arbre, mais il n'osa pas croire qu'elles étaient parties — il les imaginait tapies, là, dehors, à attendre comme des vautours. Cette possibilité le tourmentait. Distrait, il faillit ne pas remarquer comme le sommet des édifices voisins formait un drôle d'angle par rapport à la ligne d'horizon, comme si tous les bâtiments de York tanguaient d'un côté.

Un énième frisson remonta alors la charpente du Gîte et fit trembler ses murs tel un dernier avertissement : ce n'était pas le reste de la ville qui penchait d'un côté, mais le Gîte qui était sur le point de s'écrouler.

— Hans ? appela craintivement Solene.

Sa voix lui parvint de très loin à travers le brouhaha des gémissements de la structure du Gîte. Hans eut du mal à s'arracher à la vision cauchemardesque des toits de travers de York pour venir s'accroupir près de Solene.

— Accroche-toi, la prévint-il en enroulant un bras autour de sa taille fine.

Elle ne pesait presque rien; il la souleva aisément avant de faire volte-face vers la fenêtre et de se mettre en mouvement.

— Hans? s'enquit Solene lorsqu'il pressa l'allure.

Il resserra sa prise autour de son corps frêle quand elle se tortilla pour regarder par-dessus son épaule, et encore un peu plus lorsqu'elle se tendit brusquement. Au bout du couloir, la fenêtre se rapprochait rapidement.

Il accéléra encore.

— Capitaine! hurla Solene dans son oreille.

— *Accroche-toi!*

De toutes ses forces, il poussa une dernière fois sur ses jambes. Solene se recroquevilla dans ses bras. Il retint son souffle. Ferma les yeux.

Son côté frappa la surface de verre en premier. Il sentit l'impact se réverbérer à travers le moindre de ses os. Ses dents s'entrechoquèrent. Un impénétrable silence, assourdissant, lui vrilla les tympans plus douloureusement que n'importe quel hurlement. Le temps suspendit sa course pendant une fraction de seconde. Une minute. Une éternité.

Le cœur de Hans cessa de battre.

La vitre explosa dans un tonnerre de sons cristallins autour de lui.

Solene et lui tombèrent.

Les couleurs du ciel, des bâtiments et du sol se fondirent en une traînée floue autour de lui. Ses oreilles s'emplirent des hurlements du vent et des martèlements effrénés de son cœur. Solene s'accrochait à lui comme si elle tentait de lui broyer les os ; il la sentait qui retenait son souffle, son visage dans le creux de son cou.

Ils cessèrent brusquement de tomber.

La tête de Hans cogna une surface dure et son champ de vision s'obscurcit. Solene échappa à son étreinte alors qu'il était projeté loin d'elle, ses bras et ses jambes comme quatre poids lourds et inutiles ballotant en tous sens. Il roula sans pouvoir s'arrêter jusqu'à ce que le vide s'ouvre tout à coup sous son corps et l'aspire vers le bas.

— *Capitaine !*

Des doigts se refermèrent étroitement autour de son poignet en s'enfonçant dans sa chair. Tandis que son propre poids l'entraînait vers une nouvelle chute, Hans eut l'impression que des serres lui labouraient la peau. Grimaçant de douleur, il envoya la tête en arrière Ses oreilles bourdonnaient et les nuages dansaient devant ses yeux. Il ne discerna qu'une masse informe et échevelée qui flottait au-dessus de lui.

— Mille guerres, Hansel, ce que tu peux être lourd ! grogna la chose d'une voix rauque.

Les doigts resserrèrent leur prise sur son poignet et un éclair de douleur le traversa de part en part, mais Hans se sentit revenir à ses esprits. Lorsqu'il battit des paupières et fixa de nouveau son attention sur la silhouette penchée sur lui, il reconnut Claws, ses lunettes de nuit de travers sur sa tête, une épaisse traînée rouge le long de sa tempe.

Cette vision finit de secouer Hans, qui prit enfin conscience de toute la précarité de sa situation ; en fracassant la fenêtre du seizième pour s'échapper du Gîte, il savait ce qu'il faisait ; en tant que soldat, il connaissait l'emplacement précis de chacune des passerelles qui reliaient les bâtiments de York les uns aux autres. L'une de ces passerelles se trouvait en plein dans la trajectoire de leur chute, à Solene et lui. Il s'agissait d'un saut risqué, haut de deux étages, mais c'était aussi leur seule chance de fuir le Gîte avant qu'il ne s'effondre.

Comme cette pensée l'effleurait, un profond grondement s'éleva du sol et la passerelle sur laquelle tentait de le hisser Claws fut brutalement secouée. Hans sentit son cœur lui remonter dans la gorge lorsque son camarade dérapa dangereusement sur le ponton et qu'ils passèrent tous deux à quelques centimètres d'un plongeon mortel. Claws parvint heureusement à maintenir sa prise sur le poignet de Hans ainsi que sur le garde-fou de la passerelle.

– Capitaine ! s'écria une voix inquiète à cet instant.

Hans la reconnut aussitôt. Malgré les dizaines de mètres de vide qui s'étiraient sous ses pieds, il fut soulagé de savoir Solene en vie.

– Hansel ! l'appela Claws d'un ton pressant. Ça t'ennuierait de me donner un coup de main ?

Hans ne se le fit pas répéter. Se hissant à même le bras de son compagnon, il parvint à attraper le garde-fou de sa main libre, après quoi il remonta sur la passerelle. Il s'y écroula, mi-exténué de sa montée d'adrénaline, mi-ankylosé à la suite de sa chute de près de dix mètres.

Claws l'aida à se redresser et, ses mains de chaque côté de son visage, lui offrit un large sourire à l'air un peu déplacé parmi ses traits barbouillés de sang.

– Je suis content de te voir, dit-il à Hans.

Avant que ce dernier ne puisse répondre, un point noir enfla dans un coin de son champ de vision, plus loin derrière Claws, et se dirigea droit vers eux en sifflant à travers le vent.

— Claws ! cria Hans.

Une puissante détonation claqua dans l'air. Les yeux de Claws s'écarquillèrent de surprise et le sang de Hans se glaça dans ses veines. Au même moment, la Sorcière qui fonçait sur eux fut brutalement projetée en arrière, éjectée de la branche qu'elle chevauchait. Sans émettre le moindre cri, la femme plongea lourdement en direction du sol, quarante-cinq mètres plus bas, ses cheveux et l'étoffe de sa robe s'entortillant autour d'elle.

Hans suivit sa chute vertigineuse pendant une seconde avant de surprendre le regard étonné de Claws, posé quelque part par-dessus son épaule. Il tourna la tête et découvrit Solene, assise au milieu du ponton, une main cramponnée au garde-fou, l'autre à un pistolet toujours brandi. La jeune fille arborait un visage pâle, aux traits tirés par un mélange de douleur, de peur et d'ahurissement.

— Je..., balbutia-t-elle en faisant passer ses yeux bleus de son pistolet aux visages de Hans et de Claws. J'ai fait un score parfait à l'épreuve de tirs.

Presque sans s'en rendre compte, Hans esquissa un sourire. Solene le lui rendit avec hésitation.

C'est alors qu'un soubresaut secoua la passerelle et les obligea tous trois à s'accrocher aux garde-fous. Cette fois, contrairement aux précédentes, les secousses ne se calmèrent pas ; bientôt, les chaînes qui maintenaient ensemble la structure commencèrent à gémir.

— Debout ! ordonna Claws avant de s'exécuter en chancelant. Vite !

Sa voix caverneuse couvrit à peine le vacarme qui faisait rage.

Claws attrapa Hans par un bras et le remit sur pied, puis tous deux pivotèrent vers Solene, mais cette dernière était toujours avachie, une jambe repliée contre elle. Son pistolet encore à la main, elle s'accrochait tant bien que mal au garde-fou.

— Ma cheville, lâcha-t-elle en guise d'explication.

Sans un mot, Claws dépassa Hans et, vacillant dangereusement, s'accroupit pour passer un bras autour de la taille de Solene.

— Hansel ! gronda-t-il en calant l'adolescente contre son épaule comme si elle ne pesait rien. Ne reste pas planté là — *bouge* !

Il fonça sans se retourner. Hans s'apprêtait à lui emboîter le pas lorsqu'un grondement monta du sol. Hans regarda derrière lui : le Gîte était en train de s'effondrer, et il n'était pas le seul. Plusieurs bâtiments voisins penchaient eux aussi dans des angles incongrus. Le Gîte lui-même n'était soutenu que par un autre gratte-ciel contre lequel il s'était affaissé et qui ralentissait son éboulement. Des nuages denses de poussière enveloppaient les tours de ciment et gonflaient de seconde en seconde, avalant tout ce qui se trouvait autour — Hans y compris. Pourtant, malgré les saletés qui lui piquaient les yeux et lui irritaient la gorge, malgré la passerelle qui se tordait et menaçait de l'éjecter à tout moment, il se sentait incapable de détourner les yeux.

— Hans ! entendit-il comme de très, très loin. *Hansel !*

Il se détourna et se mit à courir.

Le pont ondula sous ses pieds, lui faisant perdre l'équilibre, mais il tint bon et continua d'avancer.

— Ta main ! lui hurla Claws en lui tendant la sienne.

Hans bondit en avant et s'accrocha aux doigts métalliques de son ami, qui le tira sur le toit où Solene et lui l'attendaient. Comme Hans sentait la surface dure et immobile du ciment sous ses bottes, un rugissement rappelant celui du tonnerre résonna dans l'air. Il fit volte-face. Médusé, il vit la passerelle qu'il venait de quitter se scinder en deux. Elle se cambra telle une créature vivante et envoya des maillons de métal en tous sens. Puis elle retomba lentement, mollement, contre la façade du Gîte à laquelle elle était toujours fixée par ses gonds. Un dernier frémissement parcourut le Gîte. Dans un bruit fracassant, une fissure s'ouvrit sur toute sa hauteur et le bâtiment vola en éclats comme s'il n'avait été qu'une fragile construction de verre.

Les genoux de Hans flanchèrent. Durant une seconde, il crut qu'il allait s'écrouler et tomber en morceaux comme le Gîte. Mais il se ressaisit et resta debout aux côtés de Claws et de Solene, aussi silencieux que lui.

Ce ne fut que lorsque les grondements du sol et le vacarme de l'éboulement se furent calmés que l'un d'eux parla :

— Ne restons pas là.

Claws. Froid, solide et inébranlable Claws. Son calme implacable déclencha quelque chose chez Hans : les battements de son cœur s'affolèrent, l'air lui manqua, sa bouche devint sèche et tout son corps se mit à trembler. C'était comme si l'adrénaline qui lui avait permis de tenir bon, de ne pas s'arrêter, de ne pas réfléchir jusqu'ici faisait brusquement place à tout le reste : l'épuisement, l'incompréhension, la douleur — la peur.

— Non, Claws, attends ! stoppa-t-il son compagnon quand celui-ci fit mine de tourner les talons. On ne peut pas partir comme ça, il faut…

Les mots se bousculaient sur ses lèvres.

– *Mila,* parvint-il finalement à souffler. *Candy.* Et tous les autres…

– J'ai fait sortir Mila moi-même, le rassura précipitamment Claws. Elle va bien… du moins, je l'espère.

Hans ne se sentit pas mieux pour autant, loin de là. Il n'irait mieux que lorsqu'il verrait la jeune femme, saine et sauve, de ses propres yeux. Lorsqu'il la serrerait dans ses bras.

– Et Andy ? persista-t-il. Tu l'as vu ?

Claws serra les mâchoires, mais ne répondit pas. Il se détourna de Hans et leva ses yeux noirs vers le ciel assombri de poussière et de fumée.

Dans le lointain, le tonnerre gronda.

– Dépêchons, maintenant, grommela Claws, lugubre. Les Sorcières pourraient revenir.

Sans un mot ou un regard de plus, il contourna Hans. Ce dernier entendit son camarade échanger quelques mots avec Solene, sans doute pour lui proposer de la porter. Un moment plus tard, un grincement se fit entendre et un objet lourd tomba bruyamment sur le toit de l'édifice. Claws devait avoir trouvé une trappe qui leur permettrait de descendre pour rejoindre la terre ferme.

– Hansel, l'appela Claws.

Hans ne bougea pas tout de suite. Ses yeux survolèrent une dernière fois les environs, les bâtiments abandonnés depuis longtemps, les rues craquelées par le temps et les intempéries en contrebas. Son regard s'attarda sur la masse brisée du Gîte, juste là, si près.

Il porta une main à sa poitrine, extirpa son pendentif du col de sa tunique et serra sa pierre entre ses doigts.

Puis, il la relâcha, tourna le dos aux décombres du Gîte et s'éloigna.

• • •

L'OMBRE DE YORK rapetissait à l'horizon. Hans n'en détachait pas les yeux tandis que le 4x4 à l'arrière duquel il était installé s'enfonçait toujours plus loin dans le désert. Le sol cahoteux secouait le véhicule et ses occupants, mais Hans ignora l'inconfort occasionné, comme il ignorait la nausée qui ne cessait de lui soulever l'estomac depuis leur départ ainsi que les éclairs de douleur qui le foudroyaient à chaque inspiration.

Il n'avait pas encore jeté un œil sous sa tunique, mais il soupçonnait de s'être brisé quelques côtes lors de sa chute du seizième. Rien qu'il n'avait pas déjà expérimenté ou ne pouvait surmonter.

Une aura chaude l'enveloppa et une tête vint se poser sur son épaule ; des boucles noires lui chatouillèrent le cou.

— Tout ira bien, murmura simplement Mila à travers le crissement des pneus dans la poussière.

Lorsqu'ils avaient atteint la tour de garde la plus proche, Claws, Solene et Hans étaient tombés sur un petit groupe de réfugiés, le dernier à être resté derrière pour accueillir d'autres rescapés. Hans avait reconnu les visages des survivants qui s'entassaient dans le 4x4 : le général de Code et l'enfant au chien-loup, ainsi qu'un soldat de seize ou dix-sept ans dont il ne connaissait pas le nom. Mila était là, elle aussi, comme l'avait promis Claws.

Andy, toutefois, manquait à l'appel. Mila n'avait pu affirmer à ses amis que le scientifique allait bien.

Les nouveaux venus s'étaient ensuite joints au reste du groupe et le 4x4 s'était mis en mouvement.

Hans n'avait pas ouvert la bouche depuis.

– Ça va aller, insista Mila à son oreille avant d'entrelacer ses doigts aux siens. On va s'en sortir.

Hans ne dit rien et serra sa main en retour.

C'était tout ce qu'il pouvait faire en cet instant, alors qu'il observait les ruines du refuge de York disparaître à l'horizon.

Un cri perçant déchira le silence de la nuit. Grethel sursauta si violemment qu'elle trébucha, mais Hansel la rattrapa et la remit d'aplomb avant qu'elle ne s'affale dans la poussière. Sa sœur vint se blottir contre lui et il l'entoura de ses bras protecteurs.

— Qu'est-ce que c'était ? gémit-elle tout bas. Un charognard ?

Une branche grinça. Hansel leva les yeux : deux billes rouges scintillaient dans l'obscurité, du haut d'un arbre tout près. Il ne put distinguer la silhouette de leur propriétaire, qui se fondait dans le noir de la nuit, mais il entendit le froufroutement de ses ailes et les claquements répétés de son bec.

— C'est juste le vent, assura-t-il.

Mais le vent s'était tu depuis des heures. Ses sifflements avaient résonné longtemps après que Hansel et Grethel eurent fui la maison. Ils les avaient poursuivis à travers la forêt, se faufilant entre les arbustes asséchés et les troncs gris des arbres toute la clarté durant. Puis, peu avant la tombée de la nuit, plus rien. Le silence était revenu. Hansel avait continué d'avancer, Grethel derrière lui, parce que c'était ce que leur père lui avait demandé. Au sol, scintillant entre les feuilles mortes comme des étoiles tombées du ciel, les pierres blanches guidaient leur chemin.

— J'ai peur, Hansel.

Hansel s'écarta pour regarder sa sœur en face. Il croisa son regard et, même dans les ténèbres de cette nuit sans lune, les iris de Grethel lui parurent étincelants. Des iris d'un bleu profond, comme les siens.

Là était bien la seule chose qu'ils partageaient en tant que jumeaux.

Hansel sourit.

— Tu ne devrais pas, lui rappela-t-il. On est ensemble, non ? Et tant qu'on est ensemble, rien ne peut nous arriver.

Partie II

— Chaos —

LE BROUILLARD S'OBSCURCISSAIT au-dessus de leur tête. À l'ouest, l'horizon se baignait d'une teinte sanglante.

— Arrêtons-nous pour la nuit, proposa Hans à travers le bruit de friction des pneus. Si les Sorcières nous avaient pris en chasse, elles nous seraient tombées dessus depuis longtemps maintenant.

Il regretta aussitôt d'avoir ouvert la bouche : parler lui faisait un mal de charognard. C'était comme si ses côtes cassées étaient des poignards qui le tailladaient de l'intérieur dès qu'il prononçait le moindre mot. Même respirer le faisait tant souffrir qu'il avait tourné de l'œil deux fois cette journée-là. Claws s'était inquiété de son état. Après avoir découvert l'ecchymose qui colorait son flanc, Mila avait voulu qu'ils s'arrêtent pour qu'elle puisse examiner son compagnon. Julian refusait toutefois obstinément de faire une pause.

— J'aimerais vous croire, répliqua l'homme en jetant un rapide coup d'œil par-dessus son épaule, mais il s'agit d'un risque que je ne peux courir.

Hans ignorait s'il parlait du risque de se faire rattraper par les Sorcières ou de celui de lui faire confiance, à lui, l'accusé de trahison. Sans doute faisait-il allusion aux deux ; ce type n'inspirait aucune sympathie à Hans et vu les regards dédaigneux que l'autre ne cessait de lui lancer depuis leur fuite de York, le sentiment était réciproque.

Hans risqua un nouvel éclair de douleur et insista :

— C'est d'attirer tous les charognards à des kilomètres à la ronde dont vous prenez le risque en roulant toute la nuit !

Je ne m'explique même pas comment on a pu leur échapper jusqu'ici...

Mais il s'agissait d'un mensonge, ou pour le moins d'une demi-vérité. Il n'avait pas besoin d'avoir vu les corps pour savoir que l'attaque de la veille avait fait de nombreuses victimes. Des soldats morts au combat, des réfugiés qui n'avaient pas quitté le Gîte avant son effondrement, ou d'autres encore qui n'avaient pas réussi à rejoindre les 4x4 à temps. Encore à cette heure, les décombres devaient grouiller de charognards, volant ou à quatre pattes, qui tous s'en donnaient à cœur joie.

Le visage pâle et les yeux écarquillés de terreur de Lloyd surgirent dans l'esprit de Hans. Un pique de douleur qui n'avait rien à voir avec ses blessures lui transperça la poitrine.

— Hansel a raison, commenta Claws d'une voix forte. Il nous faut aussi établir un plan d'action et impossible de le faire dans ce vacarme !

Le général de Code ne dit rien, mais finit par secouer la tête. Le 4x4 ralentit alors progressivement jusqu'à s'immobiliser complètement au bout de quelques dizaines de mètres. Le silence, qui n'avait jusqu'ici été troublé que par le crissement des pneus dans la terre, se fit. Cette quiétude était si étrange après toutes ces heures passées à rouler que personne n'osa parler ou bouger pendant un moment.

— Et maintenant ? s'impatienta Julian.

Hans tourna la tête vers Claws, installé à côté de lui.

— Le coffre, acquiesça Claws.

Joignant le geste à la parole, il se redressa et bondit à bas du véhicule, avant de s'accroupir et de disparaître sous sa carrosserie. Hans souhaita qu'il y trouve bel et bien le coffre dont tous les 4x4 du Gîte étaient équipés. Ceux-ci renfermaient des pansements propres, un nécessaire de suture, des médicaments contre l'infection ainsi que quelques rations de nourriture séchée – du moins, s'ils avaient de la chance et que ce véhicule n'avait pas récemment servi, sans quoi Claws risquait de tomber sur une trousse à moitié vide.

Hans tenta de ne pas songer aux conséquences que ce scénario entraînerait dans leur situation actuelle.

Une main se posa doucement sur son épaule.

– Fais-moi voir ta blessure, exigea Mila.

Il s'exécuta en relevant sa tunique avec autant de précaution que possible, ce qui n'empêcha pas une onde de douleur de lui vriller les côtes. Il grimaça. Au même moment, un hoquet horrifié lui parvint : assise en face de lui, les jambes repliées contre sa poitrine afin d'occuper le moins d'espace possible, Solene posait un regard ahuri sur l'hématome qui mangeait le flanc de Hans. À sa gauche, le jeune soldat qui se trouvait parmi leur groupe lors de leur fuite détourna rapidement la tête; à sa droite, le gamin au chien-loup se recroquevilla sur lui-même en gémissant, effrayé.

Hans baissa les yeux et découvrit la tache noirâtre grosse comme une main ouverte qui s'étalait sur sa peau, du côté droit de sa cage thoracique. Mais ce n'était pas tout : son vêtement ainsi relevé laissait entrevoir une large parcelle de peau parcheminée. Sa cicatrice.

Il replaça son habit malgré les protestations de Mila.

– Je vais bien, lui assura-t-il en réprimant un rictus de douleur. Occupe-toi de Soleil et des autres.

– Solene, le corrigea l'adolescente sans grande conviction.

– Asaf, intervint l'autre jeune soldat à son tour. Je m'appelle Asaf – et lui, c'est Elias, rajouta-t-il timidement en désignant le petit garçon au chien-loup.

Asaf et Elias évitaient de regarder Hans, contrairement à Solene, qui le dévisageait et lorgnait discrètement en direction de son abdomen, même si celui-ci était maintenant bien camouflé sous la tunique.

Mila ne bougea pas tout de suite, mais Hans soutint son regard sans ciller ; elle finit par céder.

– Oh, Hansel ! l'interpella Claws tandis que Mila allait s'installer près d'Elias, qui frissonnait toujours dans son coin. Regarde ce que j'ai pour toi !

Quelque chose atterrit au fond du 4x4 en tintant bruyamment : des couteaux à lancer dans leur fourreau. Hans fut étonné que son compagnon ait déniché ces armes dans le kit du véhicule, mais il ne s'en plaignit pas : ses poignards lui avaient été confisqués lors de son arrestation, plus d'une demi-lune plus tôt, et il n'avait pu les récupérer.

Hans s'empara des couteaux en ignorant la vague de souffrance qu'occasionna ce simple geste. Tandis qu'il examinait leur lame, en fixant deux à sa ceinture et glissant les deux autres dans ses bottes, il songea à son emprisonnement. Près d'une quinzaine de jours. Quand Reish était venu le trouver à la salle commune, tout était normal à York. Le Gîte venait d'essuyer une attaque des Sorcières et tout le monde était sur le qui-vive, mais il s'agissait de la routine. Et une demi-lune plus tard…

Hans serra les dents.

Une demi-lune plus tard, son monde s'écroulait. Aujourd'hui, il n'en restait plus qu'un tas de gravats et de cadavres.

Hans pensa à Lloyd.

Et à Andy.

Un goût de bile lui brûla la gorge, mais il s'efforça de déglutir. C'est là que la voix de Julian le ramena au présent :

– Je rêve ou vous venez de lui remettre des armes ?

L'homme était toujours à sa place de conducteur, mais il se penchait par-dessus la portière et dardait un regard assassin sur Claws, debout près de la roue arrière.

– C'est ce que j'ai fait, confirma Claws avec un hochement de tête. Hansel est capitaine et l'un des meilleurs lanceurs de York.

– *Était*, répliqua le général. Et York n'existe plus.

Les doigts mécaniques de Claws cliquetèrent les uns contre les autres. Hans sentit son sang s'échauffer. Mila, qui perçut tout de suite la tension en train de s'installer, se redressa et s'interposa :

– Doucement, messieurs. Une querelle est la dernière chose dont nous avons besoin…

Julian renifla.

– Ce dont je n'ai pas besoin, c'est d'un traître qui me poignarde dans le dos et de sa salope qui me dit quoi faire.

Hans fut sur ses pieds avant de s'en rendre compte. La douleur lui déchira tout le flanc et son champ de vision se voila, ce qui ne l'empêcha pas de franchir la distance qui le séparait du siège conducteur en un seul pas. Il vit le général pivoter vers lui et dégainer son pistolet.

– Hansel, Niklaus, non ! s'écria Mila.

Elle plaqua une main contre le torse de son compagnon, son autre main tendue dans un geste apaisant vers Claws, qui avait lui aussi bondi en avant.

Toujours assis dans la boîte du 4x4, le petit Elias, ainsi qu'Asaf et Solene assistaient à la confrontation, tétanisés.

Hans croisa le regard bleu de Solene. L'adolescente semblait retenir son souffle.

Il revint au général. L'homme n'avait pas bougé, le canon de son fusil pointé directement sur la tête de Hans – ainsi que sur celle de Mila, vu la façon dont celle-ci faisait barrage de son corps.

Hans leva les mains en signe de capitulation.

– Ça va, lança-t-il. Ça va. Maintenant rangez ce truc, vous faites peur aux gamins.

L'autre pivota brièvement en direction de Claws ; ce dernier recula lentement avant de hocher une fois la tête, les mâchoires crispées. Le général baissa son arme.

– Bien, approuva Mila. Vous êtes prêts à discuter, maintenant ?

Elle fit alterner son regard entre les trois hommes. Pendant que Julian et Claws acceptaient la proposition en grommelant, Hans alla reprendre sa place dans un coin du 4x4. Ses côtes lui firent un mal épouvantable lorsqu'il s'affala contre la carrosserie ; le prix à payer pour son mauvais caractère et son impulsivité.

Personne ne parla durant un instant. Dans le coin opposé de la boîte du véhicule, Elias sanglotait en silence ; Asaf fixait la pointe de ses bottes et mordillait nerveusement sa lèvre inférieure ; Solene, elle, observa Hans sans ciller.

– Niklaus, tu as quelque chose ? interrogea alors Mila.

Claws fourra sa main valide dans la poche de sa veste-armure.

– Pas d'armes hormis celles que j'ai refilées à Hans. J'ai des flacons d'antidouleur, du cicatrisant, un bout de corde…

– Des vivres ?

— De la viande et des fruits séchés, mais seulement pour une journée, deux si on se rationne vu notre nombre. Et pas une seule goutte d'eau.

Il ne s'agissait pas là d'une grande surprise : l'eau était trop précieuse pour être stockée, même en petite quantité, dans le coffre des 4x4 où elle risquait de se gaspiller. Les véhicules ne servaient après tout presque exclusivement qu'à des missions de reconnaissance ou de sauvetage ; ou ses occupants rentraient à York sans avoir eu besoin du kit de survie, ou ils ne rentraient pas du tout.

Bien sûr, ça c'était avant que York soit détruit.

Hans grinça des dents.

— Il va nous falloir trouver de l'eau, commenta Julian. Et vite.

Il balaya le ciel du regard et s'attarda quelques secondes sur l'horizon désormais marqué d'une fine ligne rougeâtre. Sous peu, le désert serait plongé dans le noir le plus total.

— Nous devrions tenter de rejoindre les refuges du sud, reprit-il. Reposons-nous et reprenons la route demain aux premières lueurs de l'aube.

— Quelqu'un vous a proclamé chef des opérations ? intervint Hans.

Le général et Mila tournèrent tous deux la tête vers lui, le premier pour le fixer d'un œil noir, la seconde pour lui lancer un avertissement silencieux.

— Je suis le plus haut gradé, se défendit l'homme. Et à moins que vous ayez une meilleure idée…

— Vers l'ouest, interrompit Solene.

Tous les yeux se braquèrent sur elle.

— L'ouest ? répéta Claws. Tu veux dire…

— Les Terres Fertiles, acquiesça l'adolescente.

Julian soupira bruyamment.

— C'est du suicide, fillette.

Solene se hérissa à cette dernière appellation et fit mine de se redresser sur sa jambe valide, mais Mila voulut la calmer et la faire se rasseoir. À partir de ce moment, les voix s'entremêlèrent dans une cacophonie impossible : Julian déblatéra à propos de son plan de rouler vers le sud pendant que Solene répliquait qu'ils trouveraient plus rapidement des vivres en se dirigeant vers l'ouest. Claws se mit aussi de la partie en mentionnant des consignes d'évacuation de York qui les dirigeaient vers une cache où ils retrouveraient peut-être d'autres survivants. Le petit Elias plongea quant à lui son visage dans ses mains et fondit en larmes tandis qu'Asaf se repliait sur lui-même et que Mila s'efforçait de ramener le calme sans toutefois parvenir à se faire entendre.

— Eh, tenta Hans une première fois.

Personne ne lui porta attention. Au loin, il lui sembla discerner une suite d'aboiements aigus. Difficile, cependant, de dire s'il s'agissait de simples échos. La nervosité s'empara de Hans et sa bouche se fit sèche.

— Eh !

Toujours rien.

Alors, d'un seul geste vif et précis, il s'empara du couteau fourré dans sa botte et le projeta vers l'avant. La lame fendit l'air en passant si près de la tempe de Solene que ses mèches blondes se soulevèrent, puis l'arme alla s'enfoncer dans le dossier du siège du conducteur dans un chuintement.

— Sang de..., lâcha Julian en coupant court à la dispute. Qu'est-ce qui ne va pas chez vous ? Vous voulez tuer quelqu'un ?

Il fit passer son regard du couteau à Hans, et Solene l'imita en tapotant sa tempe, troublée.

Claws soupira.

— Si ce tir était destiné à tuer, vous seriez déjà mort, général — Hansel ne rate jamais sa cible. Tout de même, ajouta-t-il à l'intention de son camarade, c'était vraiment nécessaire ?

Hans ne dit rien ; la réponse lui paraissait évidente : le calme était revenu, tout le monde s'était tu. Même Elias avait cessé de pleurer. Mila secoua la tête, désapprobatrice, et extirpa le couteau du siège sans rien dire.

Hans l'ignora et rendit son regard de défi au général.

— Va pour l'ouest, trancha-t-il. Soleil a raison : c'est la façon la plus rapide de trouver de l'eau et de la nourriture.

La jeune fille dut se surprendre de l'appui de Hans, car elle ne tiqua même pas à l'utilisation du surnom dont il l'avait affublée. Julian, au contraire, s'assombrit, mais Hans poursuivit avant qu'il n'émette un son :

— La cache mentionnée par Claws se situe aussi dans cette direction — si on n'y rencontre personne de York, on a au moins une chance supplémentaire d'y trouver des vivres.

Il fixa ses compagnons d'infortune l'un après l'autre.

— Et maintenant fermez-la avant de rameuter tous les charognards des environs.

Il y eut un long moment de silence.

— Je couvre le sud-ouest pour le premier tour de garde, déclara Julian dans un marmonnement.

Il ouvrit sa portière, sauta à bas du véhicule et s'éloigna sans un autre mot, son pistolet serré dans une main.

— Bien, conclut Claws. Le nord-est est pour moi, dans ce cas.

Avant de s'exécuter, il lança une petite sacoche de cuir à Hans.

— Reprenez des forces, conseilla-t-il aux autres. Demain, le début d'un long voyage nous attend.

Il porta sa main valide à ses lunettes de nuit, de travers sur son front, et les rabattit sur ses yeux. Puis, il tourna les talons, ses bottes crissant dans la poussière.

• • •

UNE GOUTTE D'EAU coula le long du menton de Hans jusqu'à sa gorge. Sur sa langue, le liquide était tiède et son arrière-goût métallique trahissait les nombreuses heures qu'il avait passé embouteillé dans une flasque. Dans la chaleur sèche de la nuit, pourtant, le sillon frais qu'il traça sur sa peau en sueur aurait presque suffi à le faire frissonner.

Presque.

Il n'avait pas encore écarté le goulot de sa bouche que des lèvres effleurèrent son cou. Le bout d'une langue cueillit la perle d'eau qui avait continué sa course jusqu'au creux de sa clavicule.

— Je suis contente que tu te sentes mieux, chuchota Mila tout contre sa peau.

Hans pencha son visage vers celui de sa compagne.

— Je vais bien, la rassura-t-il. Ce n'est presque rien.

Les iris de la jeune femme étincelèrent comme des pierres précieuses dans l'obscurité lorsqu'elle leva les yeux vers lui, l'air entendu.

— Ce n'est pas *rien*, soupira-t-elle.

Hans sentit ses doigts relever sa tunique et courir sur son flanc blessé. Ses gestes étaient délicats, pratiquement une caresse, mais même ce contact l'aurait fait grimacer une heure auparavant. Il était soulagé que ce ne fût plus le cas.

Plus tôt, Claws avait déniché une sacoche de cuir dans le kit de survie de leur 4x4. Elle renfermait des fioles de produits médicinaux – lotion contre l'infection, solution antidouleur et accélérateur de guérison, ainsi que plusieurs seringues. Hans savait que ces concoctions ne pouvaient que lui être bénéfiques, mais en découvrant les seringues et leur aiguille de trois centimètres, il n'avait pu s'empêcher de maudire Andy pour ne pas en avoir fait des cachets solides. Penser au chimiste lui avait rappelé qu'il ignorait où se trouvait son ami et s'il allait bien. Il avait donc pris sur lui pendant que Mila enfonçait les aiguilles dans ses chairs meurtries pour lui injecter de l'antidouleur et du cicatrisant – autant dire du feu liquide.

– Te jeter du haut du Gîte était stupide, maugréa Mila en replaçant la tunique de Hans. Tu as eu de la chance d'atteindre la passerelle.

– Ça n'a rien à voir avec la chance, la contredit-il à mi-voix. Je savais ce que je faisais.

Il entendit sa compagne soupirer.

– C'était peut-être idiot, insista-t-il, mais c'était aussi notre seule chance de nous en sortir, à Soleil et moi.

– Soleil ?

Hans esquissa un geste du menton en direction du 4x4, à une vingtaine de pas de là, à l'arrière duquel Asaf, Solene et le jeune Elias se trouvaient toujours. Les trois rescapés s'étaient assoupis depuis un moment déjà, épuisés physiquement comme mentalement. Hans et Mila étaient restés à veiller sur eux quelques minutes, mais dès que ses côtes avaient à peu près cessé de le faire souffrir, Hans avait décidé d'aller se dégourdir les jambes. Au début, il avait voulu que Mila reste dans le véhicule et prenne elle aussi du repos, mais la jeune femme avait insisté pour l'accompagner et *garder un œil sur sa blessure et lui*. Hans commençait cependant à croire qu'elle recherchait plutôt de la tranquillité pour lui quémander un peu de tendresse, car elle ne s'écartait jamais de lui de plus de quelques centimètres et frôlait sans cesse son cou, sa joue ou ses lèvres du bout de son nez.

Non que cela embêta Hans.

— C'est une de mes recrues, expliqua-t-il, les yeux toujours fixés sur l'ombre du 4x4 qui se détachait sur la terre grise. Enfin elle *était* l'une d'elles.

Une pointe de douleur lui comprima la poitrine ; il lui faudrait désormais parler de York et de tout ce qui s'y rattachait au passé.

— Que faisait encore Solene dans le Gîte ? interrogea Mila. Il ne restait pratiquement personne quand Niklaus est venu me chercher.

Ces mots eurent l'effet d'une gifle pour Hans.

Personne ? Personne sauf lui. Personne sauf Lloyd.

Le pique de douleur fiché dans sa poitrine s'enfonça plus profondément et menaça d'atteindre son cœur. Il parvint à réfréner la vague de colère qui montait de ses entrailles et répliqua entre ses dents :

— Elle était là pour moi. Pour me libérer de cette cellule où j'ai moisi comme un traître pendant une demi-lune et où j'ai failli être enseveli avec le reste du bâtiment.

Mila se crispa. Hans fit un pas en arrière, soudain désireux de ne plus sentir les mains de la jeune femme sur sa taille, son souffle dans son cou et la chaleur de son corps près du sien.

– Mais je m'étais déjà échappé et je suis tombé sur elle pendant que je vous cherchais, Andy et toi, ajouta-t-il. C'est une chance, d'ailleurs, parce qu'elle serait sûrement morte avec moi dans le cas contraire.

– Hansel, commença Mila à mi-voix.

– Qu'est-ce qui s'est passé, Mila ? l'interrompit-il. Où étiez-vous, Claws et toi, pendant que le Gîte s'écroulait sur ma tête ? *Où étais-tu ?*

Le silence lui répondit.

Dans la nuit grisonnante du désert, il vit Mila ouvrir la bouche sans émettre le moindre son, la refermer puis aspirer sa lèvre inférieure pour la mordiller. Hans avait toujours trouvé ce tic mignon chez elle ; toujours, mais pas ce soir. Pas alors qu'il était ponctué de cette lueur coupable dans ses iris verts.

Quelques secondes supplémentaires s'écoulèrent avant qu'un profond soupir ne lui échappe. Il gratta distraitement sa joue, rendue piquante par une barbe apparue au fil de son emprisonnement.

– Laisse tomber.

Il tourna les talons.

– Non, Hansel !

Les doigts de Mila agrippèrent sa manche et le tirèrent en arrière.

– Je voulais retourner te chercher – j'ai essayé. Mais Niklaus…

– Claws *quoi* ? insista Hans lorsque Mila hésita.

– Il m'a fait sortir du Gîte avant tout le monde et m'a fait promettre de ne pas y retourner, ni pour toi ni pour lui. Il a dit qu'il te retrouverait – et il l'a fait, non ?

Hans fixa les doigts de Mila, crispés sur sa manche. Un moment passa avant qu'il ne hoche lentement la tête, distrait.

— Il t'a fait sortir en premier ? réfléchit-il à voix haute.

— Il a fait demi-tour pour toi immédiatement, précisa Mila, croyant que c'était ce qui tracassait son compagnon.

Mais Hans ne dit rien.

Mila se rapprocha de lui, sa main relâchant la manche de sa tunique pour venir trouver ses doigts.

— Il a essayé de te faire libérer, tu sais ? lui confia-t-elle. Il n'a pas cessé une minute de plaider ton innocence, mais Reish n'a rien voulu entendre.

— Non, je sais, acquiesça Hans. Je sais.

— C'est bon, alors, conclut Mila tout bas. Je vais bien, et toi aussi. C'est ce qui compte, non ?

Elle prit le visage de son compagnon en coupe entre ses mains, puis plaça son visage tout près du sien. Encadrée de ses boucles noires désordonnées, sa peau paraissait plus pâle que jamais, et ses yeux sondaient ceux de Hans avec inquiétude.

Hans leva une main et entrecroisa ses doigts à ceux de la jeune femme.

— Ouais, soupira-t-il, un poids invisible pesant sur sa poitrine. Tu as raison, c'est ce qui compte.

• • •

UN CHAROGNARD ABOYA AU LOIN. Son cri résonna longtemps à travers le désert avant d'être repris en écho par d'autres bêtes ; au moins trois, jugea Hans. Durant une minute, il pensa à retourner au 4x4 pour prévenir les autres, mais se ravisa presque tout de suite : les animaux se faisaient entendre à des kilomètres à la ronde, nul doute que le reste du convoi avait aussi perçu les aboiements. De plus, Hans n'était pas contre un moment de solitude.

Alors il continua d'errer sans but sous la lueur déjà bouillante de l'aurore.

Sa discussion avec Mila le perturbait. Ils s'étaient séparés un peu plus tôt, après être retournés au 4x4. Mila s'était attelée à prendre soin des rescapés plus jeunes – soigner la cheville de Solene, rassurer le petit Elias qui avait gémi toute la nuit, examiner Asaf. Le général de Code et Claws s'étaient quant à eux étonnamment alliés dans la traque d'un groupe de petits animaux, dont ils espéraient qu'il les mènerait à un point d'eau. Hans avait prétexté suivre leur exemple, mais il ne souhaitait en fait que profiter d'un peu de tranquillité.

Depuis que Mila lui avait expliqué comment Claws l'avait fait sortir avant tout le monde, en le laissant derrière, un vide semblait s'être creusé dans ses entrailles. Il n'en voulait pas vraiment à son frère d'arme d'avoir mis Mila en sûreté avant lui, au contraire, il aurait sans doute fait la même chose si les rôles avaient été inversés. Et pourtant, il ne pouvait se départir de ce poids, de cette sensation écrasante sur sa poitrine.

Hans soupira. Et maintenant ? Il leva la main à son pendentif et en serra la pierre blanche entre ses doigts. Maintenant, il allait marcher. Marcher et oublier la douleur dans ses côtes et dans son cœur.

Le soleil continuait de monter à l'horizon. Son cercle parfait était à peu près visible derrière le brouillard et sa chaleur se faisait plus lourde de minute en minute. Et ce n'était que le petit matin. Sa lueur révéla bientôt un paysage plus irrégulier que Hans ne l'avait soupçonné : depuis leur fuite de York, le 4x4 avait surtout traversé des plaines asséchées et désolées, des fissures larges comme un bras et des ossements depuis longtemps nettoyés constituant les seuls obstacles sur la route. Dans l'aube grise, il voyait toutefois des ombres, des reflets et des creux se dessiner autour de lui.

Hans s'arrêta, soupçonneux. Son esprit lui jouait-il des tours ? Il se savait à cran, épuisé et déjà accablé par la chaleur. Sans parler des ondes de douleurs qui le frappaient sans prévenir, de la faim, de la soif, et du manque, même s'il pensait avoir sa dépendance au sucre sous contrôle – pour le moment. Toutefois, il connaissait trop bien le danger que représentaient les hallucinations pour s'en croire à l'abri. Elles n'avaient, après tout, eu aucun mal à le trouver dans sa cellule, quelques jours plus tôt, et il était alors bien mieux loti qu'aujourd'hui.

Un puissant croassement retentit au même moment et tira Hans de ses sombres souvenirs. Il leva la tête pour découvrir l'oiseau, un volatile pourvu d'un crâne chauve et de redoutables serres, qui le dépassa sans se presser ni lui adresser le moindre regard. Hans suivit la créature des yeux tandis qu'elle réduisait son altitude jusqu'à disparaître un peu plus loin derrière la ligne d'horizon.

Non, se reprit Hans. Pas la ligne d'horizon, mais une colline. Une dune.

Un soupçon d'espoir naquit dans sa poitrine comme il se répétait qu'il ne s'agissait pas d'une hallucination, qu'il ne pouvait avoir imaginé le rapace. Des animaux peuplaient le désert, des charognards de diverses espèces pour la plupart. Il était bien naturel qu'il finisse par croiser la route de l'un d'entre eux, non ? Et ces bêtes, comme tout être vivant, devaient se nourrir et se désaltérer.

C'était ce dont Hans tentait de se convaincre alors qu'il accélérait le pas en direction de là où il avait vu disparaître l'oiseau. Lorsqu'il atteignit enfin le sommet de la bute, pourtant peu pentue, de la sueur perlait à ses tempes et coulait le long de son dos. Son état le surprit lui-même. Il craignait de plus en plus de se raccrocher à une illusion, mais c'est à cet instant qu'il découvrit le rassemblement de bêtes, au pied de la colline.

Entre deux vallons de terre sèche, une poignée de charognards canins ainsi que deux vautours comme celui qui l'avait survolé plus tôt se chamaillaient avec force, croassements et aboiements. Ils se regroupaient autour d'une zone de quelques mètres de long pour moins d'un demi de large. L'un des cabots gratta frénétiquement le sol de ses griffes et quelque chose chatoya sous la lueur faiblarde du soleil.

De l'eau.

Le soulagement déferla dans les veines de Hans. Tous ses muscles se tendirent, prêts à le projeter en avant. Il se ravisa de justesse ; l'eau n'était pas la seule denrée à se trouver à la portée de main.

Lentement, il s'accroupit et effleura d'un doigt le manche du couteau qui dépassait de sa botte droite. Les animaux ne semblaient pas l'avoir remarqué ou, plus vraisemblablement, se préoccupaient davantage de leur point d'eau, qui ne tarderait pas à s'épuiser, que de la présence d'un humain. Hans se permit une minute pour considérer ses options : l'un des oiseaux s'avérait étonnamment dodu, sans doute parviendrait-il à récupérer assez de viande sur sa carcasse pour la partager avec le reste du groupe ; les canidés n'étaient pas trop mal non plus, mais leur chair avait un goût infecte. La main sur son arme, il réfléchit. Les rapaces étaient plus susceptibles d'abriter des parasites, et Hans avait besoin d'un maximum de protéines pour reprendre des forces, tout comme ses compagnons. Il n'hésita pas une seconde de plus, s'empara de son couteau et le projeta sur le groupe de bêtes.

Le chuintement métallique de la lame fut suivi d'un couinement, puis du son mat d'un corps qui s'écroule. Dans un même mouvement, les animaux encore debout s'éparpillèrent au trot ou à tire-d'aile, soudain nerveux. Hans attrapait déjà un second couteau, mais lorsqu'il leva les yeux à la recherche des vautours, ceux-ci filaient haut dans le ciel, hors d'atteinte.

Il grommela avant de se décider à glisser le long du flanc de la dune jusqu'à sa prise.

Le charognard, un coyote adulte pas trop décharné, gisait sur le flanc, le museau dans la boue. Sa gueule s'ouvrit et se referma à plusieurs reprises, et des soubresauts agitèrent ses pattes. Quand Hans se laissa tomber près de lui, une suite de grognements et d'aboiements étouffés se firent entendre ; les autres membres de la petite meute, trois bêtes rachitiques, tournaient en rond non loin de là, visiblement peu enclins à laisser l'un des leurs derrière. Aucun d'eux ne fit toutefois mine de s'approcher plus près, et Hans les ignora.

Son regard se posa sur son couteau, fiché dans la gorge de sa victime. Les yeux révulsés de cette dernière roulaient dans leur orbite ; Hans devinait ses muscles tendus par la souffrance sous sa fourrure frémissante et luisante de sueur.

Un goût amer se répandit dans sa bouche à cette vision d'agonie. Une partie de lui voulut être désolée d'enlever la vie à ce coyote alors que la créature ne tentait, elle aussi, que de survivre. Mais alors, il revit les yeux vides de Lloyd, repensa à sa dépouille brisée parmi les décombres de York, et à tous les autres réfugiés qui étaient morts avec lui ce jour-là. Hans ne doutait pas que les charognards avaient dû se régaler.

Tout à coup, ravaler sa culpabilité ne s'avérait plus si difficile.

Serrant les dents, il se saisit du manche de l'arme. D'un geste aussi sûr que précis, il trancha la jugulaire du charognard. L'animal fut secoué d'un dernier spasme, puis s'immobilisa complètement.

Un peu plus loin, l'un de ses comparses poussa un long gémissement. Hans leva les yeux sur les autres bêtes ; elles l'observèrent toutes une longue seconde, en silence, pour finalement pivoter brusquement et déguerpir dans une cacophonie d'aboiements.

Hans reporta son attention sur sa tâche. Un flot écarlate jaillissait de la gorge ouverte du coyote et allait se mêler à la boue, à ses pieds. Son estomac se retourna à l'idée de ce qu'il s'apprêtait à faire, alors il préféra s'exécuter au plus vite. Jetant son couteau sur le sol, il plaça ses mains en coupe, qu'il pressa contre les chairs béantes du charognard pour recueillir son sang, avant de porter ses paumes à sa bouche et d'y boire le liquide chaud et poisseux.

C'était épais sur sa langue, et il s'étrangla sur la première gorgée. Il s'efforça pourtant de continuer, parce qu'il en avait besoin.

Le sang animal était extrêmement riche en minéraux et nutriments — presque trop, en fait. Il pouvait rendre celui qui le buvait malade ou lui causer des insomnies, mais il agissait aussi comme un stimulant sur les sens et l'énergie. Andy s'en servait parfois pour maintenir des patients éveillés. Il croyait aussi que son ingestion permettait d'accélérer la guérison de blessures graves et de combattre les infections.

Hans n'était pas tout à fait certain de croire à tout ça, mais il avait vu Claws ingurgiter des litres entiers de sang de bétail à la suite de l'amputation de sa main droite, et lui-même avait eu droit à une généreuse ration d'hémoglobine lorsque, deux saisons de pluie plus tôt, il avait été frappé d'une pneumonie.

Aujourd'hui, il était perdu dans le désert, avec des côtes cassées, une hémorragie interne et peut-être aussi une commotion cérébrale. Il ne perdait rien à se plier aux superstitions de ce savant fou d'Andy. De plus, suivre les conseils, aussi saugrenus fussent-ils, de son ami, avait cet étrange et rassurant effet sur Hans : il avait l'impression que le scientifique allait surgir d'un instant à l'autre pour le rabrouer et lui dire qu'il ne s'y prenait pas de la bonne façon — s'il existait une bonne façon de boire du sang animal, bien sûr.

Comme Hans s'essuyait le menton d'un revers de manche de sa tunique, il tenta de se convaincre qu'Andy était en vie, qu'il allait bien. Il était là, quelque part dans ce désert, et il finirait par le retrouver. Il le fallait.

Après une légère hésitation, Hans décida d'avaler les dernières gouttes d'eau contenue dans sa gourde. Il songea à tenter de la remplir pour ensuite partager son mince butin avec le reste du groupe, mais se ravisa : la terre s'asséchait à vue d'œil et jamais il ne parviendrait à récolter une quantité d'eau suffisante pour tout le monde. Il comptait aussi sur la formation de soldat de Claws et de Julian pour que ceux-ci dénichent un peu d'eau de leur côté.

L'esprit apaisé, Hans choisit plutôt de récolter encore un peu de sang de coyote, cette fois pour Solene. La jeune fille s'était tordue la cheville dans leur fuite du Gîte et si le sang animal possédait vraiment des effets curatifs, elle avait le droit d'en profiter à son tour.

Sa tâche accomplie, Hans replaça l'outre à sa ceinture et passa à la collecte d'eau. De la lame de son couteau, dont il essuya rapidement le sang sur son pantalon, il creusa le sol humide, quelques pas plus loin. Tout d'abord, rien ne se produisit ; puis, quelques gouttes remontèrent à la surface. Une flaque, pas plus grosse que sa main, finit par se former et son estomac se tordit si douloureusement à cette vision qu'il s'aplatit aussitôt sur le sol pour s'abreuver directement à la source. Les quelques gorgées qu'il parvint à en tirer avaient un goût terreux, mais elles étaient fraîches et assez limpides. Il s'empressa de répéter la manœuvre, mais la chaleur du jour prenait encore en force et la source se tarissait rapidement. Bientôt, il eut beau creuser, il n'arriva qu'à produire une boue gluante et peu ragoûtante.

Hans s'affala au sol et roula sur le dos. Il avait chaud et mal au crâne.

Dans le ciel, le brouillard arborait une couleur jaunâtre. Des points noirs dansaient tout là-haut, peut-être les mêmes vautours qu'il avait chassés plus tôt.

Un soupir lui échappa. Il était temps pour lui d'aller retrouver le reste du groupe au 4x4. Le disque solaire se hissait au sommet des nuages à une vitesse hallucinante, lui semblait-il, et comme le leur avait fait remarquer Claws la veille au soir, ils avaient un long chemin à parcourir. Hans n'était pas pressé de reprendre la route pour autant, bien au contraire : lorsqu'il pensait à leur situation, aux autres rescapés et lui, c'était plutôt le dépit et la lassitude qui l'étreignaient.

À quoi bon essayer ? ne pouvait-il s'empêcher de songer, là, dans un coin sombre de son esprit. Ils allaient tous mourir, de toute façon. Qu'il s'agisse des Sorcières, de la chaleur, du manque d'eau ou des charognards… Ils étaient condamnés. Au fond de lui, il en était convaincu.

Mais alors, les visages de Mila et de Claws s'immiscèrent dans ses lugubres pensées. Un étau se referma sur son cœur à l'idée qu'il puisse leur arriver malheur. L'autre soldat était son meilleur ami et la seule famille qu'il avait eue à York ; et la jeune femme, ce qu'il avait de plus précieux. Hans se surprit aussi à songer à Andy, peut-être mort à cette heure, et à Solene. Il prit conscience qu'il ne pouvait se permettre de se laisser aller au désespoir ou à l'épuisement. Pour eux tous, il devait taire ses craintes et rester en vie – pour *les* garder en vie.

Rasséréné, Hans se remit sur pied. Rengainant son couteau souillé par le sang du coyote et la boue, il s'empressa d'attraper l'animal par une de ses pattes arrière et le jeta sur son épaule, regrettant aussitôt la brusquerie de son geste, qui envoya une onde de douleur dans tout son flanc. En silence, il ravala une grimace et se mit en marche.

• • •

POUR UNE ÉNIÈME FOIS, Hans surprit le regard acéré de Julian dans le rétroviseur. Claws ayant pris le relai au volant avec Hans installé à ses côtés, le général de Code se retrouvait à partager le minuscule coffre du 4x4 avec leurs autres compagnons. L'étroitesse du compartiment ou le fait d'être balloté entre Asaf et Mila à chaque cahot n'avait cependant rien à voir avec son humeur morose, Hans le savait : c'était lui, le problème, et rien d'autre. L'autre homme avait une dent contre lui depuis qu'il avait été accusé de trahison, et les choses entre eux n'avaient fait qu'empirer. D'abord lors de l'échauffourée au sujet de la direction à suivre pour leur fuite, ensuite quand Hans était revenu de sa balade en solitaire, la dépouille du coyote sur l'épaule.

— Qu'avez-vous fait à cette bête ? s'était horrifié l'homme.

Les yeux ronds, il avait détaillé la tunique de Hans, maculée de sang, avant de le dévisager — il avait sans doute un peu de sang séché sur le menton. Hans l'avait ignoré et avait jeté sa gourde à Solene.

— Bois, lui avait-il simplement intimé. Ça va guérir ta cheville.

La jeune fille s'était exécutée en fronçant le nez, incertaine, avant de s'étrangler sur sa première gorgée. Sous l'œil effaré du général, elle avait recraché le liquide écarlate dans sa main et avait fixé sa paume rougie pendant un long moment. Après un regard en direction de Hans, elle avait ramené le goulot à ses lèvres et avait tout avalé d'un trait. Hans avait senti le regard de Julian peser sur lui.

— Vous savez qui d'autre s'abreuve de sang animal ? l'avait-il tancé, le ton accusateur.

Hans s'était contenté de jeter le coyote dans un coin du coffre, près de Solene, qui n'avait pas bronché, et d'Asaf, qui avait dégluti de façon bruyante. Le petit Elias avait hoqueté et Mila l'avait attiré contre elle.

— Les Sorcières, avait complété le général.

Il n'avait plus adressé la parole à Hans depuis. Chaque fois que leurs regards se rencontraient dans le rétroviseur, celui de Julian était empreint de haine et de dégoût. En son for intérieur, Hans trouvait la répulsion de l'autre homme plutôt amusante.

— Direction, Hansel? l'interpella Claws.

Tiré de ses pensées et de sa joute visuelle avec le général, Hans tourna la tête vers son ami. Ce dernier, les deux mains sur le volant, sourcils légèrement froncés, adressa un avertissement silencieux à son camarade. Hans soupira en comprenant ses intentions.

— Tu dévies vers le nord, déclara-t-il après un coup d'œil vers le tableau de bord et la boussole qui y était encastrée.

Claws acquiesça, mais Hans savait que l'autre soldat ne voulait que détourner son attention de Julian et éviter que la tension ne monte encore davantage entre eux. Une précaution qui n'était sans doute pas inutile, vu le tempérament bouillant de Hans.

Soudain las, Hans se rencogna dans son siège. À la périphérie de son champ de vision, il devina une paire d'yeux verts braqués sur son reflet dans le rétroviseur : Mila. Un pincement au cœur le fit serrer les dents. Sans qu'il ne s'explique trop pourquoi, il choisit de se plonger dans la contemplation du paysage désertique, loin des iris émeraude de sa compagne.

• • •

ILS TRAVERSÈRENT DES RUINES. Au début, Hans crut que la route s'escarpait, que les plaines de l'est du Continent cédaient peu à peu place à des collines, des coteaux et des pics rocheux. Le 4x4 avait parcouru beaucoup de chemin en près de quarante-huit heures. Tandis que les déserts comme celui qui avait accueilli York s'étaient vus polis par la chaleur et les tempêtes de sable au fil des décennies, la côte ouest, elle, se façonnait encore aujourd'hui au gré du vent, du martèlement de la pluie et de la végétation qui y croissait. Une fois, Claws, qui avait déjà pris part à des excursions en Terres Fertiles afin de ravitailler le refuge en eau et nourriture, avait parlé à Hans des montagnes qu'on voyait à l'horizon. Il disait que leur sommet, dont certains disparaissaient bien au-delà du brouillard, était si haut qu'il touchait pratiquement le ciel. Hans n'en avait pas cru un mot. Toutefois, les yeux noirs de son ami brillaient trop à ce souvenir pour qu'il se fût permis de lui rappeler qu'il souffrait sans doute alors de déshydratation et de fatigue, et que ces montagnes étaient plus vraisemblablement le fruit de son imagination.

La tour de béton à moitié effondrée qui jaillit devant le 4x4 au milieu des gravats, elle, était cependant bien réelle. Sa silhouette amaigrie et déchiquetée, tel un cadavre qui se serait encore tenu debout, se déroulait vers le ciel sur ce qui avait jadis dû être plusieurs dizaines d'étages. Sa carcasse noircie se hérissait de tiges de métal tordues et rouillées, se parait de poutres rappelant un squelette visible sous la peau trop mince d'un charognard. Sous la lueur faiblissante du crépuscule, quelques fenêtres toujours dotées de leur vitre étincelèrent. Hans se sentit comme si la ville fantôme avait des yeux blafards qu'elle braquait sur le 4x4 et ses occupants alors qu'ils louvoyaient entre ses restes brisés, abandonnés. Un frisson se lova autour de sa colonne vertébrale et il fut pris de vertige. Comme sous le poids d'un regard invisible, sa nuque le démangea. Il résista à l'envie de jeter un œil par-dessus son épaule et porta sans s'en rendre compte une main à son pendentif.

Au coucher du soleil, quand la tour et ses vingt pairs d'yeux aveugles s'évanouirent derrière eux, ses ongles creusaient douloureusement sa paume, mais il eut le sentiment qu'il recommençait enfin à respirer.

• • •

ILS ALLAIENT TOMBER EN PANNE. Plus tôt, Hans avait surpris les œillades inquiètes que Claws coulait vers la jauge d'énergie dont l'aiguille, au plus bas, tressautait au rythme des cahots sur la route. D'abord, le comportement de son ami avait intrigué Hans : les 4x4 avaient une autonomie limitée, vingt-quatre à trente-six heures tout au plus, quarante-huit s'ils étaient exposé à la lumière du jour afin que leurs panneaux renouvèlent l'énergie perdue. De ce fait, il était même étonnant que leur véhicule ne les ait pas lâchés avant. La durée d'usage d'une batterie de 4x4 était connue des soldats de York ; comment s'assurer de son bon état et comment la remplacer par une pleine était d'ailleurs la première chose qu'une recrue apprenait avant d'aller sur le terrain. Au fil des dernières heures, pourtant, les regards en biais de Claws s'étaient multipliés et quand l'aiguille de la jauge avait dégringolé sous le seuil critique, il s'était mis à tapoter le volant de ses doigts mécaniques.

— Claws ? s'était enquis Hans.

Il avait arqué un sourcil interrogateur à l'intention de son ami, sans toutefois prononcer un autre mot. Il n'en avait pas besoin ; Claws savait très bien où il voulait en venir.

— Nous n'en avons plus pour longtemps, avait-il élucidé avec un infime geste du menton en direction de la jauge.

Il s'était exprimé à voix basse, à tel point que Hans avait davantage deviné ses mots sur ses lèvres qu'il ne les avait entendus par-delà le crissement des pneus. Tandis que son compagnon s'assurait d'un regard dans le rétroviseur qu'aucun autre passager n'avait entendu la mauvaise nouvelle, l'estomac de Hans s'était retourné. Il avait quand même tenté de balayer les craintes de son camarade d'un haussement d'épaules :

— Faisons une pause. Accordons-nous quelques heures de repos, puis changeons la batterie et…

Claws l'avait interrompu d'un signe de tête négatif, sec et rapide. Son attention avait de nouveau dérivé vers le rétroviseur.

— Il n'y a pas de batterie de rechange, Hansel, avait-il expliqué entre ses dents. J'ai vérifié — et revérifié —, mais il n'y en a aucune.

Hans s'était senti blêmir.

C'était mauvais. Très mauvais. Plus d'énergie, plus de batterie. Plus de batterie, plus de moteur. Et plus de moyen de transport. Pour survivre, leur petite troupe ne pouvait toutefois se permettre de rester au même endroit trop longtemps. La nuit, ce n'était pas si mal : l'air se rafraîchissait considérablement en ce temps de l'année, jusqu'à devenir à peu près confortable. Les plus jeunes pouvaient dormir, tandis que les autres alternaient les tours de garde. Les charognards étaient quant à eux plus actifs la nuit et constituaient un certain danger, bien que gérable.

Le soleil et la chaleur; là était le véritable problème.

Lorsque le 4x4 roulait, ses occupants profitaient d'un peu de vent, et le vacarme des roues dans la poussière ne risquait pas d'attirer des prédateurs puisque ceux-ci dormaient durant le jour, plutôt que de s'épuiser à chasser dans une chaleur étouffante. Cette même chaleur que Hans et ses compagnons n'auraient d'autre choix que d'affronter, sans eau et sans abri pour leur offrir un coin d'ombre, jusqu'à ce que les panneaux solaires aient capté suffisamment d'énergie pour remettre le moteur en marche. Avec le brouillard qui bloquait partiellement les rayons du soleil et ralentissait le processus, le 4x4 pouvait rester immobile pendant des heures. Sans compter que la batterie ne commencerait qu'à se recharger le lendemain, à l'aube.

Ils étaient dans la merde.

Son attention rivée sur la jauge, Hans déglutit. Il s'efforça de ne pas songer à la chaleur, à la déshydratation, à la brûlure du soleil, aux rapaces qui planaient dans le ciel et aux prédateurs qui rôdaient partout autour. Il tenta d'oublier la tension et le désespoir qui opprimaient déjà le reste du groupe. Mais rien à faire. C'était comme ça.

Ils étaient dans la merde.

• • •

CLAWS IMMOBILISA LE 4x4 dans un crissement de pneus. Dans le calme de la nuit, le bourdonnement de son moteur, pourtant à peine plus fort que les battements d'ailes d'un Chuchoteur, résonna tel un rugissement. Puis, Claws éteignit l'engin et ce fut le silence. Lourd. Moite. Oppressant.

Hans tendit l'oreille, à l'affût du plus petit battement d'ailes d'oiseau, de l'écho du plus ténu des aboiements de charognard. Rien. Plutôt que de le rassurer, l'absence de l'un ou l'autre de ces sons pesa comme une pierre au fond de son estomac.

Julian fut le premier à rompre le silence :

— Déjà fatigué, colonel ?

Il appuya juste assez sur le titre de Claws pour que sa question, anodine, ne se transforme en reproche suintant le sarcasme.

Hans tourna la tête vers son camarade. Sans un mot, ce dernier lui intima de ne rien dire au sujet de la batterie pratiquement à plat. Hans arqua un sourcil — tôt ou tard, ils devraient bien annoncer la mauvaise nouvelle aux autres réfugiés ! —, mais son ami le devança et s'adressa au général de Code via son reflet dans le rétroviseur :

— J'ai surtout besoin de relâcher un peu de pression, si vous voyez ce que je veux dire. Vous devriez essayer, vous aussi, et en profiter pour retirer ce foutu bâton de votre...

— Niklaus, l'interrompit Mila.

Claws croisa le regard d'avertissement de la jeune femme dans le miroir et choisit d'ouvrir sa portière pour sauter à bas du véhicule sans rien ajouter. Sans conteste la bonne décision, bien que Hans adorait la teinte cramoisie qu'avait pris la tête de Julian. Il se demanda s'il aurait été possible de la faire virer au violet quand, comme s'il avait deviné ses pensées, l'attention du général passa de Claws, qui s'éloignait, à Hans, qui fixait son reflet. Julian fusilla Hans du regard ; Hans lui répondit d'un clin d'œil. Au même instant, Hans prit conscience qu'une autre paire de pupilles, cerclées d'un vert qui étincelait même dans l'obscurité, était rivée sur lui.

Mila.

Tout amusement qu'avait pu lui procurer le visage rougeau du général s'évanouit. La gorge nouée, il mit une seconde pour parvenir à articuler :

— Le premier tour de garde est pour moi.

Un éclair de douleur traversa ses côtes lorsqu'il bondit par-dessus la portière, mais il ne s'arrêta pas et alla rejoindre Claws. Sa nuque le démangea longuement sous le poids des regards qui le suivaient.

Claws se tenait un peu plus loin, au pied de ce qui ressemblait à un rocher aussi haut que lui. Au bruit des bottes de Hans dans la poussière, il jeta un bref coup d'œil par-dessus son épaule.

— Quand comptes-tu leur dire ? le questionna Hans.

Claws retourna à ses affaires avec un haussement d'épaules.

— Avec un peu de chance : jamais.

Hans fourra les mains dans les poches de son pantalon et attendit de plus amples explications. Quelques secondes et un glissement de fermeture éclair plus tard, son camarade pivota vers lui.

— La batterie n'est pas encore tout à fait à plat, lui expliqua-t-il. Si nous retardons notre départ de demain et que je lève le pied, ça devrait aller.

Hans ne dit rien.

Claws espérait que le niveau d'énergie du 4x4 remonte au fur et à mesure qu'il roulerait, une fois le soleil levé. Techniquement, c'était possible : c'était ce qui leur avait permis de voyager aussi longtemps sans s'arrêter. Néanmoins, même quand le temps était de leur côté et que le brouillard se dispersait, les panneaux solaires captaient bien moins d'énergie que ce que le moteur dépensait.

Au fond de l'une de ses poches, Hans trouva un sachet de bonbons et, avant d'avoir pu s'en empêcher, se mit à le triturer — mais il était vide, évidemment.

Il reporta son attention sur Claws.

– Ça ne fonctionnera pas.

– Et qu'est-ce que tu en sais, Monsieur Pessimiste? répliqua l'autre.

– Je suis réaliste, le corrigea Hans.

Il serra et desserra son poing autour du sachet de friandises. Le papier crissa.

Claws roula des yeux.

– C'est pareil.

La plaisanterie n'amusa pas Hans, qui soutint le regard de son camarade sans ciller. Dans sa poche, la pochette de papier se déchira entre son pouce et son index.

– C'est bon, Hansel, soupira Claws, sa voix résonnant davantage comme un grondement dans sa trachée artificielle. Détends-toi un peu...

Hans ne put que retenir un mouvement de recul.

– Me détendre? répéta-t-il, abasourdi. Tu t'entends, là? On est perdus au milieu du désert, Claws!

Il ouvrit les bras et désigna la terre morte qui s'étendait à l'infini autour d'eux. Rien. À des dizaines de kilomètres à la ronde, pas l'ombre d'un signe de vie en dehors de leur petit groupe, ni au sol, ni dans les airs. Même la lune refusait de se montrer cette nuit-là.

Hans replongea les mains dans ses poches.

Claws l'observait en silence, ses doigts de métal pianotant tranquillement sur sa cuisse.

– Qu'est-ce que tu espères? reprit Hans. On n'a plus d'eau et que du coyote à bouffer pour s'en sortir. On crève de chaud et de fatigue, et Solene et moi sommes blessés. Si les Sorcières nous tombaient dessus maintenant, je ne nous donnerais pas cinq minutes.

– Et voilà, intervint Claws. Pessimiste.

Hans ouvrait déjà la bouche mais, devant l'air borné de son ami, se résigna et serra les dents. Dans la poche de son pantalon, il froissa le sachet entre ses doigts, le lissa du mieux qu'il put, puis répéta la manœuvre.

— Arrête ça, tu veux ? grommela Claws au bout d'un moment.

Hans le regarda sans comprendre avant de se figer. Le sachet sembla soudain lui brûler les doigts : il extirpa les mains de ses poches dans un sursaut. Le voyant faire, Claws tenta de le rassurer :

— Ça va aller, d'accord ?

Mais il se méprenait sur l'attitude de Hans. Ce dernier, les yeux baissés sur ses mains, retint son souffle sans répondre ; il avait cru voir ses doigts trembler.

— Ça va aller ? s'enquit-il finalement, sa voix se cassant sur le dernier mot. Non, Claws, ça *ne* va *pas* aller — York est *détruit*, nom d'un charognard !

— Je sais ! lui rappela l'autre sur le même ton. J'étais là, tu te souviens ? J'ai sauvé tes fesses d'une chute de plus de cinquante mètres !

Il s'interrompit et attendit, mais Hans s'abstint de riposter. La respiration courte, il soutint le regard noir que Claws braquait sur lui. Un long moment s'écoula ainsi sans qu'aucun d'eux ne parle ou ne détourne les yeux. Puis, un soubresaut incontrôlable agita la main de Hans — un mélange de colère, d'impatience et d'autre chose encore à quoi il refusait de songer. Il serra les poings et s'efforça de déglutir.

Alors, une lueur triste passa dans les iris sombres de Claws et ses épaules s'affaissèrent comme il poussait un profond soupir. De sa main intacte, il repoussa des mèches de cheveux collées à son front par la sueur.

– J'essaie juste d'avoir un peu confiance, Hansel, laissa-t-il tomber, las.

Hans dévisagea son ami ; une ecchymose violacée s'étoilait sur sa tempe gauche, des cernes soulignaient ses orbites, ses lèvres étaient sèches et fendues en plusieurs endroits, et du sang séché s'accrochait encore à sa barbe inégale. Il était en piteux état, et Hans savait au fond de lui que les choses ne feraient qu'empirer. Claws aussi devait en être conscient ; pourtant, il refusait de baisser les bras.

– Confiance ? réitéra Hans. En quoi ?

Claws ouvrit la bouche, la referma, puis leva son visage vers le ciel, l'air d'y chercher une réponse.

– Je n'en sais trop rien…, finit-il par marmonner. La chance, peut-être.

Hans rigola. Ce fut plus fort que lui, il rigola. Un éclat de rire bref et sec, qui claqua dans la nuit comme l'aboiement d'un charognard.

– C'est vraiment tout ce qu'il nous reste ? La *chance* ?

Claws fit mine de dire quelque chose. Hans lui tourna le dos avant qu'il n'ait pu émettre un son et s'éloigna en secouant la tête, les dents serrées.

– Ouais, conclut-il pour lui-même. On est baisés.

• • •

IL NE S'AGISSAIT PAS DE ROCHERS, mais de ruines. D'autres ruines.

Hans le comprit tandis qu'il effectuait une ronde de reconnaissance, à la recherche du meilleur point de vue pour son tour de garde. Ce qu'il avait pris pour d'énormes pierres plus tôt se révéla être les fondations de bâtiments détruits, de plus en plus massifs et nombreux au fur et à mesure qu'il s'éloigna du 4x4. Claws avait dû arrêter le véhicule en périphérie d'une ancienne ville sans s'en apercevoir.

Hans erra un long moment parmi les débris, l'esprit vagabondant. Les gravats de béton crissaient et tombaient en poussière sous les semelles renforcées de ses bottes ; des tiges de métal tordues jaillissaient de pans de mur encore debout et cherchaient à agripper ses vêtements comme des doigts crochus. Certaines constructions, moins abimées par les intempéries et les années écoulées, tenaient encore debout, leur silhouette courbée, et plongèrent Hans dans des ténèbres plus denses encore que celles de cette nuit sans lune. De quoi lui donner des frissons dans le dos.

Le plus déroutant, néanmoins, résidait dans ce sentiment de ne pas être tout à fait seul. Hans le sentit, cet étrange picotement le long de son échine, comme si on l'épiait. Il pensa d'abord aux Sorcières, puis aux charognards. Chaque fois qu'il jeta un œil par-dessus son épaule, toutefois, rien. Il commença à se demander si cette ville fantôme était aussi vide qu'elle le semblait.

Il finit par grimper au sommet de ce qui avait un jour dû être le quatrième étage d'un édifice. Il ne restait plus grand-chose de ce dernier : deux murs extérieurs perpendiculaires, un pilier de soutien effrité mais relativement solide ainsi que l'essentiel de la charpente. En portant attention aux prises sur lesquelles il posa les mains et les pieds au fil de son escalade, Hans atteignit son perchoir situé à une douzaine de mètres du sol sans écorchure. De là, il avait un point d'observation acceptable sur l'emplacement de leur camp de fortune et de ses environs.

Comme il l'avait deviné, davantage de ruines s'étendaient vers l'ouest, là où ils allaient, tandis qu'à l'est, derrière le 4x4 immobile et ses occupants endormis, se déroulait la nappe pâle du désert sous le ciel nocturne. Planté sur le seuil de la structure, l'épaule tranquillement appuyée contre une poutre de métal poussiéreuse, Hans sonda le paysage désolé du regard. Durant une heure, peut-être deux, il chercha des points sombres, au loin, qui auraient signalé l'approche de charognards, ainsi que du mouvement, plus près, qui aurait trahi la présence d'intrus dans les décombres. À un moment, l'écho de voix titilla ses tympans. Pendant un instant, un terrible et magnifique instant, il espéra apercevoir la silhouette d'un 4x4 filant à travers la poussière et venant dans leur direction. Il se demandait déjà s'il pouvait s'agir de réfugiés de York – ses pensées dérivèrent aussitôt vers Andy – ou de survivants d'un autre refuge du secteur. Avant qu'il n'ait pu approfondir ses espoirs au sujet d'alliés potentiels ou ses craintes quant à des réfugiés hostiles, cependant, il découvrit l'origine de la voix : là-bas, recroquevillée dans le coffre du 4x4, une forme grouillait et gémissait. Celle du petit au chien-loup, Elias, dont le sommeil était visiblement agité.

Les épaules de Hans s'affaissèrent et il tenta de ravaler sa déception, en vain; son estomac n'en fut que plus lourd encore.

Plus tard, une silhouette menue se détacha du 4x4 et trottina dans sa direction. Son léger boitillement confirma son identité, mais Hans aurait reconnu cette tignasse blonde parmi toutes les têtes de York au premier coup d'œil.

Solene atteignit le pied de la tour de garde improvisée de Hans au bout d'une poignée de minutes, ralentie par sa cheville blessée.

– Incapable de dormir ? lui demanda Hans.

L'adolescente envoya la tête en arrière pour l'observer en face. Elle portait ses lunettes de vision nocturne, ce qui donnait un air encore plus jeune et innocent à ses traits, comme une enfant qui aurait revêtu les habits d'un adulte. Elle haussa ses frêles épaules et Hans grimaça :

— Je sais. Le sang de charognard est une vraie plaie.

Il la devina qui souriait dans l'obscurité.

— Allez, monte.

Elle s'exécuta sans rechigner. Hans se surprit de la force et de l'agilité dont elle fit preuve. Alors qu'elle peinait à marcher normalement, elle gravit le flanc de la structure à une vitesse impressionnante, se hissant le long d'une poutre affaissée ou se tirant à la seule force de ses bras, légère malgré le poids de ses bottes et de sa veste-armure. Elle semblait bondir de prise en prise, et Hans eut du mal à réprimer une pointe d'orgueil mal placé lorsqu'il prit conscience que la technique de la jeune fille était bien plus fluide que la sienne, qui reposait davantage sur sa force à se balancer à bout de bras.

— Capitaine ? le sollicita Solene, sa main ouverte tendue vers lui.

Il considéra cette dernière sans bouger, puis baissa les yeux sur le visage de l'adolescente. Dans les verres colorés de ses lunettes de nuit, il discerna son reflet échevelé et mal rasé. Il ne bougea toujours pas le petit doigt.

— S'il vous plaît ? insista Solene avant de corriger d'une voix incertaine : *Hans ?*

Celui-ci attrapa la main de son ancienne recrue et l'aida à se hisser à ses côtés, où il lui fit signe de s'asseoir bien que lui-même resta debout. La jeune soldate devait ménager sa cheville, tandis qu'il avait un travail à faire. Certes, ses jambes fourmillaient dû à leur immobilité prolongée, et son angle de vue serait tout aussi bon s'il prenait place près de Solene pour les reposer. Le temps n'était toutefois pas idéal pour se détendre et relâcher sa vigilance, non pas parce qu'une meute de coyotes ou une nuée de Sorcières pouvait surgir à tout instant, mais parce qu'il plongeait inconsciemment les mains dans ses poches à la recherche de friandises dès que sa concentration envers sa tâche faiblissait.

Il s'efforçait de ne pas trop s'en inquiéter, mais il avait la bouche sèche, la langue pâteuse, et le peu de salive qu'il produisait avait ce faux-goût de sucre, comme s'il n'était pas vraiment là, mais juste un souvenir, un désir.

Un besoin.

Hans chassa cette idée de son crâne.

Au loin, il vit une forme remuer à l'arrière du 4x4, peut-être Asaf. Encore à quelques dizaines de mètres de là, il reconnut la silhouette élancée de Claws, qui effectuait sa patrouille. Il n'était pas seul. Après l'avoir suivi des yeux sur quelques pas, Hans s'aperçut qu'une autre ombre, plus petite et moins filiforme, l'accompagnait.

Mila, bien sûr.

C'était stupide, mais Hans éprouva un pincement au cœur et ses mâchoires se crispèrent.

— Tout va bien, Hans ? l'interpella la voix de Solene. Vous avez ce drôle d'air.

Hans détacha le regard des formes côte à côte de Claws et Mila avec difficulté.

— Quel air ? parvint-il néanmoins à questionner Solene.

La jeune fille haussa les épaules dans son uniforme trop large.

— Celui que vous aviez le soir de notre première patrouille, aux autres recrues et moi, expliqua-t-elle. Vous savez : comme si quelque chose n'allait pas, comme si un truc n'était pas à sa place.

Ces mots laissèrent Hans dubitatif. Qu'entendait Solene par là ? Avait-elle décelé quelque chose chez lui qu'il ne voyait même pas ?

– Non, déclara-t-il finalement, ne sachant trop s'il s'adressait uniquement à son interlocutrice. Je vais bien.

Le visage pâle et les lunettes de nuit de Solene restèrent pourtant levés vers lui, et Hans s'empressa de retourner à sa surveillance. Il fit de son mieux pour se concentrer sur l'horizon plat et sur les carcasses de gratte-ciel. Toutefois, un coin de son esprit ne cessait de revenir aux deux silhouettes qui rôdaient en périphérie de son champ de vision.

Claws et Mila se connaissaient depuis l'adolescence. Ils étaient arrivés à York en même temps, originaires de la même ville plus au sud du Continent, après que celle-ci fut tombée sous le joug des Sorcières. Malgré leur écart d'âge de plusieurs années, ils s'étaient retrouvés dans le même groupe de recrues. Comme les brutes aimaient bien tester les rares filles qui réussissaient les épreuves d'admission de l'armée, Claws n'avait pas tardé à se faire le protecteur de la benjamine de l'escouade.

Mila s'était révélée une combattante de taille et un atout pour l'armée de York. À la suite d'une mission particulièrement tragique, la même qui avait coûté sa main à Claws ainsi que la vie de plusieurs confrères, elle avait pourtant choisi de se retirer des rangs pour apprendre à soigner les malades et les blessés, ainsi qu'à s'occuper du bétail qui permettait aux réfugiés de vivre.

Plusieurs années s'étaient écoulées avant que Claws ne fût nommé capitaine et qu'on ne lui attribuât ses premiers novices – parmi lesquels, Hans, adolescent sombre et renfrogné qui n'adressait la parole à personne d'autre que son ami et supérieur. Presque dix lunes plus tard, Hans avait pris part à un affrontement avec les Sorcières, au cours duquel il avait récolté un genou démis, trois doigts cassés et une perforation au poumon droit. Son état lui avait valu son premier séjour à l'infirmerie. C'est là qu'une jolie soigneuse aux yeux verts avait pris soin de lui une demi-lune durant. Il n'avait pas parlé avec elle. Il ne lui avait pas demandé son nom, elle ne lui avait pas demandé le sien. Elle l'avait simplement remis sur pied, et il était retourné au travail. Parce qu'il était un soldat, et que c'était ce que faisaient les soldats. Même les meilleurs, cependant, n'étaient pas à l'abri des blessures : à la suite d'un coup de couteau dans l'abdomen, Hans s'était, une nouvelle fois, retrouvé à l'infirmerie sous l'œil tendre et attentionné de la jolie soigneuse.

C'était un peu moins de deux ans plus tôt. Et, cette fois, il lui avait demandé son nom.

— J'ai peur.

La voix hésitante de Solene tira Hans de ses souvenirs. Il battit des paupières, ne sachant momentanément plus trop où il se trouvait, ce qu'il faisait. Lorsqu'il baissa la tête, Solene était toujours installée au bord du bâtiment, les jambes ballant dans le vide. Elle ne le regardait pas.

— Pardon?

— Je sais, acquiesça-t-elle tout bas. C'est idiot.

Et elle redevint silencieuse. Hans la fixa un instant et attendit sans rien dire, mais la jeune fille se contenta de sonder la nuit à travers ses lunettes trop grandes.

— Ça n'a rien d'idiot, la contredit-il finalement.

Son ton était plus ferme qu'il ne l'avait voulu et l'adolescente se crispa quelque peu. Hans la vit triturer une déchirure dans son pantalon au niveau du genou.

— Je suis une soldate, plaida-t-elle encore. Les soldats ne connaissent pas la peur. Ils la combattent.

Hans grimaça.

— On croirait entendre Reish.

— Bien, fut la réponse de Solene.

Elle n'ajouta rien. Elle continua simplement d'effilocher les fils de son pantalon et de battre des pieds dans le vide.

Une étrange sensation naquit dans le ventre de Hans à cette vision et creusa comme un grand vide dans ses entrailles. Il détailla son interlocutrice : elle avait encore les joues d'une gamine, ces joues rondes qui se creusaient de fossettes quand elle souriait. Mais là, tout de suite, Solene ne souriait pas. Elle n'était plus une gamine non plus. Les gamines ne se baladaient pas avec un pistolet glissé à leur ceinture, parce qu'elles n'avaient pas besoin de s'en servir. En théorie.

Hans releva la tête et balaya le ciel noir de brouillard du regard, le paysage mort, ravagé, du désert. À cette vue, une vague de colère bouillonna dans ses veines et lui fit serrer les dents sans qu'il ne comprît trop pourquoi.

— Oublie ces conneries, conseilla-t-il à Solene d'un ton un peu bourru. Tout le monde a peur. Tout le temps.

Sa camarade émit un son sec à mi-chemin entre le soupir et l'éclat de rire.

— Quand avez-vous eu peur pour la dernière fois, Hans ?

Il entendit dans sa voix qu'elle ne s'attendait pas à une réponse de sa part. Pas à celle qu'il lui offrit, du moins :

— L'autre jour, à York. Quand je me suis jeté à travers la fenêtre du seizième.

Silence.

— La chute m'a paru interminable et, pendant un instant, j'ai cru que j'avais manqué la passerelle.

– Vous avez eu peur de mourir ? interrogea Solene.

Hans eut un sourire amer.

– Voilà longtemps que j'ai arrêté de craindre la mort, réfuta-t-il. Non, je…

Il s'interrompit. Solene avait levé la tête. Il sentait ses yeux qui le scrutaient à travers les verres de ses lunettes.

Il l'observa en retour. Ses cheveux blonds et fins, collés sur son front par la sueur, maculés de sang et de poussière ; sa silhouette si menue, si fragile, dans un uniforme de soldat qui ne lui allait pas… Qui aurait pu se douter qu'elle avait fait un score parfait à l'épreuve de tirs des novices ? Elle semblait si inoffensive, sans défense.

Le pendentif de Hans et sa pierre blanche se firent lourds autour de son cou, sur sa poitrine.

– Non, laissa-t-il tomber. J'ai eu peur de ne pas être parvenu à te sauver.

Une seconde de silence accueillit son aveu. Solene cessa subitement de balancer les pieds dans le vide puis, les lèvres pincées, se détourna.

– Oh, fit-elle simplement.

Elle fixa l'horizon sans rien ajouter.

Un long moment passa ainsi. Hans n'eut pas conscience du temps qui s'écoula, à la fois perdu dans sa contemplation des décombres de la ville fantôme et dans ses pensées.

Il n'avait pas prévu faire cette confidence à Solene. À dire vrai, il avait été aussi surpris qu'elle par les mots qu'il avait prononcés. Peut-être parce qu'ils étaient enfouis au plus profond de lui, là, dans cette zone d'ombre que même lui n'était en mesure de comprendre, de déchiffrer. Mais de l'entendre de sa propre voix, et de sentir l'air lui manquer comme il repensait à ce moment fatidique, cet instant où il avait cru plonger vers une mort certaine en emportant Solene avec lui,

lui fit prendre conscience d'une chose : il avait choisi de la sauver. Quand le Gîte avait été en train de s'effondrer, quand son temps avait été compté, il ne pensait qu'à retrouver ses compagnons : Claws, Andy et Mila ; il avait mis sa propre survie de côté pour s'assurer qu'ils étaient tous en sûreté. Pourtant, lorsque Solene avait surgi au milieu du chaos, il l'avait regardée — le mélange de terreur, de courage et de détermination dans ses yeux bleus — et il avait choisi de la sauver.

Quoi qu'il lui en coûte.

— Nous allons tous mourir, n'est-ce pas ?

Hans revint au présent. Il était courbatu à force de se tenir dans la même position. Il s'aperçut qu'il avait les mâchoires crispées, les épaules tendues et les poings serrés — la pierre blanche se lovait au creux de sa main droite, brûlante comme la braise, lourde comme le plomb. Il la relâcha et planta les mains dans les poches de son pantalon, tâchant de se détendre un peu.

Dans un soupir, Solene retira ses lunettes de nuit. Elle les tint entre ses doigts et les fixa un moment, à croire que c'était à elles qu'elle s'adressait. Enfin, elle pivota vers Hans.

— N'est-ce pas ? répéta-t-elle.

Et voilà qu'elle était de retour. La terreur dans ses yeux. Mais aussi le courage. Et la détermination.

Hans aurait pu lui mentir. Il choisit de ne pas le faire.

— Peut-être. Peut-être pas.

La jeune fille émit un rire sec. Dans les ténèbres, quelque chose scintilla au coin de son œil. Elle s'empressa de l'essuyer et tenta de son mieux de camoufler son geste en repoussant une mèche emmêlée de cheveux derrière son oreille, mais Hans vit son menton trembler lorsqu'elle plaisanta :

— Waouh. Bonjour l'optimisme.

Hans esquissa un demi-sourire, désinvolte, à ce reproche qu'il entendait pour la seconde fois ce soir-là.

— Je n'ai pas l'habitude de faire des promesses que je ne peux être certain de tenir, expliqua-t-il. C'est tout.

Solene tapota la monture métallique de ses lunettes du bout des ongles.

— Je comprends, acquiesça-t-elle, la voix chevrotante. Faites-en une que vous tiendrez, alors.

Elle leva le menton et croisa le regard de son capitaine. Dans l'obscurité, le visage de l'adolescente était pâle, ses traits tirés par la fatigue et par la peur qu'elle s'échinait à ravaler. Mais ses yeux bleus, eux, étaient vifs, brillants.

Dans un violent pincement au cœur, Hans leur trouva quelque chose de familier.

Horriblement familier.

Il reporta son attention vers le lointain, dans ce ciel noir et pollué, vide et mort ; à l'image du reste du monde dans lequel ils tentaient tous de survivre, jour après jour, nuit après nuit.

— Okay, parvint-il à formuler d'une voix rauque. Voilà ma promesse : continuons d'être forts tous les deux, et appuyons-nous sur l'autre. Quand j'aurai peur, quand je manquerai de force, permets-moi de m'appuyer sur toi — et quand tu en auras besoin, je serai là pour que tu puisses t'appuyer sur moi.

• • •

À UN MOMENT, UNE SILHOUETTE se détacha parmi les ombres de la nuit et vint vers eux. Solene ajusta ses lunettes nocturnes et les pointa dans cette direction, mais c'était inutile : Hans savait parfaitement de qui il s'agissait.

— Eh bien, marmonna la recrue en suivant la forme du regard, il semblerait qu'il soit temps pour moi d'aller faire un tour.

Hans l'interrogea d'un coup d'œil, mais elle s'accrochait déjà à une poutrelle qui descendait jusqu'au sol dans un angle vertigineux.

— Bonsoir, capitaine, lui lança-t-elle, faussement solennelle.

Faisant montre de la même agilité qu'au fil de son ascension de la façade, elle glissa sur plusieurs mètres le long de la poutre, puis atterrit avec souplesse quatre étages plus bas. Elle testa précautionneusement sa mauvaise cheville comme Mila parvenait à sa hauteur, puis s'éloigna sans un regard pour la jeune femme, le pas boitillant.

— J'ai interrompu quelque chose ? interrogea Mila en levant la tête vers Hans.

Ce dernier l'observa un instant en silence avant de retourner à sa surveillance des alentours.

— Ça va, je plaisante, soupira sa compagne.

Elle entreprit de grimper le rejoindre, escaladant le même chemin que Solene venait de dévaler.

— Quelque chose ne va pas ? interrogea-t-elle en parvenant à la hauteur de Hans.

Elle tendit une main vers lui en quête d'assistance, et Hans entrelaça ses doigts aux siens avant de l'aider à se remettre debout. Puis, quand Hans voulut ramener sa main vers lui, elle refusa de lâcher prise et plissa les paupières.

— Tu as ce drôle d'air, commenta-t-elle.

Hans roula des yeux.

— C'est mon air naturel.

— Non, protesta Mila. C'est autre chose. Qu'est-ce qui ne va pas ?

Hans soutint le regard inquiet de sa compagne pendant un instant avant de reporter son attention sur l'horizon. À quelques centaines de mètres de sa tour d'observation, il put voir la silhouette d'un de ses camarades, qui exécutait une ronde de surveillance. Il se demanda s'il s'agissait de Claws, ou si ce dernier était retourné au véhicule pour se reposer un peu pendant que Mila se trouvait ici, avec lui. Un drôle de sentiment lui comprima la poitrine.

— C'est toute cette situation qui ne va pas, finit-il par soupirer.

Il observa le champ de ruines qui s'étendait à ses pieds en prononçant ces mots. La carcasse desséchée d'une ville, qui avait un jour été vivante et animée, ses rues résonnant des voix et des rires de ses habitants. La Guerre avait pris tout ça. La Guerre prenait tout.

— Ça finira par s'arranger, dit Mila tout bas. Tu verras. Je te le promets.

— Tu ne peux pas faire ce genre de promesse, grommela Hans en pivotant vers sa compagne.

Celle-ci releva le menton d'un air de défi.

— Bien sûr que si ; je viens de le faire.

Hans secoua doucement la tête, mais un coin de sa bouche se retroussait malgré lui. Les yeux de Mila brillaient avec malice dans l'obscurité. Elle avait noué ses cheveux emmêlés sur le dessus de son crâne avec un morceau de tissu arraché à la manche de sa tunique, et de la poussière brunissait sa peau pâle, moite de sueur même en pleine nuit. Malgré tout, elle n'avait pas l'air de quelqu'un qui venait d'échapper à une attaque meurtrière de Sorcières. Elle n'avait pas l'air d'avoir perdu sa maison ni d'être égarée au milieu de nulle part. En la regardant, Hans aurait presque pu oublier que c'était le cas. Presque.

— Promettre une telle chose n'est pas réaliste, Mila, laissa-t-il tomber au bout d'un moment.

La jeune femme répondit en levant une main pour la poser sur la joue de son compagnon.

— C'est ce qu'on appelle garder espoir, Hans.

— J'appelle ça rêver, répliqua ce dernier.

Mila fronça les sourcils, l'air soudain pensif.

— Tu as raison, déclara-t-elle alors. Je rêve.

Libérant son autre main de celle de Hans, qu'elle tenait toujours, elle vint prendre le visage de son compagnon entre ses deux paumes. Son regard plongea dans le sien et, lorsqu'elle parla, sa voix était douce, paisible, et pourtant incroyablement sérieuse :

— Je rêve d'un monde meilleur, d'un monde où les Sorcières ne terroriseront plus les Humains. Je rêve d'un monde où je pourrai m'endormir à tes côtés sans craindre d'avoir à utiliser mon pistolet sous l'oreiller.

Mila repoussa tendrement une mèche de cheveux collée par la sueur au front de Hans. Celui-ci mit une seconde à s'apercevoir que l'ombre du sourire qui planait sur ses lèvres une minute plus tôt s'était élargi. Il leva une main qu'il posa sur celle de Mila, et y traça de petits cercles du bout de son pouce.

— Je rêve d'un monde où les gens pourront vivre sans être perpétuellement aux aguets, poursuivit la jeune femme, où ils vieilliront heureux en regardant leurs petits-enfants jouer à chat dans les rues.

Elle s'interrompit. Une ombre passa dans ses yeux verts.

— Je rêve d'un monde où toi et moi pourrons fonder une famille, conclut-elle dans un murmure.

Le sourire de Hans s'évanouit. Il eut un léger mouvement de recul, et Mila tenta de le retenir.

— Hans…

— On en a déjà parlé, Mila.

Les bras de la jeune femme retombèrent le long de ses flancs. La douleur qui apparut dans ses yeux était comme une lame qui s'enfonça dans le cœur de Hans.

Il savait comme Mila souhaitait fonder une famille. Il avait vu comment elle regardait celles de York. Comme ses yeux brillaient lorsqu'elle veillait sur les enfants qui jouaient et se chamaillaient dans la salle commune. De petits êtres encore innocents et inconscients de la noirceur du monde dans lequel ils vivaient, tandis que leurs parents patrouillaient quelque part sur un toit voisin, fusil au poing.

Hans avait vu des familles heureuses malgré la Guerre. Des gens qui rêvaient, comme Mila, à un avenir meilleur pour eux et leurs proches. L'espoir les faisait vivre, et cela semblait suffisant.

Mais Hans avait perdu espoir depuis bien longtemps.

— Écoute…, commença-t-il tout bas sans oser croiser le regard de Mila. Je…

Il se figea sans aller plus loin. Quelque chose avait bougé, là, derrière, dans les ténèbres de la tour voisine. Quelque chose de gros.

— Mila, prévint-il tout bas.

— Non, Hansel, persista sa compagne. Je suis sérieuse, je…

— Silence.

— Quoi?

— *Ferme-la.*

Les traits de la jeune femme se décomposèrent. Hans s'en voulut terriblement qu'elle se méprenne ainsi sur ses propos, mais il avait des soucis plus importants : l'ombre avait encore bougé. Il avait la nette impression qu'elle s'était rapprochée. Lentement, en retenant sa respiration, il glissa une main à sa ceinture à la recherche de l'un de ses couteaux. C'est à ce moment que Mila comprit. Les yeux ronds, elle se tendit de la tête aux pieds et coula un regard par-dessus son épaule.

Dans les restes du bâtiment voisin, séparé du leur par un vide de moins de deux mètres de large, l'ombre ondula de nouveau. Une paire d'yeux ambrés chatoya. Un grondement menaçant s'éleva.

Hans tendit une main vers Mila, l'autre serrée sur la poignée de son couteau.

— Mila, appela-t-il aussi doucement que le lui permettait le flot d'adrénaline qu'il sentait affluer dans ses veines. Derrière moi.

Sa compagne fit un pas vers lui; l'ombre s'avança. Le cœur de Hans accéléra ses battements. Mila s'approcha encore; l'ombre s'avança. Hans plaça un bras devant Mila avec précaution, sans oser plus brusque mouvement. Sa main sur son couteau était prête à dégainer, mais il voulait écarter Mila du danger avant tout.

— Mila, répéta-t-il, la bouche sèche.

Au même moment, ses yeux rencontrèrent ceux de la chose dans l'ombre — des yeux vifs, froids, cruels.

Et affamés.

La chose bondit en avant avec un rugissement.

D'un seul mouvement, Hans tira Mila derrière lui et s'interposa, couteau levé. La créature atterrit en bordure de leur immeuble, et Hans ne put que se figer, ahuri.

— Nom d'un...

Les mots s'étranglèrent quand la bête s'approcha en grondant, son corps décharné ondulant au rythme de ses pas. Hans fit passer son attention de ses pattes puissantes, équipées de griffes recourbées à l'allure inquiétante, à sa large gueule d'où dépassaient des crocs comme des lames de poignard.

Il n'avait jamais vu de félin de cette taille. Parfois, à York, quelqu'un mettait la main sur un chat sauvage. Ils étaient moins nombreux que les coyotes et autres charognards à quatre pattes, mais aussi plus craintifs et évitaient généralement les refuges. Surtout, ils avaient peur des humains.

Mais pas celui-là.

— Hans ? l'appela Mila, à peine audible.

Il resserra sa prise sur son couteau en réponse.

— Sauve-toi.

Il se jeta sur la bête.

Le félin l'accueillit avec un rugissement hargneux, bondissant de côté pour éviter la lame que Hans fit siffler sous son nez. Il revint cependant très vite à la charge, peu impressionné, et brassa l'air d'un coup de patte qui passa à un poil de l'abdomen de sa proie.

Recouvrant son équilibre, Hans analysa rapidement son environnement : l'étage de l'édifice était plongé dans l'ombre, difficile d'aviser les fissures et les débris qui jonchaient le sol. Mila n'était nulle part en vue ; Hans espéra qu'elle avait pris ses jambes à son cou comme il le lui avait conseillé.

Maintenant, à lui de se sortir de ce mauvais pas.

Fixant son attention sur son adversaire, il fit passer son couteau d'une main à l'autre. Son cœur lui martelait les côtes et le sang battait à ses tempes comme il guettait le prochain geste de la bête, mais cette dernière se contentait de décrire un lent arc de cercle devant lui. Hans la vit rouler ses larges épaules, se lécher les babines, sans jamais arrêter son va-et-vient d'un côté et de l'autre de son champ de vision.

Puis, au bout de quelques longues et pesantes secondes, Hans remarqua que le félin évitait de porter son poids sur sa patte antérieure droite.

Il sut que c'était sa chance et leva son couteau. Au même moment, la créature bondit. Son corps heurta celui de Hans avec violence et alors que tous deux étaient projetés à terre. Hans sentit son crâne cogner contre le sol.

Dans une explosion de douleur, son couteau lui glissa des doigts et sa vision s'obscurcit. Le noir. Et, pendant une terrible seconde, plus rien.

Un souffle brûlant sur son visage et les relents rances de la viande en décomposition le ramenèrent brutalement à lui. Avec un sursaut, Hans prit conscience que la gueule de l'animal claquait juste au-dessus de son visage. D'une manière ou d'une autre il était, dans leur chute, parvenu à plaquer son bras contre la gorge de la bête, qu'il maintenait ainsi péniblement à distance. Il ne tiendrait pas pour longtemps. Une douleur cuisante traversa alors son biceps droit; il s'aperçut que le félin tenait son bras en étau entre ses griffes. La panique fit s'affoler les battements de son cœur.

Ses pensées s'élevèrent et s'entrechoquèrent dans un tourbillon effréné de peur, de douleur, de crocs et d'un goût de sang. Tout s'accéléra, se mélangea.

Tout à coup, son esprit se vida. Ne resta plus que lui, la bête et ses yeux fous dans les siens, Et, profondément ancré en lui, dans ses tripes, dans son sang, dans ses os, la conviction qu'il n'allait pas mourir.

Pas aujourd'hui.

Le couteau fut soudain dans sa main : il frappa. Les griffes du félin lui labourèrent la peau, il cria ; sa voix se mêla au feulement de douleur poussé par son adversaire. L'animal bondit de côté, libérant Hans, qui s'empressa de rouler hors de sa portée. La manœuvre provoqua une onde de choc, dans son bras et ses côtes blessés, si foudroyante que des points noirs valsèrent devant ses yeux lorsqu'il se remit debout. Chancelant, Hans serra les dents et réprima la nausée qui montait en lui. Son cœur battait à tout rompre, la sueur collait ses vêtements à son corps, et la tête lui tournait. Il jeta un œil à son bras droit avant de grimacer à la vue des flots écarlates qui suintaient de ses chairs déchiquetées et rougissaient ce qui restait de sa tunique.

Un rugissement le ramena au présent. Il releva la tête et découvrit, abasourdi, que le félin se tortillait et se débattait avec force malgré le couteau enfoncé jusqu'à la garde entre ses épaules. Pire : il n'était plus seulement affamé, il était furieux. Une fois qu'il prendrait conscience que ses efforts pour retirer la lame fichée dans ses muscles étaient vains, il dirigerait son énergie sur une proie plus accessible : Hans.

Hans n'hésita pas une seconde de plus avant de se précipiter jusqu'au bord de l'étage et de sauter.

Deux mètres plus bas, une large poutrelle de métal s'enfonçait dans le cœur de l'édifice et glissait jusqu'au sol. Le choc des bottes de Hans contre sa surface dure envoya une onde électrique dans ses jambes et fit s'entrechoquer ses dents. Il trébucha, tomba en arrière, puis dévala les derniers mètres sur les fesses, avant que la vitesse de sa chute ne le propulse au sol dans une suite de roulades plus ou moins contrôlées. Lorsqu'enfin Hans parvint à s'immobilier en position accroupie, en appui sur ses deux mains, il était étourdi, et ses jambes se dérobèrent sous lui lorsqu'il tenta de se relever.

Derrière lui, quelque chose heurta le sol dans un bruit étouffé.

Hans se redressa péniblement, mais ne fit pas mine de fuir. C'était inutile ; il n'avait nulle part où aller. Il porta sa main gauche à sa ceinture et s'empara d'un couteau – le sang qui ruisselait de sa plaie au biceps droit avait atteint sa main et rendait ses doigts poisseux. De toute façon, la douleur qui irradiait dans son bras était telle qu'il aurait eu du mal à tenir une arme. Cette complication l'embêtait : il était droitier. Tant pis. Il devrait faire avec.

Il pivota.

La bête se tenait devant lui, immobile. Ses oreilles rondes étaient plaquées vers l'arrière de son crâne, sa queue battait l'air avec fureur et ses babines frémissaient. Hans vit la tache foncée qui maculait le pelage clair au-dessus de son épaule, là où le manche du couteau renvoyait un reflet argenté dans l'obscurité.

Un grondement sourd monta de la gorge du grand félin.

Hans resserra sa prise sur son couteau.

C'est alors qu'un bruit tonitruant déchira l'air et fit trembler la terre. Le félin se hérissa, ses yeux brillants arrondis par la peur. Pendant une seconde, il sembla sur le point de tourner les talons et de fuir, jusqu'à ce qu'il se ravise et bondisse en direction de Hans avec un rugissement, toutes griffes dehors.

Hans eut à peine le temps de saisir ce qui était en train de se produire, quand soudain deux rapides détonations résonnèrent dans la nuit.

L'énorme bête s'écroula mollement à ses pieds, inerte.

Hans la fixa brièvement, trop abasourdi pour comprendre. Elle reposait sur le flanc, l'une de ses gigantesques pattes antérieures repliée sous son corps, l'autre étendue vers l'avant, si près de Hans que ses griffes frôlaient le bout de sa botte. Deux petits trous bien nets se dessinaient entre les yeux désormais vitreux de la créature, et une mare de sang prenait forme dans la poussière autour de sa tête.

Hans se retourna lentement.

Une quinzaine de mètres plus loin se trouvait le 4x4. À l'arrière se dressait Mila, un pistolet brandi dans chaque main, leur canon encore fumant.

– C'était juste, commenta-t-elle en baissant ses armes. Tu vas bien ?

Hans ne répondit pas.

Son crâne lui faisait mal. Son pouls battait si fort à ses tempes qu'il en devenait étourdissant. Il avait les jambes flageolantes et ne sentait plus les doigts de sa main droite.

– Hansel ?

Il vacilla.

En un battement de paupières, Claws et Mila étaient à ses côtés pour le soutenir et le porter jusqu'au véhicule.

– Dépêchons, dépêchons ! leur intima Julian qui occupait la place du conducteur. Il y en a peut-être d'autres…

Les comparses de Hans le hissèrent dans le compartiment du 4x4, où il s'affala lourdement avant de chanceler vers l'arrière quand le général embraya dans un crissement de pneus. Le cœur de Hans lui remonta dans la gorge, lui tirant une grimace.

— Hansel ? s'enquit Mila.

Elle s'agenouilla face à son compagnon. Derrière elle, Hans vit Claws qui le dévisageait avec inquiétude. Il s'accrochait au siège du passager de sa main métallique pour garder l'équilibre, mais sa silhouette balançait d'un côté et de l'autre au rythme des cahots. Hans sentit sa migraine empirer et ferma les yeux en serrant les paupières. Son geste sembla aider. Un peu.

— Il est blessé, constata quelqu'un d'une voix blanche.

— Nom d'un charognard ! renchérit une autre, féminine.

— Ça va aller, déclara Mila.

Hans perçut son souffle sur son visage et une bouffée du parfum de ses cheveux vint chatouiller ses narines. Ils sentaient bon malgré une odeur tenace de terre, et savoir le corps de Mila si près du sien provoqua une nuée de picotements à la surface de son épiderme. Il oublia momentanément son mal de crâne et les élancements dans son bras.

Jusqu'à ce que des doigts écartent les pans de tissu de sa tunique et qu'un éclair de douleur le foudroie de la tête aux pieds. Un cri se fraya un chemin entre ses lèvres avant qu'il ne le réprime dans un gémissement.

— Pardon, fit la voix douce de Mila.

Il parvint à ouvrir un œil. La jeune femme était penchée sur sa blessure, un pli soucieux entre les sourcils. Son regard avait quelque chose de doux et d'analytique tandis qu'elle l'examinait. Elle mordillait sa lèvre inférieure, concentrée sur sa tâche.

Hans la trouva magnifique.

Lorsqu'une longue torsade de cheveux noirs tomba devant le visage de sa compagne, il souleva une main lourde et replaça la boucle derrière l'oreille de Mila du bout de son index. Ce faisant, il prit conscience qu'il serrait toujours son couteau à lancer entre ses autres doigts. Cela expliquait sans doute le poids de son bras, qu'il laissa retomber le long de son flanc.

— Tu m'as sauvé, chuchota-t-il alors presque sans s'en rendre compte.

Sa voix était pâteuse. Sa langue aussi.

Mila lui jeta un regard de biais et lui sourit rapidement. Puis, d'un geste vif que Hans distingua à peine dans l'obscurité, elle défit sa ceinture et la passa à son bras.

— Ça va pincer un peu.

La douleur lui déchira les chairs et les muscles avec plus de force encore que ne l'avaient fait les griffes du félin un peu plus tôt. La vision de Hans s'assombrit et les ténèbres engloutirent le visage de Mila durant une seconde, ainsi que tout ce qui se trouvait autour — lui y compris. Lorsqu'il revint à lui, il ne distingua que le profil de sa compagne, tournée vers l'avant du 4x4. Sa voix autoritaire se mêlait aux frottements des pneus dans ses oreilles :

— … davantage de soins. Il faut s'arrêter.

— Et risquer de se faire attaquer par un autre de ces prédateurs ? rechigna le général. Hors de question.

— Je suis de l'avis de Mila, appuya Claws. Arrêtons-nous.

Il avait prononcé ces mots d'un ton qui se voulait posé, mais ses doigts mécaniques s'agitaient.

Pas de réponse.

— Général ! claqua Mila.

Elle avait redressé les épaules, levé le menton, et son regard étincelait de détermination dans la nuit. Pendant un moment, Hans l'imagina s'emparer de l'un de ces pistolets qu'elle avait utilisés plus tôt pour le pointer sur Julian et l'obliger à immobiliser le véhicule. Cette idée lui tira un sourire.

— Ce que tu es belle, lâcha-t-il dans un soupir.

Mila pivota vers lui, légèrement surprise, et ouvrit la bouche, mais avant qu'elle n'ait eu le temps de prononcer le moindre mot, Hans l'attira à lui pour l'embrasser. Elle émit une petite exclamation de surprise contre sa bouche et tenta de le repousser d'une main sur son torse, alors Hans enroula son bras valide autour de sa taille et la fit s'asseoir sur ses genoux. Elle gloussa, résista encore un peu. Il pressa plus fermement ses lèvres sur les siennes, respirant son souffle et goûtant sa langue.

Quelqu'un toussota bruyamment.

— On est toujours là, fit remarquer une voix féminine d'un ton irrité.

Mila fit aussitôt mine de s'écarter.

— Hansel, protesta-t-elle en s'éclaircissant la gorge. Ça suffit. Tu as perdu beaucoup de sang, tu as besoin…

— Que tu m'embrasses encore, conclut-il à sa place.

Un long soupir lui parvint de sa droite, tandis que des éclats de rire rocailleux s'élevaient à l'avant du 4x4. Il les ignora tous et se pencha vers Mila pour l'étreindre de nouveau.

— Hans…

— *Saloperie de…*

Un crissement strident vrilla les tympans de Hans, qui fut propulsé vers l'avant en emportant Mila avec lui. Des exclamations de surprise et des gémissements de douleur se mêlèrent à ses propres plaintes alors qu'il roulait sur son bras blessé. Une botte à embout d'acier écrasa ses doigts ; son pied gauche frappa quelque chose de mou qui émit un grognement ; une masse lourde s'abattit sur son torse en expulsant tout l'air de ses poumons.

Puis le 4x4 s'immobilisa.

Le calme revenu, Hans battit des paupières. Au-dessus de lui, le ciel sombre où se dessinaient les épaisses volutes grises du brouillard – ainsi que le visage de Solene, ses cheveux blonds ébouriffés et l'air légèrement hagard.

– Soleil ? lui demanda Hans. Tu n'as rien ?

– Ça va, acquiesça-t-elle.

Comme elle ne bougeait pas, Hans baissa les yeux sur son torse, où l'adolescente se tenait à moitié affalée, en appui sur ses avant-bras. Solene suivit son regard.

– Oh p-pardon, capitaine ! balbutia-t-elle en s'éloignant précipitamment.

– Hans, se contenta-t-il de la corriger.

Solene détourna ses yeux bleus sans rien dire.

Hans se redressa avec précaution. D'une main, il palpa l'arrière de son crâne. Sa migraine était pire encore qu'elle ne l'avait été une minute plus tôt, et un son aigu lui emplissait les oreilles. Cependant, il avait l'étrange impression de retrouver sa lucidité. Enfin, plus ou moins. Son bras droit le faisait souffrir là où Mila avait utilisé sa ceinture comme garrot, et ses doigts étaient tout engourdis. Il trouva la sensation de picotement qui les envahissait plutôt amusante.

Il devait avoir perdu plus de sang qu'il ne le croyait.

– Tout le monde va bien ? s'informa Mila.

Hans balaya ses compagnons du regard : tous grimaçaient en se tenant la tête ou un membre, mais visiblement rien de bien grave. Dans un coin, le petit Elias renifla bruyamment en retenant un sanglot ; Solene l'attira à elle avec douceur et il se blottit contre son épaule.

— Qu'est-ce que c'était ? interrogea l'adolescente d'une petite voix.

— Je l'ignore, fit Mila avant de pivoter vers l'avant du 4x4 : Général ?

Pas de réponse. Dans le silence de la nuit, Hans ne perçut que les reniflements étouffés d'Elias, ainsi que les battements de son propre cœur à ses tempes douloureuses.

— Eh, interpella-t-il.

Les jambes flageolantes, il se remit debout. Claws se tenait juste à côté, ses deux mains crispées sur le siège du conducteur, où se trouvait toujours Julian. Tous les deux ne semblaient ni inconscients, ni sonnés ou gravement blessés. Ils étaient juste immobiles comme deux statues, leur regard fixé droit devant.

— Nom d'un charognard, s'impatienta Hans, mais que…

Les mots se coincèrent dans sa gorge. Ses yeux s'arrondirent. Pendant une seconde, il cessa de respirer.

Un groupe d'une demi-douzaine d'individus se dressait dans la poussière devant le 4x4. Tous des hommes, crut d'abord Hans, avant de discerner une silhouette un peu plus menue que les autres. Même dans l'obscurité, cependant, il devina leur robustesse à tous, il sentit leurs yeux braqués sur lui et les autres occupants du véhicule. Il reconnut l'éclat métallique des tranchants de lame et des canons de fusil.

La nausée lui tordit l'estomac.

Au même moment, l'un des inconnus se détacha du groupe en s'avançant d'un pas. Il était grand, large d'épaules, et ses yeux enfoncés dans leur orbite étaient plongés dans l'ombre. Il cria quelque chose d'une voix grave et autoritaire que Hans ne comprit pas ; il crut que c'était dû à son étourdissement, jusqu'à ce qu'il prenne conscience que l'homme parlait en fait une autre langue. Ce dernier sembla s'apercevoir de son erreur, car il s'éclaircit la gorge et reprit :

– Vous allez tous descendre de ce véhicule et nous suivre. Lentement. Sans question, sans geste brusque, sans résistance.

Hans fut frappé par son accent, la façon dont il semblait mâcher certains mots, alors que d'autres crissaient comme du roc entre ses dents. D'une manière assez troublante, les sons lui rappelèrent les feulements qui sortaient de la gueule de l'énorme félin dont il venait de croiser le chemin. Il se demanda s'il n'avait pas échappé à un prédateur pour aussitôt tomber entre les griffes d'un autre.

Au même moment, ceux et celle qui se tenaient derrière l'homme levèrent et armèrent leur fusil dans un cliquètement parfaitement synchrone, comme à un commandement silencieux de leur chef.

Ce dernier esquissa un sourire dont l'éclat tranchant transperça les ténèbres. Il toisa le groupe de réfugiés tassé dans le 4x4.

– Bienvenue dans l'ouest.

• • •

ROY. C'EST AINSI QUE SE PRÉSENTA le chef de leur groupe d'assaillants. Hans ne sut trop s'il était sérieux ou juste prétentieux.

Il le détesta aussitôt.

Une fois Hans et ses compagnons descendus du 4x4, les hommes de Roy les encerclèrent, arme au poing, puis les fouillèrent. Hans serra les dents tout au long de la procédure mais se laissa faire, sans toutefois pouvoir réfréner une grimace quand on lui confisqua ses couteaux à lancer. Non qu'il doutait d'être en mesure de se défendre sans eux si besoin — il était un excellent combattant et il le savait —, mais il était blessé, affaibli, et son état le rendait nerveux. De plus, les armes faisaient partie de son uniforme quotidien. Se balader sans elles, c'était un peu comme être à moitié nu.

Après s'être assuré qu'il ne cachait aucune autre arme sur lui, l'homme qui fouillait Hans le détailla rapidement de la tête aux pieds. Bien que son regard s'arrêtât une seconde sur les stigmates de la partie chauve de son crâne, Hans remarqua qu'il semblait surtout s'attarder sur ses épaules et son torse. Cette attention qu'on lui portait l'intrigua, mais avant qu'il n'ait pu s'interroger davantage sur la raison d'un tel examen, un hoquet aigu attira son attention : Solene se tenait quelques pas plus loin. Un des hommes de Roy, un type élancé aux traits tirés et à l'air sombre, s'éloigna d'elle avec nonchalance, le pistolet de la jeune fille dans une main.

Hans croisa le regard de l'adolescente et crut y déceler une lueur de peur. D'un froncement de sourcils, il interrogea sa camarade, mais celle-ci se détourna aussitôt en baissant les yeux.

Hans n'en fut que plus perplexe.

Peu après, on les fit se mettre en rang, puis ils prirent la route en laissant le 4x4 derrière eux. Roy mena le cortège, le pas désinvolte et les épaules détendues, mais Hans remarqua que sa main n'était jamais loin du pistolet fixé à sa ceinture. Le reste de ses hommes flanquait les réfugiés de York, et tous avancèrent sans rien dire, un œil sur leurs prisonniers, l'autre à l'affût d'un mouvement dans le désert.

Ils marchèrent peu : une demi-heure, tout au plus. Déjà, le ciel commençait à pâlir et, par-delà le brouillard qui se teinta de jaune dans la clarté naissante, Hans devina la sphère rougeoyante du soleil à l'horizon. C'est aussi à partir de ce moment qu'il prit conscience que le paysage ne cessait de changer depuis leur départ de York : certes, le calme plat des plaines desséchées avait fait place aux dunes depuis plusieurs centaines de kilomètres, mais voilà que des silhouettes trapues se dessinaient çà et là – des buissons? des cactus? À un moment, ils dépassèrent ce que Hans prit pour un rocher à la crête émoussée par le vent et le sable, jusqu'à ce que la chose s'anime et s'enfuie dans un sifflement, sa queue écailleuse ondulant derrière elle.

D'autres créatures dont Hans ne connaissait l'existence que pour en avoir entendu parler dans les récits de raids en Terres Fertiles firent leur apparition à intervalles irréguliers : un oiseau aux ailes immenses plongea sur eux à toute vitesse avant de remonter vers le ciel aussi vite; deux petits quadrupèdes détalèrent en trottinant dans la poussière, leurs oreilles pointues dressées sur leur crâne effilé; Asaf émit un couinement aigu quand une bestiole au corps noir et reluisant grosse comme sa main, armée de pinces au niveau de l'abdomen et d'une queue à crochet, se faufila entre ses pieds.

Hans ne savait plus où regarder et la tête se remit à lui tourner. Il s'efforça de n'en rien laisser paraître devant leurs geôliers, mais il en était à se demander combien de temps encore il pourrait tenir debout quand Roy s'immobilisa et pivota pour leur faire face.

– J'espère qu'aucun de vous ne craint les hauteurs?

Hans ne sut trop à quoi il faisait allusion; autour de lui, des côtes et des crevasses apparaissaient dans la lueur du matin, se paraient d'ombres mouvantes et s'étendaient à perte de vue. Aucun pic, aucune crête ne s'élevait toutefois vers le ciel.

Hans croisa le regard d'ébène de Claws, aussi perdu que lui. Son camarade haussa une épaule en réponse à sa question silencieuse.

Roy laissa échapper un petit éclat de rire. Hans reporta son attention sur lui juste à temps pour le voir glisser deux doigts entre ses lèvres. Trois petits sifflements rythmés suivirent son geste et résonnèrent dans le désert pendant une seconde. Au début, rien ne se passa, puis deux autres sifflements, plus ténus, lui répondirent. Hans fouilla les alentours du regard, à la recherche de l'origine du son, mais les réfugiés ainsi que l'escouade de Roy semblaient seuls dans un rayon de plusieurs centaines de mètres.

La nervosité commença à faire trépigner Hans, qui fit mine de porter une main à sa ceinture – mais ses couteaux ne s'y trouvaient plus. C'est à ce moment que quelque chose fendit l'air dans leur direction. Hans se raidit, à l'affût. Seul retentit un bruit d'impact étouffé, et un léger frisson parcourut le sol sous leurs pieds.

Roy intercepta tour à tour les regards de ses prisonniers.

– Après vous, les invita-t-il avec un geste circulaire du bras.

Mais personne n'esquissa le moindre pas en avant.

Dans quel piège l'homme tentait-il de les attirer ? Il n'y avait rien, là devant. Que le désert, ces mêmes étendues arides et sauvages que Hans et ses compagnons parcouraient depuis des jours à bord du 4x4.

– D'accord, d'accord, soupira finalement Roy en laissant retomber son bras le long de son flanc. Puisque c'est comme ça…

Il tourna le dos au reste du groupe, se tint immobile une seconde, puis s'avança d'un pas décidé.

Et disparut.

Hans crut que ses yeux lui jouaient des tours. Il interrogea ses compagnons du regard – avaient-ils tous vu la même chose que lui ? Les yeux écarquillés et les mouvements de recul le lui confirmèrent, alors il pivota vers le garde de Roy le plus près ; ce dernier se contenta de lui faire signe d'avancer d'un geste de la pointe de son fusil.

Avec un soupir, Hans reporta son attention vers l'avant, là où s'était tenu Roy une minute plus tôt, puis s'avança. Il sentit les regards éberlués d'Asaf et de Solene se braquer sur lui lorsqu'il les dépassa, ainsi que ceux de Julian et du petit Elias. Mila lui emboîta quant à elle le pas, bientôt imitée par Claws. Tous trois n'avaient franchi que quelques mètres lorsqu'une onde de chaleur les happa et courut sur leur peau. Un picotement remonta la colonne vertébrale de Hans, qui sentit ses cheveux se dresser sur sa nuque, ses poils se hérisser sur la moindre parcelle de son corps. Une stridulation aiguë emplit ses oreilles et, pendant une seconde, le monde devint flou, les couleurs du paysage ondulèrent et se fondirent les unes dans les autres.

Hans battit des paupières. Sous ses yeux, le monde changea. Là où ne se déroulait auparavant qu'un sol abîmé par les intempéries s'ouvrait désormais une énorme faille. Comme né d'un gigantesque coup de couteau dans la terre, le gouffre zigzaguait du nord-est au sud-ouest, sans fin, sa bouche béante prête à avaler quiconque s'aventurerait trop près. Dans la lumière du matin nimbé de brouillard, Hans put voir que la fissure plongeait sur plusieurs centaines de mètres. Le roc qui constituait ses flancs arborait une couleur rougeâtre qui lui rappela la teinte du sang. Son estomac se contracta.

– Mille guerres, lâcha Claws dans un souffle court.

– Qu'est-ce qui vient de se produire ? renchérit Mila.

Hans ne quittait pas l'immense faille du regard, dont quelques mètres à peine les séparaient du bord, ses compagnons et lui.

– Champ de force, clama soudain la voix de Roy.

Hans découvrit l'homme un peu plus loin, nonchalamment posté à un pas du vide.

– Pardon ? s'enquit Claws.

À cet instant, un léger bourdonnement titilla les tympans de Hans et le crissement de semelles sur le sol lui parvint. Il n'eut pas le temps de se retourner qu'on lui fonça dedans.

– Oh, échappa Solene en levant les yeux sur lui. Désolée cap…

Ses yeux s'arrondirent. Elle s'interrompit, bouche bée.

Non loin de là, Asaf apparut à son tour en trébuchant, Julian et Elias à sa suite. Ce dernier ouvrit la bouche et fixa ce paysage qui n'était pas là une minute plus tôt, l'air à la fois effrayé et émerveillé.

– Nous y voilà, lança Julian d'une voix forte. C'est ici que vous comptez vous débarrasser de nous, Roy ?

Il pivota vers son interlocuteur en ponctuant ses paroles d'un regard de défi. Pour la première fois depuis qu'il l'avait secouru au milieu du désert, presque une lune plus tôt, Hans ne put qu'être d'accord avec lui.

– Me débarrasser de vous ? répéta Roy. Et pour quelle raison ferais-je une chose pareille ?

– C'est généralement ce qu'on fait aux prisonniers, non ?

— Quoi ? s'étonna Roy. Vous n'êtes pas mes prisonniers ; vous êtes mes invités !

Un silence accueillit la nouvelle. Hans entendit les doigts métalliques de Claws cliqueter comme il croisait les bras sur son torse. Julian renifla, dubitatif.

Roy haussa les épaules.

— Si vous ne me croyez pas, libre à vous de contourner le canyon par le nord, mais le champ de force n'est actif que sur dix kilomètres.

— Qu'est-ce que ce champ de force, d'abord ? intervint Claws.

L'autre homme toisa Claws de la tête aux pieds, lentement. Un éclat dur passa dans son regard et il élucida :

— Ça n'a rien à voir avec de la magie si c'est ce que vous sous-entendez. C'est de la science, rien de plus.

De la science. Hans ne put réfréner une pensée pour Andy. Son ami aurait su ce qu'était un champ de force, il n'en doutait pas une seconde. S'il avait été là, il se serait sûrement déjà lancé dans des explications techniques et incompréhensibles, le genre qu'il était seul à comprendre. Il se serait emballé, comme toujours. Malgré la fatigue et le désespoir, malgré les blessures et le chaos des derniers jours, il aurait tout oublié le temps d'un instant, obnubilé par ces trucs de savant fou.

La douleur étreignit le cœur de Hans.

— Les ondes magnétiques brouillent les sens humains, poursuivit Roy pendant ce temps. Ça modifie la perception qu'ont les Sorcières de leur environnement.

Hans tiqua. Les Sorcières. Des Humains. L'idée lui avait toujours donné la nausée, mais c'était la vérité. L'horrible vérité. Les Sorcières étaient des êtres humains. Qui parlaient un langage oublié. Qui chevauchaient le vent sur leur branche d'arbre. Qui conquéraient, pillaient, tuaient et détruisaient.

Mais des êtres humains quand même.

Quelque chose pesa sur sa poitrine. La pierre blanche. Il résista à l'envie de la serrer au creux de sa paume et verrouilla son attention sur Roy. L'homme s'était tu pour envoyer la tête en arrière et balayait maintenant le ciel du regard.

— Le ravin est invisible du ciel, comme s'il n'existait même pas. Lorsque les Sorcières survolent le territoire couvert par le champ de force, elles ne voient que du sable, sans se douter que nous nous cachons sous leur nez. Cela suffit à les tenir à l'écart, conclut-il. Enfin, la plupart du temps.

À cet instant, le champ de force émit un léger crépitement et les gardes de Roy apparurent un après l'autre. Hans ne put s'empêcher de remarquer que, malgré ce que leur assurait l'homme, leurs *hôtes* ne lâchaient pas leur fusil et ne daignaient certainement pas rendre leurs armes aux réfugiés de York. Il ne put réfréner un mauvais pressentiment.

Roy s'adressa à l'un de ses hommes :

— Sécurisé ?

L'autre confirma d'un hochement de tête. Roy acquiesça du menton puis, sans un mot de plus, franchit les derniers pas qui le séparaient du bord de la falaise — et sauta dans le vide.

Un hoquet de surprise secoua le petit groupe des réfugiés de York. Hans sentit son cœur lui remonter dans la gorge.

La tête et les épaules de Roy ressurgirent alors, le reste de son corps toujours sous le niveau du sol, et il arrondit un sourcil interrogateur dans leur direction.

— Eh bien ? lança-t-il, nonchalant. Vous venez ou vous préférez attendre qu'un autre puma affamé passe par là ?

Un puma. Hans pensa au félin, plus gros que tout ce qu'il avait vu à ce jour, qui l'avait pris en chasse dans les ruines. Il y avait donc beaucoup de ces animaux dans le coin? Roy semblait le croire. L'assurance de l'homme agaça Hans, mais il se morigéna en silence : il s'agissait de son territoire, après tout. Il connaissait certainement ces terres mieux que lui ou n'importe lequel de ses compagnons de York.

Non que de le reconnaître lui fit davantage apprécier leur nouveau camarade. Bien au contraire.

Julian fut le premier à s'avancer, l'air suspicieux, vers le bord du précipice où Roy semblait flotter dans le vide. Le reste de leur groupe lui emboîta le pas, suivi de près par les gardes armés. Hans leur jeta un regard noir par-dessus son épaule.

Lorsqu'il revint à Roy et au précipice qui s'ouvrait sous ses pieds, une sensation de vertige le saisit : le canyon, comme l'avait appelé Roy plus tôt, était plus profond encore qu'il ne l'avait cru. Peut-être dix fois la hauteur du Gîte. De cette distance, Hans distinguait un mince trait noir qui serpentait entre les deux flancs de la faille, comme une veine minuscule sur une peau sèche et parcheminée. Il songea qu'il s'agissait peut-être d'un cours d'eau. De l'eau. Loin. Là-bas. Tout en bas.

La tête lui tourna. Il fit un pas en arrière.

Un peu plus loin, juché sur une corniche à peine assez large pour le soutenir, Roy leur fit encore signe d'approcher. Hans étira le cou, préférant ne pas bouger.

– Vous voyez, là, de l'autre côté? continua Roy. La Maison Rouge – plus douillette qu'elle ne le paraît, je vous assure.

Ce n'est qu'alors que Hans discerna, camouflée dans l'ombre et les creux de la falaise, une ouverture. L'entrée d'une grotte, à en croire leur guide. Si ce dernier ne la leur avait pas fait remarquer, ils n'auraient probablement jamais su qu'elle était là. Hans devait accorder à leurs nouveaux compagnons que la Maison Rouge était plutôt bien dissimulée, à l'abri des yeux perçants des Sorcières. Autant qu'un refuge humain pouvait l'être face à leur magie, du moins.

Comme il s'interrogeait sur la façon dont Roy allait s'y prendre pour leur faire gagner l'entrée de la Maison Rouge, Hans aperçu un chatoiement dans l'air. Il plissa les yeux : un mince filin reliait le sommet de ce côté-ci de la falaise au haut de l'ouverture, de l'autre côté. Hans avait déjà vu ce genre de câble auparavant ; l'armée de York s'en servait pour escalader la façade de bâtiments ou pour assurer la descente d'un camarade dans un puits à la suite de la saison des pluies. Des câbles solides, à l'épreuve des balles et des lames.

Celui qui s'étirait sous ses yeux, au-dessus de centaines de mètres de vide, ressemblait en comparaison à une ficelle.

Hans n'avait jamais eu le vertige. Les toits de York avaient toujours été aussi familiers, sinon même plus, que la terre ferme sous ses pieds. Pourtant, à l'idée que sa vie serait bientôt littéralement suspendue à ce fil, il se sentit mal. Le sang battit à ses tempes comme le tonnerre pendant la saison des pluies.

La voix de Roy et son accent tranchant continuèrent de lui parvenir de loin.

– L'un de mes gars ira en premier et… Eh !

Des têtes se tournèrent vers lui. Et des yeux. Des dizaines de paires d'yeux ronds, écarquillés, flous. Qui dansaient dans son champ de vision.

– Hansel ?

Mila.

Sa voix.

Ses yeux.

Puis la terre. Et le ciel. Qui tourbillonnèrent et se fondirent l'un dans l'autre.

Et plus rien.

• • •

IL GÉMIT. Sa propre voix le tira des ténèbres de l'inconscience. Un filet de lumière s'immisça entre ses cils et lui piqua les yeux.

— Eh.

Une voix douce près de lui. Il tourna la tête et sentit une surface molle s'enfoncer en craquant sous lui. Il grimaça, des couleurs valsant autour de lui. Des teintes terreuses, rougeâtres, et un éclat éblouissant dans un coin.

Une silhouette apparut au-dessus de lui. Une rivière de cheveux sombres, entourant un visage pâle et des iris comme des pierres précieuses.

— Te revoilà, chuchota Mila avec un sourire.

— Qu'est-ce qui s'est passé ? l'interrogea Hans.

Sa voix était rauque, rocailleuse. Elle lui écorcha la gorge.

— Tu avais perdu trop de sang, expliqua Mila avec un coup d'œil vers son bras droit. Tu t'es évanoui.

Et ça lui revint. Les ruines. Le puma. Roy.

Il grommela.

— Où suis-je ?

Partout où il posa le regard, il ne vit que de la pierre. Pas des blocs et des briques comme à York, mais du roc brut, plus écarlate que le sang. Il se rappela le nom que Roy avait donné à cet endroit : la Maison Rouge. Il dut réprimer une grimace.

Un peu plus loin, posé au sol, une flamme ondoyait dans une lanterne. Hans vit la texture irrégulière, émoussée, des murs et du plafond. Il pensa aux intempéries qui avaient transformé les paysages de la côte est des centaines et des milliers d'années durant pour leur donner la forme qu'ils arboraient aujourd'hui.

Mila balaya la pièce du regard.

— La Maison Rouge. Elle s'étend sous terre sur près d'une dizaine de kilomètres carrés et abrite le clan de Roy.

— Le *clan* de Roy ? répéta Hans sans pouvoir réprimer le dédain dans sa voix.

— Ils ne sont qu'une trentaine de survivants, mais leur organisation est impressionnante, lui apprit Mila en ignorant son manque d'enthousiasme. Ils ont une salle d'entraînement comme à York, et des réserves d'eau et de nourriture hallucinantes. Tu pourras en profiter quand tu seras suffisamment remis pour quitter l'infirmerie.

Un drôle de sentiment s'empara de Hans aux mots de sa compagne. Il fit mine de se redresser, quand un éclair de douleur lui vrilla tout le côté droit, des pieds à la tête.

— Doucement ! le tança Mila. Tu n'es pas au mieux de ta forme.

Hans suivit le regard qu'elle posait sur lui : la manche droite de sa tunique avait été découpée jusqu'à l'épaule. Son vêtement, pour ce qu'il en restait à la suite de son affrontement avec le puma, était taché de sang séché, de boue, et déchiré en plusieurs endroits. Son bras avait toutefois été parfaitement nettoyé ; Hans put voir les points de suture qui zigzaguaient çà et là sur son biceps, refermant les chairs qu'avaient ouvertes les griffes acérées du félin. Il plissa le nez : l'opération allait laisser des traces, des cicatrices qui s'ajouteraient à ses brûlures.

Il chassa cette pensée et finit de se redresser en position assise en ignorant le regard réprobateur de Mila, quand un nouvel éclat de douleur dans son flanc lui rappela sa blessure aux côtes. Avec précaution, il releva sa tunique et découvrit l'hématome violacé, dont les contours avaient pris une nuance jaunâtre peu ragoûtante.

— Le soigneur a dit qu'elles n'étaient que fêlées, commenta Mila.

Hans ouvrait déjà la bouche pour la contredire — il avait traversé une fenêtre avant de sauter du seizième étage pour atterrir sur une passerelle métallique plus d'une demi-douzaine de mètres plus bas. Il était plus que chanceux d'avoir survécu à un tel plongeon, et à si bon compte ! Pour avoir déjà expérimenté ce type de blessure, il avait cru s'être cassé plusieurs côtes ; néanmoins, il s'aperçut à cet instant que la douleur, tout comme l'apparence de l'ecchymose, étaient moindres que ce qu'il avait cru au départ. Peut-être avait-il estimé sa situation pire qu'elle ne l'était. Il se souvint de Claws qui lui reprochait son pessimisme et laissa retomber le bas de sa tunique avec un soupir.

— Combien de temps ? questionna-t-il Mila en changeant de sujet.

Il baissa les yeux sur son lit de fortune, qui craquait à chacun de ses mouvements. Il s'agissait d'une simple paillasse, posée à même le sol, dont le drap était presque transparent par endroits tant il était usé. Des vêtements propres attendaient à côté, parfaitement pliés. Le reste de la pièce était quant à lui occupé par d'autres couchettes, similaires à celle qu'il occupait, disposées à intervalles réguliers ; toutes étaient vides. Hans était le seul patient de la Maison Rouge.

— C'est le milieu de l'après-midi, intervint Mila. Tu as dormi pendant presque douze heures.

Cette annonce tira une grimace à Hans.

— Et les autres ?

— Tout le monde va bien. Les plus jeunes se reposent à la salle commune, et Niklaus et Julian explorent les tunnels. Nous ne resterons ici que le temps de de reprendre des forces. Roy nous a assurés qu'il n'y voyait aucun problème.

Hans se renfrogna.

— Ouais. Pour l'instant.

Mila soupira. Puis, après un moment de silence, elle pencha la tête de côté et capta le regard de son compagnon. Une longue boucle noire glissa devant ses yeux verts. Elle la replaça lentement derrière son oreille, sans rompre le contact visuel.

— Je comprends que tu ais des doutes. Ce qui nous arrive est effrayant.

Hans était prêt à répliquer qu'elle se trompait, mais se ravisa devant l'air entendu de la jeune femme. Inutile d'essayer de lui mentir. Elle le connaissait trop bien, peut-être mieux que lui-même, et savait déjà ce qu'il rechignait à s'avouer : au fond, il avait peur. Peur de ce qui les attendait. Peur de ce qui pouvait leur arriver maintenant que le seul monde qu'ils avaient jamais connu s'était effondré. Peur que cette folie qu'était sa vie ne s'arrête jamais.

Il avait peur.

Il était terrorisé.

Mila leva une main et la posa sur sa joue. Ses doigts suivirent les contours rudes de sa pommette, de sa mâchoire, et caressèrent les poils courts de sa barbe. Hans s'appuya contre sa paume chaude en fermant les yeux. La peau de Mila était douce contre la sienne. C'était une sensation rassurante. Il s'efforça de s'en imprégner.

— Tu devrais te reposer, lui conseilla la jeune femme à voix basse. Aller manger un morceau. Prendre un bain et enfiler des vêtements propres — tu en as besoin.

Un petit éclat de rire se fraya un chemin entre les lèvres de Hans. Lorsqu'il battit des paupières, il trouva le visage de sa compagne tout près du sien, ses yeux brillants posés sur lui, sa bouche si près de la sienne qu'il put percevoir son souffle tiède sur sa peau.

— Tout ira bien maintenant, Hansel. Je te le promets.

• • •

L'EAU FRAÎCHE REFERMA SON ÉTREINTE autour de son corps. Il la sentit l'entourer doucement, telle une caresse sur sa peau meurtrie, contusionnée, brûlée par le soleil. Elle se mêla à la sueur, à la boue et au sang séché des derniers jours. Hans accueillit ce moment de répit avec délice et se laissa couler au fond du bassin.

Il était seul dans cette section des souterrains. Une petite flamme brûlait dans une lanterne non loin de là et jetait des ombres mouvantes à travers la salle. Cette dernière, si basse de plafond qu'il fallait s'y déplacer en courbant l'échine, ne se trouvait pas bien loin de l'infirmerie, que Hans avait quittée un peu plus tôt. Elle faisait une vingtaine de mètres de large pour autant de long et abritait une demi-douzaine de cuves creusées à même le sol. Plusieurs centimètres sous la surface, la terre se changeait en argile qui laissait filtrer une eau étonnamment claire et qui emplissait les bassins. Quelque part au fond de la pièce, là où les ténèbres étaient trop denses pour qu'on y discerne quelque chose, des clapotis constants laissaient deviner la présence d'une rigole qui assurait la circulation de l'eau, évitant ainsi l'inondation.

Comme Hans se plongeait dans une cuve autant que ses points de suture au bras le lui permettaient, il se demanda depuis quand il n'avait pas pris de bain — un vrai bain. Pas ceux qui nécessitaient de se vider un seau d'eau de pluie sur la tête, ou de sauter dans une baignoire où une dizaine d'autres personnes, voire plus, étaient déjà passées avant lui. Un vrai bain. Où il pouvait flâner, prendre son temps. Profiter de la sensation de ses muscles ankylosés en train de se détendre. Respirer. Lentement. Se laisser apaiser par le picotement de l'humidité sur sa peau.

Il avait oublié à quand remontait la dernière fois.

Dans un soupir, il laissa sa tête rouler en arrière.

Des stalactites pendaient du plafond comme d'étranges crocs difformes et s'étiraient vers lui. Certaines étaient si longues qu'elles rejoignaient le sol, où elles s'élargissaient pour former une sorte de poutre naturelle. Leur surface bosselée luisait dans la lueur de la lanterne d'un côté, tandis que de l'autre, elles étaient entièrement plongées dans le noir, comme la majeure partie de la pièce. À travers les jeux d'ombres et de lumière, Hans croyait parfois discerner un chatoiement, un mouvement. Il se savait pourtant seul.

Hansel.

La flamme dansa doucement dans sa prison de verre, comme agitée par un souffle invisible.

Hansel.

Les ombres ondulèrent, se fondirent les unes dans les autres. Durant une fraction de seconde, un demi-battement de cœur, Hans eut l'impression d'apercevoir une silhouette qui se faufilait entre deux stalagmites géantes. Une silhouette qui lui était familière.

Hansel.

Un murmure. Un appel. Qui ricochait contre les murs, résonnait sous son crâne et tournait en boucle dans son esprit.

Hansel.

Il connaissait cette voix. Son cœur s'arrêta de battre. L'air se coinça dans sa gorge. Avant qu'il n'ait put le refouler, le souvenir de deux yeux clairs, la copie conforme des siens, surgit en lui. Un nom silencieux se forma sur ses lèvres.

Hansel.

– Hansel ?

Il reprit conscience dans un sursaut. L'eau du bassin clapota autour de son corps et le bruit se répercuta en écho dans la salle basse de plafond. Hans balaya frénétiquement les environs du regard, désorienté – quand s'était-il endormi ? Il avait l'impression que quelques secondes à peine s'étaient écoulées.

Ce n'est que lorsqu'un crissement de semelles résonna entre les murs de pierre que Hans se rappela la voix qui avait appelé son nom et l'avait tiré du sommeil. Tournant la tête, il découvrit Mila qui venait dans sa direction.

– Eh, le salua-t-elle avec un sourire.

Sa silhouette se fondait dans l'obscurité, tandis que la lueur de la lanterne se reflétait sur son visage.

– Eh, lui répondit Hans.

Sa voix lui parut tremblotante, cassée. Il avait la bouche sèche. Dans un dernier coup d'œil circulaire, il sonda les ténèbres de la pièce, mais ne vit rien – ni personne.

– Tout va bien ? s'enquit Mila.

Hans l'interrogea du regard.

– Tu m'as l'air… à cran, commenta sa compagne.

Elle n'avait pas tort : Hans se sentait tendu comme un arc. Il avait les dents et les poings serrés ; ses sutures tiraient sur sa peau. L'eau du bassin, qu'il trouvait tantôt rafraîchissante et apaisante, lui apparaissait maintenant froide, presque glacée. Un frisson s'enroula autour de son échine.

– Ce doit être la fatigue, argua-t-il dans un haussement d'épaule.

Malgré tous ses efforts, son geste eut quelque chose de forcé. Durant une seconde, Hans se demanda qui de Mila ou lui il tentait réellement de tromper avec cette fausse désinvolture.

Mila s'accroupit près du bassin et reprit :

– C'est justement pourquoi je suis là : voilà un moment que tu avais disparu et c'est bientôt le couvre-feu. Roy demande que tous ceux qui ne sont pas de garde soient dans leur dortoir dans vingt minutes.

Les paroles de la jeune femme déconcertèrent Hans. Ainsi, vraiment plus de temps qu'il ne l'avait cru s'était écoulé depuis le début de son bain. Il aurait pourtant juré qu'il venait de quitter l'infirmerie – mais voilà que Mila lui assurait le contraire. Il hocha le menton à l'intention de sa compagne, sans commenter l'ordre d'extinction des feux de Roy, ce qu'il n'aurait pas manqué de faire en d'autre temps.

Mila acquiesça, mais resta plantée là où elle était.

– Tu as mangé quelque chose ? questionna-t-elle au bout d'un moment de silence.

– Je n'ai pas faim, se contenta de répondre Hans.

Cette excuse ne sembla pas satisfaire sa compagne. Elle ouvrit aussitôt la bouche pour insister, mais avant qu'elle n'ait pu émettre un son, Hans déclara :

– Vingt minutes. J'y serai.

Il vit l'incompréhension se peindre sur le visage de Mila. Dans la lueur dansante de la lanterne, une pointe de douleur perça l'éclat vert de son regard, et Hans prit conscience du ton dur de sa voix. Mila se redressa alors et tourna les talons sans un mot de plus.

Une boule de colère naquit au creux du ventre de Hans – un sentiment dirigé contre lui-même.

– Mila…, tenta-t-il de la retenir.

– Qui est Grethel ? lui demanda-t-elle au même moment.

Le cœur de Hans cessa de battre.

Mila se tenait dans l'embrasure du passage menant à l'extérieur de la salle, immobile, la tête tournée par-dessus son épaule sans pourtant oser regarder son compagnon. Elle s'était exprimée d'une voix hésitante, et c'est sur ce même ton qu'elle expliqua :

– Tout à l'heure, dans ton sommeil… Tu as dit son nom.

Hans ne dit rien. Il en était incapable. Son cœur s'était remis en marche et il le sentait battre à toute vitesse.

– Qui est Grethel ? répéta Mila.

Hans déglutit.

– Personne.

• • •

UN SILENCE DE PLOMB régnait sur la Maison Rouge. Minuit était depuis longtemps passé et, dans leur dortoir, les survivants de York s'étaient endormis, épuisés par le voyage et les épreuves qu'ils venaient de vivre.

Sauf Hans.

Ses yeux ouverts fixaient le plafond de pierre, faiblement éclairé par la lueur d'une lanterne qui brûlait au centre de la pièce. Autour étaient disposés une dizaine de hamacs, des genres de lits suspendus que Hans avait déjà vus à York, mais dont il ne s'était jamais servi jusqu'ici.

Il détestait cet endroit. Il détestait tout de la Maison Rouge. L'air y était moite et laissait un goût métallique sur la langue. Les murs, rouges comme le sang, renvoyaient l'écho du plus léger des pas, de la plus ténue des respirations. C'était bruyant. Horriblement bruyant. Et surtout, on n'y voyait pas le ciel.

Hans n'aurait jamais cru que ça lui manquerait autant. Le ciel. Le brouillard. Le fantôme du soleil et sa chaleur écrasante. Mais c'était le cas. Depuis qu'il s'était réveillé à l'infirmerie entre quatre murs écarlates, il étouffait. Un poids d'une tonne pesait sur sa poitrine, il avait la gorge nouée et la bouche sèche. Et aucun appétit. Malgré l'insistance de Mila, il n'avait rien avalé de toute la journée. Claws lui avait aussi glissé un mot quant à l'impressionnant stock de viande séchée de la Maison Rouge, mais rien que l'idée lui retournait l'estomac. Une seule chose faisait réellement envie à Hans et il s'efforçait de ne pas trop y penser. S'il s'y risquait, alors ses tripes se contractaient et ses mains se mettaient à trembler.

Dans la tranquillité de la nuit, Hans pouvait entendre le martèlement de son cœur dans sa cage thoracique. Le son de sa respiration. Celle des autres. Le petit Elias geignait dans son sommeil. Solene expirait un souffle lent et régulier entre ses lèvres entrouvertes. Mila n'émettait pas un son, mais ses boucles noires s'agitaient devant sa bouche. Un sifflement bas et rauque, comme celui du vent qui serpentait entre les bâtiments en ruine, montait de la gorge de Claws et des tuyaux qui avaient remplacé sa trachée.

Hans s'extirpa de son hamac d'un bond et fila dans le couloir.

Il fallait qu'il sorte d'ici.

• • •

IL ERRA PARMI LES COULOIRS. À intervalles plus ou moins réguliers, la flamme d'une lanterne éclairait ses pas. Son ombre s'étirait alors sur toute la moitié du mur et du plafond, si bas par endroits que Hans sentait la pointe de ses cheveux frôler la pierre.

Il ne savait trop où il allait. Les tunnels s'étalaient en un véritable labyrinthe sur plusieurs kilomètres carrés et il n'avait vu d'eux que l'infirmerie ainsi que les dortoirs et les bains. Mais il devait bouger. Ses jambes fourmillaient. Ses mains aussi. Et il devait se vider la tête. Le souvenir des deux yeux bleus hantait son esprit. Parfois, quand il empruntait un passage dénué de lampe, il avait l'impression de sentir l'obscurité se refermer sur lui comme des doigts, longs et effilés, et un souffle tiède sur sa nuque.

Hansel.

Il accélérait sans se retourner.

Roy ne plaisantait pas avec le couvre-feu. Hans s'aperçut bientôt que les souterrains étaient déserts, excepté pour un garde ou deux qui effectuaient des rondes. Celles-ci n'étaient cependant pas fréquentes, et les deux fois où il perçut l'écho de pas qui venaient dans sa direction, Hans n'eut qu'à se glisser dans un recoin d'ombre ou derrière une stalagmite géante pour échapper aux hommes de la Maison Rouge. Ce fut si facile qu'il commença à se demander si les gardes de Roy patrouillaient bel et bien à la recherche d'intrus, ou si leur présence dans les tunnels était due à autre chose.

Les entrailles de Hans se retournèrent. Cet endroit lui plaisait de moins en moins.

Comme il se faisait cette réflexion, un courant d'air chaud se fraya un chemin à travers le couloir. Rien de plus qu'un léger souffle, qui chatouilla les cheveux sur sa nuque sans agiter ses vêtements. S'il n'avait pas été à l'affût des sons et des mouvements autour de lui, il l'aurait manqué.

Songeant aussitôt à une corniche au bord de la falaise ou une autre ouverture, il pressa le pas. La brise se fit plus forte et un faible sifflement résonna dans le passage. Il accéléra encore et dépassa une, puis deux lanternes, quand soudain plus rien. Le souffle d'air retomba et le silence se fit. Hans s'immobilisa, incertain, et fouilla les environs du regard en vain. Le tunnel continuait de s'enfoncer dans le roc rouge de la falaise.

Hans laissa échapper un soupir dont l'écho s'étira longuement entre les murs, tel un murmure par-dessus son épaule. Soudain pris de doute, il revint sur ses pas et, cette fois, sonda chaque creux, chaque alcôve, du regard. Dans un renfoncement presque invisible à travers les ténèbres, il découvrit un interstice à peine assez large pour s'y glisser de côté. La fissure courait sur toute la hauteur du tunnel et soufflait un mince filet d'air, qui vint s'écraser sur le visage de Hans lorsqu'il s'y pencha.

De l'autre côté, une noirceur impénétrable. Et ce sifflement ténu, identique au son du vent qui, à York, s'immisçait dans le Gîte par les carreaux brisés.

D'un rapide coup d'œil sur le reste du couloir, Hans s'assura qu'aucun garde de la Maison Rouge ne venait dans sa direction, puis se faufila à travers l'étroite ouverture.

À peine s'extirpait-il de la fissure que quelque chose se rompit bruyamment sous sa botte à semelle renforcée. Le craquement se répercuta en écho entre les murs, et Hans prit conscience qu'il avait pénétré dans une pièce bien plus vaste qu'il n'aurait pu s'en douter. Il battit des paupières le temps que sa vue s'ajuste à la faible luminosité qui lui provenait du couloir. Lentement, des reflets et des éclats blafards se dessinèrent au sol, ici et là. Il se déplaça d'un pas sur le côté — un nouveau craquement retentit. Un pressentiment désagréable, comme un poing glacé qui se refermerait sur son échine, monta en Hans tandis que les faibles rayons des lanternes s'infiltraient dans la fissure à sa suite et révélaient ce qui se cachait dans l'ombre : des os. À pertes de vue. Des ossements, petits, grands. Des squelettes, entiers ou partiels.

Hans avait mis les pieds dans le cimetière de la Maison Rouge.

Ses cheveux se hérissèrent sur sa nuque. Il voulut reculer, mais son dos rencontra le mur. Sous son pied, un autre os se brisa, tomba en poussière. Le cœur de Hans lui remonta dans la gorge.

Des dizaines et des dizaines de squelettes reposaient sous ses yeux écarquillés. Leurs membres brisés et disloqués entremêlés, leur bouche ouverte en des appels silencieux, leurs orbites vides à jamais fixés sur les ténèbres qui les enserraient. Des ossements parfaitement nettoyés, et pourtant jetés là comme de vulgaires objets cassés et inutiles. Hommes. Femmes.

Et enfants.

Sans crier gare, des visages jaillirent dans l'esprit de Hans. Tous ces réfugiés dont ils avaient dû brûler les dépouilles, une lune plus tôt, à la suite de l'embuscade des Sorcières. Lloyd, mort sous ses yeux. Et Andy.

Hans crut qu'il allait vomir.

Alors il fit demi-tour aussi vite que ses jambes tremblantes le lui permettaient, franchit l'ouverture et détala sans se soucier de l'écho de ses pas entre les murs.

• • •

LONGTEMPS APRÈS QU'IL EUT FUI LE CIMETIÈRE, son cœur continua de pilonner ses côtes, la bile de brûler sa gorge et mille images de se livrer bataille derrière ses paupières closes. Hans ne savait trop dans quel coin des souterrains il avait atterri. Il avait couru sans se retourner jusqu'à en perdre haleine, avant de s'écrouler entre deux stalagmites, là où la lueur des lanternes qui avaient éclairé son chemin jusqu'ici ne pouvait l'atteindre. Il n'avait plus bougé depuis et les secondes, puis les minutes, s'étaient égrenées dans un silence seulement troublé par sa respiration tremblotante.

La pierre rouge était fraîche contre son dos. Hans tentait de se concentrer sur cette sensation tandis que ses jambes cotonneuses peinaient à le maintenir debout. Ses cheveux collaient à sa nuque et une chaleur lancinante s'était emparée de son bras droit. Il avait sans doute fait sauter quelques points de suture au fil de sa course à travers les couloirs. Il n'arrivait d'ailleurs toujours pas à desserrer ses poings et sentait ses ongles creuser des demi-lunes dans ses paumes moites. Il serra plus fort. La douleur était comme une gifle qui le ramenait au présent et détournait ses pensées du cimetière. Des corps. De la mort.

Il serra plus fort.

Plus fort.

Un liquide chaud s'infiltra sous ses ongles.

Il s'adossa mollement contre la stalagmite la plus près. Son cœur battait toujours comme un dératé dans sa poitrine, mais il se sentait enfin mieux. Un peu. Impossible, toutefois, de ravaler cette horrible amertume qui lui collait au palais. Il glissa une main tremblante dans une poche de son pantalon et farfouilla à la recherche de friandises.

Ses doigts ne trouvèrent cependant que du vide, et ce n'est qu'alors que Hans s'aperçut de ce qu'il faisait. Une boule de chaleur naquit au creux de son ventre et incendia ses entrailles.

Ses jointures s'écrasèrent contre la paroi du tunnel presque sans qu'il en ait conscience. Il sentit le roc se craqueler sous l'impact, entendit le son des gravats qui tombaient à terre. La sensation de brûlure dans son bras droit s'intensifia. Un liquide chaud goutta le long de son biceps et poissa la manche de sa tunique propre.

Il resta longtemps sans bouger. Au bout de longues, longues secondes, une douleur cuisante dans ses jointures l'obligea à se ressaisir. Il ramena sa main vers lui et, avec précaution, remua ses doigts engourdis. Comme si une brume épaisse se dissipait de son esprit, il sentit la brûlure dans son bras s'accentuer jusqu'à le faire grimacer et remarqua la tension dans le moindre de ses muscles. Son corps semblait à deux doigts de se rompre, de craquer. D'exploser.

Un soupir enfla dans sa gorge, mais il le ravala avant qu'il ne franchisse ses lèvres. Sa bouche lui parut plus sèche que jamais et une nouvelle vague de colère déferla dans ses veines.

Il se maudit. Maudit sa faiblesse. Sa dépendance. Ce manque qui lui dévorait les tripes et creusait un trou béant en lui. Et il maudit cette partie de lui qui ne demandait qu'à succomber, qui le suppliait de remplir ce vide quoi qu'il lui en coûte.

Hans se remit lentement sur ses pieds. Sa main blessée tremblait. Un filet de sang coulait le long de son bras et son pouls battait si fort à ses tempes qu'il s'en sentait étourdi. Il savait qu'il ferait mieux de retourner aux dortoirs et de prendre un peu de repos. Essayer de dormir, d'oublier. Mais il savait aussi qu'il se berçait d'illusions. Il ne pouvait pas oublier. Il pouvait fuir encore un peu, prétendre que tout allait bien, se convaincre qu'il avait la situation en main. Mais ce ne serait que mensonge.

Le manque le tenait.

• • •

SANS TROP SAVOIR COMMENT, il retrouva le chemin des dortoirs. L'endroit était tel qu'il l'avait quitté et, au son des respirations paisibles qui s'élevaient entre les murs, Hans ne put s'empêcher de se demander comment ses compagnons parvenaient à se détendre de la sorte. Ils n'étaient pas à la Maison Rouge depuis vingt-quatre heures qu'ils avaient déjà tous baissé leur garde. Il était vrai que Roy ne leur avait fait aucun tort; en plus de les inviter dans son refuge, il les avait nourris et soignés. Il ne leur avait cependant pas remis leurs armes et, si Hans comprenait qu'il prenne cette précaution, il n'aimait pas que les hommes de Roy se baladent en permanence avec un fusil à pompe entre les omoplates. L'ennemi se trouvait après tout à l'extérieur de la Maison Rouge, non sous son toit.

Hans traîna les pieds jusqu'à son hamac. La flamme dans la lanterne commençait à s'étouffer et sa lueur peinait désormais à éclairer ses pas. Autour de lui, l'épaisse obscurité et les silhouettes indistinctes de ses camarades lui rappelèrent brusquement le cimetière.

Les formes blêmes, fantomatiques, des ossements. Leur disposition approximative, comme s'ils avaient été jetés là. Délaissés. Abandonnés. Oubliés.

Hans s'immobilisa, le cœur au bord des lèvres.

— Hans ?

Il sursauta ; ce n'était que Mila. La jeune femme repoussa un voile de cheveux noirs de son visage et leva ses yeux verts, embués de sommeil, sur lui.

— Qu'est-ce que tu fais debout ?

Il ne répondit pas.

— Insomnie ? devina Mila.

Face au silence de son compagnon, elle émit un petit soupir, puis s'extirpa de son hamac. Ses vêtements étaient froissés, ses cheveux, ébouriffés. Hans remarqua qu'elle n'avait pas retiré ses bottes pour dormir, sans doute par habitude. Jadis, les incidents nocturnes n'étaient pas rares à York ; beaucoup de soldats dormaient tout habillés et gardaient un couteau ou un pistolet sous leur oreiller, au cas où.

Mila s'immobilisa tout près de Hans, le bout de ses bottes contre les siennes.

— Qu'est-ce qui ne va pas ? le questionna-t-elle dans un murmure.

Elle posa une main sur sa joue. Douce. Chaude.

La vision du cimetière torturait toujours son esprit. Il s'efforça de la repousser. D'oublier.

Son regard croisa celui de sa compagne. Dans la faible lumière de la flamme, ses iris se pailletaient d'ambre. Les ombres sur son visage rehaussaient l'arrondi de ses pommettes, la courbe de ses lèvres, la ligne de son cou gracile.

Une onde de chaleur réchauffa le sang de Hans dans ses veines.

Oublier.

Il pencha son visage vers celui de Mila, effleura sa bouche de ses lèvres.

— Hans ! l'interrompit la jeune femme dans un souffle.

Mais un éclat de rire couvait sous sa remontrance : elle ne tarda pas à attraper la main de son compagnon, puis à l'entraîner derrière elle vers la sortie. Dans le couloir, elle continua sans se retourner, le pas aussi léger que possible dans le silence de la nuit. Au bout de quelques mètres seulement, alors que le tunnel virait abruptement à droite, Hans s'arrêta et attira Mila à lui. Chaque parcelle de sa peau fourmillait, son cœur battait à toute vitesse dans sa poitrine, et il coinça sa compagne contre le mur, impatient.

Le corps de Mila était chaud sous ses mains, ses courbes pressées contre lui. Il embrassa les lèvres de la jeune femme, son cou, suivit la ligne de sa clavicule et écarta le col de sa tunique. Mila rit tout bas en lui rendant son étreinte. Elle fit courir ses doigts sur sa nuque, dans ses cheveux, le long de ses bras.

Soudain, elle s'écarta.

— Hans, souffla-t-elle, troublée. Ta blessure.

Ses yeux s'étaient arrondis. Hans suivit son regard jusqu'à la manche droite de sa tunique, trempée du sang de sa plaie au biceps qui s'était rouverte.

Il chassa les inquiétudes de sa compagne d'un simple haussement d'épaules, puis se pencha de nouveau sur elle afin de poursuivre leur étreinte. Mila résista une seconde, mais sans grande conviction, et ne tarda pas à se laisser aller entre les bras de Hans à son tour.

Ils s'embrassèrent. Se serrèrent l'un contre l'autre. Mêlèrent leur souffle, entrelacèrent leurs doigts. Bientôt, le pouls de Hans résonnait si fort à ses tympans qu'il n'arriva plus à penser à rien d'autre qu'à son cœur qui lui martelait les côtes. Qu'au feu qui dévorait ses entrailles. Qu'à Mila et à sa peau soyeuse. À son corps contre le sien. Tout près. Plus près. Il la voulait plus près.

Sa main glissa le long du ventre de Mila jusqu'au bouton de son pantalon. La jeune femme hoqueta.

— Quelqu'un pourrait nous voir, rappela-t-elle à Hans dans un souffle court.

Hans ne se démonta pas pour autant et s'appuya contre sa compagne, la plaquant plus étroitement contre le mur. Sa bouche effleura doucement la sienne, sans jamais s'y arrêter complètement, dans une promesse de davantage de caresses.

— Justement, chuchota-t-il en vrillant ses yeux dans ceux, pétillants, de son amante. N'est-ce pas le plus amusant ?

Une lueur de défi apparut dans le vert chatoyant des iris de Mila. Elle plaqua ses mains sur son torse, comme pour le repousser, mais Hans put sentir ses ongles agripper son vêtement. Sans défaire leur regard l'un de l'autre, il défit un premier bouton du pantalon de sa compagne, puis un second.

De sa main libre, il attira la jeune femme tout contre lui, et elle ne put retenir un hoquet quand ses caresses se firent plus audacieuses.

— Alors ? s'enquit-il d'une voix rauque.

Mila le fusilla du regard, avant de laisser échapper un éclat de rire complice.

Hans lui rendit son sourire et plaqua sa bouche sur la sienne.

• • •

LES JOURS PASSÈRENT. Hans ne se faisait toujours pas à la Maison Rouge — ses couloirs tortueux et bas de plafond, les échos perpétuels des voix et des bruits de pas entre ses murs, le goût ferreux de l'air. Il s'y sentait prisonnier, avec tous ces gardes armés qui arpentaient les tunnels du matin au soir, mais aussi inutile : il était soldat et n'avait pas pour habitude de remettre sa protection ou sa survie entre d'autres mains que les siennes. De ce fait, il se retrouvait souvent à vagabonder sans but parmi les couloirs, et l'inaction le rendait irascible — plus encore qu'il ne l'était déjà.

Le manque de sucre y était également pour quelque chose, bien sûr.

Au début, le plus dur fut d'empêcher ses mains de trembler. Ses doigts tressautaient, comme secoués de chocs électriques, et Hans ne trouva d'autre moyen de les maîtriser qu'en serrant les poings. Des demi-lunes de sang séché ne tardèrent pas à apparaître au creux de ses paumes, et elles se firent de plus en plus nombreuses. Mais Hans ne sentait pas la douleur. Il ne la sentait plus.

Les sautes d'humeur furent plus compliquées à gérer. Un rien l'échauffait – un regard de travers en direction de ses cicatrices, une épaule qui le heurtait dans les couloirs trop étroits... Alors il serrait les poings, encore, et accélérait le pas jusqu'à trouver un coin tranquille et une stalagmite sur laquelle passer ses nerfs. À la fin du deuxième jour, des croûtes recouvraient déjà ses jointures.

Puis vinrent les absences. Plus d'une fois, Hans se prit à se perdre dans la contemplation de la danse complexe des flammes d'une lanterne. Les ombres qu'elles peignaient sur les murs écarlates de la Maison Rouge avaient quelque chose d'hypnotisant, d'envoûtant. Elle lui rappelait le mouvement du sable soulevé par le vent, et celui du brouillard devant le soleil. Et le vent, comme le brouillard et le soleil, lui manquaient affreusement.

Ses compagnons de York et les gens de la Maison Rouge commencèrent à s'apercevoir que quelque chose n'allait pas chez lui. Lors des repas, il fixait son assiette en silence. Il mangeait à peine la moitié de son contenu, dont les portions de viande et d'eau fraîche étaient pourtant deux fois plus généreuses que ce qu'il avait jamais mangé à York – ses comparses ne se faisaient d'ailleurs pas prier pour tout engloutir. Roy finit par lui demander s'il était malade, les traits teintés de quelque chose qui s'apparentait à du dégoût. La part de Hans qui n'était pas encore entièrement affectée par le manque savait que le général s'inquiétait du risque d'un virus contagieux. Toutefois, le peu de patience dont Hans parvenait habituellement à faire preuve avait été dévoré par son besoin de sucre, et il faillit se jeter sur Roy, poussé par une envie irrépressible de lui refaire le portrait.

Claws l'arrêta juste à temps, et le traîna jusqu'à la salle d'arme, où tous deux s'entraînèrent au corps à corps jusqu'à ne plus être capable de se relever de terre. Cet exercice devint un exutoire pour Hans. Chaque fois qu'il sentait une vague de rage monter en lui, il allait trouver son ami, souvent en train de jouer aux cartes avec des gardes de la Maison Rouge ou de s'entraîner au tir avec eux. Ils passaient les heures qui suivaient à batailler, et ressortaient de la salle d'armes avec leur peau rougie de poussière.

Mais pire encore que la faim, pire encore que la colère, il y eut les insomnies — et les voix qui vinrent avec elles. Dans le lourd silence de la nuit, quand tous les autres avaient depuis longtemps sombré dans le sommeil et sa douce torpeur, Hans avait les yeux grands ouverts. Son pouls battait furieusement dans ses oreilles. Sa bouche était sèche, sa gorge serrée et sa nuque moite de sueur. Et il attendait, le regard rivé au plafond sans vraiment le voir, que les voix se manifestent, tels des fantômes jaillis des ténèbres.

La voix de Lloyd revenait la plus souvent. D'abord hachée et teintée de sanglots, elle demandait à Hans comment il avait pu laisser mourir sa recrue sans rien faire, tandis que le Gîte s'écroulait. Pourquoi il n'avait pas tenté de l'aider. Hans ne répondait pas. Alors la voix de Lloyd se faisait furieuse, ses pleurs se transformaient en cris accusateurs. Il l'avait laissé mourir. Il l'avait regardé se vider de son sang et l'avait laissé mourir. Hans ne tentait pas de lui donner tort.

La voix d'Andy le hantait également. Son ami appelait à l'aide, sans relâche, la voix cassée d'avoir trop hurlé. Mais personne ne l'entendait. Et personne ne venait pour l'aider.

Quand Lloyd et Andy se taisaient enfin, d'autres voix les remplaçaient. Des voix qui répétaient inlassablement son nom, sans que Hans ne sache à qui elles appartenaient. Celles-là étaient chaudes et invitantes. *Hansel. Hansel.* Hans ignorait où elles voulaient l'emmener, mais il eut bientôt envie de les suivre – et faillit le faire. Une nuit, il se retrouva debout au milieu d'un couloir désert sans savoir comment il était arrivé là. En regardant autour de lui, il découvrit Mila, qui le dévisageait, le sourcil interrogateur et la mine inquiète. Lorsqu'elle lui demanda s'il allait bien, Hans garda le silence.

Il n'allait pas bien. Et la mince parcelle de lucidité en lui savait qu'il n'irait pas bien de sitôt. Mais quelque chose pouvait le faire sentir mieux, rien que pour un instant.

Oublier.

Alors cette nuit-là, et celles d'après, quand son cœur battit trop fort dans sa poitrine et quand les voix refusèrent de se taire, il se réfugia dans les bras de Mila et oublia, s'oublia lui-même, en elle.

Et les jours passèrent.

• • •

LES VOIX REVINRENT.

Hansel. Hansel.

Hans se redressa dans un sursaut qui faillit le projeter hors de son hamac. Il se retint à la couchette d'une main tremblante et fouilla le dortoir plongé dans la pénombre du regard. Comme toutes les nuits, une lanterne veillait au centre de la salle, tandis que les six formes inertes des autres réfugiés reposaient autour dans leur lit suspendu.

Hans sonda les pans de noirceur que la lueur de la flamme ne parvenait pas à percer. Là où son esprit engourdi par le manque et le sommeil voulait lui faire croire à des formes en train de l'observer, ses yeux ne décelèrent que des ombres. Des ombres parmi d'autres ombres.

Hans ferma les yeux, serra les paupières, avant de les rouvrir aussitôt et de se secouer.

Il n'y avait rien ni personne dans l'obscurité. Ce n'était que son imagination torturée, comme toujours. C'était toujours son imagination. Dans sa tête. C'était dans sa tête.

— Dors, s'ordonna-t-il tout haut. Dors.

Il bascula en arrière. Son hamac se balança doucement en grinçant dans le silence. À moins qu'il ne s'agisse de ses dents serrées ; Hans n'en était pas certain.

Hansel.

Le hamac continua de se balancer. Son mouvement dessinait des ombres difformes au plafond, dans les rayons de la lanterne. Des traînées de ténèbres qui se mêlaient au rouge sang de la pierre.

Hansel.

— Shhh, souffla Hans entre ses lèvres sèches. Laisse-moi dormir.

Un moment de silence. Puis :

Hansel.

Hans jeta son bras en travers de son visage et se couvrit les yeux. Il grommela. Les voix lui donnaient mal au crâne.

Hansel.

— La ferme.

Hansel.

— La ferme !

Silence. Silence.

Hans se redressa en posant un pied à terre pour stabiliser le hamac.

Une silhouette se tenait dans l'entrée du dortoir, à l'orée du cercle lumineux produit par la lanterne.

Il battit des paupières.

La silhouette avait disparu.

Il se mit debout et se lança à sa poursuite.

Hans ?

La voix venait de derrière lui, maintenant, mais il ne s'arrêta pas. Il savait ce qu'il avait vu. C'était encore une ruse des voix. Mais elles ne l'auraient pas cette fois. Il accéléra le pas.

Les couloirs étaient déserts, silencieux à l'exception du crissement de ses bottes dans la poussière. Il continua d'avancer. Les ténèbres et la lumière dansaient autour de lui en alternance avec les lanternes suspendues au plafond.

Ténèbres. Lumière. Ténèbres. Lumière.

En périphérie de son champ de vision, il discernait une silhouette noire qui lui emboîtait le pas en titubant. Quelque part dans un coin de son crâne, il savait qu'il s'agissait de son ombre.

Hansel.

Il s'immobilisa abruptement, incertain, puis tournoya sur lui-même en sondant les environs du regard. Mais toujours rien. Ni personne. Alors la voix revint :

Hansel.

Il y avait un martèlement sourd, effréné, dans ses oreilles. Son cœur. Il se remit à courir.

Ténèbres. Lumière. Ténèbres. Lumière.

Son ombre trébuchait et peinait à le rattraper.

Ténèbres. Lumière. Ténèbres.

Hansel.

Ténèbres.

Ténèbres.

Le vide.

Hans freina lorsqu'un mur d'air frais le happa aussi subitement qu'une gifle. Au même moment, le sol se morcela sous ses pieds. Il bondit en arrière, trébucha, perdit pied. Sa tête heurta le sol et un son aigu lui emplit le crâne.

Une seconde.

Deux secondes.

Quand le bruit se tut, Hans ne bougea pas. Il resta à terre, immobile à écouter le son de sa respiration sifflante. Peu à peu, il reprit conscience, s'extirpa des brumes de son esprit égaré. Il décela la moiteur du roc rouge sous son corps et s'accrocha à cette sensation de solidité. Il ouvrit les yeux. Les ombres se dissipèrent de son champ de vision et une mince lueur grisonnante se faufila entre ses cils.

Un grognement enfla dans sa gorge. Il avait mal. Partout. Ses pieds l'élançaient d'avoir couru à travers les couloirs comme un dératé. Sa bouche était sèche, sa gorge, serrée. Et son estomac se tordait de faim. Il ne se rappelait plus la dernière fois qu'il avait avalé un morceau.

Malgré toutes ses courbatures, pourtant, il se sentait bien. Mieux qu'il ne s'était senti depuis son arrivée à la Maison Rouge.

Il se redressa précautionneusement avec l'impression de s'éveiller d'un long sommeil. Il leva les yeux — et vit le ciel. Enfin, pas le ciel, mais le brouillard. À un pas de là, par une ouverture de deux mètres de diamètre dans le roc. À travers le voile gris et nébuleux de la pollution, il devina la forme pâle et brillante d'une sphère presque parfaite.

La lune.

Hans se remit debout puis s'avança vers l'ouverture. Il se retrouva au bord de la falaise qui abritait la Maison Rouge.

En baissant les yeux, il vit le vide s'enfoncer, encore et encore, en direction de la terre ferme tout en bas. Sous son poids, un éclat de roche de la taille du bout de son pouce se détacha de la paroi rocheuse et dégringola sans un son dans les ténèbres. Hans se remémora comment le sol avait semblé s'affaisser sous ses pieds un instant plus tôt et compris que, dans son ivresse, il avait failli se précipiter dans le vide. Une vague de vertige l'assaillit, et il recula rapidement de plusieurs pas.

Comme la pénombre des souterrains ravalait Hans, un doux sifflement s'éleva. Une brise fraîche s'introduisit dans le tunnel pour caresser la joue de Hans, qui se figea. Ses cheveux s'agitèrent doucement dans le souffle du vent. À cet instant, il s'aperçut qu'il retenait sa respiration et la relâcha dans un long soupir.

Tout là-haut dans le ciel, disparaissant presque à la lisière de l'ouverture dans la falaise, la lune brillait. À cette vision, une étrange torpeur s'empara de lui. Ses épaules s'affaissèrent. Sa poitrine lui parut plus légère, comme débarrassée d'un poids invisible. Même la faim, l'épuisement et le manque s'effacèrent de ses pensées.

Pendant un long moment, il resta là, sans bouger, à fixer l'astre étincelant. Sa lumière était faible derrière l'épaisse nappe de brouillard, pourtant, elle restait une des plus belles choses que Hans avait vues de sa vie. Après toutes ces journées dont il avait perdu le compte à rester cloîtré sous terre, après s'être perdu dans le manque et ses méandres, après toutes les horreurs vécues à York… Cette sphère blanche piquée dans le ciel noir avait quelque chose de pur et magnifique.

Hans n'aurait su dire combien de temps s'était écoulé ainsi quand un piaillement aigu résonna dans le lointain. Son écho persista une seconde, puis une forme noire passa devant la lune en bloquant momentanément ses rayons. Un deuxième cri se fit entendre, plus près. Hans reconnut le son pour l'avoir entendu dans le désert, plusieurs jours plus tôt. Roy et ses hommes venaient alors de les intercepter et les escortaient vers la Maison Rouge ; un oiseau était tombé du ciel comme une flèche, avant de remonter tout aussi vite en poussant un cri perçant, mais étrangement mélodieux.

Curieux, Hans plissa les paupières et s'approcha précautionneusement de l'ouverture du tunnel dans l'espoir d'apercevoir le mystérieux volatile. Dans le silence de la nuit, il crut bien discerner un battement d'ailes qui s'éloignait ; l'oiseau resta néanmoins introuvable.

Finalement, après un dernier regard sur le ciel et sa lune opaline, Hans se résigna à rentrer au dortoir. Comme il tournait les talons, toutefois, il interrompit son geste : un léger bourdonnement, si discret qu'il crut d'abord l'avoir imaginé, attira son attention. À la périphérie de son champ de vision, un subtil éclat métallique lui fit tourner la tête.

Dans la pénombre, il ne devina d'abord qu'une minuscule forme miroitante. La chose bougeait doucement, comme un reflet de lumière à la surface d'une flaque d'eau. Alors Hans s'approcha, se pencha en avant, plissa les paupières et découvrit le corps minuscule d'un insecte. Ce dernier n'en était cependant pas un ordinaire : son thorax et son abdomen arboraient une couleur cuivrée qui se fondait dans le rouge sombre de la paroi rocheuse sur laquelle il était posé ; ses six pattes étaient effilées et pointues comme autant d'aiguilles ; sa tête, argentée pour sa part, était dénuée d'yeux ou de bec ; et ses ailes, constituées de feuilles de métal si fines que l'on voyait au travers, bruissaient au ralenti en scintillant dans la nuit.

Pour en avoir déjà vu de semblables, Hans reconnut immédiatement la créature mécanique. Pendant un instant, son cœur se gonfla d'espoir dans sa poitrine. Il ouvrit la bouche, mais n'osa prononcer les mots qui se pressaient sur ses lèvres, de peur de se méprendre sur la nature de l'objet qu'il observait. Puis, d'une voix à peine audible, il ordonna :

– Livre-moi ton message.

Rien.

L'insecte agita ses pattes contre le roc rouge et remua ses ailes. Hans sentit l'abattement s'écraser sur ses épaules comme une masse de plomb, quand :

– *Bonjour, capitaine !*

Les genoux de Hans faillirent le lâcher lorsqu'il reconnut la voix qui s'élevait de la bestiole de métal : c'était celle d'Andy !

– *Je t'envoie cette abeille alors que deux jours se sont écoulés depuis la chute de York. Lorsqu'elle te parviendra, nous en serons à un peu plus d'un quart de lune si mes estimations sont justes.*

Le fantôme d'un sourire balaya les lèvres de Hans ; un soupir le chassa toutefois aussitôt et il secoua la tête. Il avait cru que son ami était mort. Que les Sorcières avaient eu sa peau, ou que son laboratoire s'était écroulé sur lui, ou que…

Hans interrompit le fil de ses pensées et leva les yeux vers la lune, témoin de son soulagement. Une partie de son être lui souffla qu'il aurait dû avoir confiance ; on ne se débarrassait pas aussi facilement d'Andy.

Toujours immobile sur le roc rouge, l'abeille émit un son désappointé avec la voix de son propriétaire avant de poursuivre son message, inconsciente de l'émotion de son auditeur :

– *Je suis désolé, capitaine. De t'avoir laissé derrière. Je voulais revenir te chercher, mais je… Pardon. Pour tout.*

Hans rejeta les excuses de son compagnon avec un haussement d'épaules.

— Tu devais sauver ta vie, dit-il dans le noir comme si son ami pouvait l'entendre. Tu as fait ce qu'il fallait.

L'abeille resta silencieuse une minute et secoua ses ailes. Les feuilles de métal tintèrent délicatement, un son ténu et cristallin qui s'éleva dans le silence.

— *Je vais bien*, reprit la voix du scientifique. *Je suis en sécurité là où je suis. Tu t'y feras toi aussi, quand je t'aurai ramené, tu verras. En attendant, je prends soin des jumeaux pour toi !*

Hans ne put retenir un sourire à cette dernière mention : les jumeaux était le surnom que donnait Andy à ses poignards — son compagnon avait ainsi rescapé ses armes du massacre de York ! Il savait que c'était ridicule, mais il en fut reconnaissant ; ses poignards ne l'avaient plus quitté depuis qu'il était devenu soldat et, à force, ils étaient devenus comme une partie de lui-même.

— *Tiens bon, Hans,* lança Andy en tirant Hans de ses pensées. *Tu* dois *tenir bon.*

Soudain, les ailes de l'abeille se mirent en mouvement et l'insecte mécanique voleta vers Hans. Ce dernier l'observa faire tandis que la minuscule machine venait se poser sur sa main gauche, puis grimpait le long de son avant-bras. Hans avait retroussé ses manches et il put ainsi voir la bestiole trottiner sur sa peau jusqu'au creux de son coude, où elle s'immobilisa. Durant une seconde, elle ne bougea plus. Sans prévenir, elle planta son dard dans la chair de Hans, en plein dans une grosse veine qui saillait sous l'épiderme.

La piqûre fut ponctuée d'un vif pincement ainsi que d'un brusque et léger étourdissement qui obligea Hans à s'adosser au mur. D'abord abasourdi par ce qui venait de se produire – les Chuchoteurs n'étaient pas conçus pour blesser, d'autant plus que celui-ci lui était envoyé par Andy ! –, Hans ne sut que penser lorsqu'il sentit ses jambes faiblir sous lui. Mais ensuite, une douce chaleur naquit dans ses veines, là où l'abeille l'avait piqué, et ne tarda pas à s'étendre à tout son corps, en éveillant fourmillements et frissons sur sa peau moite de sueur.

Un gémissement de rassasiement échappa à Hans, qui reconnut enfin le sentiment qui s'emparait de lui : il s'agissait de l'euphorie, celle qui se refermait sur lui comme les bras d'une amante chaque fois qu'il contrait le manque et assouvissait son besoin de sucre.

Dans un dernier soupir de satisfaction, il se laissa glisser jusqu'à terre et ferma les yeux. Son corps était léger, tout à coup, si léger…

Comme venue de très loin, la voix d'Andy lui parvint de nouveau. Elle avait quelque chose de ferme qui réussit à percer la torpeur cotonneuse qui se refermait rapidement sur ses membres, sur son esprit.

– *Je n'en ai plus pour longtemps, fais-moi confiance. Et alors, je te trouverai. Où que tu sois, Hans, tu peux compter sur moi – je vais te trouver et te sortir de là. Je te le promets.*

Et l'abeille se tut.

• • •

UN BRUIT DANS LE SILENCE. Comme un chuchotement, ou un halètement. Peut-être un simple bruissement. Difficile à dire. Depuis la piqûre du Chuchoteur d'Andy, Hans se sentait mieux. Il avait les idées plus claires et, tandis qu'il arpentait les couloirs pour retourner au dortoir, ses pas étaient plus sûrs, moins chancelants. Surtout, les voix s'étaient tues. Il ne savait trop combien de temps il avait passé dehors, sur la corniche, avant de se remettre debout et de revenir sur ses pas vers les profondeurs de la Maison Rouge, mais pas une fois la mystérieuse voix qui appelait son nom ne s'était refait entendre. Seuls les bruissements des ailes délicates de l'abeille, dont Hans n'avait pas voulu se défaire, résonnaient au creux de son oreille. L'insecte mécanique était allé se poser sur sa nuque, à la base de ses cheveux, où il s'y camouflait désormais. Hans l'avait laissé faire. Il aimait bien sentir la présence de la bestiole d'Andy. C'était un peu comme si son créateur était là, lui aussi.

Toutefois, alors que les tremblements de ses mains s'amenuisaient et que le brouillard se retirait de son esprit, la fatigue des derniers jours et le manque de nutriments le rattrapaient et refermaient leur étau comme des griffes acérées autour de lui. Son corps était lourd. Ses paupières aussi. Sa tête pesait une tonne sur ses épaules et il avait sommeil, tellement sommeil…

C'est pourquoi il prit d'abord l'écho de hoquets dans la nuit pour le fruit de son imagination. Comme il tournait dans un nouveau tunnel, le bruit se fit plus persistant et, pris de doute, il sonda les environs qu'éclairait partiellement la lueur des lanternes.

Rien.

Il continua d'avancer, à l'affût, et c'est à ce moment que sa botte heurta un caillou qui roula bruyamment dans le calme. Soudain, les hoquets se turent. Hans porta instinctivement une main à sa ceinture avant de se rappeler que les hommes de Roy détenaient toujours ses couteaux à lancer. Cette pensée le fit grincer des dents, mais il repoussa son agacement dans un coin de sa tête sans cesser de s'enfoncer dans le couloir, un pas prudent à la fois. Il traversa une première zone d'ombre, entre deux lanternes, puis une autre de lumière rougeoyante qui dansait sur les murs de pierre, ainsi qu'une deuxième flaque de ténèbres. Une subtile sensation au sommet de sa colonne vertébrale, comme le grattement d'un ongle, fit alors se dresser ses cheveux et se hérisser ses poils sur tout son corps.

Il fit volte-face.

Quelqu'un se tenait dans l'ombre d'une stalagmite : un éclat métallique perça l'obscurité.

Hans bondit de côté comme un poing fusait vers son visage. D'une main, il para l'attaque avant d'écraser le bras de son agresseur contre le roc pour lui faire lâcher son arme ; de l'autre, il plaqua l'individu contre le mur. Celui-ci laissa échapper un couinement étouffé et, sous sa poigne, Hans sentit le corps de l'autre être secoué d'un soubresaut – de surprise ou de peur ? Il n'eut pas le temps de réfléchir à la question et s'aperçut avec étonnement que son opposant semblait de menue constitution et de petite taille, lui arrivant à l'épaule. Il prenait conscience qu'il ne pouvait s'agir d'un homme, ni même d'une personne adulte, lorsqu'il finit par déceler des traits familiers dans l'obscurité.

– Soleil ?

L'adolescente sursauta au son de sa voix ; Hans crut voir ses yeux clairs courir de gauche à droite avec nervosité. Il la relâcha prestement avant de faire un pas en arrière, abasourdi. La jeune fille se recroquevilla aussitôt contre le mur en ramenant ses bras contre elle. À son poing droit brillait la boucle de métal d'une ceinture, laquelle était enroulée autour de sa main et de son avant-bras. C'était ce que Hans avait pris pour une arme une minute plus tôt.

— Soleil, répéta-t-il, qu'est-ce que tu fais ici ?

La jeune soldate esquissa un nouveau mouvement de recul qui fit froncer les sourcils à Hans. Puis, après avoir jeté un regard à ses poings brandis devant elle, elle s'empressa de baisser les bras et de les glisser derrière son dos.

— Pardon, balbutia-t-elle en évitant les yeux de Hans. Je croyais que c'était… Je croyais…

Elle articula quelques syllabes silencieuses, mais referma la bouche sans aller au bout de sa phrase. Un désagréable pressentiment rampa sous la peau de Hans, qui ne put réfréner le besoin de balayer le tunnel d'un regard par-dessus son épaule.

— Solene, insista-t-il en usant cette fois du vrai prénom de l'adolescente. Qu'est-ce qui se passe ?

L'intéressée mit un instant à prononcer les mots d'une voix hésitante :

— Rien. Tout à l'heure, je vous ai vu quitter le dortoir et je… Vous n'aviez pas l'air bien et je vous ai suivi, mais je me suis perdue.

À cette annonce, Hans se rappela en effet avoir entendu quelqu'un appeler son nom, tandis qu'une autre voix, celle qui se tapissait dans les recoins torturé de son esprit, l'entraînait hors du dortoir. Il n'avait alors pas compris que l'une de ces voix était bien réelle. La culpabilité lui enserra le cœur.

Il détailla encore une fois sa jeune camarade de la tête aux pieds ; elle était terrorisée. Son regard fuyant allait d'un bout à l'autre du tunnel, comme si elle cherchait quelque chose — ou quelqu'un. Son menton tremblait et, lorsqu'elle fit mine de s'entourer de ses propres bras en frissonnant, son poing était toujours étroitement serré sur la ceinture, qu'elle ne semblait pas près de lâcher. Hans comprenait sans mal pourquoi il avait confondu la boucle de ceinture avec la lame d'un couteau ou une autre arme ; c'était ce qu'en avait fait Solene : une arme – ou plutôt un moyen de défense. Mais contre quoi ? Contre qui ?

– Pouvez-vous me raccompagner au dortoir ? lui demanda subitement la jeune fille.

Pour la première fois depuis qu'il l'avait trouvée là, elle croisa le regard de Hans. Ses yeux bleus étaient écarquillés et rougis, comme si elle avait pleuré.

Hans ouvrit la bouche.

– *S'il vous plaît ?* le devança Solene.

Il s'interrompit. Solene soutint son regard sans ciller jusqu'à ce qu'il hoche finalement la tête. Alors elle acquiesça rapidement à son tour, puis le contourna pour se mettre en marche en direction du dortoir. Hans lui emboîta le pas, le cœur lourd d'inquiétude, avec cette étrange sensation de grattement sur sa nuque.

Malgré sa précédente affirmation comme quoi elle s'était perdue dans les couloirs de la Maison Rouge, Solene ne demanda pas son chemin à Hans une seule fois.

• • •

SES CHAIRS MEURTRIES arboraient une drôle de couleur. Le violet des jours précédents avait pâli jusqu'à une teinte bleutée, qui avait elle-même muté en un jaune qui rappelait la couleur du pus à Hans. Peu ragoûtant. Néanmoins, les griffures infligées par le cougar guérissaient. Ce matin-là, Hans s'était retiré ses points de suture au bras droit. Le soigneur de la Maison Rouge voulait qu'il attende quelques jours de plus, mais il n'en pouvait plus de sentir les fils qui tiraient sur sa peau et sur les tissus cicatriciels rigides de ses brûlures. Alors, il avait fait le travail lui-même. Quant à son flanc et à ses côtes fêlées, c'était comme s'il n'avait jamais sauté du seizième étage du Gîte pour atterrir sur la passerelle métallique, deux étages plus bas, sans compter le plongeon du haut des ruines pour échapper au cougar. Certains mouvements qui demandaient plus d'amplitude ou trop d'efforts physiques lui coûtaient encore une grimace de douleur ou deux, mais sinon, il était pratiquement remis sur pied.

Son examen terminé, Hans passa sa tunique par-dessus sa tête et s'empressa de couvrir son corps où perlaient encore quelques gouttes d'eau suite au long bain qu'il venait de prendre. Dans la lueur de la lanterne, posée près de l'entrée de la pièce, quelque chose scintilla en voletant devant son visage ; il s'agissait de l'abeille mécanique d'Andy. La petite créature ne l'avait pas quitté depuis qu'elle l'avait trouvé, la nuit précédente. Elle se blottissait généralement derrière son oreille, à l'abri des regards des autres réfugiés, ou se perdait dans ses cheveux en bataille. Hans trouvait curieux de voir la machine s'activer ainsi, comme si elle était dotée de sa propre conscience et cherchait un coin confortable où se reposer auprès de son nouveau propriétaire.

Comme la bestiole se posait au creux de son cou dans un frémissement de ses ailes délicates, l'écho de pas qui se rapprochaient parvint à Hans.

— Hansel ? appela la voix granuleuse de Claws.

Une seconde plus tard, il passait la tête dans l'embrasure qui faisait office d'entrée. En apercevant son camarade debout près de l'un des bassins, il introduisit le reste de son corps dans la pièce.

– Je croyais bien te trouver ici – combien de bains as-tu pris rien que depuis le lever du soleil ?

Hans daigna accorder un demi-sourire à la plaisanterie de son ami. Il était vrai que depuis leur arrivée à la Maison Rouge, il s'éclipsait plusieurs fois par jour pour se retrouver ici, dans la salle des bains. Toutefois, si Hans voyait bel et bien le fait de pouvoir se laver plus d'une fois par quart de lune comme un luxe incroyable, ce n'était pas ce qui l'attirait vraiment en ces lieux. C'était le calme, le silence, le jeu d'ombres et de lumière de la flamme de la lanterne sur les murs et le plafond. Il n'appréciait pas davantage les souterrains qu'à leur arrivée, mais cette pièce et le clapotis de la rigole par laquelle s'échappait doucement l'eau des bassins parvenaient à l'apaiser un peu.

Ça, et s'y retrouver pour un tête-à-tête avec Mila était bien plus agréable que ne l'étaient les douches du Gîte.

Hans marcha à la rencontre de Claws et plissa le nez dans sa direction.

– Je prends peut-être trop de bains, mais toi pas assez – tu sens le charognard.

Claws lâcha un éclat de rire qui ressemblait drôlement à un aboiement.

– L'eau stagnante est mauvaise pour la tuyauterie, répliqua-t-il en pointant sa trachée artificielle du bout d'un de ses doigts mécaniques.

Il ponctua ses paroles d'un clin d'œil malicieux, puis reprit son sérieux pour annoncer :

– Roy a demandé à nous voir.

Hans fronça aussitôt les sourcils. Il n'avait croisé leur hôte que rarement depuis leur rencontre, et cela faisait un quart de lune qu'ils étaient à la Maison Rouge.

Devant son air interrogateur, Claws se contenta de hausser ses larges épaules en silence. Puis, sans ajouter un mot, il tourna les talons et s'éloigna, obligeant Hans à lui emboîter le pas. Tous deux parcoururent le dédale de tunnels sur plusieurs centaines de mètres, dépassant l'infirmerie, le dortoir des réfugiés et d'autres salles encore dont Hans n'identifia pas toujours l'utilité. Dans une grande pièce meublée de couchettes, une poignée de soldats jouaient aux dés en plaisantant. Tous se turent lorsqu'ils aperçurent Hans et Claws dans le couloir. Ces derniers ne s'arrêtèrent pas, mais Hans toisa les gardes par-dessus son épaule et soutint leur regard sombre jusqu'à ce qu'ils retournent à leur passe-temps. Plus loin, ils croisèrent la route de deux autres hommes. Fusil à l'épaule, ils arpentaient le corridor sans décrocher le moindre mot, l'air grave. À l'approche des deux soldats de York, ils se raidirent.

— Vous vous êtes perdus ? s'enquit le premier homme avec ce même accent cassant qu'avaient tous les habitants de la Maison Rouge.

C'était un type costaud aux traits durs, son visage tanné et vieilli par le soleil à moitié mangé par une barbe de plusieurs jours.

Claws s'immobilisa face à lui et Hans l'imita sans rien dire. De toute façon, il n'aurait pu aller plus loin : les deux gardes se dressaient dans le passage et leur barraient la route.

— Roy nous a convoqués, expliqua Claws en haussant une épaule désinvolte.

Un moment de silence accueillit sa déclaration tandis que ses deux interlocuteurs se jetaient un regard de biais. Hans décela l'incertitude mêlée d'étonnement dans les yeux du second garde, un peu plus jeune et plus frêle que son comparse. Ce dernier chassa toutefois ses doutes d'un hochement de tête qui se voulait subtil.

— Très bien, acquiesça-t-il en revenant à Hans et Claws. Permettez-nous, dans ce cas, de vous accompagner.

Sur quoi il s'effaça et les invita à prendre les devants d'un geste du bras. Claws fut le premier à s'exécuter, non sans une légère hésitation. Alors qu'il dépassait les deux gardes de la Maison Rouge, le barbu le détailla prestement de la tête aux pieds en s'attardant une seconde supplémentaire sur sa main mécanique. Son geste rappela à Hans comment, lorsqu'on les avait appréhendés au milieu du désert, un des hommes de Roy l'avait fixé. Il l'avait observé de pied en cap, portant une attention particulière à la carrure de ses épaules, à la taille de ses bras et à la largeur de son torse. Hans s'était senti jaugé, analysé, comme on estime les atouts d'une nouvelle lame ou le potentiel d'un nouveau pistolet. Oui, voilà l'image que lui inspiraient les regards scrutateurs des hommes de la Maison Rouge.

Mais qu'avait donc Roy derrière la tête ?

Comme si elle percevait son anxiété, l'abeille mécanique remua dans ses cheveux, elle aussi nerveuse.

Enfin, Hans emboîta le pas à Claws. Quand le son de semelles sur le sol résonna derrière eux, lui signifiant que les deux gardes les escortaient, il eut du mal à ne pas jeter un œil soupçonneux par-dessus son épaule.

Un peu plus loin, après quelques virages et changements de direction, Claws, qui avait jusqu'ici ouvert le chemin, ralentit l'allure et commença à démontrer de l'incertitude quant aux directions à emprunter. Depuis un moment, Hans avait lui-même perdu le fil de leur cheminement à travers les tunnels de la Maison Rouge. L'idée de s'égarer dans ce labyrinthe de couloirs lui faisait froid dans le dos.

Bientôt, il se surprit à songer aux fusils passés à l'épaule des gardes qui les suivaient ; les deux hommes avaient-ils l'intention de se servir de leur arme contre Claws et lui ? Depuis leur arrivée, Hans n'aimait pas la Maison Rouge et ses habitants. D'un autre côté, il se savait du genre méfiant à l'excès, et il n'accordait sa confiance que difficilement. Roy ne leur avait jusqu'ici fait aucun tort, après tout ; peut-être jugeait-il trop durement cet homme qui les avait secourus sans rien leur demander en retour.

Néanmoins nerveux, Hans en était à s'interroger quant à leurs chances, à Claws et à lui, de parvenir à immobiliser les deux gardes avant qu'ils ne s'emparent de leur fusil, lorsqu'il aperçut une sentinelle postée un peu plus loin dans le couloir. Celle-ci les vit approcher et pivota pour leur faire face.

— Vous faites partie du groupe de rescapés, c'est bien ça ? s'informa l'homme en toisant rapidement Claws et Hans. Le colonel et le capitaine ?

Les intéressés hochèrent la tête en silence. Derrière lui, Hans crut entendre le garde barbu et le maigrelet échanger quelques mots à voix basse.

— Roy vous attend, conclut la sentinelle.

L'homme s'écarta pour révéler une large faille qui s'ouvrait du sol au plafond dans le roc rouge. Par l'ouverture, Hans devina une pièce de bonne envergure, où la lumière et les ombres dansaient sous l'effet d'une flamme. Il crut distinguer la forme d'un hamac dans un coin, celle d'une table ou d'un coffre un peu plus loin.

Claws s'avança finalement et Hans l'imita; des voix jusqu'ici étouffées par les parois de pierre lui parvinrent. Il n'y discerna d'abord que des banalités à propos d'un repos bien mérité et d'aimable hospitalité jusqu'à ce que :

– Colonel Niklaus!

Alors que ce dernier franchissait à peine le seuil de la pièce, Roy surgit devant lui pour l'accueillir d'une solide poignée de main. Sitôt le premier des nouveaux venus salué, le général de la Maison Rouge pivota vers Hans.

– Capitaine Hansel, c'est bien ça?

Hans lorgna la main que lui tendait Roy.

– Hans, le corrigea-t-il simplement.

Il plongea les mains dans les poches de son pantalon sans rien ajouter de plus, et Roy fixa sa main vide pendant un instant avant de la laisser retomber. Il se ressaisit bien vite et recula de plusieurs pas, permettant à ses invités d'approcher.

– Entrez, les encouragea-t-il avec un large sourire. Allez, mettez-vous à l'aise.

Il désignait un côté de la pièce auquel Hans n'avait pas encore porté attention. De ce fait, comme il découvrait les coussins rapiécés qui reposaient au sol, il s'aperçut également de la présence du général de Code. Julian sirotait tranquillement le contenu d'une gourde, nonchalamment installé parmi les coussins, et leva à peine les yeux vers ses compatriotes de York. Voilà donc avec qui discutait Roy à leur arrivée.

Tandis que Claws allait s'adosser au mur le plus près, face à leur hôte, Hans ne bougea pas. Roy arqua un sourcil dans leur direction.

– Vous désirez quelque chose? De l'eau de nos sources naturelles, peut-être?

D'un geste de la main, il enroba la table poussée contre le mur opposé, près du hamac que Hans avait déjà aperçu. Sur le meuble en bois grossièrement taillé et assemblé – les pattes étaient inégales, en épaisseur comme en hauteur, de sorte que le tout penchait légèrement vers la gauche –, se dressait une lanterne à la structure métallique ternie. La lueur de la flamme qui y brûlait révéla les victuailles que Roy leur proposait. Hans se sentit saliver. Une cruche métallique, qui contenait sans doute l'eau de source, trônait entre une demi-miche de pain et un plateau contenant une énorme pièce de viande de laquelle dépassait encore un os. Hans se demanda si Roy n'avait pas récemment envoyé ses hommes en raid dans les Terres Fertiles pour récupérer tous ces aliments, car contrairement à York, la Maison Rouge ne semblait pas dotée de petites cultures de céréales ou d'élevage de bétail.

Malgré la faim qui s'était éveillée en lui à la vue des plats que leur proposait Roy, Hans resta immobile.

– Que faisons-nous ici, Roy ? questionna-t-il leur hôte.

– Vous ne nous avez pas convoqués uniquement pour partager votre repas, ponctua aussitôt Claws.

Il coula un bref regard en direction de Hans, et ce dernier comprit que son compagnon nourrissait les mêmes doutes que lui au sujet de Roy et de cette mystérieuse rencontre en privé.

– En effet, confirma leur hôte sans se faire prier davantage. Vous avez raison : pourquoi se perdre en politesses et ne pas en venir directement à l'offre que j'ai à vous faire ?

– Une offre ? répéta Claws, dubitatif.

– Un marché, si vous préférez, nuança Roy.

Un bref silence accueillit ses mots, et l'homme ouvrit les bras, un sourire malicieux aux lèvres.

— Enfin, pensiez-vous que mon aide et mon hospitalité n'avaient pas de prix ?

Hans se crispa. Un mouvement brusque dans un coin de la pièce lui signifia que Julian bondissait sur ses pieds.

— Qu'est-ce que c'est que cette histoire ? s'insurgea ce dernier.

— Allons, du calme, tenta de l'apaiser Roy. Pas la peine de vous énerver.

Un son sec et cassé monta de la trachée artificielle de Claws.

— Vous magouillez dans notre dos depuis des jours, grogna-t-il. À quelle réaction vous attendiez-vous ?

— Je ne magouille rien du tout ! s'offusqua leur hôte. Il ne s'agit que d'une proposition : une innocente offre, à prendre ou à laisser, à votre guise.

Il se tut et, cette fois, personne ne pipa mot. L'atmosphère s'était toutefois nettement alourdie. Il était maintenant clair que cette rencontre n'avait rien de conviviale, comme Roy avait d'abord tenté de le leur faire croire. Au bout d'une minute tendue, comme aucun de ses camarades ne daignaient prendre la parole, Hans intervint :

— Bien ; nous vous écoutons.

Roy soutint son regard un instant avant de jeter un coup d'œil vers les deux autres hommes. Quand Claws et Julian acquiescèrent du menton, il se lança :

— Vous avez peut-être remarqué que nous ne sommes pas bien nombreux à la Maison Rouge — une trentaine, tout au plus. Il s'agit là d'un choix que mes compagnons et moi avons fait lorsque nous avons trouvé asile ici à la suite de la destruction du repère des Dunes, notre ancien refuge, il y a un an. Nous n'étions alors qu'une poignée de soldats à nous en être tirés…

Pendant qu'il racontait ses mésaventures, Roy pivota vers la lanterne, dont la lumière dansait sur les murs, et se perdit dans la contemplation de sa flamme. En l'écoutant parler, Hans fut pris d'un désagréable sentiment, comme si quelque chose le démangeait de l'intérieur.

Il connaissait le repère des Dunes ou, du moins, il lui semblait en avoir entendu parler. S'il ne se trompait pas, il s'agissait d'un petit refuge, qui se situait à l'époque au sud-est de York, à une douzaine d'heures de route en 4x4. York avait eu vent des difficultés que rencontraient ses habitants, une année plus tôt, pendant la saison sèche. Le général Reish leur avait alors fait envoyer un Chuchoteur, qui n'était jamais revenu.

Le sombre pressentiment de Hans ne le quittait pas tandis qu'il fouillait ses souvenirs à la recherche de tout ce qu'il savait au sujet du repère des Dunes et du malheur qui avait décimé la quasi-totalité de sa population. Sa mémoire lui faisait cependant défaut et rien d'autre ne lui revint en tête. Enfin… peut-être n'y avait-il rien de plus à se rappeler – des refuges ravagés par la Grande Guerre et les Sorcières, il y en avait toutes les lunes.

Pendant ce temps, Roy poursuivait son monologue :

– Quand nous nous sommes installés, nous savions qu'il nous fallait former une petite communauté serrée, forte et solide, afin de survivre à la Guerre. La Maison Rouge ne compte en ses rangs que les individus les plus endurcis, les plus coriaces et les plus avisés. Après tout, un homme averti en vaut dix. C'est pourquoi nous choisissons avec soin ceux et celles que nous invitons à se joindre à nous.

S'extirpant brusquement de ses pensées, Hans dut réprimer un mouvement de recul, abasourdi.

– Pardon ?

Il tourna la tête vers Claws, l'interrogea du regard ; sa surprise était telle qu'il échangea même un coup d'œil avec Julian. Les deux hommes étaient muets, l'incompréhension dans leurs yeux constituant le reflet de celle que ressentait Hans.

Julian fut le premier à se ressaisir :

– Vous nous offrez de nous accueillir au sein des rangs de la Maison Rouge ?

– C'est ce que je viens de dire, confirma Roy avec un hochement de tête.

Hans n'en croyait toujours pas ses oreilles. Il en avait la bouche sèche, et un poids, comme un caillou, au fond de l'estomac. Le doute l'assaillit de nouveau. Qu'on leur offre un nouveau gîte aurait dû être une bonne nouvelle. Pourtant, il n'arrivait pas à se départir de cette démangeaison dans son crâne, de ce sentiment que quelque chose lui échappait.

Aussi médusé que lui, Claws fit alterner son regard entre Roy et ses deux autres compagnons alors que Julian balbutiait :

– Bien, c'est très généreux de votre part, Roy. Laissez-nous simplement en discuter avec nos compatriotes et...

– Non, Julian, l'interrompit Roy d'un ton soudain sans appel. Le colonel Niklaus, le capitaine Hansel et vous-même êtes les plus hauts gradés de votre groupe, ainsi que les plus expérimentés. Vous êtes conscients de la réalité de la Guerre et de ce qu'elle implique. Cette offre ne vous est faite qu'à vous trois – à vous seuls.

Julian en fut bouche bée ; un bruit sourd et rocailleux échappa à Claws ; Hans, lui, éclata de rire. Un rire sec, désabusé, plus tranchant que la lame de ses dagues jumelles.

– Allez vous faire foutre, cracha-t-il.

Il tourna les talons et fit un pas en direction de la sortie.

– Partez maintenant, capitaine, et vous pouvez faire une croix sur le soutien de la Maison Rouge, prévint Roy.

Hans n'avait pas l'intention de s'arrêter, mais une main de métal se referma sur son bras.

– Hansel, le retint Claws.

Hans s'immobilisa. D'un coup d'œil par-dessus son épaule, il croisa le regard de son camarade qui lui intimait de réfléchir, de ne pas prendre de décision hâtive. Il lui répondit en se dégageant de sa poigne. Hors de question qu'il accepte de rester à la Maison Rouge.

Pas sans Mila.

Il songea à Solene, à la promesse qu'il lui avait faite de toujours surveiller ses arrières, de ne jamais la laisser tomber. Il pensa à Andy, qui allait bien et qui lui avait promis de venir le chercher. L'abeille mécanique était blottie derrière son oreille, comme pour le lui rappeler.

Avant qu'il n'ait pu s'en empêcher, il pensa à Lloyd. À la détresse dans ses yeux et à la supplique dans sa voix. *Capitaine.*

Hans contracta les mâchoires, serra les poings. Roy pouvait aller se faire foutre. Ils pouvaient tous aller se faire foutre. Il ne laisserait personne derrière. Pas cette fois.

Malgré sa détermination, Hans ne franchit pas le seuil de la sortie. Il ne se garda néanmoins pas de fusiller Claws du regard. Son ami ne se démonta pas pour autant et hocha une fois la tête en un remerciement silencieux. Finalement, tous deux reportèrent leur attention sur Roy. Ce dernier n'avait pas bougé. Les bras croisés sur la poitrine, le menton relevé, il transpirait une assurance qui donna la nausée à Hans.

Après un instant de silence, il esquissa un demi-sourire.

– À prendre ou à laisser, conclut-il posément, ses yeux dans ceux de Hans. Mais pensez-y bien. Car à partir de demain, les réfugiés de York ne seront plus les bienvenus à la Maison Rouge.

• • •

HANS FILAIT À TOUTE ALLURE dans le couloir, poussé par la colère qui bouillonnait dans ses veines, ses bottes martelant le sol. Des pas précipités derrière lui trahirent la présence de quelqu'un qui tentait de le rattraper.

– Hansel ! appela la voix enrouée de Claws. Hans…

– Des conneries ! aboya Hans en faisant volte-face.

Claws freina abruptement avant d'entrer en collision avec son ami. Hans ne bougea pas, tous ses muscles tendus à craquer. Il se tint planté devant son camarade, les pieds solidement ancrés dans le sol, comme un mur, comme un roc. Inébranlable.

– Des conneries, répéta-t-il plus bas mais tout aussi sèchement. On n'abandonne personne, tu m'entends ?

Claws leva le menton en roulant des yeux. Un soupir frustré lui échappa. Il était plus grand que Hans de plusieurs centimètres et, ainsi pratiquement poitrine contre poitrine, Hans eut une vue imprenable sur la trachée artificielle de son compagnon et de sa peau pâle qui se tendait autour du tube de métal.

— Je n'ai pas l'intention d'abandonner qui que ce soit, le détrompa Claws en revenant visser son regard au sien. Mais tu es si…

Il leva sa main mécanique, l'ouvrit et la referma sur l'air comme si le mot qu'il cherchait y flottait quelque part.

— Si *quoi* ? le provoqua Hans en faisant un pas en avant, ce qui obligea Claws à reculer.

Ce dernier lui adressa un regard d'avertissement, mais Hans ouvrait déjà la bouche — quand Julian, arrivé sur ces entrefaites, les sépara d'une main sur l'épaule.

— Oh, doucement, vous deux ! Pas la peine de s'énerver pour cette stupide proposition. Roy n'a aucun honneur s'il croit que nous allons accepter de nous défaire de la moitié de notre escouade.

Hans échangea un bref regard avec Julian, légèrement étonné qu'il partage son avis. D'un autre côté, si le général et lui ne s'entendaient pas sur plusieurs points, ils étaient tous les deux soldats ; et des soldats ne laissaient pas des frères d'arme derrière. Cette pensée fit monter une nouvelle vague de colère en Hans. Ignorant la poigne de Julian qui le tirait en arrière, il s'étira brutalement vers Claws et le repoussa d'une main sur son torse.

— Eh ! se récria celui-ci. Ça ne va pas ? Mais de quel côté est-ce que tu crois que je suis ?

Hans leva les bras, faussement innocent.

— À toi de me le dire.

Une lueur sombre passa dans le regard de Claws, qui fit un pas menaçant en avant.

— Ça suffit ! s'interposa alors Julian, les bras tendus pour éloigner Hans et Claws, une main plaquée sur leur torse à chacun.

Il observa tour à tour les deux hommes, l'œil foudroyant.

— Maintenant, gronda-t-il, je sais que vous êtes tous les deux crevés et que vous vous inquiétez pour votre survie et celles des autres, mais calmez-vous, d'accord ?

Il y eut une minute de silence, durant laquelle Hans fit alterner son regard entre Claws, qui semblait décidé à ne pas ciller le premier, et Julian, qui appuya plus fermement sur son torse en guise d'avertissement. Enfin, Hans recula d'un pas et croisa les bras sur sa poitrine. Julian laissa retomber ses bras ; Claws se détendit à son tour.

— Mille guerres, Hansel, grommela-t-il après un moment. Je peux savoir ce qui te prend ? Tu n'as plus confiance en moi ?

Hans s'apprêtait à répliquer, mais se ravisa. Tout ce qu'il aurait pu dire ou reprocher à Claws en cet instant aurait été motivé par la fureur qui grondait dans ses entrailles. À contrecœur, il s'avoua qu'il s'était de nouveau laissé emporter par son tempérament explosif. Celui à qui il aurait bien mis son poing dans la figure, c'était Roy, pas Claws. Il déglutit jusqu'à sentir qu'il pouvait ouvrir la bouche sans danger de démarrer une nouvelle bagarre :

— Je n'aime pas cet endroit, d'accord ? Je me méfie de Roy depuis le début. Je me méfie de la Maison Rouge toute entière.

Claws soutint son regard une seconde, puis acquiesça lentement.

— Bien. De toute façon, on s'en va.

Il souligna cette déclaration d'un haussement de sourcils lourd de sous-entendus, et Hans l'entendit presque lui reprocher de l'avoir accusé à tort – car il comprenait maintenant que c'était ce que son ami avait prévu faire depuis le début. Comme pour confirmer son intuition, Claws les interrogea, Julian et lui, d'un regard, avant d'insister :

– Laissez-moi juste le temps de convaincre Roy de nous fournir des vivres pour notre voyage. Ça vous va ?

– Et nos armes, renchérit Hans plus calmement. Nous récupérons nos armes.

Il se sentait bête tout à coup d'avoir douté de Claws. Aussi bête qu'un charognard. Son camarade, pourtant, semblait déjà avoir oublié leur dispute, car il hocha la tête, les traits apaisés. En silence, Julian approuva à son tour. Hans trouvait si étrange qu'ils soient encore d'accord sur quelque chose qu'il ne put s'empêcher de lui jeter un regard de biais, le sourcil froncé.

– Je vais prévenir les autres, annonça ensuite le général. Je peux vous laisser seuls, tous les deux ?

La plaisanterie tira une grimace à Hans, mais Claws rassura Julian d'un signe du menton. L'homme s'éloigna sans un dernier regard.

– Ça va aller, Hansel, se risqua Claws au bout d'un moment de silence. Tout va bien se passer, d'accord ? Je te le promets.

Hans tiqua à ces mots. Lorsqu'il dévisagea Claws, il ne décela cependant aucune malice, aucun faux semblant chez lui. Seulement de la sincérité. Il croyait à ce qu'il venait de dire. *Tout va bien se passer.*

Hans pensa à l'absurdité de la chose. Il pensa à York, à leur maison qui leur avait été arrachée puis détruite par les Sorcières. Il pensa aux autres survivants du massacre, ceux qui erraient il ne savait où sur le Continent, tandis qu'eux faisaient de même de leur côté. Il pensa à ceux qui avaient péri.

Il pensa à Lloyd.

Et il se dit qu'il aurait aimé pouvoir croire à ces mots, lui aussi.

Mais voilà longtemps que ce monde avait cessé d'aller bien.

— Ne fais pas de promesse que tu ne peux être certain de tenir, mit-il Claws en garde.

Des filins de métal s'enfoncèrent dans sa paume : il s'aperçut qu'il avait refermé la main sur son pendentif et sa pierre blanche.

Le dépit assombrit les yeux de Claws, qui ouvrit la bouche.

Mais Hans avait déjà tourné les talons.

• • •

HANS ERRA LONGTEMPS, sans but, perdu dans ses pensées. La proposition ridicule de Roy tournait en boucle dans sa tête et faisait encore bouillir le sang dans ses veines. Il avait du mal à croire que l'homme avait pu songer, même une seconde, que ses compagnons et lui envisageraient sérieusement l'idée d'abandonner la moitié de leur groupe. Autant les tuer de leurs propres mains sur-le-champ. Car c'était ce qui attendait Mila, Asaf, Solene et le petit Elias, là dehors. Sans Hans, Claws et Julian, qui avaient l'expérience du terrain et de la survie hors d'un refuge, les autres étaient voués à déambuler dans le désert jusqu'à ce que la mort les rattrape. Une lente agonie sous le soleil cuisant et l'œil affamé des charognards.

Avec un frisson, Hans chassa ces terrifiantes images de son esprit. Il ne servait à rien de se torturer ainsi : demain, les autres survivants et lui quitteraient la Maison Rouge. Reprendre leur route à travers les plaines desséchées et les ruines d'anciennes villes n'était certes pas une optique des plus rassurantes. Au moins, ils seraient tous ensemble. Claws. Julian. Elias, Asaf et Solene. Mila. Si la chance était de leur côté, rien qu'un peu, ils pouvaient s'en sortir. Ils allaient s'en sortir.

Ou mourir ensemble.

Soudain las, Hans se secoua hors de sa torpeur et revint au présent. D'un coup d'œil, il balaya le tunnel qu'il arpentait, en apparence identique à tous les autres couloirs de la Maison Rouge. Là était justement le problème ; en tournant sur lui-même et en sondant les ténèbres entrepercées de la lueur des lanternes ici et là, Hans prit conscience qu'il n'avait pas la moindre idée de l'endroit où il se trouvait. Plongé dans les méandres de sa colère, il avait emprunté des dizaines de couloirs au hasard, sans porter attention aux directions qu'il prenait ou aux distances qu'il parcourait. Au fil de son errance, avait-il dévié vers le dortoir ? Vers cette corniche, peut-être, qu'il avait découverte la nuit dernière ? Ou complètement ailleurs ? La Maison Rouge était incroyablement vaste, et ses corridors labyrinthiques tromperaient Roy lui-même, Hans n'en doutait pas.

Hans dut se rendre à l'évidence et jura tout bas.

Il était perdu.

Comme il passait une main dans ses cheveux en désordre, se demandant s'il était mieux de rebrousser chemin ou de continuer dans l'espoir de se repérer, ses doigts rencontrèrent une petite masse métallique au sommet de son crâne. La chose s'agita aussitôt et s'accrocha à son index, qu'il ramena devant ses yeux pour y découvrir perché le Chuchoteur d'Andy. L'abeille mécanique battit de ses fragiles ailes à quelques reprises, marcha le long de son doigt, puis tourna sa tête dépourvue d'yeux vers lui. Pendant une seconde, Hans eut l'étrange impression que la créature l'observait. Il écarta toutefois rapidement cette idée. Il ne s'agissait après tout que d'une machine. Il se prit néanmoins à fixer la bestiole en retour, plissant les paupières dans l'obscurité du tunnel pour en distinguer les détails.

Hans ignorait comment le Chuchoteur d'Andy était parvenu à le trouver. Les machines étaient généralement programmées pour se rendre à des coordonnées précises, où les attendait leur destinataire. Parfois, quand les données n'étaient qu'approximatives, les bestioles pouvaient quadriller des secteurs de plusieurs dizaines de kilomètres carrés à la recherche de la personne à qui délivrer leur message. De nombreuses fois, Andy avait tenté d'expliquer les principes de la bioélectricité et des ondes magnétiques du corps humain à Hans. Malgré tout, ce dernier n'avait jamais trop compris comment un Chuchoteur reconnaissait son destinataire. Il savait cependant qu'à York, jamais un Chuchoteur n'avait consenti à révéler son message à quelqu'un d'autre que Reish. Tout comme il savait que cette abeille n'aurait accepté de révéler son message à personne d'autre que lui.

Hans ignorait comment Andy avait réussi à lui envoyer un Chuchoteur, mais il ne pouvait nier le soulagement qu'il ressentait à l'idée de savoir que son ami était à sa recherche. Il était reconnaissant que l'abeille du chimiste l'ait trouvé, peu importait la façon dont son créateur s'y était pris.

Le bruit d'une voix tout près tira Hans de son examen de l'abeille mécanique. Il leva la tête et sonda le couloir de gauche et de droite, sans toutefois distinguer une autre ombre que la sienne. De nouveau, un son aigu, comme un hoquet ou une exclamation étouffée, lui parvint. L'écho semblait provenir d'un peu plus loin dans le tunnel. Hans ne discerna toutefois rien au-delà d'une flaque de lumière dispensée par la lanterne accrochée au plafond. Le tunnel devait effectuer un virage serré.

Laissant retomber sa main le long de son corps, il se mit en marche pendant que l'abeille s'envolait de son doigt et retournait se nicher derrière son oreille. Le temps de parvenir au bout du couloir, il n'avait perçu aucun autre son que le faible crissement de ses bottes dans la poussière. Il commençait à croire qu'il avait imaginé la voix quand un autre bruit résonna brièvement entre les murs de pierre : un sanglot. Au même moment, une seconde voix, masculine, siffla tout bas :

– Crie et j'entaille ta jolie peau blanche.

Hans tourna au bout du tunnel et se figea. À une dizaine de pas de là, blotti dans la zone d'ombre entre deux lanternes, un couple se tenait enlacé. Enfin, pas vraiment un couple, comprit Hans avec un frisson, ni vraiment enlacé : l'homme, un garde à peine plus âgé que lui, plaquait une femme contre le mur. D'une main, il tenait ses poignets au-dessus de sa tête et, de l'autre, glissait la pointe d'un couteau le long de sa gorge, de sa poitrine puis de son ventre.

Quelque chose se hérissa dans le ventre de Hans en grondant. Un goût de bile emplit sa bouche. Il fit un pas en avant.

Ses semelles crissèrent.

C'est là que la femme tourna son visage baigné de larmes vers lui, que ses yeux bleus terrorisés rencontrèrent les siens. Le souffle de Hans se coinça dans sa gorge. Il ne s'agissait pas d'une femme, mais d'une jeune fille.

Solene.

Le garde qui la coinçait contre le mur pivota à son tour vers lui : Hans reconnut les traits tirés, anguleux, de l'un des hommes qui faisait partie de l'équipe qui les avait interceptés, l'autre soir dans le désert. Il se souvint que c'était également lui qui avait fouillé Solene pour lui confisquer ses armes. Il se rappela le hoquet qu'avait laissé échapper l'adolescente pendant que les mains du garde couraient sur elle.

Le souvenir de la nuit dernière frappa Hans comme un coup de poing dans l'estomac. Il revit Solene, recroquevillée derrière une stalagmite, sa ceinture enroulée autour de son poing, la boucle de métal sur ses jointures en guise d'arme. Elle avait bondi sur Hans lorsqu'il l'avait aperçue. Elle l'avait attaqué, avant de se confondre en excuses maladroites quand elle l'avait reconnu. Alors Hans comprit avec horreur qu'elle l'avait pris pour cet homme, ce garde qui pressait en cet instant même la pointe d'un couteau sur son ventre.

Ses yeux replongèrent dans ceux de Solene. S'immergèrent dans leur peur, leur détresse.

Il eut l'impression qu'un coup de fouet claquait à l'intérieur de son crâne. Une vague de chaleur dévastatrice déferla dans ses veines en embrasant chaque centimètre de son corps. Son champ de vision s'obscurcit.

Lorsqu'il battit des paupières, il tenait la gorge de l'agresseur de Solene dans une main, son couteau dans l'autre, et en appuyait la lame sous le sternum de l'homme.

Un cri paniqué résonna dans le tunnel.

— Capitaine, non — *non !*

Hans resserra l'étau de ses doigts autour du cou de l'homme. Il sentit le pouls de ce dernier s'accélérer et battre avec frénésie contre sa paume. Il serra plus fort, pressa davantage la lame du couteau. Les yeux du garde s'exorbitèrent de douleur et de frayeur.

Hans se pencha sur le visage de son prisonnier.

– Donne-moi une seule bonne raison de ne pas t'éviscérer sur-le-champ.

Le garde ouvrit et referma la bouche à la recherche d'air, en vain. De minuscules veines rouges enflaient à la surface de ses globes oculaires. Ses lèvres avaient pris une teinte bleutée inquiétante et la main qu'il tenta d'abattre sur le bras de Hans pour le faire lâcher prise était faible, molle. Hans serra plus fort.

Des mains attrapèrent le dos de sa tunique et le tirèrent en arrière.

– Capitaine, arrêtez ! Vous allez le tuer !

Quelque chose craqua sous les doigts de Hans et les yeux de l'autre garde roulèrent dans leur orbite.

– S'il vous plaît, *Hans !*

– Saleté de – *mais qu'est-ce qui se passe ici ?*

Des pas précipités. Des cris. Les mains qui tiraient la tunique de Hans la relâchèrent. Hans résista quand d'autres mains s'écrasèrent sur ses épaules, enserrèrent ses bras et le repoussèrent brutalement en arrière.

Libéré de la poigne de Hans, le garde qui s'en était pris à Solene s'écroula mollement au sol, les paupières closes. Hans n'en avait toutefois pas fini avec lui. Il s'avançait de nouveau, les poings serrés, quand une immense silhouette lui barra la route. Au même moment, deux mains – deux fragiles et petites mains – agrippèrent sa manche. Une voix suppliante prononça son nom.

Le fouet claqua une dernière fois dans son esprit. Sa fureur reflua brusquement, presque douloureusement. Il eut l'impression de recevoir un seau d'eau froide en plein visage et battit des paupières. Pendant une seconde, il ne sut plus où il était, ni ce qui venait de se passer. Il n'était conscient que de sa respiration haletante qui sifflait entre ses lèvres, et du bourdonnement assourdissant de son cœur hystérique à ses oreilles.

– Qu'est-ce que c'est que ce bordel ? gronda une voix grave et puissante.

Hans tourna la tête. Roy se dressait à deux pas de là et le fusillait du regard. À côté de lui, la sentinelle qui se tenait à la porte de ses quartiers privés plus tôt dans la journée pointait le canon d'un fusil sur la tête de Hans. Pendant ce temps, un autre soldat était agenouillé près du tortionnaire de Solene. Cet enfoiré était-il mort ou seulement inconscient, impossible à dire dans l'immédiat. Sa poitrine semblait se soulever faiblement, mais Hans ne l'aurait pas juré.

– Des explications, capitaine Hansel ? s'enquit Roy d'un ton qu'il peinait à maîtriser.

Une nouvelle vague de colère menaça de déferler dans les veines de Hans, mais Solene s'interposa avant qu'il ne puisse ouvrir la bouche :

– Un malentendu, général Roy. Pardon.

Hans en resta momentanément muet.

– *Un malentendu ?* répéta Roy en pivotant vers l'adolescente.

Celle-ci sursauta si abruptement, ses doigts toujours accrochés aussi solidement que des griffes à la manche de Hans, qu'elle tira celui-ci en arrière. Hans se plaça aussitôt devant elle, son corps comme une barrière entre le regard menaçant de Roy et elle.

– Pardon, réitéra la jeune fille. Ça ne se reproduira plus.

Elle tremblait. Pas seulement ses mains, pas seulement sa voix, mais son corps tout entier. Hans le sentait sans avoir à la regarder. Il serra les dents et mit un instant à s'apercevoir que les plaies en forme de demi-lune au creux de ses paumes s'étaient rouvertes tant il crispait les poings. Il avait du mal à penser à autre chose qu'à sa colère et son envie dévorante de se saisir du fusil de la sentinelle pour en vider le chargeur sur le garde inconscient sur le sol. Après quoi il pourrait s'occuper de Roy, puis de la Maison Rouge toute entière jusqu'à ce qu'il n'en reste plus que de la poussière écarlate.

Comme si elle avait senti le danger de la tornade qui faisait rage en lui, Solene tira sur la manche de Hans.

– Ça ne se reproduira plus, assura-t-il alors. Parce qu'on *s'en va.*

Un éclair sombre passa dans le regard de Roy et un tic tira sur un coin de sa bouche. Hans n'attendit pas de savoir ce qu'il s'apprêtait à dire pour lui tourner le dos.

Ce geste parut suffire à Solene qui, après un dernier regard en direction de Hans, s'enfuit au pas de course.

• • •

HANS DUT COURIR pour rattraper Solene, plusieurs virages et autant de croisements de tunnels plus loin. L'adolescente avait détalé à toutes jambes sans se retourner une seule fois et n'avait pas non plus daigné répondre à Hans lorsqu'il avait appelé son nom. Elle était si rapide qu'il avait failli la perdre plus d'une fois dans le dédale de couloirs ; heureusement, il la retrouva alors qu'elle ralentissait l'allure, sans doute épuisée par sa fuite, non loin du dortoir.

– Solene !

La jeune fille sursauta au son de sa voix. Elle faisait déjà mine de repartir à toute vitesse, mais se ravisa après une brève hésitation À l'approche de Hans, elle ne put cependant s'empêcher de reculer de plusieurs pas, avant de se recroqueviller sur elle-même, ses bras étroitement enroulés autour de son corps.

Pour se protéger, se couvrir ou s'empêcher de tomber en morceaux ?

Hans n'aurait su le dire, mais devant la réticence qu'éprouvait sa camarade face à sa proximité, il s'immobilisa. Il leva les mains dans un geste qu'il espérait apaisant, mais Solene fuyait son regard, la tête basse.

– Solene, lui dit-il aussi doucement que possible. Solene, *parle-moi.*

Mais la jeune fille ne dit rien et ne le regarda pas davantage. Elle resta là, au milieu du couloir, à fixer la pointe de ses bottes. Soudain, un frisson la parcourut de la tête aux pieds. Son menton trembla, un hoquet souleva ses épaules, et elle éclata en sanglots.

– Je suis désolée, capitaine, laissa-t-elle échapper avant de plaquer une main sur sa bouche pour étouffer ses pleurs.

Les jambes de Hans voulurent le pousser en avant, ses mains se tendaient vers l'adolescente, mais il hésita : dans un coin de son esprit, il se rappela que Solene était sa recrue, qu'il était son capitaine. Une partie de lui tenta de lui faire remarquer que l'inquiétude et l'affection dont il faisait preuve à son égard n'avaient pas lieu d'être, de la même façon que sa colère et sa réaction vis-à-vis du garde qui avait agressé la jeune fille avaient été démesurées. Solene était sa recrue, sa protégée. Il était son capitaine. Rien de plus. Et pourtant…

Hans observa Solene une seconde, sans oser bouger le moindre muscle. Il vit son corps fragile être secoué d'énormes sanglots, ses épaules voûtées comme si elle voulait se replier sur elle-même, disparaître. À travers le voile de cheveux blonds derrière lequel elle s'efforçait de se cacher, il discerna ses yeux bleus horrifiés, brillants de larmes.

Son cœur se serra et lui sembla lourd, aussi lourd que la pierre blanche de son pendentif.

Sans plus réfléchir, il entoura la menue silhouette de Solene de ses bras et l'attira doucement à lui. La jeune soldate eut d'abord un léger sursaut, mais ne tarda pas à se replier contre son torse. Ses doigts s'accrochèrent à la tunique de Hans comme des serres, et il y avait tant de désespoir dans son geste que Hans sentit son cœur s'alourdir encore. Il avait l'impression que l'adolescente pouvait s'écrouler d'un instant à l'autre, voler en éclats, se briser en milliers de morceaux. Il resserra son étreinte pour l'en empêcher.

— Tellement désolée, balbutia Solene entre deux hoquets.

— Ça va, tenta de la rassurer Hans. Viens, ne restons pas ici.

Il jeta rapidement un coup d'œil des deux côtés du tunnel, mais ne vit personne. Soulagé de savoir qu'aucune paire d'yeux ou d'oreilles indiscrètes ne se trouvaient dans les environs, il entraîna Solene en direction du dortoir, qu'il savait n'être qu'un peu plus loin dans le couloir maintenant qu'il s'était repéré. Une fois sur le seuil, il s'assura que la pièce était vide avant d'y entrer. Solene le suivit en titubant. Il sembla à Hans qu'elle tenait à peine debout.

— Ça va, réitéra-t-il dans l'espoir de la calmer. C'est fini.

Mais les pleurs de la jeune fille ne s'apaisaient pas ; elle secoua la tête comme pour contredire son capitaine.

— J'ai essayé de le repousser, expliqua-t-elle d'une toute petite voix. J'ai essayé de me défendre, mais il était trop fort, trop fort...

Il y avait toujours ce ton suppliant, brisé, dans ses mots ; Hans eut le sentiment qu'elle s'excusait, encore et encore.

— Shhh, fit-il alors qu'il aurait voulu lui dire qu'elle n'avait rien fait de mal.

— J'ai essayé, répéta Solene, mais je n'étais pas assez *forte*.

Et il comprit. De la honte. C'était la honte qu'il percevait dans sa voix. Elle avait honte de ce qui venait de lui arriver, de ne pas avoir pu empêcher les mains du garde de se poser sur elle. Aussi sans doute honte que son capitaine l'ait découverte dans cette position et ait dû la secourir.

Le cœur de Hans était si lourd désormais qu'il l'empêchait de respirer.

Posant ses mains sur les épaules de sa recrue, il l'écarta doucement de lui et chercha à croiser son regard. Comme toujours, une flamme ondoyait dans une lanterne à quelques pas de là. Sa lumière éclaira les joues inondées de larmes de Solene.

— Je t'interdis de dire une telle chose, répliqua-t-il, sa voix plus forte qu'il ne l'avait voulu.

L'adolescente leva la tête vers lui, légèrement hagarde, une lueur coupable dans les yeux.

— Tu *es* forte, insista Hans pour lui faire comprendre qu'elle n'avait rien fait de mal. L'une des personnes les plus fortes que je connaisse. Tu m'entends ?

Solene ouvrit la bouche ; Hans savait qu'elle s'apprêtait à répliquer. Lorsqu'il la défia de le contredire du regard, la jeune fille se ravisa, non sans une légère réticence. Un violent hoquet secoua alors son petit corps. Comme si elle cessait enfin de combattre la douleur qui l'accablait, elle s'écroula. Ses jambes se dérobèrent sous elle et Hans la rattrapa, la soutenant de son mieux jusqu'à ce qu'ils se retrouvent tous deux à genoux.

— Shhh, murmura-t-il encore. C'est fini. C'est fini.

Il répéta ces mots aussi souvent qu'il le fallut pour que les sanglots de Solene se taisent, et pour que ses larmes se tarissent.

• • •

DES PAS DANS LA POUSSIÈRE, et une présence au-dessus de lui. Hans rouvrit les yeux.

— Ce n'est pas ce que tu crois, annonça-t-il à mi-voix.

Il croisa le regard de Mila, debout au milieu du dortoir, près de lui. Puis lentement, craignant de la réveiller d'un simple battement de paupières, il baissa les yeux sur Solene. L'adolescente dormait paisiblement entre ses bras. Fragile. Minuscule. Plus tôt – une heure ou deux, Hans n'aurait été en mesure de le dire –, elle avait cessé de pleurer. Peu après, les tremblements de ses épaules s'étaient calmés. Enfin, elle s'était assoupie. Hans n'avait plus osé bouger depuis.

Mila s'accroupit.

— Je sais ; j'ai eu vent de ce qui s'est passé.

Ses yeux verts se posèrent sur les traits détendus de la jeune fille. Ses sourcils se froncèrent.

— Comment va-t-elle ?

Du bout des doigts, elle repoussa une mèche de cheveux blonds qui tombait devant le visage de Solene.

Hans soupira.

— Ça ira, déclara-t-il. Je ne m'en fais pas trop pour elle.

Mila reporta son attention sur lui, l'air entendu.

— C'est un énorme mensonge, tu le sais au moins ?

Hans retint un petit éclat de rire désabusé ; Mila avait vu clair en lui, comme toujours.

Avec un dernier coup d'œil sur Solene pour s'assurer qu'elle ne se réveillait pas, Hans rajusta son étreinte autour de son corps puis se leva, sa camarade endormie dans ses bras. Mila se redressa à son tour et le suivit tandis qu'il allait caler l'adolescente dans le hamac le plus près. Même dans l'inconscience, la jeune fille refusa de lâcher la tunique de son capitaine, qu'elle tenait toujours serrée dans ses poings. Hans lui chuchota des paroles apaisantes, et elle finit par le libérer. Hans s'éloigna ensuite sans un bruit, avant de se laisser aller à un long soupir lorsqu'il eût quitté le dortoir. Mila vint le rejoindre dans le couloir.

— C'est gentil de te préoccuper d'elle.

Elle leva une main, caressa la joue de son compagnon. Hans s'appuya contre sa paume et se permit un instant pour savourer sa douceur. Après le tourbillon d'émotions qu'il avait vécu, entre Roy, le garde qu'il avait pratiquement étranglé à mort, et Solene, la tendresse de Mila lui faisait un bien fou.

— C'est une de mes recrues, expliqua-t-il. C'est normal que je me soucie d'elle.

Mila secoua la tête. Dans l'éclat de pierre précieuse de ses yeux, une lueur signifia à Hans qu'elle ne se laisserait pas convaincre aussi facilement.

— J'ai vu comment tu la regardes, commenta-t-elle.

Hans se tendit imperceptiblement, sans pouvoir s'en empêcher. Il glissa un œil à l'intérieur du dortoir ; Solene n'avait pas bougé.

— C'est…, bafouilla Hans en cherchant ses mots. Elle me rappelle… quelqu'un.

— Grethel ?

Hans cessa de respirer. Mila lui sourit dans l'obscurité.

— Ça va. Tu n'as pas à me le dire.

Son regard passa des lèvres de Hans à ses yeux, de ses yeux à sa bouche.

— Quand tu seras prêt, je serai là.

Hans expira lentement. Un poids sembla s'envoler de sa poitrine.

— Merci, souffla-t-il tout bas.

Il prit le visage de sa compagne entre ses mains et se pencha sur la jeune femme pour l'embrasser. Ses lèvres étaient si douces, si chaudes. Leur caresse éveilla quelque chose en lui, comme un feu dévorant, qui ne cherchait qu'à s'étendre à son ventre, à ses membres, et tout embraser sur son passage. Le toucher de Mila avait cet effet irrépressible ; à la fois braises ardentes et dévastatrices, étreinte chaleureuse et rassurante.

Hans s'écarta, freinant le brasier.

— Merci, répéta-t-il, son front contre celui de Mila.

La jeune femme entrelaça son regard au sien. Hans y lut tout son désir de comprendre, de savoir — mais seulement lorsqu'il accepterait de s'ouvrir et de lui parler. Sa gorge se serra, mais son cœur, lui, enfla comme s'il voulait occuper tout l'espace dans sa cage thoracique. Hans réfléchit à tout ce qu'ils avaient traversé au cours de la dernière demi-lune. Cela lui semblait une décennie, une éternité. Il prit une décision. Il se promit que dès qu'ils auraient quitté la Maison Rouge, dès qu'ils auraient trouvé un repère, même temporaire, et un semblant de sécurité, il parlerait à Mila. De tout.

— Qu'est-ce que c'est que ça ?

Tiré de ses pensées, Hans mit une seconde à comprendre à quoi faisait allusion sa compagne : au creux de sa paume tendue entre eux se trouvait l'abeille mécanique d'Andy. Il passa rapidement ses doigts dans ses cheveux. Mila suivit son geste d'un œil intrigué, l'air de croire qu'une autre bestiole s'y cachait peut-être encore.

— Oh, ça, lâcha Hans. C'est Candy…

— Andy ? répéta Mila, les yeux ronds. Il est vivant ? Il va bien ?

— Non — enfin oui, bafouilla Hans. Je veux dire — j'ignore comment il…

— Niklaus ?

Hans suivit le regard de Mila et ne put retenir un froncement de sourcils dubitatif à son tour.

— Claws ? Tout va bien ?

Leur ami marchait vers eux à grandes enjambées, le pas raide. Son teint était cireux, et Hans crut d'abord qu'il ne s'agissait que du jeu de la lumière diffuse des flammes sur son visage. Il se ravisa quand le nouveau venu s'immobilisa près de Mila et lui pour les dévisager d'un œil grave, légèrement écarquillé.

— Il faut qu'on sorte d'ici.

— Je croyais qu'on s'était déjà mis d'accord à ce sujet, plaisanta Hans à moitié.

— Claws ? s'enquit de nouveau Mila comme leur compagnon jetait un regard nerveux par-dessus son épaule.

— *Maintenant,* insista-t-il.

Un moment de silence lui répondit. Hans tenta de capter l'attention de son camarade, mais ce dernier pivotait encore sur lui-même et sondait le tunnel, à la recherche d'il ne savait trop quoi, ne savait trop qui.

— Mila, fit-il à l'intention de sa compagne, tu veux bien aller t'assurer que Solene dort toujours ?

Il sentit le regard interrogateur de la jeune femme sur lui, mais elle finit par acquiescer et disparut dans le dortoir, non sans un dernier coup d'œil incertain derrière elle. Comme elle s'éloignait, Hans décela un léger bourdonnement tout près de son oreille, tout juste après quoi il sentit les minuscules pattes de l'abeille sur sa nuque.

À ce moment, Claws lui faisait face, mais il semblait si distrait, l'œil hagard, qu'il ne remarqua pas l'insecte mécanique.

— Claws, l'interpela Hans en agitant une main devant le visage de son ami. Qu'est-ce qui…

— On doit sortir d'ici, réitéra l'autre d'une voix pressante. Il faut fuir la Maison Rouge, Hansel. *Maintenant.* Où est Julian ? Où sont tous les autres ? Il faut…

— Oh ! l'interrompit Hans en plaquant ses mains sur les épaules de son compagnon. Du calme. Dis…

— Nous allons tous mourir, Hansel ! siffla Claws.

Hans se figea, puis détailla rapidement son interlocuteur de la tête aux pieds. Une pellicule de sueur recouvrait la peau anormalement blême de celui-ci ; un cerne trempait le col de sa tunique. Pendant ce temps, Claws tourna de nouveau la tête de gauche à droite, de droite à gauche. Le tunnel était vide, mais il continuait de se montrer sur ses gardes, nerveux. Haletant, il passa une main tremblante sur son visage pour repousser une mèche de cheveux.

Hans commença à se sentir mal à l'aise. Il n'avait jamais vu Claws dans un tel état.

— Claws, dit-il fermement en pressant les épaules de l'autre homme. Qu'est-ce qui se passe ?

Claws s'humecta les lèvres et ouvrit la bouche, la referma. Son regard courait d'un bout à l'autre du couloir.

— Il y a des ossements, expliqua-t-il enfin.

— Le cimetière, acquiesça Hans.

Les yeux noirs de Claws vrillèrent les siens. Tout à coup, il le plaqua contre le mur, ses doigts de métal autour de sa gorge.

— *Tu étais au courant ?*

Hans était trop abasourdi pour comprendre, trop occupé à tenter d'aspirer une bouffée d'air suffisante pour emplir ses poumons. À cet instant, un éclair de lucidité passa sur les traits de Claws, qui relâcha sa poigne.

— Tu n'as pas compris, bafouilla-t-il. Bien sûr que tu n'as pas compris.

Hans toussa et s'étrangla en inspirant trop d'air, trop brusquement.

— Claws, tu commences sérieusement à m'inquiéter.

— Les ossements ! répliqua l'autre comme s'il s'agissait d'une réponse. J'ai vu les ossements et quelque chose clochait — quelque chose clochait et j'ai pensé…

Il s'interrompit pour balayer le couloir du regard avant de revenir à Hans. Ce dernier eut soudain l'idée — et l'envie — de secouer son ami. Peut-être de lui mettre une baffe ou deux. Mais Claws prit une profonde inspiration en fermant les yeux. Une seconde de silence plus tard, il relâcha sa respiration et rouvrit les yeux. Ses mains avaient cessé de trembler. Son regard était plus clair, comme deux lames qui s'enfoncèrent dans le crâne de Hans. Sa voix, lorsqu'il s'exprima, vacilla à peine :

— La viande, Hans… Ils en mangent *tout le temps,* il y en a à volonté — mais où est *leur bétail* ?

Une seconde. Un battement de cœur. Hans se rappela soudain ce qui lui avait échappé à propos du repère des Dunes, duquel Roy et ses hommes étaient originaires, duquel ils étaient les derniers survivants. Des mois après sa destruction, des rumeurs avaient circulé à travers la région. Des équipes de différents refuges s'étaient rendues au repère afin de découvrir ce qui s'était produit. Toutes étaient revenues avec des histoires d'horreur à raconter : un véritable carnage, un massacre sans nom, et des corps troués de balles à perte de vue. Mais quelque chose n'allait pas avec cette scène : l'arme de prédilection des Sorcières avait toujours été leur magie. La chute du repère des Dunes n'était en aucun cas due à une attaque de Sorcières.

Il s'agissait d'une mutinerie.

Hans sentit ses genoux faiblir. Son estomac se retourna. Une bile acide afflua au fond de sa gorge.

La viande. Il en avait mangé.

Il comprit au même moment toute l'horreur qui se cachait derrière l'offre que leur avait faite le général de la Maison Rouge. Depuis le début, il n'avait pas seulement été question pour lui, pour Claws et pour Julian de rejoindre les rangs des hommes de Roy, comme il n'avait pas seulement été question d'abandonner le reste de leurs compagnons à une mort lente au milieu du désert.

Hans stoppa le cours de ses pensées avant de rendre le contenu de son estomac. Il comprenait mieux, maintenant, le teint livide de Claws. Il ne pouvait toutefois se laisser aller à son envie de vomir. Pas maintenant.

Maintenant, il leur fallait fuir la Maison Rouge.

Il verrouilla son regard à celui de Claws.

— Je récupère nos armes, décréta ce dernier.

— Je rassemble les autres, renchérit Hans.

— Il y a une sorte de sortie d'urgence près de là par où on est arrivés, conclut Claws avant de se rappeler que Hans était inconscient ce jour-là. Mila te montrera.

Hans hocha une fois la tête.

— Rendez-vous là-bas dans dix minutes.

— Pas une de plus.

Ils repartirent chacun de leur côté.

• • •

LES PAS DE HANS ÉTAIENT TROP BRUYANTS, son souffle, trop fort. Il se déplaçait aussi silencieusement que possible le long des tunnels, pourtant, il lui semblait produire un vacarme impossible. À chaque nouveau mètre franchi, il s'étonnait de ne pas voir surgir la moitié de l'armée de Roy, alertée par le bruit. Toutefois, voilà près d'un demi-kilomètre de couloirs tortueux qu'il enfilait, et pas un garde en vue.

— Peut-être qu'ils ne se sont pas encore aperçus qu'on sait ? proposa Asaf, incertain.

Sa voix tremblait faiblement ; Hans ne sut si cela était dû à la nervosité causée par leur fuite, à la peur de se faire prendre ou à une vague de nausée un peu retardataire. Le pauvre Asaf : Hans, Solene et Mila l'avaient intercepté peu après avoir quitté le dortoir — le jeune soldat revenait alors de la salle commune, où il avait avalé un repas riche en protéines... Aux réactions effarées de ses trois camarades, il avait bien compris que quelque chose n'allait pas. Par la suite, Hans avait essayé de lui expliquer de façon détournée pourquoi ils devaient fuir la Maison Rouge sur-le-champ ; mais cela n'avait pas suffi à éviter que l'adolescent ne se vide les tripes à leurs pieds.

Hans repoussa cette image de son esprit quand son estomac se tordit dangereusement. Il devait éviter de trop songer à tout ça. Au cimetière, qui n'en était pas vraiment un. À la viande, qui n'était pas celle de bétail ; quoique, du point de vue des habitants de la Maison Rouge, c'était peut-être le cas, se dit Hans. Cette dernière idée lui provoqua un haut-le-cœur si violent qu'il dut se mordre la langue jusqu'au sang afin de couvrir le goût d'amertume dans sa bouche.

— Peut-être pas, acquiesça-t-il ensuite distraitement à l'intention d'Asaf.

Au même moment, une ombre mouvante se dessina au bout du tunnel, qui effectuait un coude vers la gauche, vers l'est, la même direction qu'il leur fallait emprunter pour rejoindre la sortie d'urgence mentionnée par Claws. La forme noire s'étira sur le sol, puis le long du mur jusqu'au plafond, déformée dans la lumière inconstante des lanternes.

Hans bondit de côté en entraînant Mila, qui le talonnait, et se plaqua contre le mur, retenant son souffle. Solene et Asaf les imitèrent aussitôt, aux aguets.

Puis ils attendirent.

Des voix indistinctes parvinrent à Hans alors que les ombres se précisaient au bout du tunnel. Deux voix masculines, au minimum. Tout près de lui, épaule contre épaule, Hans sentit Mila se crisper de la tête aux pieds. Les voix continuaient de se rapprocher. Le cœur de Hans tambourinait dans sa poitrine. Ses paumes se firent moites. Il balaya frénétiquement les alentours du regard à la recherche d'une cachette — une grosse stalagmite, un creux dans les murs de pierre, une flaque d'ombre, *n'importe quoi*. Ses yeux s'arrêtèrent sur une lanterne, suspendue un peu plus loin, et sur la flamme qui y ondulait.

Il lorgna par-dessus son épaule et s'assura de croiser tour à tour le regard de chacun de ses compagnons.

– Silence complet, ordonna-t-il du bout des lèvres. Ou nous sommes tous morts.

Il n'attendit pas d'approbation de leur part ; en une seconde, il rejoignit la lanterne qu'il avait repérée, en ouvrit le panneau de verre, dont le grincement des gonds lui tira une grimace, et en souffla la flamme.

Les ténèbres les engloutirent. Privé de l'un de ses lampions, le couloir se retrouva plongé dans une noirceur impénétrable sur un peu moins d'une dizaine de mètres. Les silhouettes de Hans, de Mila, de Solene et d'Asaf s'y fondirent entièrement, invisibles.

Ils attendirent.

Des mots prirent forme dans les voix tandis que les hommes parvenaient au bout du corridor.

– Roy n'aurait jamais dû leur faire cette proposition – ils étaient affaiblis, mais pas désespérés.

– Ça nous aurait causé moins de problème de tous les tuer dans le désert, cette nuit-là…

Blottie derrière l'oreille de Hans, l'abeille mécanique agita ses ailes dans un petit bruit cristallin. Hans résista à l'envie de la couvrir de sa main pour étouffer l'infime son, qu'il savait pourtant être le seul à percevoir. Du moins, il l'espérait.

– Tous, vraiment ? s'enquit une troisième voix que Hans n'avait pas décelée avant cet instant. Moi, j'aurais bien accordé une ou deux heures supplémentaires à la brunette, si vous voyez ce que je veux dire.

Du feu liquide se déversa dans les veines de Hans, qui s'avança d'un pas sans réfléchir pendant que les autres hommes s'esclaffaient. Il parvint tout juste à interrompre son geste lorsqu'il comprit ce qu'il faisait, mais ne put s'empêcher de serrer si fort les poings que ses jointures craquèrent. Tout à coup, il n'avait qu'une hâte : que les trois gardes se risquent à traverser ce cocon d'obscurité dans lequel il se terrait. Alors il montrerait à ces charognards à quel point ils avaient eu tort de ne pas le tuer, lui, quand ils en avaient eu l'occasion.

Enfin, le trio vira au bout du tunnel. Hans cessa de respirer. Les battements de son cœur avaient repris un rythme à peu près normal, maintenant. Il n'avait pas peur. Il était pratiquement serein. Il savait ce qu'il avait à faire.

Réduire ces monstres en miettes. Retrouver Julian et le petit Elias. Rejoindre Claws. Et guider tout le monde loin d'ici, en lieu sûr.

Cette fois, personne ne serait laissé derrière.

L'homme à la tête du groupe grommela à la vue de la poche de ténèbres causée par l'extinction d'une des lanternes. Il pensait sans doute qu'elle avait simplement manqué de combustible — c'était précisément ce que Hans souhaitait qu'il croie.

— Je m'occupe de ça, lança le garde à ses comparses. Partez devant.

Il dévia légèrement de sa trajectoire pour se diriger vers la lanterne éteinte, juste à côté de laquelle se tenait Hans. Il lui restait encore quelques mètres à parcourir dans la clarté relative de la lampe précédente, ainsi Hans put-il profiter de ce laps de temps pour détailler son adversaire : un fusil à gros calibre passé en bandoulière, un pistolet à sa ceinture, et un couteau dans sa botte. Hans remarqua que toutes les armes étaient positionnées de façon à pouvoir être dégainées de la main gauche ; il lui faudrait donc s'occuper de ce côté en premier afin que le garde ne puisse se défendre que de sa main la plus faible.

Pendant ce temps, les deux autres hommes qui composaient le reste de l'escouade continuèrent tranquillement leur route et s'enfoncèrent dans le noir. Désormais accoutumé à l'obscurité, Hans discerna leurs silhouettes qui passèrent devant lui sans avoir conscience du danger qui les guettait. Un peu plus loin, là où il avait laissé Mila, Solene et Asaf, il décela un mouvement.

À cet instant, moins de deux pas séparaient encore Hans de sa cible. Hans annihila cet espace en se jetant en avant.

Ses semelles crissèrent dans la poussière.

— Que…

Hans projeta son poing de toutes ses forces vers la gorge du garde. Le cri de surprise de ce dernier s'étrangla et se mua en un râle rauque quand son larynx se rompit, empêchant l'air d'accéder à ses poumons. Le craquement du cartilage retentit dans le silence.

— Eh ! s'exclama l'un des autres soldats. Il y a quel…

Un puissant bruit d'impact se fit entendre, suivi du son sourd d'un corps qui tombait au sol. Des pas précipités et des grognements de douleur s'élevèrent ensuite, tandis que les hommes de la Maison Rouge affrontaient les gens de York. Dans l'obscurité, Hans ne fut en mesure de deviner lesquels de ses ennemis ou de ses compagnons avaient l'avantage. Il dut mettre ses préoccupations de côté lorsque son propre adversaire frappa à l'aveugle dans sa direction, tout en cherchant à attraper son pistolet de son autre main. Un cliquetis métallique résonna. Hans chargea de nouveau, referma ses doigts sur le canon de l'arme, tenta de l'arracher à son opposant. Ce dernier résista, envoya un coup de genou dans le ventre de Hans, mais la douleur et l'asphyxie l'affaiblissaient – Hans était étonné que l'autre n'ait pas déjà perdu conscience. C'est finalement ce qui lui permit de dérober le pistolet du garde, pour en abattre la crosse sur sa tempe. Le soldat s'écroula comme une pierre.

Hans pivota sur ses talons, prêt à se lancer dans un nouveau duel, mais le tunnel était redevenu silencieux. Il reprit son souffle une seconde, écouta le martèlement de son cœur dans sa poitrine.

– Tout le monde va bien? se risqua-t-il à appeler à mi-voix.

Quelqu'un cracha sur l'une des formes étendues à terre.

– Une heure ou deux, eh? Il ne m'aura fallu qu'une minute pour allonger ce fils de chienne.

Hans dut retenir un éclat de rire, à la fois infiniment soulagé de savoir Mila saine et sauve, et quelque peu abasourdi de l'entendre user d'un tel langage.

– Solene? s'enquit-il. Asaf?

– Capitaine, acquiescèrent les deux adolescents en chœur.

Hans coinça le pistolet de sa victime sous sa ceinture.

– En route, ordonna-t-il sans plus attendre.

À peine les mots avaient-ils franchi ses lèvres qu'un cri aigu résonna et qu'un corps tomba à terre.

– Mila! échappa Hans en reconnaissant la voix de sa compagne.

Des grognements de douleur et le bruit de coups lui répondirent, alors il fit mine de se jeter dans la mêlée quand une puissante détonation retentit. Le son se répercuta en écho entre les murs du tunnel, puis plus rien.

Hans avait le cœur dans la gorge.

– Mila ?

Il y eut du mouvement au sol. Une silhouette roula sur le côté, une autre se remit sur ses pieds.

– Fichons le camp d'ici, réitéra fermement Mila sans plus se soucier de s'exprimer à voix basse. Le coup de feu ne mettra pas longtemps à rameuter Roy et ses hommes.

Hans n'eut pas le temps de se sentir soulagé ; la jeune femme le dépassait à grands pas en l'attrapant par la main et l'entraînait derrière elle.

– Allez ! appela-t-il Solene et Asaf avec un regard en arrière pour s'assurer que les deux recrues les suivaient. Vite – *vite* !

Tous les quatre accélérèrent le pas jusqu'à courir dans les couloirs de la Maison Rouge. Leurs bottes tambourinaient contre le sol et le bruit résonnait comme des coups de tonnerre entre les murs, mais le temps n'était plus à la discrétion. Il leur fallait trouver la sortie d'urgence, leur seule échappatoire, avant que les hommes de Roy ne leur mettent la main dessus.

Et vite.

À chaque tournant, Hans s'attendait à tomber sur d'autres gardes, plus nombreux que ceux qu'ils avaient précédemment affrontés. Le coup de feu tiré par Mila avait dû sonner l'alerte, sans compter les corps des trois hommes qui avaient sûrement été retrouvés, maintenant. Roy ne voudrait prendre le risque de perdre d'autres soldats et aurait donné l'ordre de doubler les rangs, de tirer à vue.

Hans s'empara du pistolet à sa ceinture et cala bien sa crosse au creux de sa paume, prêt à faire feu.

Ses compagnons et lui effectuaient un virage serré à un embranchement quand une main se referma sur le dos de sa tunique et le tira abruptement en arrière. Hans leva son fusil, mais un bras s'enroula autour de sa gorge et un objet métallique s'écrasa sur sa tempe. Mila pivota au même moment et braqua son propre pistolet, dérobé plus tôt au garde qu'elle avait neutralisé, sur le geôlier de Hans. Ses yeux verts s'agrandirent, puis ses traits se détendirent.

— Général ! soupira-t-elle en baissant son arme.

Le canon fut écarté de la tempe de Hans et on le relâcha.

— Julian, constata-t-il à son tour en faisant volte-face.

Le général de Code se tenait tapi dans un renfoncement du mur, dissimulé dans l'ombre.

— Quelqu'un peut m'expliquer ce qui se passe ? interrogea-t-il ensuite en s'extirpant de sa cachette. J'ai croisé Roy il y a une minute, et il m'a *tiré dessus.*

— Il n'a pas apprécié qu'on refuse son offre de se joindre à lui, expliqua Hans, évasif.

Il examina rapidement leur interlocuteur de la tête aux pieds, mais aucune tache de sang n'était visible sur ses vêtements, ni aucune égratignure ailleurs sur sa peau.

— Vous semblez vous en être bien sorti, commenta Solene en exprimant tout haut ce que pensait Hans tout bas.

Julian lui lança un bref regard.

— Il est un piètre tireur, élucida-t-il avant de lever son pistolet. Et je suis meilleur combattant.

— Il est mort ? s'enquit Hans.

Julian se rembrunit.

— Je l'ai seulement blessé, j'en ai peur — j'ai dû fuir à l'arrivée d'autres gardes.

— Ne tardons pas davantage dans ce cas, grogna Hans.

— Une seconde.

Julian émit un léger sifflement, qui suffit malgré tout à faire sursauter Hans. Il pivota sur lui-même en brandissant son arme pour découvrir que Mila faisait de même, nerveuse. À cet instant, une petite forme noire bondit de derrière une large stalagmite et se précipita dans leur direction. Mila laissa aussitôt retomber son arme, imitée un instant plus tard par Hans lorsqu'il reconnut le petit Elias. Julian s'accroupit alors que le gamin lui sautait au cou, puis se redressa, serrant son protégé contre lui d'une main, levant son pistolet de l'autre.

— Niklaus ?

— Il nous attend dehors, révéla Hans.

Du moins l'espérait-il. Il chassa ses craintes de son esprit et se tourna vers Mila :

— Quelle direction ?

La jeune femme prit la tête du groupe et se remit en marche.

— À droite au bout de ce couloir. Nous y sommes presque.

Ils lui emboîtèrent tous le pas — pour tomber nez à nez avec une poignée de soldats au tournant du tunnel.

Mila et Hans firent feu les premiers. Des cris de souffrance s'élevèrent comme ils bondissaient en arrière et se réfugiaient derrière le mur. Plusieurs détonations retentirent ;

un pan de mur gros comme son poing explosa juste à côté de l'oreille de Hans, et la lanterne fixée au mur opposé vola en éclats dans un bruit de vitre cassée et de métal tordu.

— En arrière ! rugit Hans.

Il tourna les talons, poussa Solene et Asaf dans la direction par laquelle ils étaient venus et se lança à leur suite au pas de course. De sa main libre, il attrapa le bras de Mila pour la faire passer devant lui, bien dans son champ de vision, tandis que Julian le talonnait de l'autre côté. Une cacophonie d'ordres et de jurons ainsi que le tambourinement d'une dizaine de bottes se firent entendre derrière eux. Un coup de feu fut tiré ; la pointe d'une stalactite explosa quelques pas plus loin. Hans jeta un coup d'œil par-dessus son épaule pour découvrir que quatre hommes les prenaient en chasse, l'un d'eux avec une tache écarlate grandissant le long de son biceps droit. Hans lança le bras en arrière, appuya deux fois sur la gâchette de son pistolet ; le sol vola en éclats devant l'un des gardes, juste avant que celui-ci trébuche et s'écroule en hurlant de douleur. Un autre leva son fusil, tira. La balle siffla à l'oreille de Hans sans le toucher — Solene poussa une plainte au même moment. Hans la vit plaquer une main sur son épaule pendant que du sang suintait entre ses doigts, mais elle n'arrêta pas de courir.

— Il y a une autre sortie ? haleta Julian par-delà le bruit des pas et des cris.

Mila regarda derrière, brandit son arme et tira, mais ne répondit pas. Le cœur de Hans accéléra ses battements : la seule fuite possible se trouvait dans la direction inverse, mais les gardes de la Maison Rouge leur bloquaient le passage. Cette pensée lui noua la gorge. Pendant une seconde, il songea qu'il ne leur servait à rien de courir s'ils n'avaient nulle part où aller. Puis, comme ses camarades et lui empruntaient un couloir transversal, échappant momentanément aux tirs de leurs ennemis, il ralentit le pas. Leur seule véritable option s'imposait à lui : ils allaient devoir affronter leurs poursuivants, pour ensuite retourner sur leurs pas et trouver la sortie d'urgence.

À condition qu'ils soient encore vivants pour le faire.

— Hans ? appela Mila alors qu'il s'immobilisait. Mais qu'est-ce que tu fais ?

Les soldats de la Maison Rouge approchaient. Hans se campa solidement sur ses jambes, leva son arme. Il s'apprêtait à répondre à Mila qu'il s'agissait de leur unique chance de s'en sortir lorsqu'un sifflement l'interrompit. Un son léger, à peine audible, accompagné d'un faible courant d'air qui chatouilla sa nuque trempée de sueur. Hans balaya frénétiquement les environs du regard, pour s'apercevoir que l'endroit lui était familier. Un instant, il crut qu'il s'imaginait des choses — les tunnels de la Maison Rouge se ressemblaient tous. Mais alors, quelque chose remua derrière son oreille : l'abeille mécanique d'Andy. Il se rappela la corniche où le Chuchoteur l'avait trouvé.

Il fit volte-face et courut rejoindre le reste du groupe.

— Par ici ! indiqua-t-il en accélérant la cadence pour prendre la tête.

Il souhaita de tout son être qu'il ne se trompait pas. Ou alors, ils allaient tous mourir.

— Ne les laissez pas s'enfuir ! rugit un garde à ses complices.

Hans les devina qui se précipitaient dans le couloir à leur tour. Il accéléra la cadence, pressant ses compagnons de faire de même, tandis que, par-delà le vacarme de leur course-poursuite, il s'évertuait à se concentrer sur cet infime sifflement d'air, qui s'infiltrait dans les souterrains par une ouverture quelconque — la corniche, sans doute. Il craignait cependant une chose : lorsqu'il avait déambulé à travers les tunnels, cette nuit-là, le manque de sucre lui embrouillait encore l'esprit et sa perception de l'environnement n'était pas à son meilleur. Hans ne pouvait maintenant qu'espérer que ses souvenirs embrumés soient justes, car ils constituaient le dernier espoir de fuite pour ses compagnons et lui.

Une puissante détonation résonna : une lanterne explosa à l'instant où Hans et ses compagnons la dépassaient. Ils furent plongés dans le noir pendant plusieurs secondes, que Mila et Julian mirent à profit pour tirer sur leurs poursuivants ; l'un d'entre eux trébucha et hurla en attrapant sa jambe. Ils s'extirpèrent des ténèbres au même moment — et tout à coup, le sifflement que traquait Hans se tut.

Hans ralentit, hésitant, paniqué à l'idée de s'être perdu.

— Hansel ? interrogea Mila avec inquiétude.

Il sonda les alentours du regard et repéra l'entrée d'un étroit corridor, plongé dans l'obscurité, seulement quelques pas en arrière.

— Là !

C'était bien la sortie.

Ce devait être elle.

Il revint sur ses pas et s'y engouffra à toute allure, manquant trébucher tant le virage était serré et l'ouverture étroite. Rapidement, les lueurs des lanternes s'estompèrent derrière lui, et il se retrouva forcé de ralentir le pas, une main sur la paroi rocheuse pour guider ses pas. Pratiquement sur ses talons, le crissement de semelles lui signifia que les autres le suivaient, mais il ne pouvait se retourner pour voir si tous ses camarades étaient bien là.

Un premier coup de feu explosa à ses oreilles. Quelqu'un poussa un cri de douleur, un corps tomba dans la poussière.

— Général !

Hans freinait déjà.

— N'arrêtez pas, prévint la voix haletante de Julian. *Continuez !*

Des sanglots s'élevèrent : Elias.

— Je te tiens, le rassura Mila. Je te tiens.

De nouvelles détonations résonnèrent plus loin dans le tunnel ; d'autres leur répondirent alors que de brefs éclats lumineux révélaient la forme avachie du général de Code à terre.

Hans se remit en route.

— Hans ? s'enquit Mila peu après.

Ils continuaient de s'enfoncer dans le tunnel. Derrière eux, les coups de feu s'étouffaient peu à peu. Mais toujours aucune sortie en vue.

— Capitaine ? insista Solene comme il ne daignait pas répondre.

Hans avait la bouche sèche, le cœur au bord des lèvres. Plus il avançait, plus il doutait : avait-il emprunté le bon passage ? N'aurait-il pas déjà dû en voir le bout ? Il avait le souvenir d'avoir franchi plusieurs flaques d'ombre et de lumière avant d'atteindre la falaise ; ici, pourtant, impossible de voir à un pas devant soi, et aucun lumignon en vue. L'estomac noué, il s'apprêtait à annoncer un demi-tour, au risque d'avoir à affronter une nouvelle escouade de gardes, lorsqu'une faible lueur perça l'obscurité. Un embranchement apparut par la suite : le chemin de gauche s'évanouissait dans les ténèbres, plus loin; tandis qu'à droite, des lanternes, plus petites que celles qu'on trouvait ailleurs dans les souterrains, éclairaient un étroit tunnel au bout duquel Hans crut entrapercevoir un ciel grisonnant.

Il parcourut les derniers mètres presque sans s'en rendre compte, retenant son souffle. La terre sembla s'ouvrir devant lui.

— Halte! prévint-il.

Les pas se turent derrière lui. Il percevait les souffles irréguliers de ses compagnons dans le silence. Il fit un pas prudent en avant : il s'agissait bien de la corniche qu'il avait découverte la nuit précédente. Elle n'était pas bien large, à peine assez pour que deux personnes s'y tiennent côte à côte.

Hans leva les yeux. C'était le crépuscule. Le brouillard s'assombrissait de seconde en seconde, semblait-il, alors que le soleil avait déjà disparu sous l'horizon. Dans les derniers rayons du jour, le roc de la falaise se nimbait d'encre et Hans eut l'impression de fixer un mur sombre dont la couleur se mêlait à celle du ciel, comme s'il s'élevait à l'infini au-dessus de sa tête. L'image était inquiétante; toutefois, en plissant les paupières, il s'aperçut que le sommet de la paroi rocheuse, et donc la terre ferme, se situait moins d'une dizaine de mètres plus haut. Un irrépressible soupir de soulagement enfla dans sa gorge; il savait qu'il faisait un pari risqué en entraînant ses camarades ici, où ils auraient pu se retrouver pris au piège. Mais, voyant que quelques mètres étaient tout ce qui les séparait encore de la liberté, il comprenait qu'il avait fait le bon choix.

— Il va falloir escalader, annonça-t-il en reportant son attention sur le reste du groupe.

— J'y vais en premier, se proposa Solene sans la moindre hésitation.

Elle s'avança pour rejoindre Hans au bord de la corniche, puis étira le cou vers le haut, concentrée sur son objectif. Tandis qu'elle s'approchait de la façade et y cherchait les prises les plus solides à tâtons, Hans fut pris d'une vague d'anxiété.

— Soleil…

L'adolescente l'observa par-dessus son épaule et remarqua comment il lorgnait la manche rougie de sa tunique, là où une balle l'avait frôlée plus tôt durant leur fuite.

— C'est juste une égratignure, le rassura-t-elle.

Hans hésita, songeant à la cheville tordue à peine guérie de sa recrue. Cette dernière soutint son regard sans broncher, et il finit par hocher le menton.

— Ne regarde pas en bas, balbutia-t-il néanmoins nerveusement. Nous serons juste derrière.

L'ombre d'un sourire passa sur les lèvres de Solene.

— Oui, mon capitaine.

Elle entreprit son ascension. Hans la suivit des yeux quelques instants, prêt à bondir au premier signe de faiblesse de sa part, mais la jeune soldate se débrouillait bien. Il fit alors signe à Asaf d'approcher, l'encourageant d'un hochement de tête. Le temps que l'adolescent gravisse les deux premiers mètres de roc rouge, Solene avait pratiquement atteint le sommet, et ce, sans embûche. Sur la corniche, à un pas du vide, il ne restait désormais plus que Mila, le petit Elias et Hans.

— Je vais le porter, décréta ce dernier à l'intention de sa compagne.

Sans attendre de réponse, il coinça son pistolet à sa ceinture, puis prit l'enfant des mains de Mila et le cala contre son flanc. Le gamin enroula aussitôt ses bras autour du cou de Hans et l'enserra fort, son visage contre son épaule. Il tremblait et de faibles hoquets lui échappaient, mais il avait arrêté de sangloter depuis un moment. La force avec laquelle il affrontait les évènements étonnait Hans qui, avec un violent pincement au cœur, caressa les cheveux de l'enfant dans un geste qu'il espéra rassurant, bien que plutôt maladroit.

Au même moment, il croisa le regard inquiet de Mila.

— Toi d'abord, lui dit-il un peu abruptement, tel un ordre.

La jeune femme ne s'en formalisa pas. Avant d'esquisser un geste en direction de la paroi rocheuse, elle lui répondit sur le même ton :

— Sois prudent.

— Toi aussi, lui dit Hans.

Il désigna le sommet de la falaise du menton.

— On se retrouve là-haut.

Mila soutint son regard un instant, sans rien dire. Ses mains ne tremblaient pas et ses traits étaient durs, décidés, mais il sentit tout de même sa peur. Lorsque la jeune femme se détourna en frottant ses paumes sur son pantalon pour se préparer à la périlleuse ascension qui l'attendait, Hans fut pris d'un brusque sentiment d'appréhension.

— Mila, la retint-il.

Sa compagne pivotait à peine qu'il enroulait ses doigts sur sa nuque, l'attirait à lui et l'embrassait. Le contact de leurs lèvres fut bref, précipité, mais profond. Hans ne comprit pas trop ce qui lui prenait de poser ce geste d'affection en un tel moment, mais c'était plus fort que lui, il en avait besoin. Il eut du mal à mettre fin à cette étreinte et plongea ses yeux dans ceux de Mila, comme incapable de la laisser partir.

— Je t'aime.

Les mots lui avaient échappé sans qu'il ne les voie venir, comme le baiser avant eux.

Une lueur indescriptible passa dans les iris verts de Mila. Elle posa sa main sur la joue de Hans, ouvrit la bouche — quand une puissante détonation retentit tout près.

L'air siffla à l'oreille de Hans. D'un seul mouvement, il tira le pistolet de sa ceinture et poussa Mila contre le mur de roc.

— Allez ! lui cria-t-il. Grimpe, vite !

Il ne prit pas le temps de s'assurer que sa compagne s'exécutait ; serrant Elias contre lui d'une main et le protégeant de son corps du mieux qu'il le put, il visa au cœur du tunnel et tira une fois, puis deux. Au troisième coup, rien ne se produisit. Plus de munition.

— Saloperie, grogna Hans.

Un nouveau coup de feu lui répondit et fit exploser un pan de roc à une longueur de bras sur sa droite. Il jeta l'arme désormais inutile au sol et envoya la tête en arrière, son attention rivée au sommet de la falaise.

— Accroche-toi, conseilla-t-il au gamin dans ses bras.

Il attendit que ce dernier raffermisse sa prise autour de son cou, puis se lança dans l'escalade des dix mètres qui allait le sauver.

Ou le tuer.

La pierre était glissante sous ses doigts, polie par des années de bourrasques violentes et de tempêtes de sable qui l'étaient encore plus. Les prises étaient mauvaises, instables. Hans eut rapidement l'impression que tous ses muscles étaient en feu.

— Tout va bien en bas ? questionna une voix éreintée.

Mila ne se trouvait que quelques prises plus haut et ne tarderait plus à atteindre la terre ferme.

— Ça va, la rassura Hans en camouflant son souffle court avec peine. Ne t'inquiète pas pour moi !

Il ne voulait surtout pas distraire sa compagne alors qu'elle était si près d'accéder à la sécurité. Les dents serrées, il poursuivit son ascension, mais il prit bientôt conscience que la vitesse à laquelle il se hissait de prise en prise diminuait ; avec le gamin accroché à lui, le poids qu'il lui fallait porter était important. Aux trois quarts de la distance à parcourir, il ne parvint plus à empêcher ses genoux de trembler et craignit de détacher un seul doigt de la paroi, de peur de perdre pied et de tomber dans plusieurs centaines de mètres de vide.

Pendant un instant, il n'osa plus bouger. Une seconde s'écoula, puis une deuxième, et une troisième. Au bout d'une minute, l'enfant pendu à son cou remua légèrement.

— C'est fini… ? gémit-il telle une supplique.

Hans déglutit, serra les dents. Sa main droite glissait.

— Pas encore, s'essouffla-t-il. Mais bientôt.

— Promis ?

— …

Un coup de feu, une douleur foudroyante dans sa main droite. Un morceau de roc gros comme sa tête vola en éclats et Hans lâcha prise. Le gamin hurla. Le temps d'un battement de cœur, le bras droit de Hans fut projeté vers l'arrière avec les fragments de pierre rouge, et ce poids faillit bien faire déraper son autre main et l'entraîner vers une chute mortelle. Ses ongles raclèrent le roc, le bout de ses semelles glissa dangereusement. L'enfant s'époumonait toujours et s'agrippait à sa tunique.

Comme poussé par une force invisible, il parvint à ramener son corps contre la paroi et à refermer sa main droite sur une nouvelle prise. Un éclair de douleur lui vrilla aussitôt les nerfs et il en comprit la cause en découvrant ses cinq doigts ruisselant de sang. La balle avait frôlé le dos de sa main. La coupure semblait peu profonde, mais le liquide rouge poissait déjà sa paume et la souffrance irradiait jusque dans son coude. Hans se tordit le cou pour fixer le sommet de la falaise ; Mila avait disparu, elle était donc saine et sauve. Deux mètres à peine, et Elias et lui le seraient également.

Sauf qu'il ignorait s'il tiendrait jusque-là.

Plus bas, une suite de tintements métalliques lui parvinrent. Il crut reconnaître le bruit de douilles qui tombaient au sol, ce qui lui offrait une poignée de secondes de répit. Il espéra de tout son être ne pas avoir tort.

Il se remit à grimper.

La douleur dans sa main devint insoutenable. Le gamin gémissait contre son oreille. La terre ferme, tout à l'heure si près, ne semblait plus se rapprocher, mais s'éloigner, s'éloigner… Centimètre par centimètre, Hans continua néanmoins de s'élever le long de la paroi. Enfin, il atteignit le sommet. Alors qu'il enfonçait les doigts dans une terre étonnamment meuble et s'y hissait avec l'enfant, seul le bas de son corps ballotant toujours dans le vide, une dernière détonation se fit entendre. La balle passa cependant loin de le toucher. Une vague de soulagement déferla dans ses veines.

Soudain, des mains l'attrapèrent par les épaules et le forcèrent à se remettre sur ses jambes flageolantes. On lui arracha Elias des bras : l'enfant hurla à s'en écorcher la gorge. Hans tenta de se dégager, mais les mains resserrèrent leur étau sur lui et il n'eut rapidement plus la force de se débattre. Il tenait à peine debout. Alors il releva les yeux.

Roy se dressait devant lui.

— Vous vous êtes bien amusé, capitaine ? lui demanda-t-il, un large sourire aux lèvres.

Hans resta coi. Sa langue était collée à son palet, et il lui semblait avoir oublié comment respirer. Si deux hommes ne l'avaient pas gardé sur ses pieds en l'agrippant par sa tunique, il se serait écroulé.

— Prêt à cesser de jouer ? renchérit Roy.

Les pleurs d'Elias s'étaient tus. Hans ignora Roy pour regarder autour de lui, trouvant à peine la force de tourner la tête. Ce qu'il vit lui tordit l'estomac. Ses compagnons avaient été appréhendés. Le canon d'un pistolet braqué sur la tempe des uns, la lame d'un couteau sous la gorge des autres. Tous, sans exception, refaits prisonniers alors qu'ils avaient cru la fuite si près.

Les seuls à manquer à l'appel étaient Julian — Hans ignorait s'il était même encore vivant, ou s'il avait péri dans le tunnel en essayant de faire gagner du temps au reste de ses camarades — et Claws. Hans se prit à souhaiter de toutes ses forces que son ami avait filé sans un regard en arrière lorsque personne ne s'était présenté à leur lieu de rendez-vous. Fuir en abandonnant son escouade serait lâche et égoïste, mais Hans le pardonnerait si cela permettait d'épargner la vie de son frère d'arme.

L'esprit ainsi torturé, Hans croisa le regard de Mila, tenue en joue par une femme qui faisait partie du groupe à avoir escorté les réfugiés de York lors de leur arrivée. Les pupilles de la jeune femme plongèrent dans celles de son compagnon.

— *Ça va aller,* articula-t-elle en silence.

Elle n'était qu'à deux pas ; Hans aurait pu tendre la main et effleurer sa joue pour y essuyer l'unique larme qu'il voyait perler sur sa peau pâle. Il réfréna cette envie en serrant les dents.

— Vous m'avez mis en colère, capitaine Hansel.

Il revint à Roy. L'homme le toisait, l'œil sombre. Son sourire s'était évanoui. Hans remarqua que, malgré ses airs menaçants, l'autre avait le teint cireux et le visage luisant d'une fine pellicule de sueur. C'est en avisant la rosace sombre sous sa clavicule droite qu'il se rappela que Julian avait tiré sur Roy. Il eut du mal à ravaler un rictus satisfait devant la preuve que le coup de feu du général de Code avait fait mouche.

Son sourire, même s'il n'était qu'une ombre, s'envola cependant bien vite. Un grincement sinistre résonna dans l'air et, plus loin, quelque chose s'extirpa de terre. Hans devina la présence d'une trappe dans le sol quand la forme se précisa en celle d'un homme, qui tira du trou une seconde silhouette, avachie et aux membres ballants. Celle-ci fut jetée à terre comme un vulgaire rebus. Une seconde passa avant que la forme ne se redresse sur des bras tremblants et ne relève le menton dans un ultime geste de défi. Sous le sang et les tuméfactions, Hans ne reconnut pas tout de suite le visage de Julian.

Roy suivit son regard par-dessus son épaule.

— Julian ! Ravi de vous avoir parmi nous.

Le général de la Maison Rouge s'adressa ensuite à son soldat, debout derrière Julian :

— Et le colonel ?

Hans se sentit blêmir. L'air se coinça dans sa gorge. Cette fois, il crut vraiment qu'il allait vomir.

Au même moment, une troisième personne se hissa hors de la trappe, de prime à bord de son propre chef, mais une quatrième la suivait, enfonçant la pointe d'un fusil à canon long entre ses omoplates. Claws traîna les pieds sur quelques mètres, les mains croisées sur sa nuque. Il avait la tête haute et foudroya Roy du regard. Qu'il fût en état d'aligner deux pas ou de feindre une nonchalance provocatrice sans grimacer ne constituait qu'en une maigre consolation ; une large coulée de sang maculait sa tempe jusqu'au menton, et il vacillait légèrement sur ses jambes, signe qu'il souffrait. Comme il s'immobilisait près des autres prisonniers, son geôlier releva son fusil et en abattit la crosse entre ses épaules. Claws tomba à genoux sans pouvoir ravaler une plainte rauque.

— Nous voilà au complet ! s'enthousiasma Roy. N'est-ce pas réjouissant ?

— S'il vous plaît, intervint Mila. Vous n'avez pas à faire ça.

— Non ? s'enquit Roy en pivotant vers elle.

Hans se tendit de la tête aux pieds. La jeune femme fit mine de poursuivre, mais s'interrompit en grimaçant quand sa tortionnaire appuya davantage le canon de son arme contre son crâne. Roy apaisa sa soldate d'un geste de la main avant qu'elle n'ait pu aller plus loin ou que Hans n'ait ouvert la bouche et dit quelque chose qu'il regretterait.

– Nous ne sommes pas une menace pour vous ou pour la Maison Rouge, reprit Mila en déglutissant. Nous ne sommes que sept – sept survivants à la destruction de leur refuge. Laissez-nous partir.

– Vous laissez partir ? répéta Roy avec une fausse légèreté. Et risquer que vous surviviez assez longtemps au désert et aux charognards pour parler de moi et de mes petits secrets à quiconque croisera votre route ? C'est une idée…

Sans quitter son interlocutrice des yeux, il porta une main à son menton et le tapota du bout d'un doigt, feignant de réfléchir à la question. Au bout d'une seconde, il haussa les épaules.

– Ou pas.

Il porta une main à sa ceinture et dégaina le pistolet qui y était coincé.

– Non ! hurla Hans.

Son cri fut couvert par la déflagration. Lors de l'instant qui suivit, il vit la tête de Julian partir en arrière. Puis, l'homme s'écroula mollement au sol, ses yeux vitreux grands ouverts au milieu de la tache ensanglantée de sa figure. Un épais liquide qui semblait noir dans la pénombre grandissante se répandit autour de son crâne.

Hans observa la flaque s'étendre et tremper l'herbe sèche qui clairsemait la terre.

Son pouls battait de façon assourdissante à ses oreilles. Hans prit conscience qu'il retenait son souffle.

Il le relâcha.

– C'était amusant ? lança Roy à la cantonade. Moi, j'ai trouvé ça amusant.

Il tournoya sur lui-même, son arme levée, et fit passer son attention de l'un à l'autre de ses prisonniers.

— Alors, à qui le tour ?

Le canon de son arme s'attarda en direction de Claws, puis d'Elias. Un garde gigantesque maintenait celui-ci immobile d'une seule main plaquée sur sa bouche. Sa paume était si large qu'elle couvrait toute la moitié inférieure du visage de l'enfant, sans parvenir à camoufler les larmes qui baignaient ses yeux, toutefois.

— Moi.

Roy pivota sur ses talons et s'arrêta face à Hans, qui prit du même coup conscience de ce qu'il venait de dire. Il releva le menton.

— Tuez-moi, insista-t-il. Ou c'est moi qui vous tuerai en premier.

Les lèvres de Roy se recourbèrent en un rictus carnassier. Il franchit calmement les quelques mètres qui le séparaient de Hans s'arrêta, puis le détailla de pied en cap avant de lever son pistolet.

Une silhouette se débattit en périphérie du champ de vision de Hans.

— Hansel, s'interposa Mila d'une toute petite voix.

Elle hoqueta et se tut brusquement, tout à coup parfaitement immobile. Hans se fit violence pour ne pas regarder dans sa direction, mais il savait que la garde qui la retenait avait simplement raffermi sa prise sur la jeune femme. Elle ne toucherait pas à un cheveu de Mila si Roy ne lui en donnait pas l'ordre. Du moins, c'est ce dont il s'efforça de se convaincre alors qu'il rendait son regard meurtrier à Roy.

— C'est une menace ? l'interrogea ce dernier en agitant son arme sous le nez de Hans.

Hans ne cilla pas.

— Amusant, commenta Roy avec désinvolture. Vraiment.

Il se détourna, tendit le bras et fit feu.

Le petit Elias fut pratiquement arraché à la poigne de son geôlier et fut projeté en arrière. Son corps retomba au sol dans un bruit mat, mais il ne cria pas, ne gémit pas. Ses bras et ses jambes furent secoués de soubresauts tandis qu'une tache sombre fleurissait sur son abdomen. Du sang jaillit de sa bouche dans un gargouillis.

Puis plus rien.

Silence.

Hans voulut hurler, mais le silence l'étouffait.

— Oups. C'est parti tout seul.

Roy revint à Hans et plaqua le canon de son pistolet entre ses yeux. Le métal était brûlant contre la peau de Hans.

— Toujours envie de faire le malin, capitaine ?

Hans serra les dents. Il fit un pas en avant, immédiatement tiré en arrière par les deux hommes qui le tenaient, et pressa durement son front contre le canon de l'arme de Roy. Ce dernier arma le chien, adressant un air de défi à Hans. Hans ne flancha pas.

Une seconde passa.

Dans le silence, un son cristallin parvint à Hans, et il reconnut le bruissement des ailes de l'abeille mécanique, toujours blottie derrière son oreille.

Au même instant, un autre bruit s'éleva, de plus en plus fort, et fendit l'air. Hans mit un battement de cœur à comprendre de quoi il s'agissait. Roy le comprit aussi, car une lueur de pure terreur s'alluma dans son regard et son arme s'écarta légèrement du front de Hans. L'homme leva brièvement les yeux vers le ciel. Une fraction de seconde. Un battement de cils.

C'était tout ce dont Hans avait besoin.

Il envoya son talon dans le genou du premier garde qui le retenait. L'homme le relâcha dans un grognement de douleur, pendant que la main libre de Hans volait vers le pistolet de Roy et en attrapait le canon. Roy tira d'instinct, mais Hans se dérobait déjà et la balle le manqua de plusieurs centimètres : elle toucha le deuxième garde qui se plaça en plein dans sa trajectoire en tentant de rattraper Hans. Le garde tomba en arrière, ce qui permit à Hans d'abattre la paume de son autre main sur le nez de Roy. Ce dernier lâcha son pistolet et recula d'un bond, les deux mains plaquées sur son visage qui se couvrait déjà de sang.

Hans envoya la tête en arrière et vit les formes noires qui tombaient du ciel en fondant sur eux.

– SORCIÈRES !

Son cri se mêla au sifflement du vent entre les branches, aux voix de ses compagnons et des hommes de Roy, et aux fracas de leurs affrontements. Son coup d'éclat avait sonné l'assaut, et maintenant les derniers réfugiés de York se battaient pour échapper à leurs tortionnaires de la Maison Rouge.

Hans vit Claws aux prises avec l'homme au fusil longue portée, à qui il tentait de dérober son arme ; pendant ce temps, à un pas de là, un autre soldat tombé à terre se redressait péniblement sur ses coudes. Après avoir aperçu Claws et son comparse au fusil, l'homme tendit la main vers un pistolet qui reposait un peu plus loin.

Hans leva sa propre arme et fit feu. La balle se ficha dans l'épaule de sa cible, qui se recroquevilla en poussant un cri de souffrance. Au même moment, Claws prit le dessus sur son assaillant en lui arrachant son fusil des mains et lui envoya un violent coup de crosse à la tempe. L'homme s'effondra, sonné. Claws pivota aussitôt sur ses talons et leva son fusil… vers Hans. La balle siffla au-dessus de la tête de ce dernier et heurta quelque chose dans un bruit sourd. Hans tourna la tête juste à temps pour voir la branche de sapin qui volait dans sa direction et bondit pour l'éviter. La seconde d'après, une femme pratiquement nue dans sa tunique translucide s'écrasa au sol à un pas de lui. Une large tache de sang s'épanouissait sur sa poitrine alors qu'elle toussait et crachait du sang.

Une main de métal se referma sur le bras de Hans et l'entraîna loin de la Sorcière agonisante.

– Mille guerres, persifla Claws. Mais qu'attendent-elles ?

Hans leva la tête en titubant derrière son compagnon. Le spectacle qui s'offrit alors à sa vue était des plus étranges. Suspendues plus de vingt mètres au-dessus du sol, une demi-douzaine de silhouettes perchées sur leur branche attendaient, immobiles. Leur peau pâle chatoyait sur le ciel sombre du crépuscule, tandis que leur longue chevelure et leur robe de soie dansaient dans une brise qui semblait n'affecter qu'elles seules. Même lorsqu'un coup de feu fut tiré dans les airs, les Sorcières frémirent à peine.

– Comment est-ce possible ? couina une voix que Hans ne reconnut pas tout de suite. Comment peuvent-elles m'avoir trouvé… ?

Roy se tenait recroquevillé au sol un peu plus loin. Du sang barbouillait toute la partie inférieure de sa figure, mais l'homme ne se préoccupait plus de son nez cassé. Le visage tourné vers le ciel, les yeux ronds, il pointait un petit pistolet en direction des Sorcières. L'arme tremblait furieusement dans ses mains.

Hans s'arrêta et se défit de la poigne de Claws. Puis, il leva le pistolet qu'il tenait toujours dans sa main pour en diriger le canon sur le général de la Maison Rouge. Son doigt se cala sur la détente. La rage lui fit serrer les dents.

À quelques pas de là, au milieu des corps de ses hommes et de ceux de ses victimes, Roy n'avait pas conscience de l'arme braquée sur sa tête. Il n'avait d'attention que pour les femmes qui flottaient tranquillement dans les airs, tels des charognards attendant le bon moment pour plonger sur leurs proies.

Hans s'aperçut que l'autre homme était terrorisé. Il se rappela les champs de force qui entouraient la Maison Rouge et qui devaient protéger ses habitants. Quand Roy avait-il été forcé de confronter des Sorcières pour la dernière fois ?

Hans baissa son arme. Une balle dans la tête était un châtiment bien trop généreux pour ce monstre. Il préférait encore le regarder mourir de peur.

– Hans !

C'était la voix de Mila. Hans pivota à sa recherche ; elle était prisonnière de l'un des derniers soldats de Roy encore debout. L'homme la tenait par derrière, un de ses larges bras enroulé autour de son torse pour l'immobiliser, tandis que de sa main libre il appuyait un couteau sous son menton. Mila mettait toutes ses forces à le repousser, mais même ses deux mains couvraient à peine celle de son geôlier gigantesque.

– Hans ! appela-t-elle encore.

Un coup de feu retentit tout près ; Claws venait d'abattre quelqu'un qui se jetait sur lui. Il fit ensuite mine de viser l'agresseur de Mila, mais ne se décida pas à tirer vu le risque de toucher la jeune femme.

Hans voulut se précipiter au secours de sa compagne.

Hansel.

Il trébucha. Cette voix n'était pas celle de l'un de ses compagnons. Et pourtant, elle lui était familière.

Malgré les affrontements et les plaintes qui faisaient rage autour de lui, il se figea et leva les yeux.

Les Sorcières l'observaient. Toutes. Six paires d'yeux inquisiteurs rivés sur lui. Parmi elles, une seule capta complètement son attention : noire comme la nuit, au milieu d'un visage blanc comme la lune et encadré de longues boucles d'ébène. Hans reconnut la Sorcière de York, celle dont il avait déjà croisé le chemin à deux reprises avant aujourd'hui.

Un frisson s'enroula autour de son échine. York était détruit et loin derrière. Cette Sorcière ne pouvait se retrouver ici par une simple coïncidence.

Hansel.

Encore cette voix. Mais la Sorcière aux yeux noirs n'avait pas ouvert la bouche, ni aucune autre de ses comparses. Hans ne s'en étonna pas. Car, au fond de lui, dans cet endroit sombre où il ne laissait jamais trop s'aventurer ses pensées, il savait à qui appartenait cette voix.

Quelque chose pesa sur sa poitrine. La pierre blanche.

Hans s'arracha au regard sans fond de la Sorcière et pivota sur ses talons en levant son pistolet. La balle alla se loger dans le front du colosse qui menaçait Mila, juste au-dessus de son œil gauche. La jeune femme et lui s'écroulèrent d'un même mouvement, lui inerte et les membres pantelants, elle en se traînant hors de sa portée, le souffle court.

Hans se pressa à sa rencontre et l'aida à se remettre debout de sa main libre. Claws surgit l'instant d'après, le regard inquiet.

— Il y en a d'autres, annonça précipitamment Hans.

— Quoi ? balbutia Claws.

— Des Sorcières.

La voix dans sa tête. Sa propriétaire ne pouvait être bien loin. Il le savait. Il le sentait.

— Vite ! insista Hans. Vite, ne restons pas là !

Il balaya les alentours du regard avec frénésie, avant d'apercevoir Solene et Asaf un peu plus loin. Les deux adolescents se tenaient dos à dos, l'un armé d'un pistolet qu'il braquait nerveusement sur les corps inertes autour d'eux, l'autre muni d'un long couteau qu'il brandissait à deux mains. Dès qu'ils croisèrent le regard de Hans, ils comprirent.

D'un seul mouvement, tous les survivants de York se mirent à courir. Hans, Claws, Mila, Solene et Asaf. Sans trop savoir où ils allaient. Sans trop savoir pendant combien de temps il leur faudrait continuer ainsi. Sans se retourner.

Des ombres se dessinèrent dans la nuit. Des arbres ? Des ruines ? Cent mètres devant.

Les bottes de Hans martelaient la terre et écrasaient les brins d'herbe secs qui y poussaient. Son cœur battait vite et fort dans sa poitrine. Pendant une seconde, il crut qu'ils allaient y arriver.

— Non ! rugit Roy derrière eux.

Un coup de feu. À la droite de Hans, Asaf se raidit dans un cri de douleur, puis tomba à terre. Solene, Claws et Mila ne s'arrêtèrent pas.

Hans si. Il tourna les talons et fonça tête baissée.

— Hansel ! l'appela Mila.

Mais il l'ignora. Personne ne serait laissé derrière. Pas cette fois.

Roy tira de nouveau dans leur direction. Hans se jeta à genoux et couvrit Asaf de son corps tandis que d'autres coups de feu retentissaient, cette fois du côté de ses compagnons. La forme d'Asaf était secouée de soubresauts sous lui. Il se redressa ; du sang maculait le flanc gauche de la recrue et s'étendait à une vitesse effarante sous sa tunique. Hans rencontra le regard du garçon, déjà lointain derrière ses paupières mi-closes. Il ouvrit la bouche.

Ça va aller, s'apprêtait-il à lui dire. *Tiens bon.*

Mais Asaf se cabra brusquement, toussa. Un flot de sang jaillit entre ses lèvres et gicla sur la tunique de Hans. Puis son corps se détendit. Ses yeux se voilèrent. Et plus rien.

Hans ne bougea pas.

La tache de sang continuait de grossir sous la tunique d'Asaf. Les brins d'herbe se teintaient de rouge autour de lui. Son menton était poisseux. L'avant de la tunique de Hans aussi, là où le sang l'avait éclaboussée. Et les yeux vides de l'adolescent fixaient le visage de Hans sans le voir.

Hansel.

Il releva la tête. Debout au milieu des dépouilles des soldats de la Maison Rouge, plusieurs dizaines de mètres plus loin, une silhouette était apparue. Dans la nuit, tout son corps paraissait rayonner comme la lune, une forme blanche de la tête aux pieds sur le paysage noir.

Elle avait les yeux bleus.

Hans leva son pistolet à deux mains.

– HANSEL !

Des pas qui se précipitaient sur lui.

Il appuya deux fois sur la détente. La silhouette blanche lui sourit et agita les doigts dans sa direction. Deux reflets métalliques percèrent l'obscurité tandis que les balles changeaient abruptement de direction. Une douleur fulgurante vrilla l'épaule droite de Hans alors que la première balle s'enfonçait dans ses chairs.

– MILA !

Un bruit sourd derrière Hans. Comme un corps qui tombait au sol. Les bras de Hans retombèrent le long de son corps. Le pistolet s'échoua sur ses genoux.

Le sourire de la silhouette blanche s'élargit.

Hans regarda par-dessus son épaule.

Le monde se tut. La douleur. Les battements de son cœur. Ses pensées.

Le monde se tut.

Mila gisait à trois pas de là. Une main tendue vers lui comme pour l'atteindre. Ses cheveux noirs en éventail autour de sa tête.

La deuxième balle entre ses yeux ouverts.

• • •

QUELQU'UN HURLA.

La voix déchira les tympans de Hans, brûla sa gorge et sembla le consuma tout entier. Il n'était que vide et souffrance.

Des bras l'entourèrent, le forcèrent sur ses pieds en le tirant loin, loin d'elle. Il se débattit. Se débattit. En vain. Il n'était pas assez fort.

Ses yeux verts le regardaient s'éloigner. Le suppliaient de rester. Il voulait rester. Mais il n'était pas assez fort et les bras l'entraînaient loin d'elle. Loin d'elle.

Des yeux bleus au cœur d'un visage blanc croisèrent les siens. Son cœur parut exploser.

Quelqu'un hurla.

C'était lui.

• • •

VIDE. SOUFFRANCE. Il n'était que vide et souffrance.

– Reste avec moi, Hansel.

Une voix grave et rocailleuse. Haletante. Pressante.

Claws le posa à terre et le cala en position assise contre un arbre. Ou une poutre. Ou un mur, peut-être. Difficile à dire ; il était plongé dans le noir.

– *Reste avec moi !*

Sa tête partit sur le côté alors qu'une onde de choc traversait son échine. La douleur fut toutefois rapidement avalée par le gouffre noir et sans fond qui le dévorait tout entier. Il ne sentait plus rien d'autre que ce vide. Ce vide immense.

Il parvint à redresser la tête. Quelque chose se dessinait dans les ténèbres, de l'autre côté de ses paupières mi-closes. Un visage ruisselant de sang, mangé d'une barbe de plusieurs jours, et percé d'yeux noirs. Des yeux où se disputaient la panique et la fureur.

– Je refuse de te perdre toi aussi, tu m'entends ? Alors *reste avec moi.*

Des pas rapides s'approchèrent.

– Elles ont disparu.

Claws regarda par-dessus son épaule.

– Comment ça, *elles ont disparu* ?

– Elles ont disparu, c'est tout. Peut-être qu'on les a semées ?

Un éclat de rire amer qui rappelait un râle.

— On ne sème pas les Sorcières aussi facilement.

Claws revint à lui. Le visage de l'autre soldat s'embrouilla entre ses cils.

Il voulait dormir. Et oublier le vide. Oublier la douleur. Pour toujours.

— Non, Hansel, ne…

Le noir.

• • •

IL HURLA. La douleur était foudroyante et du feu liquide se répandit dans ses veines. Tout son corps se cambra, se raidit. Il crut que chacun de ses os allaient se rompre. Sa tête était sur le point d'exploser.

— Tiens-le. *Tiens-le !*

Quelque chose de lourd pesait sur sa poitrine. Une main se plaqua sur sa bouche et étouffa ses cris. Il se débattit, mais ses bras étaient immobilisés le long de son corps. Il envoya des coups de pied ; sa botte gauche heurta un objet dur qui émit un bruit étouffé, avant de jurer avec une voix féminine. Ses jambes furent écrasées au sol à leur tour et il eut beau se tordre dans tous les sens et hurler de douleur contre la paume pressée sur sa bouche, on refusa de le lâcher.

— Mille guerres, Hansel ! grogna une voix granuleuse vaguement familière. Laisse-moi te retirer cette saloperie de balle !

Des serres s'enfoncèrent dans son épaule droite et lui labourèrent les chairs. Il hurla. Hurla.

Et s'évanouit.

• • •

SES YEUX S'OUVRIRENT. L'obscurité. Percée de faibles rayons, gris et ternes, qui s'infiltraient entre les branches au-dessus de sa tête. Il leva les yeux. Pas des branches, mais bien un toit. Et quatre murs autour de lui. Des planches de bois sec et disjointes, des bouts de ferraille empilés les uns sur les autres. Une seule pièce, depuis longtemps vidée et désertée.

— Hans ?

— Il est réveillé ?

Il tourna la tête — un éclair de douleur le vrilla de la tête aux pieds et un gémissement lui échappa. Pendant une seconde, la petite pièce et les rayons gris du jour disparurent sous un voile d'ombre ; il eut la vague sensation d'être en train de tomber. Un battement de paupières plus tard, toutefois, l'obscurité faisait place à deux visages aux traits tirés par l'inquiétude, barbouillés de sang, penchés sur lui.

Claws sourit.

— J'ai cru que tu ne te réveillerais jamais.

Sa voix était plus rauque que d'ordinaire, et légèrement chevrotante. Hans jeta un bref regard en direction de Solene. La jeune fille plongea ses yeux bleus dans les siens. Pendant un instant, cette vision lui coupa le souffle.

— Vous ne craignez plus rien, capitaine. Niklaus vous a extrait la balle et l'hémorragie a cessé. Vous êtes sauvé.

Sauvé.

Hans eut si mal à ce mot qu'il crut qu'il allait se remettre à hurler. Mais aucun cri ne monta de sa gorge. Il n'y avait que le silence dans sa bouche, sur ses lèvres, et dans son cœur. Et un vide infini. Là. Empli de souffrance.

— Hans ? s'enquit Claws, soudain soucieux.

Hans pensa à la balle que son compagnon lui avait retirée. Claws croyait l'avoir sauvé. Mais il avait tort.

— Hansel ?

Une balle. Deux balles.

Mila.

— Hans, dis quelque chose.

Mais Hans ne répondit pas.

Hansel avait perdu la piste des pierres blanches. Il gardait ce secret pour lui, mais voilà des heures qu'il avançait à l'aveugle dans la forêt. Grethel lui emboîtait le pas sans poser de question. C'était lui, le grand frère, après tout, non ? Il savait ce qu'il avait à faire, il connaissait la marche à suivre. C'est pourquoi leur père lui avait confié, à lui, la tâche de mettre Grethel en sûreté. La clarté du jour s'immisçait entre les branches rabougries des arbres, et au sol, parmi les herbes sèches et les feuilles mortes, plus un seul caillou blanc en vue.

Hansel serra son poing autour de la pierre blanche que lui avait remise son père le soir précédent, juste avant que sa sœur et lui ne s'enfuient de la maison par la porte de derrière. Avec un subit pincement au cœur, il se demanda quand Grethel et lui retrouveraient leur père. Et leur mère. C'était une des nombreuses questions auxquelles leur père n'avait pas répondu avant de les pousser hors de la maison : se retrouveraient-ils tous un jour ?

— Où est-ce qu'on va ?

Grethel tira sur la main de son frère, serrée dans la sienne, quémandant son attention.

— Tu le sauras quand on y sera, répondit Hansel.

— Et c'est encore loin ?

Il ne lui répondit pas, et Grethel soupira bruyamment.

Autour d'eux, la forêt s'éveillait peu à peu. Des bruissements dans les fourrés. Des grincements dans les branches. Mais pas un souffle de vent. Le vent ne se levait jamais à Beck. C'est pour cette raison que les parents de Hansel et Grethel s'étaient installés au village. Ils aimaient le silence.

— Est-ce qu'on est perdus ?

Hansel roula des yeux. Perché au sommet d'une branche un peu plus loin, un oiseau au bec crochu et au plumage cuivré les fixait, sa sœur et lui. Même s'il était plus petit que les charognards que Hans avait déjà vus s'en prendre aux restes d'une chèvre, le volatile était effrayant.

Hans reporta son attention devant lui. Une quinzaine de mètres plus loin, les arbres étaient moins serrés les uns contre les autres et la voie semblait s'éclaircir.

— On n'est pas perdus, affirma-t-il.

— Alors dis-moi où on va ! riposta Grethel.

— Je t'ai déjà dit…

— Oui, oui ! l'interrompit sa sœur en lâchant sa main. Je le saurai quand on y sera.

Ils s'immobilisèrent devant un large tronc tombé en travers de leur route, et Grethel se hissa dessus la première, tandis que Hansel la regardait faire en secouant la tête. Avec sa tunique trop grande qui se prenait dans les branches, la manœuvre prit de longues secondes à la fillette, durant lesquelles elle ne cessa de rouspéter :

— Tu sais, tu peux me dire si on est perdus — je ne serai pas fâchée.

— On n'est pas perdus ! répéta Hansel en levant les bras, exaspéré.

Mais sa jumelle ne l'écoutait pas :

— Tu n'as jamais eu un très bon sens de l'orientation, avoue-le.

— Quoi ? C'est faux !

— C'est vrai ! Rappelle-toi cette fois où on jouait au loup…

Maintenait à califourchon sur le tronc d'arbre, Grethel s'interrompit un instant et soupira ; le bas de sa tunique s'était pris dans une branche et elle entreprit de tirer sur le vêtement pour le déprendre.

Fourrant la pierre blanche dans une poche de son pantalon, Hansel attrapa une autre branche à deux mains et fit mine de se hisser aux côtés de sa sœur.

— Tu t'étais perdu et maman était terrifiée à l'idée qu'il te soit arrivé quelque chose, poursuivit Grethel en continuant de tirer sur sa tunique. Papa et elle ont lancé la moitié du village à ta recherche.

— Je ne m'étais pas perdu, j'étais caché, la corrigea Hansel en se posant près d'elle. Pour échapper au loup — *toi.*

Grethel tirait sur le pan de tissu coincé de toutes ses forces maintenant, mais la branche refusait de le libérer. Elle s'échina à la tâche de plus belle.

— Quoi ? Le loup, c'était toi — pas moi !

Hansel secoua la tête.

— Si, c'était toi.

— Non.

— Si.

— No…

Soudain, l'ourlet de la tunique de Grethel se déchira et la fillette bascula du tronc d'arbre.

— Hansel ! cria-t-elle.

— Grethel !

Il tenta d'attraper la main de sa sœur, mais trop tard ; elle s'écrasa un mètre plus bas, sans s'arrêter là : le terrain effectuait un dénivelé, et Hansel vit avec effroi le corps de sa jumelle dégringoler jusqu'au bas de la colline, plus d'une dizaine de mètres plus bas.

— *Grethel* !

Bondissant à bas du tronc, il gagna le bas du dénivelé aussi rapidement qu'il le put. La pente n'était heureusement pas trop abrupte et lorsqu'il rejoignit Grethel, cette dernière se redressait déjà, sonnée et couverte de terre, mais indemne.

— Oh, souffla-t-elle. Je me suis cognée la tête.

Hansel s'immobilisa brusquement auprès d'elle. Le souffle court, des fourmis dans les jambes dues à sa course périlleuse, il resta là un moment, incapable de bouger le petit doigt ou de prononcer le moindre mot.

Grethel se remit sur pied et lissa sa tunique et son pantalon, écarta un voile de cheveux blonds de son visage.

— Merci de m'avoir rattrapée, Hans, grommela-t-elle.

— Nom d'un charognard, fut tout ce que celui-ci parvint à laisser échapper.

Grethel poussa un cri horrifié et lui envoya une tape sur l'épaule.

— Papa te couperait la langue s'il t'entendait!

Mais Hansel l'ignora et fit un pas, puis deux, en avant. Au bas de la colline, devant lui, s'ouvrait une petite clairière, baignée de la lumière grisonnante du matin. Un seul grand arbre se dressait en son centre. Ses feuilles étaient du vert le plus vif que Hansel n'avait jamais vu et, dans son ombre, se dressait une chose plus bizarre encore.

— Hansel...? appela Grethel.

Elle s'interrompit dans un hoquet avant de s'exclamer à son tour:

— Nom d'un charognard!

Hansel hocha lentement la tête.

— Tu vois ce que je vois, El? interrogea-t-il à mi-voix.

Sa jumelle ne répondit pas tout de suite, mais il l'imaginait très bien acquiescer du menton, les yeux ronds, la bouche ouverte, exactement comme lui. Au bout d'une minute, le craquement de brindilles lui indiqua que Grethel venait le rejoindre.

— C'est bien ce que je pense ? s'enquit-elle. C'est bien…

Hansel hocha de nouveau la tête.

Et sourit.

— Une maison en pain d'épices.

Partie III

— Silences —

HANS REFUSAIT D'OUVRIR LA BOUCHE. Le jour s'était levé depuis plusieurs heures, maintenant. Il le savait parce que les planches disjointes des murs et la tôle mangée par la rouille du toit laissaient passer quelques filets de lumière terne. Leur abri n'en était pas moins lugubre. En fait, maintenant que de maigres rayons de soleil s'étaient frayés un chemin jusqu'ici, les zones d'ombre tout autour n'en paraissaient que plus denses. Insondables. Impénétrables. Et sans fin.

Claws était parti depuis un moment. Il avait brièvement dormi, cette nuit, après avoir retiré la balle de l'épaule de Hans, sans autre outil que ses doigts mécaniques, aiguisés comme des griffes. Au début, il avait proposé de monter la garde pendant que Solene et Hans dormiraient, mais lorsqu'il avait compris que ce dernier n'avait pas l'intention de fermer l'œil, il s'était résigné et permis un peu de repos. Quand il s'était éveillé ce matin, il avait tenté de parler à Hans :

— *Tu devrais dormir une heure ou deux, reprendre des forces.*

Hans l'avait ignoré. Il était assis contre le mur du fond, ses avant-bras posés sur ses genoux repliés vers son torse. Le regard fixé droit devant, sur le pan de tissu sale et poussiéreux qui servait de porte à leur abri.

— *Tu te sens bien ?*

Hans avait serré les poings sans répondre. La tension de ses muscles avait déclenché une onde de douleur aiguë dans son épaule. Il avait serré les poings plus fort.

— *Hans ?*

Claws avait soupiré et s'était levé.

— *Je vais en éclaireur. Histoire de savoir quelles saloperies nous attendent encore dehors.*

Il avait traîné les pieds jusqu'à la sortie, mais s'était arrêté avant de passer le rideau. Sa main mécanique s'était ouverte et refermée.

— *Je suis désolé, Hansel,* avait-il dit sans le regarder.

Il était sorti.

Un brasier sans nom s'était allumé dans les entrailles de Hans. Un hurlement de rage était monté dans sa gorge. Mais Solene sommeillait paisiblement quelques pas plus loin, dans un coin d'ombre de la cabane. Et tant qu'elle dormirait, elle oublierait l'horreur de leur situation, passée et à venir.

Alors Hans avait serré les poings, crispé les mâchoires et ravalé sa souffrance en silence.

• • •

CLAWS REVINT À LA MIDI. Il était armé et barbouillé de poussière rouge de la tête aux pieds. Solene, qui s'était tenue accroupie dans un coin de l'abri depuis son réveil, bondit debout.

— Où avez-vous déniché tout ça ?

Hans passa en revue l'équipement de son camarade : un fusil à gros calibre passé en bandoulière, un pistolet dans sa main valide, deux autres à sa ceinture, et des manches de couteaux dépassaient de ses bottes. Son estomac se retourna ; il savait très bien où Claws avait dégoté tout ce matériel.

À la Maison Rouge.

Son absence prolongée s'expliquait. Il avait dû retourner au bord de la falaise et fouiller les corps des hommes de Roy. Ces derniers avaient été armés jusqu'aux dents, et Hans avait conscience que les deux compagnons qui lui restaient auraient besoin d'armes s'ils espéraient survivre assez longtemps pour… pour quoi, d'ailleurs ? Ils n'avaient nulle part où aller. Et ils n'étaient plus que trois. Blessés. Affaiblis. Terrifiés. Brisés.

Hans toisa son frère d'arme, remarquant la quantité de terre rougeâtre qui maculait ses vêtements déchirés. Il en avait même dans ses cheveux noirs hirsutes, et de la boue séchée était coincée dans les joints de sa main mécanique. Une minute s'écoula pendant laquelle Hans se demanda ce que son compagnon avait pu fabriquer pour se couvrir ainsi de terre. Il comprit ensuite que Claws n'était pas retourné à la falaise uniquement pour récupérer des armes.

Cette pensée ramena brutalement Hans aux évènements de la veille. Il revit la falaise et les ombres dans la nuit. Celles qui voletaient dans le ciel, douces et gracieuses comme le vent, et celles qui détalaient au sol, éparses et affolées comme les pauvres proies qu'elles étaient. Il repensa à Roy et se demanda si cette ordure était toujours en vie. Les balles avaient fusé en tous sens, mais Hans ne pouvait jurer que le général de la Maison Rouge avait été touché. Peut-être était-il tombé sous la main des Sorcières, ainsi que le reste de son refuge de monstres cannibales – mais peut-être pas.

Et il y avait Mila. Sa voix qui criait son nom. Puis son visage livide dans la nuit. Ses cheveux noirs en éventail autour de sa tête. Ses yeux ouverts, fixes.

Puis le silence.

– Capitaine ?

Hans releva la tête et croisa le regard de Solene. Pendant une seconde, il ne vit plus que ses yeux, ses yeux aux iris d'un bleu si familier.

Si familier.

Trop familier.

– Hansel.

Il se détourna. Claws se tenait sur le seuil, debout sous le rideau qu'il écartait de sa main libre. Hans chassa Solene et ses yeux bleus de son esprit pour se concentrer sur Claws.

– Il faut y aller, déclara ce dernier d'une voix cassée. On ne peut pas se permettre de rester ici plus longtemps. Tu te sens la force de marcher ?

En guise de réponse, Hans se mit debout. Les quatre murs faits de bric et de broc tanguèrent autour de lui, mais il tint bon. Claws acquiesça d'un geste du menton et lui lança le pistolet qu'il avait à la main. Hans le coinça à sa ceinture avant de s'apercevoir que le manche était couvert de sang à moitié séché. Ses doigts étaient poisseux maintenant. Il eut beau les frotter sur son pantalon, il ne parvint qu'à étendre davantage la substance gluante. Il tint sa main devant lui et fixa sa paume rougie pendant une minute.

Un goût acide remonta dans sa gorge.

Il en avait assez du sang. Plus qu'assez.

– Hans, l'interpella Claws. On se bouge.

Hans laissa retomber sa main et jeta un coup d'œil en direction de son camarade. Ce n'est qu'alors qu'il remarqua son teint blême et ses yeux rougis cernés de noir. Claws avait les épaules voûtées, alourdies d'un poids invisible. Une ecchymose violacée se dessinait sur sa tempe gauche, et du sang séché maculait sa barbe ainsi que le col de sa tunique.

Tant de sang.

Solene avait disparu.

Hans dépassa Claws et sortit dans la clarté grisonnante du jour en serrant les dents.

• • •

ILS MARCHÈRENT SOUS UN SOLEIL DE PLOMB des heures durant. Ici, une herbe jaune et sèche bruissait sous leurs pas, et le sol était moins accidenté qu'à York et ses environs. Hans s'aperçut que son petit groupe devait avoir parcouru une plus grande distance qu'il ne l'avait d'abord cru. De plus, leur passage — ainsi que leur fuite — à la Maison Rouge les avait sans doute fait dévier de leur itinéraire initial. Avec la journée qui avançait et la trajectoire du disque blafard du soleil derrière le brouillard, Hans jugea qu'ils s'enfonçaient dangereusement dans les terres de l'ouest. Bientôt, le sol se fit plus mou sous leurs pieds. Des touffes de fougères et de buissons, bien que rabougries, commencèrent à surgir sur leur chemin. Hans se demanda alors si la limite des Terres Fertiles était encore loin — et la réponse l'effraya.

Pas une seule fois, cependant, une ombre inquiétante ne fila au-dessus de leur tête en sifflant. Pas plus que le souffle du vent ne se fit sentir ou entendre. Une sensation désagréable, par contre, comme un grattement à la base de son crâne, ou comme une démangeaison dans son échine, le fit soupçonner d'être observé. Mais chaque fois que Hans sonda du regard le désert par-dessus son épaule, rien ni personne. Lorsqu'il fouilla des yeux le ciel et ses nappes de brouillard nauséabond, il n'entrevit jamais rien d'autre que la forme d'un grand rapace qui passait par là.

Un étrange silence planait autour du groupe. Peu importait l'heure de la journée ou le paysage qu'ils étaient en train de traverser, Hans et ses compagnons d'infortune ne perçurent ni aboiements de charognards au loin, ni bruissements d'ailes d'insectes plus près. Hans commençait à croire qu'aucun animal ne vivait dans le secteur quand, en fin d'après-midi, Solene trébucha dans un trou gros comme un poing dans la terre, que Claws déclara être l'entrée d'un type de terrier. Lorsque le crépuscule tomba peu après, quelque chose agita les broussailles à une quinzaine de mètres d'eux. Claws l'abattit d'une seule balle, avant d'aller à la recherche de son butin : un étrange petit rongeur, court sur pattes et au pelage pâle comme les herbes sèches à travers lesquelles il courait. Il n'était certes pas bien gras, mais les trois survivants auraient au moins de quoi se mettre sous la dent pour un prochain repas. Comme il tenait sa prise en l'air par une patte, Claws croisa le regard de ses camarades.

— Tout va bien ? s'enquit-il alors à l'intention de Hans.

Ce dernier mit un battement de paupières à s'apercevoir que son ami s'adressait à lui. Du même coup, il prit conscience que son attention avait été fixée sur la main de Claws — non pas celle de métal, qui brandissait le rongeur, mais l'autre : celle qui tenait toujours le pistolet avec lequel il avait tué la créature.

Dans sa poitrine, le cœur de Hans battait la chamade, lui martelait les côtes avec violence. À ses tympans, l'écho de son pouls était comme autant de coups de feu qui retentissaient dans la nuit pour le torturer et meurtrir toujours un peu plus ses chairs.

— Hans ? s'inquiéta encore Claws.

Hans ne daigna pas rassurer son ami, et encore moins rencontrer ses yeux noirs. Il tourna les talons et reprit la route, avec l'impression d'avoir pris une nouvelle balle dans le cœur.

• • •

LES BRAISES ROUGEOYAIENT DOUCEMENT dans la nuit. Leurs crépitements semblaient être l'unique bruit à des kilomètres à la ronde. Chaque fois qu'un charbon gémissait ou craquait, le bruit résonnait de façon sinistre dans le silence impénétrable du désert. Hans se tenait aux aguets, s'attendant à voir surgir un charognard – ou pire – à tout moment, mais les herbes folles étaient parfaitement immobiles.

– Tu devrais manger, lui fit remarquer Claws, accroupi de l'autre côté du foyer de fortune en face de lui.

De ses doigts métalliques, il remua les braises ardentes et en extirpa un morceau de chair fumant, provenant du rongeur abattu plus tôt. À ses côtés, Solene fixait la pointe de son couteau, où était piqué le foie de la créature, qu'elle hésitait visiblement à avaler.

Hans baissa les yeux sur le petit monticule formé par les charbons et le corps de l'animal qui cuisait dessous. L'odeur mêlée de la viande rôtie et de la poudre noire, que Claws avait récupérée dans une balle de pistolet et dont il s'était servi comme combustible, lui chatouilla les narines. Il se sentit saliver. Du même coup, son estomac se retourna.

– Non ? s'enquit son ami en arquant un sourcil.

Devant l'absence de réaction de Hans, Claws haussa les épaules et enfourna le lambeau de viande qu'il tenait entre deux doigts, avant de se procurer une nouvelle portion de la même façon.

— Vous devriez avaler quelque chose, intervint Solene à son tour, ou au moins vous désaltérer un peu.

Elle saisit sa gourde, fixée à sa ceinture, et fit mine de la tendre à son ancien capitaine. Ce dernier observa la flasque une seconde sans rien dire, mais il répugnait l'idée de priver l'adolescente de la maigre ration d'eau qu'elle était parvenue à récolter en creusant de ses mains nues la terre sous un buisson tout rabougri. Même dans la lueur faiblarde des braises, il discernait encore la coupure à l'index que lui avait coûtée cette tâche.

Hans se détourna en silence. Il n'avait pas envie de boire une mixture qui tenait plus de la boue que de l'eau véritable, de toute façon.

— Laisse tomber, marmonna Claws en direction de Solene. Tu perds ton temps. Ce petit con est plus têtu qu'un charognard.

Hans releva les yeux, croisa le regard de Claws par-delà les flammes. Son compagnon lui rendit son œillade, l'air d'attendre quelque chose — une réplique ? Une insulte ? Mais rien ne vint.

Il savait ce qui était en train de se passer. Claws tentait de le faire parler, de le provoquer, de le sortir de cette torpeur dans laquelle il s'enfonçait un peu plus dangereusement d'heure en heure. Ses efforts étaient inutiles.

Hans n'avait pas l'intention de parler. S'il ouvrait la bouche, il craignait que toute la rage et la peine qu'il terrait au fond de lui ne lui déchirent la gorge et ne jaillissent en un hurlement qu'il ne pourrait jamais arrêter. Il n'avait pas la force de permettre à ses émotions de le rattraper de la sorte.

Pas encore. Peut-être jamais. Alors il laissait le silence étouffer la douleur qui le rongeait comme une plaie, étouffer la colère, étouffer l'incompréhension, et remplir le vide béant qu'il était devenu.

Claws soupira. Solene laissa retomber sa main qui tenait la gourde, incertaine.

Hans se contenta de baisser les yeux et perdit son attention dans les dernières lueurs incandescentes des braises en train de mourir dans la nuit.

• • •

– *HANSEL !*

Les coups de feu fracassèrent le silence, leur écho sinistre s'éternisant dans son crâne. Il entendit le son sourd de son corps qui s'échouait dans la terre, ses membres mous, inertes. Elle était morte avant même que sa tête ne heurte le sol. Pourtant, lorsqu'il s'était retourné pour l'apercevoir, ses yeux verts remplis de détresse le dévisageaient comme s'ils avaient encore quelque chose à lui dire. Cette nuit encore, ils le hantaient.

– *HANSEL !*

Il voyait ses lèvres pleines, pâles et bleuies, qui articulaient son nom en décalage avec le son de sa voix. Il voyait sa main ouverte, tendue vers lui, qu'il n'avait jamais pu saisir et serrer dans la sienne une dernière fois.

Il voyait ce trou, bien net, entre ses deux yeux.

Le cri d'un oiseau tira Hans de ses lugubres pensées. Il se redressa dans un sursaut, la main sur le manche du couteau glissé dans sa botte. Il s'aperçut cependant bien vite qu'il n'y avait pas de quoi s'inquiéter : la nuit était tiède et paisible ;

rien ne venait troubler le calme plat du désert. Un peu plus loin, Solene était allongée sur le flanc, les traits détendus. Elle serrait un couteau dans une main comme une enfant aurait tenu une poupée. Niklaus dormait quant à lui avec un bras en travers de son visage, sa main libre reposant sur son fusil longue portée, posé à ses côtés. Un bruit sourd, semblable à un ronflement sans vraiment en être un, s'élevait de sa trachée métallique.

Hans se laissa retomber à terre avec une grimace – ses mouvements brusques avaient ravivé la douleur dans son épaule droite. De son autre main, il écarta le col de sa tunique et tâta sa blessure. Il sentit du sang séché en quantité sous ses doigts. Tout le pourtour de la plaie laissée par la balle et par l'intervention plus ou moins chirurgicale de Claws était enflé.

Néanmoins, vu la gravité de la situation et le peu de ressources à leur disposition – Claws n'avait même pas de quoi suturer la blessure –, Hans savait qu'il avait de la chance d'être en vie.

Ou pas.

Une ombre fila à travers les volutes de brouillard, au-dessus de lui. Pendant une seconde, il crut l'imaginer, mais le même oiseau poussa un cri strident qui fendit le silence. À ce moment, un léger bourdonnement près de l'oreille de Hans attira son attention : il reconnut, un instant plus tard, le subtil chatouillis des minuscules pattes de l'abeille d'Andy sur sa peau. L'ombre d'un sourire naquit aux coins de ses lèvres : il croyait avoir perdu le Chuchoteur lors de la bataille contre Roy et les Sorcières. Son semblant de soulagement s'évanouit cependant bien vite.

Lorsque l'insecte mécanique d'Andy l'avait trouvé, deux nuits auparavant, il s'était permis d'espérer que tout irait bientôt mieux, que ses compagnons et lui pouvaient s'en sortir, qu'ils retrouveraient le scientifique et peut-être même d'autres survivants de York. Pendant quelques minutes, quelques heures, Hans y avait vraiment cru.

Il s'était bercé d'illusions. Et pour quoi ? Ils étaient tous morts. Julian. Le petit Elias. Asaf.

Et Mila.

Hans savait que leur tour viendrait. Pour l'instant, Claws et Solene dormaient près de lui. Mais ils étaient épuisés, amaigris, leurs traits creusés par la peur qu'ils s'efforçaient tant bien que mal de cacher derrière de faux sourires et le peu de persévérance qu'il leur restait. La réalité, toutefois, c'était qu'aucun d'eux ne savait où ils allaient. Aucun d'eux ne savait même pourquoi ils continuaient d'avancer. L'insolation les guettait. La faim et la déshydratation. Sans parler des charognards et des Sorcières.

Ils allaient tous mourir.

Ce n'était qu'une question de temps.

Hans ferma les yeux et tenta de dormir.

• • •

ILS ÉTAIENT SUIVIS. Depuis le matin, Hans avait cette sensation, comme si des yeux épiaient chacun de ses mouvements. Son sentiment était d'abord venu avec une légère démangeaison au niveau de la nuque, puis tout son corps avait été pris de fourmillements. Chaque fois qu'il avait regardé par-dessus son épaule, rien ni personne.

— Hans ? appela Claws alors que son ami jetait un nouveau coup d'œil derrière lui. Quelque chose ne va pas ?

Hans scruta l'horizon. Durant une longue minute, il se tint immobile, à l'affût d'une ombre ou d'un miroitement. Comme il le soupçonnait, il ne vit qu'une étendue sans relief et parsemée d'herbe folle, celle-là même que ses compagnons et lui parcouraient depuis deux jours. Le ciel était tout aussi vide ; le grand oiseau qu'il avait cru apercevoir de temps en temps à travers le brouillard avait disparu.

Ce pressentiment qu'il avait que quelque chose le guettait ne le quitta pas pour autant.

Croisant le regard de Claws, Hans hocha le menton et se remit en mouvement sans rien ajouter. Il n'avait pas fait trois pas qu'un souffle froid effleura sa nuque.

Hansel.

Son cœur bondit jusque dans sa gorge et il fit volte-face.

Toujours rien.

Le sang battait furieusement à ses tempes. Sa bouche était sèche et sa respiration sifflante. Un son aigu emplit ses oreilles, de plus en plus fort.

— *Hans !* fit Claws d'une voix forte, insistante, comme s'il se répétait. Qu'est-ce qui te prend, nom d'un charognard ?

Hans ferma les yeux et serra les paupières durant une fraction de seconde ; lorsqu'il les rouvrit, le bruit lancinant à ses tympans s'était tu. Il prit abruptement conscience qu'il pointait son pistolet devant lui. La crosse de l'arme glissait dans ses mains moites ; son doigt tremblait légèrement sur la détente. De nouveau, il fouilla les environs du regard, persuadé d'une chose : il savait ce qu'il avait entendu. Cette voix. Ce souffle sur sa nuque. Il ne l'avait pas imaginé.

Il ne l'avait pas imaginé.

Un chatouillis courut le long de son oreille et un faible bourdonnement lui parvint, l'écho d'une présence rassurante : le Chuchoteur d'Andy.

Hans finit par abaisser son pistolet, mais sa main tremblait toujours lorsqu'il le replaça à sa ceinture, et un filet de sueur coula entre ses omoplates. Le soleil était brûlant derrière le brouillard, ses cheveux étaient plaqués sur son front, ses vêtements collaient à sa peau. Pourtant, il dut réprimer un frisson.

Après un dernier examen des lieux, Hans se résigna à pivoter vers ses camarades. Niklaus et Solene le fixaient tous deux en silence, la mine inquiète. Quelque chose dans leur posture dérangea Hans. Était-ce la tension dans leurs épaules, ou cette façon qu'ils avaient de porter leur poids vers l'arrière, comme un charognard qui s'apprêtait à bondir ? Hans se hérissa et leur rendit leur regard.

Quand ses yeux rencontrèrent ceux de Solene, il dut réfréner un mouvement de recul.

Bleus. Si bleus. Trop bleus.

Le temps d'un cillement de paupières, il ne vit plus rien d'autre.

— *Toi,* cracha-t-il avant de comprendre ce qui lui prenait.

Claws et Solene ne purent retenir un léger sursaut au son de la voix de Hans, qu'ils n'avaient plus entendue depuis près de deux jours.

— Que…

— Arrête de me regarder, siffla Hans avec une hargne qui le prit lui-même au dépourvu.

Solene ouvrit la bouche, l'air désarçonnée, puis se détourna sans rien dire. Hans vit le mélange d'incompréhension et de peine qui se peignit sur ses traits tirés, mais l'ombre de culpabilité qui naquit en lui fut aussitôt chassée par une vague brûlante de colère et de dégoût.

Soudain, il ne voulait plus croiser le regard de Solene. Il refusait qu'elle pose ses yeux sur lui. Ses immondes yeux bleus. La simple idée lui retournait les tripes.

Il se remit en marche et dépassa ses deux compagnons sans leur adresser un autre mot. Le regard fixé droit devant, perdu dans ses pensées tourbillonnantes de rage, de douleur et d'yeux bleus, il referma une main sur la pierre blanche attachée à son cou.

L'autre, sur la crosse du pistolet glissé à sa ceinture.

• • •

TRAÎTRESSE. Le mot tournait en boucle dans la tête de Hans. Ce dernier marchait devant avec Claws, qui le surveillait, sourcils froncés. L'inquiétude brillait dans ses yeux sombres, ainsi qu'autre chose : la suspicion. Le doute. Chaque fois qu'il le surprenait à lorgner dans sa direction, Hans répliquait avec un regard noir pour que son ami le laisse tranquille. Claws ne comprenait pas. Il n'avait aucune idée de ce qui se passait. Mais Hans, lui, le savait. Ce n'était pas de lui dont il fallait se méfier, mais d'*elle*. La traîtresse.

Hans jeta un coup d'œil prudent par-dessus son épaule. Solene marchait derrière, silencieuse. Elle n'avait plus dit un mot depuis que Hans l'avait malmenée, et elle se contentait de caler son pas sur celui de ses deux camarades, parfois obligée de trotter pour ne pas se laisser distancer. Elle le fixait. Hans sentait le poids de son regard, et la sensation sur sa peau le répugnait, le démangeait. Il avait gratté sa paume gauche jusqu'au sang, ainsi que l'endroit à la base de sa nuque où la pression du regard de l'adolescente était la plus forte, en vain. La démangeaison était toujours là. Il n'arrivait pas à s'en débarrasser.

Elle n'arrêtait pas de le regarder.

Elle croyait qu'il ne s'en rendait pas compte; elle gardait la tête basse, se cachait derrière ses cheveux blonds sales et emmêlés. Mais Hans savait. Elle n'était pas qui elle prétendait être. Ce qu'elle prétendait être.

Il la détailla de la tête aux pieds : sa silhouette toute menue, avec ses bras qui pendaient mollement le long de ses flancs, ses mains qui dépassaient à peine des manches de sa tunique trop grande. Fragile. Innocente. Inoffensive.

Et ses yeux. Ses yeux avaient failli le tromper. Si doux. Si familiers.

Horribles.

La colère embrasa le cœur de Hans. Il s'était déjà laissé avoir une fois. Il ne referait pas la même erreur.

Il ramena son attention en avant, là où la terre et le ciel se mêlaient en une seule et même étendue s'assombrissant à l'horizon.

Des chatouillis coururent derrière son oreille gauche. D'un geste rageur de la main, il chassa la chose, qui s'envola dans un bourdonnement cristallin. La sensation de grattement à l'arrière de son crâne, toutefois, persista.

Alors il enfonça ses ongles dans la paume de sa main gauche et raffermit sa prise sur le pistolet dans sa main droite.

• • •

LE PISTOLET DANS SA MAIN DROITE, ses ongles dans sa paume gauche. Hans n'avait plus conscience de rien d'autre. Ni de ses pieds endoloris par les kilomètres interminables de marche, ni de son épaule engourdie par l'enflure à sa plaie par balle, ni de ses paupières lourdes. Lourdes.

Il continuait d'avancer. Il fallait avancer. Pendant encore combien de temps ? Pour aller où ? Claws marchait devant, sa silhouette aussi noire que la nuit autour de lui, mais il ne disait rien.

Le silence.

Hans n'entendait que le bruissement de leurs pas dans l'herbe sèche. Ceux de Niklaus devant. Ceux de Solene derrière. Un martèlement sourd s'y mêlait et perçait le brouillard qu'était devenu son esprit ; il s'agissait du sang qui battait à ses tempes. Parfois, un son, une voix lui parvenait, étouffée, comme dans le lointain.

Hansel.

Il continuait d'avancer. Un pied devant l'autre.

Sa nuque le démangeait. C'était à cause de Solene, de ses yeux rivés sur lui. Ses yeux bleus, bleus, qui le regardaient, le regardaient toujours. Toujours.

Hansel.

Un souffle au creux de son oreille. La caresse d'un doigt le long de sa joue. Ce ne pouvait être réel. La fatigue, la soif et la faim lui faisaient imaginer des choses. Il imaginait des choses.

Il imaginait des choses.

Il gratta sa tempe et sa joue du bout du canon de son pistolet, qu'il n'avait pas eu conscience de lever. L'arme était étrangement froide contre sa peau moite de sueur, une sensation bienvenue dans l'air lourd de la nuit. Hans pressa un peu plus fortement le canon contre son crâne, dans l'espoir que la fraîcheur du métal calmerait sa migraine. Toutefois, rien à faire : c'était comme si son cœur battait à l'intérieur de sa tête, et les voix, la voix, sa voix…

Hansel.

– Hansel !

Son pistolet fut brutalement écarté de sa tempe et on le secoua, si bien qu'il faillit échapper l'arme. En battant des paupières, Hans découvrit le visage contusionné de Claws, assez près du sien pour qu'il perçoive son haleine tiède et l'odeur de la sueur sur sa peau.

– Mais qu'est-ce qui te prend, nom d'un charognard ? le tança son ami, sa poigne solide sur l'épaule de Hans. Tu t'arrêtes sans prévenir et quand je me retourne, je te vois sur le point de te faire exploser la tête !

Les accusations de Claws mirent un instant à faire leur chemin dans l'esprit de Hans. Il fit mine de lever sa main droite à sa tempe, perdu, avant de se rappeler qu'il tenait toujours son arme. Claws suivit son regard avec inquiétude, alors Hans s'empressa de le rassurer :

– Non, ce n'est pas… Je n'avais pas l'intention de…

Les mots s'empêtraient sur sa langue. Une sorte d'onde de choc lui foudroya soudain le crâne ; il pressa sa main libre sur son front. Sa paume entaillée par ses ongles laissa une traînée de sang épais au-dessus de son sourcil.

– J'ai la migraine, tenta-t-il une nouvelle fois d'expliquer à Claws. Les voix…

– Les voix ? répéta son camarade, ahuri. Hans, mais de quoi est-ce que tu parles ?

Ce dernier ne répondit pas. Sa tête lui faisait mal. Son esprit bouillonnait et les paroles de Claws peinaient à se frayer un chemin dans ses méandres. C'était à cause des voix.

Elles enflaient, enflaient, et prenaient toute la place dans son crâne. Mais Hans ne pouvait les laisser sortir.

Il écrasa ses paumes sur ses yeux clos et serra les paupières.

– Qu'est-ce qu'il a ? interrogea Solene, sa voix lointaine.

– Je l'ignore, balbutia Claws dont les mots semblaient eux aussi étouffés tout à coup. Il a juste…

– Je l'ai déjà vu dans cet état ! intervint encore Solene. À York, durant son emprisonnement ; le scientifique lui a refourgué de la drogue et…

– De la drogue ? Non, Hans ne touche pas à ces saloperies.

Hansel.

Hans pressa davantage ses paumes sur ses yeux, pour empêcher les voix de s'échapper. Des points noirs dansèrent derrière ses paupières. Son index joua sur la gâchette de son pistolet, qu'il tenait toujours entre deux doigts.

Une main de métal tira sur son poignet et l'arme lui fut arrachée de la main.

– Merde, grogna une voix rauque que Hans ne reconnaissait plus. Ça s'est infecté. Il a la fièvre. Hans…

Hansel.

– La ferme, gronda-t-il.

– Hansel, ouvre les…

Hansel.

– *La ferme !*

Il ouvrit les yeux. Face à lui, Niklaus se tenait immobile, les mains levées de façon apaisante. Il se montrait aussi calme que possible, mais une lueur anxieuse brillait dans ses yeux noirs tandis qu'il cherchait à croiser le regard de son ami.

– Hans ?

Hans attendit, mais rien : les voix s'étaient tues. Pendant un instant, il crut qu'il avait réussi à s'en débarrasser. Pour le moment, du moins.

– Capitaine ?

Il tourna la tête, et ce qu'il vit fit bondir son cœur si haut qu'il sembla momentanément se coincer dans sa gorge en empêchant l'air de parvenir à ses poumons.

Dans une même fraction de seconde, Hans eut l'impression que la terre se dérobait sous ses pieds : il se retrouva à la Maison Rouge, au bord de la falaise, alors que ses compagnons et lui tentaient de s'échapper.

Il entendit Mila crier son nom. Il sentit la force du recul du pistolet dans sa main comme il tirait deux balles en direction du précipice. Au bord du vide se tenait une silhouette blanche de pied en cap, ses longs cheveux ondulant doucement dans une brise inexistante.

Ses yeux bleus plantés dans les siens.

Hans avait repris son pistolet à Claws et le pointait devant lui avant même de s'en rendre compte.

Une exclamation aiguë résonna dans la nuit.

– *Qu'est-ce que tu fais ici ?* aboya Hans.

Sa gorge le brûla. Pourtant, sa voix résonna de façon lointaine à ses oreilles. Comme si le silence du désert, tout autour, avait voulu étouffer sa voix. L'étouffer, lui.

– Mais qu'est-ce qui te prend, Hans ? Baisse cette arme !

Hans secoua frénétiquement la tête. Non. Non.

Non.

– Mille guerres, Hansel ! C'est Solene que tu menaces comme ça !

Solene fit passer son regard de l'un à l'autre de ses deux compagnons, ses mains tremblantes levées devant elle, autant dans une vaine tentative de se protéger que d'apaiser celui qui pointait un pistolet sur sa tête.

Derechef, Hans refusa de baisser son arme.

Malgré ce que Claws prétendait, Hans connaissait la vérité : il ne s'agissait pas de Solene. Cette voix. *Hansel.* Ces boucles pâles. Ces traits délicats, innocents. Et ces yeux bleus. Si bleus.

— Je devrais te tuer, dit-il entre ses dents. Ici. Maintenant.

— Hansel.

Claws. Sa forme se fondait dans la nuit à la périphérie du champ de vision de Hans. Ses contours étaient flous, imprécis. Hans l'ignora. Le pistolet tremblait dans ses mains. Il stabilisa sa prise et arma le chien. Des larmes luisirent dans les yeux de Solene alors qu'elle réprimait un sursaut.

Hans se rappela qu'il ne s'agissait pas de Solene et déglutit.

— Je te faisais confiance, reprit-il. Et tu m'as abandonné.

Solene — non, pas Solene — secoua la tête, et le mouvement fit voler ses cheveux blonds autour de son visage.

— Je vous promets que je ne..., commença-t-elle à mi-voix.

— TU M'AS ABANDONNÉ, GRETHEL !

Son accusation explosa dans le calme de la nuit comme un coup de tonnerre.

Le cœur de Hans lui pilonnait les côtes. Son souffle était court. Et son crâne le faisait souffrir. Il croyait être parvenu à empêcher les voix de sortir. Il avait eu tort. Comme toujours.

— Tu n'avais pas le droit, El, plaida-t-il presque sans en avoir conscience. Tu n'avais pas le droit de me faire ça.

De l'autre côté du canon, une étrange lueur passa dans les yeux de Solene – pas Solene, pas Solene –, et ses mains cessèrent de trembler.

Une ombre bougea discrètement à la limite du champ de vision de Hans, mais il n'aurait trop su dire de quoi, de qui il s'agissait.

– Grethel ? demanda l'ombre.

Dans sa confusion, Hans reconnut à peine la voix rauque et métallique de Claws.

– Qui est Grethel ?

Silence. Puis, après une seconde, le regard de Solene glissa brièvement sur le côté, avant de revenir à Hans.

– Sa sœur, déclara-t-elle.

Des bottes crissèrent dans la terre. Hans porta une main à sa tête, fourragea dans ses cheveux. Il avait l'impression que sa tête allait exploser !

– Hans n'a pas de sœur, protesta Claws.

– Si, insista doucement Solene. Avant – avant York. J'avais un frère, moi aussi.

– SILENCE ! rugit Hans.

Il avait encore cette impression, comme si une respiration venait s'écraser à la base de son crâne. Il frictionna sa nuque de sa main libre en frissonnant, alors que le pistolet tremblotait entre ses doigts crispés.

– Silence, réitéra-t-il dans un gémissement.

Claws se déplaça alors à pas prudents, et Hans surveilla son camarade d'un œil tandis qu'il venait s'immobiliser devant lui. Le canon était désormais pointé sur la poitrine de l'autre homme ; quand Hans tenta de bouger pour retrouver sa cible originale, Claws l'imita et fit de nouveau barrière de son corps.

— Qu'est-ce qui te prend ? le questionna Hans. Tu es de son côté, maintenant ?

— Tu ne sais plus ce que tu fais, répliqua Claws. Tu es malade. Laisse-moi t'aider.

Hans secoua la tête et joignit ses deux mains pour caler la crosse du pistolet entre ses paumes.

— Hansel, persista Claws.

— C'est inutile, colonel, le découragea Solene.

— Mais…

Solene l'interrompit d'un geste de la main. Son mouvement brusque tira un sursaut à Hans, qui s'évertua à viser la jeune fille par-dessus l'épaule de son autre comparse. Finalement, c'est elle-même qui vint à la rencontre de Hans, repoussant calmement Claws lorsque le soldat fit mine de l'empêcher d'avancer davantage.

Maintenant qu'ils n'étaient plus séparés que par son bras tendu, Hans put plonger son regard dans le bleu étincelant, même dans la nuit, des iris de son interlocutrice.

— Tu m'as laissé, répéta-t-il.

Sa voix se cassa sur le dernier mot. Tout son corps était pris de frissons incontrôlables, et le canon du pistolet vacillait entre les yeux de Solene. L'adolescente, pourtant, ne cillait pas.

— J'avais besoin de toi — et tu m'as *abandonné*.

— Je sais.

La réponse de Solene le prit au dépourvu. Pendant une seconde, son index relâcha la détente.

— Je suis désolée, s'excusa la jeune fille sans le quitter des yeux. Vraiment, vraiment désolée, Hans.

— Tu n'avais pas le droit ! explosa Hans.

Il fit un pas en avant sans s'en rendre compte : l'extrémité du canon se pressa contre le front de Solene, qui réprima difficilement un mouvement de recul.

– Pourquoi, El ? Pourquoi est-ce que tu m'as fait ça ?

– Solene…

– Tout va bien, colonel, souffla précipitamment la jeune recrue à l'intention de Claws. Tout va bien.

Elle ne le regarda cependant pas, ses yeux bleus rivés à ceux de son capitaine.

– Tu as raison, reprit-elle sur le même ton. Je n'avais pas le droit de te laisser comme ça, et j'en suis désolée.

Hans ne dit rien. Les mots de l'adolescente lui parvenaient, mais peinaient à faire leur chemin dans son esprit torturé. Il avait mal au crâne. Quelque chose n'allait pas. Ça n'avait pas de sens. Tout ça n'avait aucun sens.

Il passa une main dans ses cheveux, se gratta la nuque et sentit du sang s'infiltrer sous ses ongles.

Solene suivit chacun de ses gestes d'un œil attentif, l'air de retenir son souffle. Puis, elle leva lentement une main et la posa sur le canon de l'arme pointée sur son front.

– Je suis désolée, répéta-t-elle encore en éloignant le pistolet de sa tête un millimètre à la fois. Hans ?

Il ne répondit pas tout de suite. Les idées se bousculaient dans son esprit, les mots s'empêtraient sur sa langue. Pendant une fraction de seconde, il ferma les yeux et serra les paupières dans l'espoir de mettre un peu d'ordre dans son crâne douloureux.

Quelque chose s'abattit sur sa tempe. Un éclair de douleur le traversa de la tête aux pieds. Il s'évanouit.

• • •

LA DOULEUR LE RAMENA À SES SENS. Une sensation cuisante dans toute son épaule droite, et des coups de marteau à l'intérieur de son crâne. Il grimaça en gémissant, avant de s'étrangler dans une quinte de toux sèche. Il avait la langue pâteuse, un goût de sang dans la bouche.

Confus et étourdi, Hans entrouvrit les paupières, mais les referma dès qu'un filet de lumière lui piqua la rétine. Un grognement se glissa entre ses lèvres gercées ; il leva une main devant son visage pour se protéger.

Un cliquetis métallique menaçant retentit tout près de son oreille. Précautionneusement, il rouvrit les yeux. Un pistolet était pointé sur sa tête. À l'autre extrémité de l'arme, Solene le fixait, impassible.

Et Hans se souvint.

La fièvre. Les voix. Grethel. Son esprit malade lui avait fait voir des choses qui n'étaient pas réellement là ; il avait accusé l'adolescente d'être quelqu'un qu'elle n'était pas, d'avoir posé des actes qu'elle n'avait pas commis. La culpabilité l'envahit.

— Tout va bien, grommela-t-il sans oser croiser le regard de Solene. La fièvre est passée, je ne vais pas te faire de mal.

Une seconde. Silence. Solene remit le cran de sûreté en place et baissa son pistolet, mais pas sans avoir hésité le temps d'un battement de cils.

Hans sentit son cœur se serrer. Il eut du mal à réprimer un rictus.

— Pardon, laissa-t-il tomber au bout d'un moment de lourd silence.

Il n'en dit pas plus, ne trouvant pas les mots. Il ignorait comment lui expliquer qu'il l'avait prise pour une traîtresse, comment s'excuser de l'avoir menacée d'une arme chargée.

D'avoir failli tirer.

Il se redressa en position assise avec difficulté, tout son corps ankylosé. En plus de sa migraine et de sa plaie par balle à l'épaule, il arborait désormais une bosse sur la tempe, où Claws l'avait sans doute frappé pour l'assommer. Il dénombra également une entaille à la langue et de profondes égratignures au creux de sa paume gauche ainsi qu'à la base de sa nuque. Son cuir chevelu était sensible par endroits ; il en vint à la conclusion qu'il avait dû s'arracher des cheveux.

D'une manière un peu puérile, Hans sentit son visage se réchauffer sous le coup de la honte et de la colère. Il détestait perdre ses moyens. Dans le cas du manque, il parvenait généralement à gérer ses crises. Il lui arrivait d'avoir des absences, certes, mais devant Claws et les autres, il réprimait plutôt bien les tremblements de ses mains et ses autres tics. Il attendait d'être seul pour frapper les murs et lancer des objets à travers la pièce. Se défouler de la sorte l'aidait à tenir jusqu'à la prochaine dose que pouvait lui fournir Andy.

Mais ce qui s'était produit cette nuit-là avec Solene, c'était différent. Hans avait perdu la maîtrise de lui-même. Son esprit avait été complètement ailleurs. Tandis que la scène lui revenait par bribes floues, il avait davantage l'impression de tenter de se rappeler un rêve que de gestes qu'il avait vraiment posés.

Après l'épisode de son emprisonnement, durant lequel Solene l'avait surpris en période de manque, c'était la deuxième fois que l'adolescente le voyait en position de faiblesse.

Il se sentit trahi. Par son corps enfiévré et déshydraté. Par son esprit qu'il savait un peu dérangé. Par lui-même. Il se trouva pathétique.

Serrant et desserrant les poings, il jeta un coup d'œil de biais à Solene, mais l'adolescente ne le regardait pas. Ses avant-bras reposaient sur ses genoux, repliés contre sa poitrine. Dans sa main gauche, elle tenait toujours le pistolet.

Hans choisit de ne rien dire.

Tous deux se trouvaient au pied d'un grand arbre un peu tordu, aux branches crochues. Ce qui ressemblait à des feuilles mortes jonchaient le sol tout autour, mais Hans avait du mal à croire qu'il s'agissait vraiment de cela : il n'avait plus vu d'arbres vivants depuis des années. Pourtant, en examinant les environs, il s'aperçut que d'autres arbres, ainsi que des buissons asséchés, dépliaient çà et là leur carcasse grise vers le ciel de la même couleur.

Visiblement, que Hans eut été inconscient n'avait pas empêché ses compagnons de continuer d'avancer. Songer que Claws avait dû le porter sur toute cette distance accrût son sentiment de culpabilité, d'autant plus qu'il constata que son ami n'était nulle part en vue.

Comme il se faisait cette réflexion, les yeux fouillant le paysage monochrome, Solene attira son attention en se trémoussant. Il pivota vers elle à l'instant où elle lui tendait une gourde en cuir, sans rencontrer son regard ou prononcer le moindre mot. Hans hésita, mais la jeune fille agita la flasque, qui laissa entendre un léger clapotement convaincant. Il vida la maigre réserve d'eau en quelques gorgées, si bien qu'il n'eut pas le temps de regretter son geste — il ignorait combien de temps il aurait à attendre avant une prochaine ration, mais dans l'immédiat, la sensation de l'eau qui coulait dans sa gorge était trop bonne pour qu'il s'en tracasse.

Hans voulut ensuite rendre sa gourde à Solene, mais la jeune recrue refusait toujours de lui faire face. Il se résigna et posa l'objet à terre entre eux deux, avec l'impression d'ériger une barrière. Un goût amer dans la bouche, il reporta sa concentration vers les nappes de brouillard qui serpentaient dans le ciel. Son regard allait de gauche et de droite depuis une minute lorsqu'il s'aperçut qu'il cherchait sans vraiment le vouloir la forme noire de l'oiseau qu'il avait déjà surpris à plusieurs reprises. Rien ne lui prouvait qu'il s'agissait à chaque fois du même volatile, bien sûr, mais sa présence, sans être rassurante, était devenue une sorte de constance dans le chaos des derniers jours. Quelque part au fond de lui, Hans avait envie de s'y raccrocher, comme il se raccrochait à la pierre blanche de son pendentif depuis dix ans. S'y raccrocher aussi fort que possible pendant que tout le reste, tout le monde, s'écroulait autour de lui.

Le visage de Mila se dessina dans son esprit, chacun de ses traits comme autant de lames de poignard qui s'enfonçaient entre ses côtes, dans ce qui restait de son cœur.

Un hurlement de rage et de désespoir enfla dans sa poitrine, mais Hans le ravala en serrant les poings. Il attendit ainsi jusqu'à ce que la morsure de ses ongles dans ses paumes détourne suffisamment son attention pour lui permettre de relâcher son souffle en une expiration lente et maîtrisée. Dans un coin de son esprit, il se demanda pendant encore combien de temps il parviendrait à taire sa souffrance de la sorte.

La réponse l'effrayait.

La voix de Solene le tira de ses réflexions :

— J'étais en colère, moi aussi, déclara-t-elle à voix basse, le nez sur ses bottes. Quand mon frère est mort.

Ses paroles prirent Hans au dépourvu, du moins jusqu'à ce qu'il se rappelle les accusations qu'il avait proférées à son égard la nuit précédente, alors que la fièvre superposait les traits de Grethel à ceux de Solene. Il était vrai que leur ressemblance avait frappé Hans dès le premier jour, et ce, peut-être plus qu'il n'avait voulu se l'avouer.

Cependant, penser à sa jumelle remuait trop de choses en lui auxquelles il ne voulait pas songer. Hans ouvrit la bouche pour décourager Solene d'aller plus loin, mais l'adolescente le devança et renchérit :

— À Vallée Verdoyante, il était tout ce qui me restait, et voilà que lui aussi m'abandonnait. Je lui en ai voulu — nom d'un charognard, comme je lui en ai voulu ! J'aurais damné son âme cent fois.

— Je ne crois pas en un principe aussi absurde que l'âme, l'interrompit Hans d'un ton neutre.

Là n'était pas le sujet, il le savait, et loin de lui l'idée de contredire Solene ou de la froisser dans ses croyances, mais il voulait que l'adolescente se taise. Elle s'aventurait sur une pente glissante, où Hans n'avait nul désir de se laisser entraîner.

Contrairement à ce qu'il espérait, sa recrue ignora son commentaire et releva la tête pour le toiser. Plus que jamais, Hans eut du mal à soutenir son regard et le bleu de ses iris.

— Ce n'était pas sa faute, vous savez, insista-t-elle posément. Il ne voulait pas m'abandonner. Mais la mort ne laisse pas le choix, c'est comme ça. Et j'ai fini par pardonner à Mani.

Hans ne put que se détourner et serrer les mâchoires en attendant ce qu'il savait qui allait suivre.

— Votre sœur — Grethel, c'est bien ça ? —, elle ne voulait pas vous abandonner, Hans, conclut Solene. Maintenant, il faut lui pardonner.

Un moment de silence passa. Hans secoua la tête, déglutit. La pierre blanche pesait sur sa poitrine.

— J'aimerais que ce soit aussi simple, finit-il par laisser tomber.

Mais ça ne l'était pas.

Et ne le serait jamais.

• • •

PLUS LOIN, NIKLAUS SE TENAIT ACCROUPI au pied d'un arbre trapu, un couteau dans sa main mécanique, une flasque de métal dans l'autre. Malgré la dizaine de pas qui les séparaient, Hans perçut sans mal le bruit de la lame qui s'enfonçait dans le sol et labourait la terre, encore et encore, tandis que Claws s'en servait comme d'une petite pelle.

Hans rejoignit son compagnon, les mains dans les poches de son pantalon.

— Eh, lâcha-t-il en guise de salutation. Solene m'a prévenu que tu cherchais de quoi remplir les gourdes.

Comme Claws ne répondait ni ne le regardait, il insista :

— Tu veux un coup de main ?

Toujours rien. Avec un léger soupir, Hans tira un couteau de sa ceinture et posa un genou à terre. Comme il levait l'arme au-dessus du sol, Claws jeta soudain la sienne sans rien dire et pivota vers lui, l'air sombre.

— Claws ? s'enquit Hans.

Une douleur fulgurante explosa dans sa mâchoire alors que le poing de métal de son ami l'atteignait et le projetait à la renverse. Le temps qu'il se redresse sur un coude en battant des paupières, sonné, il vit l'autre se remettre tranquillement debout et dépoussiérer son pantalon.

– Nom d'un charognard! jura Hans entre ses dents, tâtant d'une main sa mâchoire meurtrie. C'était pour quoi, ça?

Claws se contenta de hausser une épaule.

– D'abord, pour avoir pointé une arme sur la tête de ta recrue, fit-il sèchement. Ensuite, pour t'être laissé crevé de faim et de soif depuis deux jours. Et enfin, pour être le pire égoïste que j'ai jamais connu.

Hans resta prostré au sol un instant supplémentaire, bouche bée.

– Rien que ça? ricana-t-il finalement avec amertume.

Il se remit sur pied sous le lourd regard de son comparse, qui croisa les bras sur son torse.

– Que veux-tu que je te dise, Claws? se défendit-il. Que je suis désolé?

– Je me fiche de tes excuses, riposta l'autre. Je veux juste que tu cesses de geindre.

Hans dut réprimer un mouvement de recul, comme sous l'effet d'un coup à l'estomac. Lorsqu'il avait quitté Solene pour venir retrouver Niklaus, il avait su que ce dernier aurait des reproches à lui faire après l'incident de la nuit précédente. À dire vrai, il avait eu l'intention de s'excuser auprès de son ami, mais aussi de le remercier : en faisant le compte de ses blessures, il s'était aperçu que sa plaie par balle avait été nettoyée, ce qui avait permis à sa fièvre de baisser. Solene lui avait appris que c'était là les soins de Claws, et que son ami l'avait veillé pendant une partie de la nuit avant de s'isoler plus tard ce matin-là. L'adolescente avait également mentionné l'humeur massacrante de leur camarade... mais Hans ne s'était pas attendu à ça.

– Tu es une véritable épave depuis que nous avons échappé à Roy et aux Sorcières, reprit Claws, glacial. Je n'ai pas besoin de ça, et la gamine non plus. Notre situation est assez difficile comme ça, alors prends un peu sur toi.

– C'est vraiment ce que tu penses ? s'enquit Hans.

Le silence qui suivit fut révélateur.

Les poings de Hans se serrèrent, et son cœur fit de même.

– Si je suis un tel fardeau pour toi, alors tu n'avais qu'à me laisser là-bas, avec tous les autres. Avec Mila.

Sa voix se cassa sur son nom. Il déglutit.

– C'est ce que j'aurais voulu.

– Bien, acquiesça Claws. Parce que la prochaine fois, c'est ce que je ferai ; j'en ai fini de toujours te sauver, Hansel.

– Personne ne t'a demandé de le faire, répliqua ce dernier.

Son ami le toisa une seconde avant de secouer la tête, l'air las.

– Tu t'entends ? soupira-t-il. C'est pitoyable.

Il se courba pour récupérer son couteau laissé au sol, puis tourna les talons sous le regard abasourdi de Hans. Tandis qu'il s'éloignait, le pas rigide, il marmonna une dernière remontrance dans sa barbe :

– Cesse de t'apitoyer sur ton sort ; tu n'es pas le seul à avoir perdu quelqu'un ce jour-là.

Ce ne fut pas tant le reproche que la réticence qui s'y entendait, comme si Claws peinait à prononcer ces mots tout haut, qui atteignit Hans. Un goût amer se répandit dans sa bouche, mais il n'avait plus de salive à ravaler, et sa langue resta momentanément collée à son palais avant qu'il ne parvienne à articuler :

– Qu'est-ce que ça veut dire ?

Mais Claws ne se retourna pas.

Hans le rattrapa en quelques grandes enjambées, presque sans s'en rendre compte.

— Claws ! persista-t-il en haussant le ton. Qu'entends-tu par-là ?

Il voulut agripper son camarade par le bras et le forcer à pivoter face à lui, mais Claws se dégagea d'un geste brusque. Lorsqu'il se décida à croiser le regard de Hans, les yeux noirs du jeune homme exprimaient un mélange de colère, de peine, et d'autre chose d'indescriptible.

— Tout ça…, commença-t-il avec un geste circulaire de sa main mécanique. Tu crois que c'est moins difficile pour Solene et moi que ça l'est pour toi ?

Il marqua une pause, mais devant le silence de Hans, renchérit :

— Nous essayons tous de survivre à cette merde, Hansel. Tu n'es pas seul là-dedans.

Un rictus déforma ses lèvres en une moue rageuse. Le temps d'un battement de cils, son regard se voila.

— Tu n'es pas le seul à souffrir de ce qui s'est produit à la Maison Rouge. Maintenant, rajouta-t-il en s'adoucissant légèrement, si tu veux qu'on ait une chance de s'en sortir, tu dois te ressaisir.

— Que je me ressaisisse ? répéta Hans comme s'il retrouvait tout à coup la voix. Tu crois que c'est aussi simple ?

— Je comprends, soupira Niklaus, je t'assure, mais…

— Non, tu *ne* comprends *pas* ! s'emporta Hans. Tu ne comprends *rien du tout* !

Son cri surprit Claws autant que lui-même, et Hans crispa les mâchoires, serra les poings, s'efforçant de ravaler la vague d'émotions incontrôlable et dévastatrice qu'il sentait monter en lui. Il enfonça ses ongles dans ses paumes jusqu'à rouvrir ses anciennes plaies, mais rien à faire : il ne pouvait ignorer plus longtemps la peine qui le tourmentait, le désespoir qu'il avait tenté de taire. C'était trop dur.

Trop dur.

— Mila est morte, fit-il d'une voix rauque qu'il reconnut à peine. Elle est *morte* ! D'une balle, tirée de mon pistolet, entre les deux yeux ! Alors crois-moi, Niklaus, quand je te dis que tu n'as pas la moindre idée...

— *Je l'aimais !* explosa Claws.

Les derniers mots de Hans moururent sur ses lèvres. Il dévisagea son ami, muet, tandis que les yeux embués de larmes de celui-ci allaient de gauche et de droite sans oser rencontrer les siens. Au bout d'une minute de silence, lourd de sa confession, Claws fit courir une main tremblante sur son visage.

— J'étais amoureux d'elle, réitéra-t-il à mi-voix. Alors, par pitié Hans, ferme-la.

Il laissa retomber sa main et resta là, sans rien dire, la tête basse.

Une sensation de froid s'insinua en Hans, en coulant le long de son dos dans un frisson, et se referma sur ses entrailles comme des doigts griffus. Des images de Claws et Mila ensemble jaillirent dans son esprit avant qu'il ait put les arrêter. Mille et un détails lui apparurent avec brutalité comme autant de gifles : les sourires que ses deux amis échangeaient, les regards attendris que posait Niklaus sur la jeune femme, la complicité qui les unissait tous deux.

Lorsque le Gîte s'était écroulé sur lui-même, à York, Claws avait fait sortir Mila, et n'était revenu sur ses pas pour retrouver Hans qu'après s'être assuré que leur compagne était en sécurité. Au bord de la falaise, à la Maison Rouge, quand la silhouette blanche était apparue devant eux, juste avant que Hans ne fasse feu, Mila avait appelé son nom. Une autre voix avait prononcé le nom de la jeune femme et tenté de la retenir. Celle de Claws.

— Vous couchiez ensemble ?

Hans n'avait même pas eu conscience d'ouvrir la bouche.

— Quoi ? lâcha Claws comme s'il ne comprenait pas.

Le poing de Hans partit si vite qu'il fut aussi abasourdi par l'explosion de douleur dans ses jointures que de voir son ami tituber en arrière.

— *Est-ce que tu la baisais ?* rugit-il de nouveau.

— Bien sûr que non ! se défendit Claws en se remettant d'aplomb, les poings serrés le long de ses flancs. Franchement, Hans, tu me crois capable de te faire ça ? Tu crois que Mila l'aurait été ? Elle ne me voyait pas comme ça, elle ne l'a jamais fait. Mais toi...

Pendant une fraction de seconde, quelque chose de sombre remplaça la souffrance sur son visage. Plus que de la colère. De la haine.

— Elle *t'aimait,* conclut-il, le venin dans ses mots faisant encore plus mal à Hans que tout le reste. Et c'est ce qui l'aura tuée.

Hans se jeta sur Claws. La violence de la collision de leurs deux corps envoya comme une décharge électrique dans son épaule blessée, mais la rage qui bouillait dans ses veines lui faisait oublier tout le reste. Niklaus et lui s'écrasèrent au sol, bras et jambes entremêlés. Son compagnon tenta de le repousser en jurant, lança son poing mécanique dans sa direction. La masse de métal percuta la pommette de Hans dans une déflagration de douleur et de points noirs qui envahirent son champ de vision, mais l'étourdissement ne suffit pas à lui faire lâcher prise. Bientôt, il se retrouva au-dessus de Claws, ses genoux en appui sur les bras de l'autre pour le maintenir immobile. Les doigts de Hans se refermèrent sur le col de la tunique de son ami. Un premier coup atteignit Claws à la mâchoire, propulsant sa tête de côté. Hans sentit la peau se fendre le long de ses jointures.

— Je n'ai pas tué Mila ! hurla-t-il au visage de Claws.

Ce dernier cracha un caillot de sang et releva les yeux, mais Hans le fit taire d'un nouveau coup de poing avant même qu'il n'ait ouvert la bouche.

— Je ne voulais pas ça !

Ses cris couvrirent à peine le tonnerre des battements frénétiques de son cœur à ses oreilles. Claws tourna son visage vers le sien, mais Hans discerna mal son expression dans le flou de son champ de vision ; une pellicule humide avait tout recouvert, et les couleurs et les formes se mêlaient les unes aux autres.

— Hans, souffla Claws.

Ses dents étaient rougies.

Hans abattit son poing encore une fois.

Encore une fois.

— Je ne voulais pas !

Ses poings percutèrent le visage de Claws, encore et encore, mais il ne sentait plus les coups, ni la douleur.

Quelque chose de chaud roula sur ses joues et un goût de sel se mêla à celui du sang dans sa bouche.

— Ce n'était pas ma faute, tu entends ? *Ce n'était pas ma faute !*

Un cri aigu perça dans la distance : alors que Hans levait son poing ensanglanté, un objet dur heurta sa tempe et le projeta à terre. Son crâne frappa le sol avant qu'il n'aille rouler dans la poussière, complètement sonné. Il eut beau battre des paupières, sa vision refusa de s'éclaircir. Il se redressa en combattant la vague de nausée qui montait en lui, quand le cliquetis reconnaissable d'un pistolet qu'on arme se fit entendre.

Hans se figea et leva ses yeux embués. Solene se dressait à deux pas de là, son pistolet dans les mains. Toutefois, ce n'est pas le canon de l'arme pointé sur lui qui secoua Hans, mais l'air horrifié qui tordait les traits de la jeune fille.

— J'ai entendu crier et je..., commença cette dernière dans un balbutiement.

Sa bouche articula des syllabes silencieuses, sans pourtant former le moindre mot. Au bout d'un moment, son attention dériva un peu plus loin. Hans suivit son regard pour découvrir la silhouette inerte de Claws, ses paupières closes, sa bouche entrouverte, le sang qui tachait son visage et sa tunique. L'horreur de ce qui venait de se produire frappa Hans en même temps que se ravivait la sensation de brûlure dans ses jointures. La culpabilité lui enserra le cœur. Il voulut se précipiter sur son ami, mais Solene bondit en travers de son chemin, son pistolet levé.

— Pardon, tenta de l'apaiser Hans en comprenant que la jeune fille avait mal interprété son geste. Ce n'est pas... Je ne voulais...

Son regard se posa de nouveau sur son compagnon évanoui. Son cœur sembla manquer un battement. Hans se maudit. Il avait laissé ses sentiments prendre le dessus. Sa colère. Sa peine. Sa douleur. Il savait pourtant que Niklaus ne pensait pas ce qu'il avait dit. Son ami était simplement aussi perdu et brisé que lui.

– Laisse-moi faire, supplia-t-il à l'intention de Solene mais sans la regarder.

Il pouvait encore réparer cette erreur. Du moins, il l'espérait. Il en avait besoin. Pour lui.

Pour Mila.

– Solene, insista-t-il. S'il te plait.

L'adolescente fit passer son regard de Claws, qui ne bougeait toujours pas, à lui.

À cet instant, un souffle frais caressa la nuque de Hans.

Hansel.

Son sang se glaça dans ses veines. Au loin, un son aigu, si discret qu'il faillit le manquer, se fit entendre.

– Non, laissa-t-il tomber. Non.

Il ne pouvait pas y croire, ne le voulait pas. Le sifflement se fit alors plus fort, au point où il ne put l'ignorer. Il bondit sur ses pieds.

– Cours ! ordonna-t-il à Solene. Cours, va-t'en tout de suite !

– Capitaine ? s'inquiéta la jeune fille.

Le bruit se rapprocha encore. Cette fois, les yeux bleus de la recrue s'écarquillèrent. Elle dévisagea Hans tandis que celui-ci se jetait au chevet de Niklaus.

– *Maintenant !*

Elle hésita un instant supplémentaire, puis tourna les talons et s'enfuit à toutes jambes dans la direction opposée aux sifflements. Hans se força à détacher son regard d'elle pour se concentrer sur son compagnon inconscient. La vision du visage tuméfié de Claws envoya comme un coup de poignard dans ses tripes. Pendant un instant, il n'arriva pas à en détacher les yeux, tétanisé. Il avait le souffle court après avoir hurlé, ses poings écorchés le faisaient souffrir, pourtant, il avait du mal à croire qu'il avait pu se laisser emporter au point de se transformer en un tel bourreau.

Les sifflements du vent qui se rapprochaient le ramenèrent au moment présent et l'urgence se répandit à chacune de ses veines, chassant instantanément ce qui restait de colère et de chagrin en lui. Du dos de sa main, il s'assura qu'il percevait toujours la respiration de Claws, avant de le secouer par les épaules.

Un courant d'air jailli de nulle part agita soudain ses cheveux et gonfla sa tunique, mais il n'osa pas lever les yeux.

— Claws ! appela-t-il en secouant son compagnon.

Les paupières de celui-ci papillotèrent, mais son regard en dessous était vitreux et ses globes roulèrent vers l'arrière.

— Merde, jura Hans entre ses dents. *Merde.* Nik…

Hansel.

Sa main trouva le pistolet de Claws à sa ceinture, et il fut debout en une fraction de seconde. L'arme lui échappa toutefois aussitôt qu'il leva la tête : une dizaine de Sorcières les encerclait, calmement assises sur leur branche d'arbre qui flottait dans les airs à une demi-douzaine de mètres du sol. La figure blanche qui s'était trouvée à la Maison Rouge trois nuits plus tôt n'était pas parmi elles, mais Hans entendait encore sa voix qui l'appelait au creux de son oreille.

Ses assaillantes n'étaient pas armées. Leur corps pratiquement nu sous les minces étoffes qu'elles portaient paraissait vulnérable, et leurs traits paisibles auraient presque pu inspirer confiance. Mais Hans avait vu trop de choses, trop de morts, pour se laisser berner.

Un mouvement attira son attention vers l'une des Sorcières qui planaient à sa droite. Il dut réprimer un mouvement de recul en reconnaissant la femme aux longs cheveux noirs, la même qu'il avait déjà affrontée à plusieurs reprises à York, et qui s'était trouvée à la Maison Rouge. Elle lui tendait la main, ses doigts fins ouverts comme si elle attendait qu'il y entrelace les siens.

Avec un rictus, Hans croisa le regard d'encre de la femme et ouvrit la bouche, quand un cri strident s'éleva au loin et brisa le silence.

Le cœur de Hans bondit dans sa poitrine.

Solene.

Au même moment, l'attention des dix Sorcières convergea en direction du son – Hans saisit sa chance et se jeta à genoux, s'empara du pistolet et le pointa sur la Sorcière aux cheveux noirs.

Il tira.

La détonation résonna longuement dans le désert, mais la balle, elle, arrêta sa course à quelques centimètres de sa cible. Cette dernière fixa le projectile qui tournoyait doucement sur lui-même à la hauteur de sa poitrine, comme si elle était étonnée de le trouver là. Pendant une seconde, Hans ne put que faire de même, le cœur battant, l'index crispé sur la détente. La balle retomba ensuite au sol comme un caillou inoffensif. La Sorcière reporta sa concentration sur son adversaire. Avec un bref soupir, elle esquissa un geste agacé de la main.

Avant que Hans n'ait pu comprendre ce qui lui arrivait, le pistolet fut arraché de ses mains et ses pieds décollèrent du sol. Un cri monta dans sa gorge. Il voulut se débattre, tenter de se rattraper à quelque chose, mais ses membres ne lui obéissaient plus. Il ne put qu'assister, comme extérieur à son propre corps, tandis qu'une force invisible l'installait sur la branche de la Sorcière aux cheveux noirs en le forçant à enrouler ses bras autour de sa taille.

La panique fit battre son cœur. Il mit toute sa volonté à se débattre, en vain : ses muscles refusèrent de bouger.

Dans un geste fluide et gracieux de la main, la geôlière de Hans intima le départ à ses comparses.

— Non, s'interposa-t-il sans parvenir à étouffer la supplique dans sa voix. Non !

— Hansel !

Son regard fila vers le sol au son de cette voix familière qui appelait son nom. Il examina frénétiquement les environs, cependant, Solene n'était nulle part en vue, et Claws n'avait pas bougé.

— Claws ! s'écria Hans.

Sa voix fut avalée par les sifflements du vent qui prenaient en puissance alors qu'ils s'éloignaient.

— NIKLAUS !

Mais tandis que les Sorcières fendaient les airs en emportant Hans avec elles, le désert et tout ce qui s'y trouvait disparurent en un amas de formes floues.

Grethel appela son nom à maintes reprises, mais Hansel ne s'arrêta de courir que lorsqu'il eut atteint le pied du grand arbre feuillu, près de la maison en pain d'épices. Cette dernière n'était pas bien grande, presque une simple cabane comme celle du village où les enfants jouaient au loup — Hansel était tombé du toit, une fois, et s'était tordu le poignet. À ce détail tenait toutefois leur seule ressemblance ; déjà, c'était la première fois de sa vie que Hansel voyait un arbre aussi haut, aux feuilles aussi vertes — ceux de Beck étaient petits et rabougris, leurs feuilles d'un jaune fade ou d'un brun délavé, et ce, même pendant la saison claire. Mais surtout, jamais il ne lui avait été donné de voir une telle quantité ou variété de sucreries ! Leur mère avait l'habitude de leur préparer des galettes de pain d'épices pour leur anniversaire, à Grethel et lui. Ces biscuits n'avaient cependant rien à voir avec toutes ces friandises qu'il avait sous les yeux !

À y regarder de plus près, Hansel s'aperçut que la maison n'était pas réellement constituée de friandises comme il l'avait cru au départ. En effet, des rondins de différentes tailles se superposaient à de grosses pierres et de vieilles briques pour former les murs, et des bouts de tôles servaient de toiture aux côtés d'amas de pailles tressées. Néanmoins, de longs bâtonnets de réglisses couraient sur les murs comme autant de plantes grimpantes écarlates, des glaçons de caramel brun pendouillaient de la corniche, des sucettes de toutes les couleurs se dissimulaient dans les failles des murs comme d'étranges champignons.

Hansel se sentit saliver et tendit une main en avant.

— Hans ! l'interrompit Grethel en venant se planter à côté de lui. Je ne crois pas que ce soit une bonne idée…

— Tu plaisantes ? s'offusqua-t-il. Tout ça a l'air délicieux — et je meurs de faim !

Sans plus hésiter, il attrapa un bâtonnet de réglisse qui serpentait sur toute la hauteur de la maison et le tira vers lui. Grethel sursauta violemment quand la friandise se brisa avec un craquement, mais rien d'autre ne se produisit.

Hansel tint le morceau de réglisse presque aussi grand que lui devant son visage pendant un instant, émerveillé. Puis, il en enfourna la plus grosse bouchée possible, un large sourire aux lèvres. Le goût du sucre, et celui plus acidulé de quelque chose qu'il n'arriva pas à identifier, emplit sa bouche et chatouilla ses papilles. Une sensation de chaleur et de légèreté l'enveloppa aussitôt, et un soupir appréciateur lui échappa.

— Tu dois absolument goûter ça, El ! s'enthousiasma-t-il en cueillant cette fois une sucette violette pour la tendre à sa sœur. C'est excellent !

— Je ne sais pas, Hans…, hésita pourtant Grethel.

Haussant les épaules, Hansel fourra la sucette dans sa bouche — elle avait une saveur plus doucereuse que la réglisse — et sautilla dans l'espoir d'atteindre le caramel qui gouttait du toit. Dès qu'il fut parvenu à en briser une pointe, il la jeta dans sa bouche avec la sucette. Le goût combiné des deux était hallucinant, si différent et plus puissant que tout ce qu'il n'avait jamais mangé, que la tête commença à lui tourner.

— Hans ? s'enquit Grethel.

— Je pourrais rester ici pour toujours ! s'émerveilla Hansel en trempant un doigt dans une substance blanche et mousseuse qui s'étalait sous la fenêtre — de la meringue !

— Hansel !

Hansel pivota vers sa sœur et laissa tomber ce qui restait de son bâtonnet de réglisse.

Une femme se tenait à quelques pas de là. Elle les fixait avec attendrissement, un sourire empreint de chaleur aux coins des lèvres. De fines brindilles verdoyantes et des fleurs blanches paraient son épaisse chevelure, rouge comme des braises mourantes. Elle revêtait une tunique aux allures complexes, les pans d'étoffes qui la composaient s'enroulant autour de sa silhouette et épousant les rondeurs de sa taille et de ses hanches. Hansel lui trouva des airs de conteuses, ces femmes qui s'habillaient de façon extravagante et conviaient les villageois autour de feux pour relater des histoires de guerres et de conquêtes d'une autre époque.

— Qu'est-ce qui vous amène ici ? questionna la femme. Vous êtes perdus ?

— Non, répondirent Hansel et Grethel en chœur.

Ils échangèrent un regard nerveux. Grethel étira timidement les doigts vers ceux de son frère. Hansel prit sa main et la serra dans la sienne.

— N'ayez pas peur, les rassura la femme avant de désigner le morceau de réglisse qui reposait au sol. Vous aimez les friandises ? Il y en a davantage encore à l'intérieur.

D'un geste du bras, elle les invita à avancer. Hansel ouvrit la bouche pour protester, mais avant qu'un mot n'ait pu franchir ses lèvres, il repensa au goût exquis des sucreries sur sa langue. Il mit un pied devant l'autre sans s'en rendre compte, entraînant Grethel avec lui.

— Hans ? fit sa jumelle d'une toute petite voix.

Ils dépassèrent la femme, qui leur ouvrit la porte de la maison. Des cristaux de caramel tombèrent du toit dans un amalgame de bruits cristallins, et un souffle d'air chaud en provenance de la maisonnette apporta un parfum de pâtisserie avec lui. Une seule petite pièce composait les lieux. Lorsqu'ils y entrèrent, Hansel découvrit que, comme promis, l'endroit débordait de friandises. Où qu'il posât les yeux, des sucettes pointaient entre les lattes du plancher et pendaient du plafond comme des stalactites ; des gâteaux s'empilaient dans des paniers ; des perles de sucres colorés recouvraient la moindre surface. Pour tout mobilier, une vieille chaise de bois dans un coin, et un large fourneau à cheminée dans un autre.

La porte se referma dans un grincement derrière eux, et Hansel et Grethel firent volte-face. La femme croisa tour à tour leur regard, l'œil pétillant de malice.

— Vous verrez, leur assura-t-elle d'un ton complice. Nous allons nous régaler.

Sur quoi elle leur offrit un large sourire.

Elle avait les dents pointues.

Partie IV

— Grethel —

IL AVAIT OUBLIÉ COMMENT il était arrivé là. Il se rappelait les Sorcières, le sortilège que l'une d'elles lui avait jeté pour le faire prisonnier, et le vent qui sifflait à ses oreilles. Il se rappelait la forme inerte de Claws, restée au sol, qui s'éloignait. Et ses cris qui lui écorchaient la gorge alors qu'on l'emmenait.

Mais après, son champ de vision s'était embrouillé, et son esprit aussi.

La pièce dans laquelle il avait repris conscience n'était comme nulle autre qu'il lui avait été donné de voir. Plus vaste que le laboratoire d'Andy, ses murs de pierres grises polies par le temps s'élevaient sur plus de quatre mètres de haut, jusqu'à un plafond en voûte, où se devinaient encore les vestiges d'œuvres colorées. Cet indice laissait croire à Hans que cet endroit était vieux, très vieux. Voilà longtemps que plus personne ne perdait son temps à décorer ses appartements ou ses vêtements, car les matériaux à l'origine des teintures étaient trop rares. De plus, depuis le début de la Grande Guerre, les gens étaient trop occupés à survivre pour se permettre le divertissement des arts visuels et de leurs jolies couleurs.

Malgré les vignes qui s'immisçaient çà et là entre les pierres et les filets de lumière qui se glissaient par quelques interstices au plafond, les lieux étaient en incroyablement bon état. Contrairement à York, les murs ne suintaient pas d'humidité, et aucune odeur âcre — de sueur ou d'autres fluides corporels — ne venait agresser l'odorat de Hans. Bien à l'inverse, sous l'omniprésence de la poussière, il percevait un parfum frais indescriptible, qui lui rappela la terre meuble, les feuilles fraîchement tombées et la pluie. Pas les déluges de la saison des pluies, mais les faibles précipitations qui se produisaient à n'importe quelle époque de l'année, autrefois.

La salle était modestement meublée, bien que plus luxueuse que les quartiers privés du général Reish, Hans en aurait mis sa main à couper. À son réveil, il avait en effet été totalement abasourdi de découvrir qu'il reposait sur le lit le plus moelleux qu'il n'ait jamais vu, sans parler des commodités camouflées dans un coin, derrière un grand paravent, et d'un bassin assez grand pour y accueillir tous ses anciens camarades de communes. La baignoire était pleine à craquer d'une eau chaude et parfumée, invitante, mais Hans avait refusé de s'en approcher, et ce, malgré la sueur et le sang qui le maculaient de la tête aux pieds et qui rendaient un brin de toilette bien tentant.

S'il y avait une chose plus déstabilisante encore, toutefois, que d'ouvrir les yeux sur une telle vue, c'était le silence. Ici, ni génératrice qui bourdonnait à toutes heures du jour ou de la nuit, ni enfant terrorisé qui pleurait, ni coup de feu dans le lointain. Pas un seul hurlement de coyote ou de chacal, et aucun croassement strident de rapace à la recherche d'une prochaine dépouille à dépecer.

Hans aurait presque pu trouver l'endroit paisible – s'il ne s'était pas agi d'une prison. Grande et opulente, à des lieux de la cellule qu'il avait occupée lors de ses derniers jours à York. Mais une prison quand même. Il n'avait eu qu'à poser la main sur la massive poignée de porte, située à l'opposé du coin toilette, pour confirmer ses doutes qu'elle était verrouillée. Se savoir enfermé n'avait pas empêché Hans d'essayer d'ouvrir la porte, bien sûr. Trois fois, à coups de pied.

Hans tournait en rond comme un charognard en cage depuis ce qui lui paraissait des heures quand un cliquetis métallique retentit de l'autre côté de la porte. Il fut dos au mur en une seconde, plaqué contre la pierre froide, retenant sa respiration. Puis, avec un faible grincement qui résonna dans le vaste espace, la porte s'entrebâilla, avant de laisser passer une silhouette familière.

Hans visa la gorge avec le tranchant de sa main. Sa cible émit un hoquet de surprise, et il crut que son attaque avait fait mouche quand un éclair de douleur traversa son bras en lui arrachant un cri. L'instant d'après, il se sentait décoller de terre dans une culbute incontrôlable qui l'envoya s'écraser au sol. Un pied nu s'abattit alors sur sa poitrine, expulsant ce qui restait d'air dans ses poumons.

Un profond soupir se fit entendre, et un visage se pencha au-dessus du sien. La pointe de longues boucles noires vint chatouiller ses joues.

— Jolie tentative, commenta la Sorcière.

C'était celle qui l'avait emmené ici, celle qui lui avait déjà proposé de l'accompagner, à York.

— Mais tellement, *tellement* prévisible, conclut-elle.

Hans jeta un rapide coup d'œil au pied plaqué sur son torse, mais avant qu'il ait pu songer à une façon de se défaire de la prise de la Sorcière, celle-ci transféra son poids sur sa jambe.

— Non, le mit-elle en garde avec un claquement de langue. Non.

Elle se courba plus près, jusqu'à ce que Hans discerne ses traits délicats dans l'ombre de sa longue chevelure, qui formait un voile autour de leurs deux visages. Leur proximité et le semblant d'intimité qui s'installait entre eux déplurent à Hans, mais il résista à l'envie de se débattre pour soutenir le regard de la Sorcière. Cette dernière le dévisagea longuement, avec attention, avant d'esquisser un mouvement de recul, le nez plissé.

— Le bain n'est pas piégé, tu sais ? fit-elle remarquer avec un mouvement du menton vers l'autre bout de la pièce. Et tu en aurais bien besoin…

— Je n'ai besoin de rien de votre part, riposta Hans.

Son interlocutrice ne se laissa pas démonter par son ton venimeux. Au contraire, elle esquissa même un sourire.

— Je vois ; les Humains et leur orgueil…

Une étincelle de malice s'alluma dans ses yeux noirs.

— Tu changerais d'avis si j'y entrais avec toi ?

À ces mots, son pied se fit plus léger et glissa le long de l'abdomen de Hans, jusqu'à la boucle de sa ceinture où ses orteils s'attardèrent. Hans se permit un petit éclat de rire et rendit son air enjôleur à la jeune femme. Puis, il attrapa sa cheville et la tira brusquement vers l'avant. La Sorcière hoqueta en chancelant dangereusement en arrière, déséquilibrée, mais avant que Hans n'ait pu esquisser un autre geste, ses muscles se figèrent, comme statufiés.

La frustration lui chauffa les joues tandis qu'il observait, inoffensif, sa geôlière qui s'écartait de lui, l'air déçu.

— Tant pis, grommela-t-elle avec un haussement de ses épaules délicates. Une prochaine fois.

Elle lui adressa un clin d'œil auquel il se garda bien de répondre de quelque façon que ce soit. La bonne humeur de la jeune femme s'envola ensuite soudainement, et ce fut d'un ton solennel qu'elle annonça :

— Elle veut te voir.

Le sang se glaça dans les veines de Hans. Un tourbillon de colère, de mépris et d'autre chose encore à quoi il refusait de songer fit s'accélérer les battements de son cœur.

— Elle peut aller se faire foutre, répliqua-t-il entre ses dents serrées.

Son pendentif pesait une tonne sur sa poitrine.

Ignorant son affront, son interlocutrice remua les lèvres en quelques paroles inintelligibles et, d'un geste de la main, le remit sur pied. Les membres de Hans se mirent en mouvement contre son gré : en un instant, il se retrouva face à l'entrée de la pièce, raide comme la corde d'un arc. Il sentit la magie de la Sorcière le libérer de son emprise, mais il ne bougea pas le petit doigt pour autant : quelqu'un se tenait dans l'embrasure de la porte et le fixait.

Elle portait la même robe blanche diaphane que lorsqu'il l'avait vue au bord de la falaise de la Maison Rouge. Ses cheveux blonds ornés de vignes d'un vert éclatant cascadaient jusqu'à ses reins. Malgré la semi-obscurité des lieux, sa peau pâle semblait aussi brillante que la lune.

Mais ce n'était rien en comparaison de ses yeux bleus, ceux-là même qui avaient hanté les souvenirs de Hans près d'une décennie durant.

— Merci, Ebony, dit doucement la nouvelle venue. Laisse-nous, maintenant.

Sa voix était différente de ce que s'était imaginé Hans. Plus grave, plus veloutée. Plus sûre. Il ne s'attendait pas à autant d'aplomb de sa part et le choc le laissa pantois encore un peu.

Ebony lui jeta un dernier coup d'œil, cette fois plus intrigué qu'appréciateur, avant d'obéir et de quitter la pièce en refermant la porte derrière elle.

Hans n'avait toujours pas remué un cil, tétanisé par la vision de la jeune femme qui se tenait devant lui. Cette dernière ébaucha un sourire radieux et écarta les bras, la joie qui imprégnait ses gestes si sincère que Hans en eut mal.

Comme si on lui arrachait le cœur.

Encore.

— Alors ? s'enquit la Sorcière. Après toutes ces années, n'es-tu pas heureux de retrouver ta petite sœur ?

Les doigts de Hans s'enroulèrent autour de la gorge de Grethel avant même qu'il ait eu conscience de bouger. Il la plaqua durement contre la porte derrière elle, et pencha son visage tout près du sien, leur regard rivé l'un à l'autre, ses yeux bleus la parfaite réflexion des siens.

— Tu *n*'es *pas* ma sœur, gronda Hans. Tu as cessé de l'être il y a dix ans.

Il détesta le tressaillement dans sa voix, presque autant que le tremblement de ses doigts autour de la gorge de la jeune femme.

— Vraiment ? demanda celle-ci, nullement incommodée par la poigne de Hans. Pourquoi, dans ce cas, portes-tu toujours *ceci* ?

Elle esquissa un geste vers la poitrine de Hans, mais il la retint par le poignet avant qu'elle n'atteigne son pendentif.

— C'est pour me souvenir, élucida-t-il.

— De moi ? persista Grethel.

— De ta *trahison*, corrigea-t-il. Pour me rappeler de ne pas commettre les mêmes erreurs en plaçant ma confiance dans les mauvaises personnes.

Mais même à ses oreilles, ses mots manquaient de conviction. Sa voix paraissait faiblir à chaque syllabe.

Hans se demanda qui il tentait réellement de convaincre ainsi.

— Je ne te crois pas, répliqua Grethel comme si elle lisait dans ses pensées. Je crois qu'à chaque jour qui passe depuis dix ans, tu penses à moi. Et que je te manque un peu plus.

Les mâchoires de Hans se crispèrent. Une boule de rage frémissante enfla dans sa poitrine, mais peu importe la volonté qu'il y mit, sa main refusa de se resserrer autour de la gorge de Grethel. Il aurait aimé croire qu'un sortilège de cette dernière était à l'œuvre et l'en empêchait, mais ce n'était pas le cas. Il le savait.

Un sentiment qui ressemblait à de l'espoir s'alluma dans le regard de Grethel. Sa main libre se posa sur la joue de Hans. Il ne la repoussa pas.

— Je le sais, Hansel, reprit-elle, car à moi, tu m'as manqué tous les jours.

Une pellicule humide fit briller le bleu de ses iris.

— Et je suis tellement, tellement heureuse de te revoir enfin, mon frère.

La gorge de Hans se serra. Il dut retenir son souffle. Car, quelque part au fond de lui, là où il avait toujours refusé de laisser dériver son esprit, il comprenait le sentiment de Grethel et le partageait. À chaque jour depuis une décennie entière, malgré la colère, malgré la peine et la rage, il n'avait souhaité qu'une chose : retrouver sa jumelle.

Il le souhaitait toujours.

— Sors d'ici, siffla-t-il entre ses dents.

Il relâcha Grethel et recula aussitôt de plusieurs pas, comme si la seule proximité de la jeune femme pouvait le brûler.

Ça n'aurait pas été la première fois.

– C'est vraiment ce que tu désires ? voulut-elle savoir.

– SORS D'ICI ! rugit Hans.

Grethel soutint son regard une minute supplémentaire sans broncher, puis pivota sur ses talons. Comme elle ouvrait la porte, Hans remarqua le bijou qui parait sa chevelure, à l'arrière de son crâne, maintenu en place par un entrelacs complexe de vignes et de tiges végétales. Une pierre blanche, aux arêtes inégales et arrondies par le temps.

Lorsque la porte se referma et qu'il se retrouva seul, Hans serra les poings, enfonça les ongles dans ses paumes et laissa exploser le cri de souffrance et de désespoir qu'il avait retenu si longtemps.

• • •

ON LAISSA HANS TRANQUILLE. Ni Grethel, ni Ebony ou une autre Sorcière ne vint le voir, mais chaque jour, il eut droit à trois repas. Il trouvait les plats sur le seuil, de son côté de la porte, mais ne voyait jamais celle-ci s'ouvrir ou celui qui lui laissait les victuailles.

Au début, il avait refusé de manger. Chaque portion comportait plus de viande qu'il n'en avait jamais vue ainsi qu'une miche de pain fraîche et moelleuse. Le premier matin, il avait même trouvé de petites boules vertes et violettes, à la chair pâle et juteuse, dans un bol. Lorsqu'il avait compris de quoi il s'agissait, pour avoir entendu Andy lui décrire ses sources d'inspiration pour les friandises qu'il confectionnait, Hans avait failli tomber à la renverse : des raisins. Les Sorcières lui offraient de vrais fruits à manger ! Même à Beck, il n'avait jamais eu droit qu'à des pommes, et encore : celles qui parvenaient à pousser dans les arbres à moitié morts de la région étaient jaunes et avaient un goût acidulé qui l'avait toujours fait grimacer. Quant à son temps à York, il était déjà suffisamment difficile de garder les plants de céréales viables jusqu'à la prochaine expédition d'une équipe en Terres Fertiles ; inutile d'espérer faire pousser autre chose dans le sol aride de l'est du Continent.

À la fin du deuxième jour, cependant, Hans avait craqué : ses mains s'étaient mises à trembler. Les effets secondaires du manque étaient moins difficiles à gérer avec l'estomac plein, et les effluves qui emplissaient la pièce à l'heure des repas lui mettaient l'eau à la bouche. C'était ce qu'il se répétait chaque fois qu'il succombait et allait récupérer le plat laissé pour lui au pied de la porte. Il acceptait ces offrandes des Sorcières uniquement pour étouffer les désagréments du manque, pour reprendre des forces. Pour rien d'autre.

Depuis la destruction de York, il avait maigri. Un miroir était appuyé contre le mur, près des commodités. Il était craquelé et terni, mais Hans s'était risqué à y observer son reflet après son bain, qu'il s'était résigné à prendre. Son torse était moins musculeux, ses côtes saillaient, ses clavicules aussi. Il avait l'air d'un spectre, comme ceux que les soldats juraient parfois avoir aperçus parmi les ruines d'anciens refuges. Ses yeux étaient enfoncés dans leur orbite, ses joues étaient creuses et une barbe drue et clairsemée couvrait le bas de son visage. La peau en dessous était couverte d'ecchymoses violacées sur tout un côté de sa mâchoire, là où Claws avait abattu son poing mécanique. Le cœur de Hans s'était serré lorsqu'il avait pensé à son ami, peut-être mort à cette heure.

Certainement mort. Comme Solene.

Comme Mila.

Dans un élan de colère, Hans avait abattu son poing dans son reflet. Une pluie d'éclats cristallins s'était écrasée à ses pieds, et lorsqu'il avait pris un morceau gros comme une lame de couteau dans sa main, il avait vu ses propres yeux rougis et cernés en train de le jauger, furieux. Depuis, il gardait l'éclat de miroir dans sa botte, en attendant la prochaine visite d'une Sorcière — Grethel, Ebony ou n'importe laquelle d'entre elles.

Mais aucune ne vint. Du moins, pas tout de suite.

• • •

IL AVAIT LA MIGRAINE. La nuit précédente, les voix l'avaient empêché de dormir, et c'était pire encore depuis le matin. Le jour s'était levé entre les fissures du plafond, et avec lui, les murmures avaient pris en force, comme s'ils s'éveillaient à leur tour. Affalé sur son lit défait, Hans les entendait répéter son nom, encore et encore, leur ton tour à tour amusé et désespéré, furieux puis lascif. Il voyait les visages de Niklaus, de Solene et de Mila se superposer dans son esprit, parfois même lorsqu'il avait les yeux ouverts. Il sentait leur souffle sur son visage comme s'ils avaient été dans la pièce avec lui, percevait la chaleur dégagée par leur corps. Il voyait leurs lèvres bouger, mais était incapable de donner un sens aux sons étouffés et déformés qui sortaient de leur bouche. Seul son nom, que tous appelaient inlassablement, parvenait à faire son chemin dans son cerveau.

Hans.

Hans.

Hansel.

— Hansel.

Un visage se pencha au-dessus du sien. Les faibles rayons du soleil dessinèrent un halo blafard autour de sa silhouette. Hans plissa les yeux, ébloui. Entre ses cils, il discerna des lèvres pleines recourbées en un mince sourire, la ligne d'un nez fin, des pommettes hautes et de grands yeux pétillant de malice, le tout encadré de longues boucles noires et soyeuses.

Le cœur de Hans bondit contre ses côtes.

— Mila ? souffla-t-il avant d'avoir pu se retenir.

Il s'en voulut aussitôt. C'était le manque de sucre, sans parler de l'insomnie, qui lui faisait voir des choses. C'était obligé. Mila était morte. Son cœur coula comme une pierre dans sa poitrine. Hans ferma les yeux, serra les paupières, les rouvrit ; Mila était toujours là.

— Bonjour, susurra-t-elle.

Hans cessa de respirer. Ses doigts le picotèrent, l'envie de lever la main et de toucher le visage près du sien pour s'assurer qu'il était réel presque aussi forte que la peur qui lui nouait l'estomac à l'idée qu'il ne s'agisse que d'une hallucination, d'un rêve. Pourtant, lorsqu'il se risqua à tendre les doigts, il rencontra une peau lisse et douce, telle qu'il se la rappelait. Une sensation de chaleur indescriptible gonfla son cœur. Un son à mi-chemin entre le soupir et le sanglot lui échappa.

— Cent âmes damnées, Mila — j'ai cru que je t'avais perdue !

Il prit son visage à deux mains et l'attira à lui. Sa bouche trouva la sienne et leurs lèvres s'épousèrent à la perfection, comme dans ses souvenirs. Mila jeta ses bras autour de son cou pour lui rendre son étreinte, pendant que Hans glissait ses mains sous ses cuisses pour la soulever et l'installer à califourchon sur lui. Il approfondit encore leurs baisers, goûtant la bouche de sa compagne, sa langue et le léger parfum de sel sur la peau tendre de sa gorge. Les mains de Mila descendirent alors le long de son torse, puis de son abdomen, et s'attaquèrent à la boucle de sa ceinture. Hans répondit en attrapant le bas de sa tunique et commença à la lui retirer.

Il interrompit son geste à mi-chemin, tout à coup dérouté. Quelque chose n'allait pas. À commencer par l'étoffe vaporeuse entre ses doigts, si délicate qu'un geste un peu trop brusque suffirait à la déchirer. Mila ne portait pas ce genre d'habits. Ses baisers aussi étaient différents, plus agressifs, moins doux. Et sa taille, sous les mains de Hans, était plus mince, ses hanches plus étroites. Même ses cheveux avaient une texture étrange, trop fins, trop droits.

L'évidence frappa Hans avec la violence d'un coup de poing aux tripes : ce n'était pas Mila.

Mila était morte.

Il s'écarta abruptement, les yeux grands ouverts. Ebony passa la pointe de sa langue sur ses lèvres rougies et enflées par leurs baisers.

— C'était amusant, commenta-t-elle avec un clin d'œil.

Hans repoussa la Sorcière et la plaqua brutalement contre le matelas sous lui. Sa main gauche se referma sur sa gorge, tandis que la droite récupérait l'éclat de miroir coincé dans sa botte et l'écrasait sous la mâchoire de la jeune femme.

— Nom d'un charognard, mais qu'est-ce qui ne va pas chez toi ? s'écria-t-il à un centimètre du visage d'Ebony.

Sa voix tremblait sous l'effet de la rage, mais d'autre chose aussi : du dégoût. Pour cette profiteuse manipulatrice. Pour lui-même.

Surtout pour lui-même.

– Chez moi ? s'offusqua la Sorcière. C'est toi qui t'es jeté sur moi !

– Tu peux toujours rêver, grimaça Hans.

Ebony ricana.

– Je n'ai pas rêvé ce qui se passait dans ton pantalon il y a une minute.

– Sale…

Il voulut presser sa lame de fortune contre la chair de la Sorcière, mais sa main resta parfaitement immobile, ses doigts figés.

Ebony sourit face à son désarroi.

– Peu importe ce que tu t'apprêtais à dire, j'ai déjà entendu pire, crois-moi. Maintenant donne-moi ça, tu risques de te faire mal.

Elle retira prudemment le morceau de miroir de la main de Hans avant d'envoyer valser son interlocuteur à l'autre bout du lit d'un simple mouvement du poignet.

– Qu'est-ce que tu viens faire ici, de toute façon ? interrogea Hans. C'est El qui t'envoie ?

Il sentit la magie d'Ebony délivrer ses muscles tandis que cette dernière se levait du lit sans se presser, puis replaçait les pans transparents de sa robe autour de ses cuisses. Hans s'efforça de ne pas prêter attention à ses gestes, mais il avait encore des fourmillements dans les doigts après la façon dont il les avait fait courir sur le corps de la jeune femme.

Cette pensée lui donna envie de vomir.

– Ebony, insista-t-il.

– Tu m'appelles par mon nom, maintenant ? remarqua celle-ci. On fait du progrès.

Hans la fusilla du regard. Elle haussa les épaules et désigna quelque chose d'un geste du menton.

– Des friandises. Grethel dit que vous avez ça en commun.

Hans baissa les yeux sur la pochette de cuir échouée au pied du lit. Son estomac émit un grondement sourd qui fit arquer un sourcil à Ebony.

– El et moi n'avons rien en commun, riposta-t-il néanmoins. Absolument rien.

– C'est faux, le contredit la Sorcière d'une voix neutre. Je t'ai déjà dit que vous avez les mêmes yeux.

Hans se baissa pour récupérer le sachet de sucreries ; dans son état, les refuser serait orgueilleux et idiot. Mais, surtout, son geste lui permettait de se détourner d'Ebony sans que celle-ci ne remarquât l'étincelle de douleur dans son regard. Une fois la pochette de cuir en main, il se laissa tomber en arrière sur le lit, le visage tourné vers le plafond. Le brouillard devait s'être épaissi, car les filets de lumière qui filtraient par les trous dans le toit un peu plus tôt s'étaient amincis au point d'en être presque inexistants.

Hans se rembrunit.

– Il va falloir faire disparaître ce miroir, marmonna distraitement Ebony. Et t'apporter des vêtements propres – tu es dégoûtant.

– Ce n'était pas ton avis il y a une minute, lui rappela Hans en reprenant les mots choisis plus tôt par la jeune femme.

Il s'en voulut immédiatement d'entrer dans son jeu, mais c'était plus fort que lui. Mila et Claws lui avaient toujours reproché d'avoir la langue trop bien pendue.

Penser à eux provoqua une vive douleur dans sa poitrine, et une bile amère remonta dans sa gorge au souvenir du goût des lèvres d'Ebony sur les siennes. Il jeta un bout de réglisse trouvé dans le sachet de cuir dans sa bouche ; le sucre en train de fondre sur sa langue envoya une onde de plaisir dans tout son corps, mais ne suffit pas à chasser la culpabilité de son cœur.

Le bruit discret de pieds nus sur le plancher lui apprit qu'Ebony s'éloignait. Lorsque la porte s'ouvrit en grinçant, toutefois, une minute passa sans qu'elle ne se referme.

— À propos de ce qui vient de se passer, hésita Ebony. Je ne sais pas qui est cette Mila, mais…

— Ça ne te regarde pas, alors ferme-la, trancha Hans.

— Tu semblais si heureux de la voir, poursuivit malgré tout la Sorcière, je voulais juste…

— Épargne-nous à tous les deux ta pitié et ta fausse gentillesse, tu veux ? grogna Hans. J'ignore ce que Grethel t'a dit à propos de moi, de nous, de tout ça — mais ne t'imagine pas que nous pouvons être du même côté.

Il avala un nouveau morceau de réglisse.

— Nous ne le serons jamais.

Enfin, la porte se referma.

• • •

HANS MARQUAIT LES JOURS qui passaient d'un trait dans la pierre au-dessus de son lit. Chaque soir, quand les ténèbres de la nuit avalaient ses appartements, il retirait son pendentif et, à l'aide de la pierre blanche, creusait une nouvelle marque près de la précédente. Le temps avait émoussé les murs et il était facile d'y laisser une trace. Néanmoins, au bout d'un temps, la gemme commença à se déformer, sa pointe polie de plus en plus pointue, ses arêtes de plus en plus tranchantes. Les jours se relayaient, les traits sur le mur s'additionnaient; Hans ne pouvait rien y faire.

Il ne revit pas Grethel, ni n'entendit parler d'elle par Ebony, qui lui apportait ses repas et ses rations de friandises quotidiennement. La jeune femme s'efforçait chaque fois de lui faire la conversation, mais ses tentatives se soldaient toujours par un monologue au sujet du beau et du mauvais temps, des cheveux de Hans qui avaient besoin d'être coupés et coiffés, de sa barbe qui avait besoin d'être rasée. Hans ignorait pourquoi elle se donnait la peine de lui parler, et ses conversations unilatérales l'énervaient. Pour sa part, il n'adressait pas la parole à la Sorcière, encore moins la regardait-il; la seule fois où il avait croisé son regard en voulant attraper la poignée de sucettes qu'elle lui tendait, son esprit avait brièvement remplacé le noir des iris de sa geôlière par un vert pur et éclatant. Il avait passé les heures suivantes à abattre ses poings contre les murs et à se concentrer sur la douleur dans ses jointures, histoire d'oublier un peu celle qui tenaillait son âme.

Jamais, pourtant, il n'arrivait à écarter complètement Mila de ses pensées, pas plus qu'il ne parvenait à oublier Solene et Claws. Le bon sens lui disait de se résigner, que ses amis étaient tous les deux morts, mais Hans refusait d'y croire – car ce serait alors sa faute. Il avait déversé sa souffrance sur Claws, avait ordonné à Solene de fuir. Il avait entendu celle-ci hurler; cela signifiait-il que les Sorcières l'avaient eue? Qu'elle s'était blessée avant d'agoniser des heures, des jours durant? Et il avait laissé Niklaus seul, à la merci des charognards. Si ses compagnons mouraient, s'ils étaient déjà morts, c'était de sa main à lui et non pas de celle des Sorcières.

Hans ne savait pas combien de temps encore il pourrait tenir avec ce poids sur la conscience. Chaque fois qu'il marquait d'un trait dans le roc le jour qui se terminait, il se demandait s'il tiendrait assez longtemps pour marquer la fin du suivant.

• • •

EBONY DÉBARQUA DANS SA CELLULE à une heure inhabituelle. Hans le remarqua tout de suite, car elle ne lui rendait visite que pour les repas. Certes, il avait avalé sa ration matinale depuis ce qui lui semblait des lustres et son ventre grondait déjà, cependant ce n'était pas le midi puisque le pâle disque du soleil n'était pas encore passé devant la plus large des fissures du plafond.

De toute façon, Hans savait qu'il ne devait pas se fier aux mugissements de son estomac ; il avait toujours faim.

Les pas de la Sorcière vinrent vers lui, mais il les ignora et ne bougea pas du lit, feignant d'être endormi.

— Toujours aussi prévisible, le sermonna Ebony sur le ton de la plaisanterie.

Elle s'exprimait avec sa bonne humeur coutumière, qui ne manquait jamais d'agacer Hans au plus haut point. Ils étaient prisonnier et geôlière, alors pourquoi agissait-elle comme s'ils étaient alliés ? Chaque fois qu'elle entrait dans la pièce, pimpante jusqu'au bout de ses orteils nus aux ongles lustrés de noir, Hans s'interrogeait sur ses intentions cachées — car elle en avait certainement — ; aujourd'hui ne faisait pas exception.

Il ouvrit un œil soupçonneux ; au même moment, Ebony se hissa sur le lit, une jambe de chaque côté de celles de Hans, et s'installa sur ses genoux.

– Que…

Une force invisible le força en position assise. Soudain, le tranchant acéré d'une lame fut plaqué sur sa gorge.

Hans ne tenta pas de se débattre – il percevait le sortilège jeté par Ebony, qui statufiait ses muscles et l'empêchait de bouger même le petit doigt.

– Shhh, fit la Sorcière avec un sourire.

Elle pressa la lame contre la gorge de Hans, puis, d'un mouvement sûr, la fit courir jusqu'à sa mâchoire. Il y eut un léger chuintement, mais aucune douleur. Lorsque la jeune femme répéta son mouvement une deuxième, puis une troisième fois, Hans fronça les sourcils, décontenancé.

– Tu te fiches de moi ? grommela-t-il alors que la lame se rapprochait de la pointe de son menton.

Ebony caressa sa joue fraîchement rasée du bout de son pouce.

– Tu en avais besoin, expliqua-t-elle avant de se remettre à la tâche.

Hans roula des yeux, mais n'ajouta rien. De sa main libre, Ebony lui tourna la tête, lui releva le menton, repoussa une mèche de cheveux de sa tempe. Hans la laissa faire, sans vraiment avoir le choix. Quelques minutes s'écoulèrent ainsi en silence avant que la Sorcière ne lève les yeux de son travail et ne les pose sur quelque chose derrière lui.

– C'est si pénible que ça d'être ici ? s'enquit-elle d'un ton neutre.

Hans comprit qu'elle avait aperçu les traits sur le mur. Ce soir, il y ajouterait une barre transversale et marquerait ainsi le dixième jour de son emprisonnement.

Il grimaça sans répondre.

– Je peux faire quelque chose ? demanda encore Ebony.

– Si, acquiesça Hans. Tue-moi tout de suite.

Les épaules de son interlocutrice s'affaissèrent et elle laissa retomber ses mains sur ses cuisses avec un long soupir.

Hans attendit, mais comme elle ne daignait ouvrir la bouche, il arqua un sourcil mi-dubitatif, mi-irrité.

– À quoi est-ce que tu joues, Ebony ? l'interrogea-t-il finalement. Tout ça, ça t'amuse – *je* t'amuse ?

Ebony se détourna, toujours muette.

– Je ne serai jamais ton gentil petit Soumis, ni celui de personne d'autre, la prévint Hans. Autant me faire éclater la tête contre les murs de cette prison. Alors cesse de perdre ton temps à me traiter comme ton nouveau jouet.

Ebony releva ses yeux vers les siens, l'observa de sous ses longs cils. Hans s'efforça de ne pas remarquer comme elle lui faisait penser à Mila ainsi.

– Je ne cherche pas à faire de toi mon Soumis, le contredit-elle. Et Grethel non plus.

– Alors que *veut*-elle ?

Ebony hésita.

– Ce n'est pas à moi de te le dire.

Hans lâcha un rire sec, mais insister aurait été inutile. Alors il se tut et patienta pendant qu'Ebony reprenait sa tâche là où elle l'avait laissée. Elle faisait glisser la lame du rasoir avec une habileté et une douceur étonnante le long de la mâchoire de Hans. Ce dernier se demanda sur combien de cobayes elle s'était pratiquée ainsi avant lui. Combien de Soumis.

Selon les rumeurs qui couraient entre les refuges et au sein des groupes de soldats, les Sorcières aimaient s'entourer de nombreux admirateurs, de sorte qu'une seule d'entre elles avait parfois quatre Soumis, voire plus, à ses ordres. Pour sa part, Hans n'avait vu des Soumis que les rares fois où on en avait ramené à York pour les interroger. À sa connaissance, aucun d'eux n'avait toutefois soufflé mot quant au travail qu'ils accomplissaient pour les Sorcières, ni combien ils étaient, ou où se situait le repère de leurs maîtresses. Certains croyaient que les Soumis n'étaient que de pauvres victimes, ensorcelés par leurs geôlières afin qu'ils n'aient d'autre choix que de leur témoigner une loyauté sans faille. Hans espérait que ce soit bien le cas ; songer que des milliers d'hommes et de femmes avaient trahi leur propre espèce dans le seul but de s'attirer quelque traitement de faveur des Sorcières lui donnait envie de vomir.

Écœuré, Hans repoussa ces idées loin de son esprit et concentra son attention sur Ebony. La Sorcière semblait songeuse, l'air ailleurs malgré ses gestes toujours aussi précis avec le rasoir.

— Claws et Solene — ils sont encore en vie ?

Ce n'est que lorsqu'Ebony interrompit son travail pour lever les yeux vers les siens que Hans comprit que les mots lui avaient échappé. Dix jours qu'il était ici, sain et sauf, mais qu'en était-il de ses compagnons laissés derrière ? La question le taraudait sans cesse.

Une pointe d'agacement jaillit en lui, et il s'en voulut d'avoir laissé Ebony entrapercevoir cette faille dans son armure. L'idée de garder le silence et de faire comme si de rien n'était l'effleura, pourtant, il poursuivit :

— Quand vous m'avez emmené…

— Les Humains qui t'accompagnaient, comprit Ebony.

Hans acquiesça lentement, l'appréhension le faisant hésiter.

— Vous les avez tués ? finit-il par questionner.

Ebony secoua aussitôt la tête, ce qui le surprit.

— Pourquoi ?

— Nous n'étions pas là pour eux, élucida son interlocutrice sur le ton de l'évidence. Pourquoi leur faire du mal ?

— Parce que c'est ce que font les Sorcières.

Ebony eut un mouvement de recul. Ses sourcils se froncèrent, une étrange lueur dans ses prunelles noires. Pendant une fraction de seconde, Hans crut qu'il s'agissait de désarroi, peut-être même de peine, mais c'était absurde.

— Nous ne sommes pas les monstres dépeints par les Humains, Hansel, le contredit posément la Sorcière.

Il ne parvint qu'à grimacer en retour.

— Vous avez déclenché une guerre qui dure depuis soixante-quinze ans.

— Nous nous évertuons à *sauver l'humanité* depuis soixante-quinze ans, le corrigea-t-elle.

— La sauver ? Vous la détruisez.

— Toutes les guerres nécessitent des sacrifices.

Hans dévisagea Ebony, bouche bée. Il sentit le sang bouillir dans ses veines, mais Ebony soutint son regard assassin sans ciller.

— Vous n'êtes même pas *l'humanité*, cracha-t-il dans un rictus.

— Si, lui rappela Ebony avec affront. Nous sommes simplement des Humains *différents*.

Hans déglutit avec difficulté, les dents serrées. Il aurait voulu faire mentir la Sorcière, lui affirmer qu'elle et lui n'avaient rien en commun, mais il ne le pouvait pas.

— Nous ne sommes ni les terroristes, ni les bourreaux que vous vous imaginez — et au fond de toi, tu le sais très bien.

— N'importe quoi, siffla Hans.

— Vraiment ?

D'un geste vif, la jeune femme replia le rasoir et posa ses poings fermés sur ses cuisses. Puis, lentement, de façon à ce que Hans devine parfaitement ce qu'elle s'apprêtait à faire, elle approcha son visage du sien et l'embrassa brièvement sur la bouche.

— Un baiser volé ne prouve rien du tout, lui fit remarquer Hans lorsqu'elle s'écarta.

— Sauf que ce n'en était pas un, répliqua-t-elle.

À ces mots, elle se leva du lit et engloba Hans de la tête aux pieds d'un mouvement du rasoir dans sa main.

— Voilà longtemps que je t'ai libéré de mon sortilège d'immobilité — pourtant, tu n'as pas tenté de me repousser une seule fois.

Hans serra les poings, prenant conscience qu'elle disait la vérité. Ebony lui tourna alors le dos ; il l'observa quitter la pièce, abasourdi, les derniers mots de la Sorcière flottant derrière elle comme une accusation.

• • •

IL AVAIT PERDU L'ABEILLE. Dès le premier jour, Hans avait remarqué que le Chuchoteur d'Andy avait disparu, mais il croyait alors qu'il finirait par revenir. L'insecte mécanique pouvait être n'importe où, dans ses appartements comme ailleurs dans le bâtiment, voire à l'extérieur de celui-ci. Hans n'avait jamais vu un Chuchoteur comme celui-là ; les autres se désactivaient habituellement après avoir livré leur message et restaient inertes jusqu'à ce qu'on ait de nouveau besoin d'eux. La machine envoyée par Andy, toutefois, avait suivi Hans depuis le soir où elle l'avait débusqué à la

Maison Rouge. En ne la trouvant nulle part au premier matin de son emprisonnement, il avait espéré que ce n'était que temporaire.

Mais l'abeille n'était pas reparue.

Hans fit le tour de sa gigantesque cellule à plusieurs reprises, sans jamais la trouver. Il regarda sous le lit, retourna les draps, sonda les fissures le long des murs et les interstices entre les pierres. Encore. Et encore. En vain. Après plusieurs heures à fouiller les lieux sans relâche, il se laissa choir sur son matelas. Quatre mètres plus haut, les trous dans le plafond laissaient voir un ciel obscurci par le crépuscule. Un énième jour tirait à sa fin.

L'amertume envahit Hans. Son cœur se serra, et ses mains formèrent des poings le long de son corps.

— Tu m'avais promis, Candy…

C'était à peine un murmure. Mais, dans le silence qui planait au-delà de sa chambre, au-delà du reste du repère des Sorcières, ses mots résonnèrent comme un cri à ses tympans. Et c'était bien ça : un cri de détresse. Un appel désespéré.

Le scientifique avait juré à Hans de le sortir de là. Son message, délivré par le Chuchoteur, le suppliait de tenir bon. Tout irait bien, selon lui. Tout serait bientôt fini. Mais voilà : Hans était le dernier survivant de leur groupe qui avait quitté York. Roy avait tué Julian, Asaf et le petit Elias. Mila était morte. Et bien qu'Ebony affirmait que ses comparses et elle ne s'en étaient pas pris à Claws et Solene, près de deux semaines maintenant s'étaient écoulées depuis que Hans avait été séparé d'eux deux. Plus que certainement, il était le dernier.

Où se trouvait Andy pendant ce temps ? Pour ce que Hans en savait, il pouvait être à l'autre bout du monde. Ou mort, lui aussi. Quoi qu'il en soit, il n'était pas ici. Il n'avait pas tenu sa promesse.

– Tu avais dit que tu me sortirais de là, insista Hans, le regard perdu en direction du brouillard qu'il entrapercevait par les fissures du plafond. Tu m'avais promis.

Une boule enfla dans sa poitrine et monta dans sa gorge sans qu'il ne puisse la refreiner.

– TU M'AVAIS PROMIS !

Le temps d'une seconde, son cri sembla faire voler la quiétude des lieux en éclats. L'instant d'après, cependant, le silence reprit ses droits, lourd et étouffant. Infini. Hans se demanda si quelqu'un, quelque part, avait entendu son appel. Il attendit. Attendit. Mais rien.

Ses ongles s'enfoncèrent dans ses paumes. Il roula sur le flanc, face au mur, et ravala sa déception.

Depuis le temps, il aurait dû savoir que personne ne venait jamais pour lui.

• • •

IL OUVRIT LES YEUX sur une surface grise, terne et abîmée par le temps. Une vision à laquelle il s'habituait, remarqua Hans avec lassitude. Il aurait pu s'en attrister – une partie de lui pensait que cela aurait *dû* être le cas. Mais la vérité, c'était qu'il n'en avait pas l'énergie. Il se sentait comme ce mur, face auquel il se réveillait tous les matins : froid, impassible, inerte.

L'attention de Hans dériva un peu plus haut, en direction des dix-huit traits gravés dans le roc, et un soupir se forma sur ses lèvres.

À cet instant, une légère sensation, comme une pression à la base de son crâne, le tira de ses mornes pensées. Il roula sur son épaule de façon à faire face à son immense cellule. Il comprit aussitôt l'origine de son inconfort : il n'était pas seul. À quelques pas de là, Ebony le fixait en silence, l'œil taquin derrière les cascades de cheveux noirs qui tombaient autour de son visage.

Elle se prélassait dans son bain.

— Qu'est-ce que tu fais là ? lui demanda Hans avec indifférence. Je veux dire, qu'est-ce que tu fais là, *encore* ?

Un large sourire vint éclairer les traits de la Sorcière. D'un geste souple, elle extirpa l'une de ses jambes de l'eau, pointa distraitement ses orteils en direction du plafond. Un filet de lumière matinale, qui s'infiltrait par un interstice du toit, vint caresser sa peau pâle et faire étinceler les gouttelettes qui y ruisselaient paresseusement.

— J'attends que tu viennes me rejoindre, bien sûr, répondit la jeune femme. *Encore.*

Hans se retint de rouler les yeux. C'était la troisième fois — ou la quatrième ? — qu'il trouvait Ebony dans son bain à son réveil, et ce, en six jours — ou cinq ? Il ne savait pas, ne savait plus. Ces traits gravés dans le mur étaient le seul repère qui l'empêchait de perdre totalement le compte des journées qui s'écoulaient.

— Et qu'est-ce qui te fait croire que ce matin sera différent des autres ? interrogea-t-il.

Il avait toujours renvoyé Ebony sans un regard.

Jusqu'ici.

La Sorcière replongea délicatement sa jambe dans l'eau.

— Qu'est-ce qui te fait croire que ce matin ne le sera pas ? répliqua-t-elle.

Hans soutint le regard perçant de son interlocutrice sans répondre. Une minute de silence passa ainsi, avant qu'enfin il ne se lève du lit et ne traîne ses pieds nus jusqu'au bassin. L'eau qui le remplissait était claire, plus limpide que celle qu'on recueillait et filtrait à York. Sa surface se brouilla tandis que Hans y entrait une jambe, puis l'autre. Son pantalon colla à sa peau, tout comme sa tunique lorsqu'il s'accroupit au fond de la baignoire. Il était désormais immergé jusqu'à la poitrine, et des effluves parfumés venaient lui chatouiller les narines.

Ebony, qui n'avait pas bougé d'un cil pendant ce temps, le toisa rapidement de la tête aux pieds. Puis, quittant son coin du bassin, elle vint le rejoindre sans rien dire, son éternel sourire aux coins des lèvres.

— Qu'est-ce que tu crois que tu es en train de faire? la questionna Hans alors qu'elle s'installait à califourchon sur ses genoux.

Mais sa voix manquait de conviction, même à ses oreilles.

La jeune femme baissa les yeux, faussement innocente, et posa ses mains sur les bras de Hans. Ses doigts coururent le long de ses biceps, jusqu'à ses épaules qu'elle fit mine de masser.

— Tu es tendu et terriblement morose ces derniers temps, susurra-t-elle en guise d'excuse. Il faut te décrisper un peu — et je peux t'y aider.

— Vraiment? s'enquit Hans.

Les yeux noirs d'Ebony retrouvèrent les siens.

— Vraiment.

— Et comment comptes-tu t'y prendre?

Il aurait voulu ravaler ses paroles, mais la Sorcière saisissait déjà l'invitation. Ses lèvres caressèrent la mâchoire de Hans, trainèrent le long de son cou. Il mit une seconde à s'apercevoir qu'il avait glissé ses doigts dans les boucles soyeuses de la chevelure de la jeune femme. Ce n'est que lorsque la bouche d'Ebony effleura la sienne qu'il se détourna.

— Non, souffla-t-il d'une voix rauque. Non.

Ebony s'écarta sans se presser. Hans sentit son regard qui pesait sur lui, mais resta néanmoins muet et refusa de lui faire face. S'il s'y risquait, il craignait que son esprit ne lui joue le mauvais tour de remplacer les iris noir de jais de la Sorcière par ceux, plus verts que les pierres précieuses, de celle dont il désirait véritablement la compagnie.

Mais la réalité ne pourrait plus combler ses désirs. Jamais.

Au bout d'une minute, Ebony pressa sa paume contre la joue de Hans, l'obligeant doucement à tourner sa tête vers elle.

— Demande-moi de partir, dit-elle avec un sérieux qui étonna Hans, et je le ferai.

Il osa enfin lever les yeux sur son visage ; ses traits étaient inchangés, ses prunelles toujours aussi sombres que la nuit. Un drôle de sentiment enfla dans sa poitrine, mais il n'aurait su dire s'il s'agissait de soulagement ou de déception.

Ebony le fixa encore un instant, mais Hans ne dit rien, alors elle se pencha de nouveau sur lui. Sa bouche se posa d'abord sur sa joue, puis sur son menton, avant de se presser sur ses lèvres. Cette fois, Hans ne la repoussa pas ; ses baisers attisèrent quelque chose en lui. Presque contre son gré, il se laissa aller à cette sensation de chaleur dans ses veines. Sa langue frôla celle de la Sorcière.

— Voilà, approuva cette dernière entre deux baisers. Ça n'a rien de bien compliqué, si ?

Elle attrapa le bas de la tunique de Hans, qui hésita à peine avant de l'aider à l'en lui débarrasser. Il ne manqua pas la surprise qui arrondit les yeux d'Ebony lorsque celle-ci découvrit les vestiges de ses horribles brûlures au torse et au bras droit, mais il repoussa sa gêne au fond de son crâne. Enroulant un bras autour de la taille étroite de sa partenaire, il l'attira plus près et réunit leur bouche dans une nouvelle étreinte affamée. Pendant ce temps, il défit la boucle de sa ceinture de sa main libre. Ebony s'empressa de lui donner un coup de main pour lui retirer son pantalon, qui sous l'eau, le collait comme une seconde peau.

— Impatient ? gloussa la Sorcière contre ses lèvres. Je ne t'en veux pas ; l'amour avec une Sorcière est une expérience comme nulle autre.

Hans relâcha sa taille et referma ses doigts autour de sa gorge si brusquement qu'elle hoqueta.

— Toi et moi, gronda-t-il, ça n'a rien à voir avec l'amour.

Sa prise était ferme sans être brutale autour du cou d'Ebony, et il la sentit déglutir.

— Moi qui croyais que tu m'aimais bien, plaida-t-elle, faussement vexée.

Hans s'adoucit avant de repositionner sa main sur sa nuque.

— Disons que je ne te déteste pas, lui concéda-t-il. Pas vraiment.

— Comme c'est compliqué, soupira la jeune femme.

Elle fit courir ses doigts sur le torse de Hans, guettant sa réaction. Finalement, comme il ne semblait pas vouloir la repousser, elle se rapprocha de lui, son visage à un centimètre du sien. Hans respira le souffle brûlant d'Ebony, sentit la pointe de ses cheveux qui lui chatouillaient les épaules, ses seins qui se pressaient contre sa poitrine et son ventre plat contre son abdomen. Mais la Sorcière n'alla pas plus loin. Pas tout de suite.

– Si je ne suis ni ton amie ni ton ennemie, questionna-t-elle, que cela fait-il de moi ?

Les mains de Hans suivirent avidement les creux et les arrondis de son corps, lui tirant un hoquet lorsqu'il s'attarda entre ses cuisses. Les ongles de la Sorcière s'enfoncèrent dans ses épaules avec un pincement. Il se tendit en avant en grognant, mais sa partenaire le retint. Il l'interrogea du regard. Ebony lui rendit son œillade – il faillit éclater de rire en comprenant ce qu'elle attendait.

– Une distraction, répondit-il dans un souffle court.

La poigne d'Ebony se relâcha sur ses épaules et elle lui sourit largement.

– Va pour la distraction, dans ce cas.

Hans rendit son sourire à Ebony et blottit son corps nu contre le sien, avant d'étouffer le gémissement de plaisir de la Sorcière en écrasant sa bouche sur la sienne.

• • •

LA PORTE S'OUVRIT EN GRAND. Hans perçut le courant d'air frais qui s'engouffra dans la pièce. Détachant son regard des fissures au plafond, qu'il contemplait distraitement du confort de son lit, il se redressa sur un coude.

– Quelque chose ne…

Il s'interrompit en découvrant celle qui se dressait sur le pas de la porte.

– Qu'est-ce que tu fais ici ? siffla-t-il.

– Tu attendais quelqu'un d'autre ? s'enquit Grethel sans pouvoir camoufler un sourire.

Un visage aux traits fins et aux yeux noirs surgit dans son esprit, mais Hans s'empressa de le chasser de ses pensées. Il finit de s'installer en position assise, planta son coude sur son genou et y posa son menton, feignant l'ennui.

— Pourquoi es-tu là, El ?

— N'ai-je pas le droit de rendre visite à mon cher frère ?

Un rictus fit tressauter un coin des lèvres de Hans à ce dernier mot, et une pointe de douleur, qu'il s'évertua à ignorer, s'enfonça dans son cœur. Il détourna les yeux, incapable de soutenir plus longtemps le regard que Grethel posait sur lui — un mélange de malice, de joie et d'affection. Cet air complice lui rappelait trop de choses : des éclats de rire, les échos d'un sentiment de bonheur et de sécurité. La colère dont il s'était fait une armure jusqu'ici menaça de se fissurer. Il refusait toutefois de se défaire de sa colère.

C'était tout ce qui lui restait.

— Cela fait presque une lune, argua-t-il sans regarder sa sœur. Et tu n'es pas venue me voir une seule fois.

— Tu m'avais demandé de te laisser, se défendit Grethel comme s'il s'agissait d'une explication des plus logiques. Ce que j'ai fait.

— Alors pourquoi revenir aujourd'hui ?

El marqua un instant de silence, comme si elle cherchait ses mots.

— Ebony a laissé entendre que ton humeur s'était améliorée et que tu pourrais être enclin à discuter.

Hans mit une seconde à saisir le sous-entendu.

— Garce, cracha-t-il avec venin.

— Elle suivait les ordres, c'est tout, fit remarquer Grethel.

Hans reporta son attention sur elle, outré.

— Tu…

— Je ne lui ai pas demandé de coucher avec toi, si c'est ce que tu veux savoir, le devança sa jumelle. Juste de veiller à ton confort — après, si elle s'est prise d'affection pour toi, je ne suis pas responsable.

Elle plissa les paupières, visiblement amusée par le mutisme de son frère.

— Ou toi, pour elle.

— Jamais, renifla Hans avec dédain.

Mais il ne put faire fi du sentiment de trahison que provoquèrent en lui les révélations de Grethel, qui creusèrent comme un gouffre dans sa poitrine. Il se morigéna et se répéta qu'il se fichait bien qu'Ebony ait pu le manipuler ; en vain.

Il surprit l'ombre du sourire qui passa sur les lèvres d'El.

— Tu n'as pas à t'en vouloir, dit-elle avec légèreté comme si elle lisait dans ses pensées. Ebony est une femme sublime, n'importe qui aurait du mal à lui résister — et tu es tout à fait son type.

Hans la foudroya du regard.

— Pour la dernière fois : *qu'est-ce que tu fiches ici, El ?*

Cette dernière ne se formalisa pas de son ton menaçant et désigna le couloir, derrière elle, d'un geste du menton.

— Allons nous balader, tu veux ?

• • •

LES LIEUX ÉTAIENT BIEN PLUS VASTES que tout ce qu'avait pu imaginer Hans. Une fois sa cellule derrière eux, Grethel le guida à travers un dédale de couloirs larges de plusieurs mètres, aux hauts plafonds arrondis et bigarrés des couleurs de vieilles œuvres d'art ternies, comme dans ses appartements. El et Hans dépassèrent plusieurs dizaines de portes, closes pour la plupart, mais des voix étouffées étaient audibles derrière certaines. Ils croisèrent aussi une poignée de Sorcières, qui se turent toutes pour dévisager les jumeaux sur leur passage. Grethel les ignora, mais Hans, lui, leur rendit leurs regards en relevant le menton. À cet instant, les Sorcières s'inclinèrent légèrement, avant de se détourner et de s'éloigner en reprenant leur conversation. Hans les suivit des yeux, interloqué, jusqu'à ce qu'elles aient disparu au bout du couloir, puis il pivota en direction de Grethel ; sa sœur l'attendait quelques pas plus loin. Il la rattrapa.

Ils continuèrent leur visite de la propriété en silence. Tandis qu'El gardait son attention rivée droit devant sans se laisser distraire par un éclat de rire par-ci, un sifflement du vent par-là, et par les regards appuyés que leur adressaient toutes les Sorcières qu'ils rencontraient, Hans avait l'impression de ne pas avoir assez de ses deux yeux pour assimiler tout ce qu'il y avait à regarder.

Cet endroit n'avait rien à voir avec le Gîte, ou avec tout autre bâtiment d'habitation des refuges qu'il avait visités. Là où les édifices des villes comme York n'étaient que blocs de béton géants et squelettes de métal tordu, le repère des Sorcières était tout en formes arrondies et en courbes complexes ; des colonnes ouvragées, étonnamment bien conservées à travers le temps, s'élevaient à intervalles réguliers pour soutenir les coupoles des plafonds ; de grandes arches décoraient l'entrée des couloirs et des différentes salles ; des cristaux et des pierres colorées comme il n'en avait jamais vus étaient incrustés dans les planchers et paraient ceux-ci d'une brillance irréelle. Tout autour, pourtant, il était aussi évident que la nature reprenait ses droits : des plantes grimpaient le long des murs et s'échappaient par de minces fissures ; de délicates racines surgissaient ici à la jonction des murs et du plancher ; Hans et El durent même se pencher pour passer sous une branche d'arbre épaisse qui entrait par ce qui avait jadis dû être une grande fenêtre. Hans eut du mal à réprimer son admiration devant les minuscules feuilles vertes qui bourgeonnaient tout autour de la branche.

Lorsque Grethel s'arrêta enfin au centre d'un large balcon, sous lequel s'ouvrait un hall gigantesque, Hans prit une minute pour pivoter sur lui-même, absorbant tout ce qu'il put du spectacle.

– Alors ?

El arborait un air à la fois fier et satisfait.

– Où sommes-nous ? voulut savoir Hans.

– C'était ce que les Humains appelaient autrefois une cathédrale ; ils venaient ici pour prier leur dieu. Aujourd'hui, il s'agit de notre sanctuaire.

Hans envoya la tête en arrière. Plusieurs dizaines de mètres plus haut, les murs se rejoignaient pour former la pointe d'une tour ; à son sommet, des sortes de lucarnes laissaient entrer les rayons du soleil. Comme tout le reste ici, la lumière du soleil était plus vive, plus éblouissante qu'à York.

– C'est magnifique.

– Cela semble te surprendre, commenta Grethel.

Hans revint à sa sœur, ouvrit la bouche mais ne trouva rien à dire, confus.

Depuis toujours, les Sorcières étaient synonymes de malheur, de destruction et de mort. Pas seulement pour lui, mais pour la race humaine toute entière. Elles avaient déclenché la Grande Guerre, s'étaient emparées des rares territoires encore épargnés par la sécheresse et les ouragans, obligeant les

Humains à vivre dans des conditions misérables. Il avait été témoin des horreurs dont elles étaient capables : elles avaient tué ses parents, détruit Beck, réduit York en cendres.

Elles lui avaient arraché Mila.

Et pourtant, cet endroit était le plus paisible dans lequel Hans ne s'était jamais trouvé. Le plus majestueux. Le plus vivifiant. Les lieux lui procuraient un étrange sentiment d'apaisement et de sécurité, s'aperçut-t-il non sans un certain trouble. Il prit soudainement conscience que pas une fois, au cours de leur errance, il n'avait cherché un moyen de fuir. L'idée ne lui avait même pas effleuré l'esprit.

Il croisa les bras sur son torse.

— Pourquoi m'as-tu emmené ici, El ?

— Je voulais te montrer ce qui pourrait être à toi, élucida sa jumelle en souriant.

Elle sonda son regard avec insistance, dans l'attente d'une réaction de sa part, mais Hans se renfrogna. El fit alors un pas en avant et lui tendit sa main ouverte, paume vers le haut. Au même moment, du mouvement en périphérie de son champ de vision attira l'attention de Hans en direction du hall : une demi-douzaine de Sorcières s'amassait à l'étage inférieur, leurs yeux levés sur le balcon où se tenaient les jumeaux, et d'autres arrivaient par des couloirs adjacents. Un mélange de curiosité et d'espoir se lisait sur leurs traits à toutes.

Le doute noua l'estomac de Hans. Lorsqu'il revint à Grethel, il découvrit que le sourire de sa sœur s'était élargi.

— Rejoins-nous, Hansel, clama-t-elle. Rejoins-*moi*.

Sa main était toujours tendue entre eux deux, une invitation à entremêler ses doigts aux siens. Avec un pincement au cœur, Hans se rappela le sentiment de chaleur que lui avait toujours apporté la main de sa jumelle dans la sienne. Comme il se sentait en sécurité avec elle. Chez lui.

Ses doigts le picotèrent comme s'ils voulaient se tendre vers ceux d'El de leur propre chef, mais Hans serra les poings et recula d'un pas.

— C'est pour *ça* que tu m'as enlevé et séquestré une lune durant ? fit-il avec hargne. Tu crois vraiment que je vais me *soumettre* à… *ça* ?

Il engloba la pièce et ses occupantes d'un geste de la main rageur.

— Tu es folle, sœurette, dit-il en regrettant aussitôt l'usage du surnom. Plus que je ne le croyais.

Grethel laissa retomber sa main le long de son corps, mais ne se démonta pas pour autant.

— Tu m'as mal comprise, le contredit-elle. Je ne veux pas faire de toi un vulgaire Soumis — je veux que tu deviennes mon égal.

— Non, répliqua Hans.

— Ta place est ici ! insista sa sœur, de plus en plus véhémente. Ne ressens-tu pas la paix de cet endroit ? Sa familiarité ?

Sa voix s'élevait avec force désormais et résonnait dans toute la tour. Plus d'une vingtaine de Sorcières s'étaient jointes aux premières, sous le balcon ; une étendue de robes blanches diaphanes et d'yeux perçants qui fit frissonner Hans.

— Au fond de toi, souligna Grethel, tu sais que j'ai raison.

— Je ne vois pas de quoi tu parles, grommela Hans.

Il recula encore et heurta un corps. En jetant un coup d'œil par-dessus son épaule, il s'aperçut que d'autres Sorcières s'étaient approchées, celles-là en provenance du même couloir qu'El et lui avaient emprunté plus tôt. Elles étaient trois, et elles lui bloquaient toute retraite. Parmi elles, une silhouette aux courbes familières ; Hans adressa un regard meurtrier à Ebony avant de reporter son attention sur Grethel.

— Sois damnée, gronda-t-il entre ses dents.

En un éclair, il pivota sur ses talons, agrippa la Sorcière la plus près et la propulsa de toutes ses forces par-dessus la rambarde. Une exclamation de surprise échappa à la femme et des cris horrifiés s'élevèrent de l'étage inférieur tandis qu'elle basculait de l'autre côté de la balustrade et chutait dans un tourbillon de tissu vaporeux. Hans bondissait déjà sur sa prochaine victime quand des mains invisibles se refermèrent sur ses bras et ses jambes avant de le projeter dos contre le mur. Il se débattit et hurla de rage, en vain. C'était comme d'être enchaîné par les poignets et les chevilles.

Hans parcourut frénétiquement le balcon du regard. À un pas de là, il découvrit la Sorcière qu'il avait poussée pardessus la balustrade, mystérieusement de retour sur ses pieds, en train de lisser sa robe ; une lueur de frayeur subsistait dans ses yeux et son teint était encore plus pâle que celui de ses congénères, mais autrement, elle allait bien. Ses deux autres comparses s'étaient approchées d'elle de façon protectrice. Quand Hans croisa le regard d'Ebony, une moue coupable déforma ses lèvres pleines et elle ouvrit la bouche. Avant qu'elle n'ait pu émettre un son, toutefois, Grethel marcha vers Hans, une main levée pour réclamer le silence.

— Tu me déçois beaucoup, mon frère, constata-t-elle.

Ses longs cheveux blonds dansèrent autour de son visage tandis qu'elle secouait la tête, ses yeux bleus rivés à ceux de Hans.

— Cesse de m'appeler comme ça, lui ordonna-t-il. Tu *n*'es *pas* ma sœur.

Grethel sembla réfléchir une seconde avant d'acquiescer :

— Tu as raison : je suis plus que cela — je suis ta jumelle, ton autre moitié.

— *MILA* ÉTAIT MON AUTRE MOITIÉ ! tonna Hans.

Sa voix se brisa. Les mots lui firent plus mal que les griffes d'un charognard qui aurait tenté de lui ouvrir la gorge.

Le souvenir de cette horrible nuit à la Maison Rouge surgit dans son esprit. Il revit la silhouette blanche de Grethel, comme son fantôme, au bord de la falaise. Il se revit lever son pistolet, et tirer. Revit comment les balles avaient ricoché à un simple geste de la main de la Sorcière.

Hans siffla entre ses dents serrées :

— *Et tu l'as tuée.*

La ligne de la mâchoire de Grethel se durcit. L'éclat dans ses yeux aussi.

— Mila n'était qu'une Humaine.

— Je *suis* Humain, riposta Hans.

El soutint son regard sans ciller.

— Je *suis* Humain, réitéra-t-il.

Grethel le toisa de haut en bas sans rien dire, puis franchit d'un pas léger la distance qui les séparait encore. Elle se pencha en avant, jusqu'à ce que leurs nez se touchent pratiquement.

— Tu es Humain, approuva-t-elle tout bas. Mais tu es aussi *bien plus que cela*. Et tu l'as toujours su.

Hans déglutit. Le silence était si lourd autour d'eux qu'il le sentait peser sur ses épaules, sur sa poitrine, et lui couper le souffle. Il pouvait entendre son cœur qui battait à tout rompre dans ses tympans.

— Dis-le, Hansel, chuchota Grethel.

Mais Hans resta muet.

— *Dis-le !* lui cria sa sœur.

Rien.

Grethel soupira, s'écarta de quelques pas. Ses yeux bleus étaient comme deux lames dans les siens.

— Bien, décréta-t-elle. Dans ce cas, je le ferai.

Alors seulement, Hans ouvrit la bouche pour protester, mais il était trop tard ; Grethel le devança :

— Tu es une Sorcière, Hans. Tout comme moi.

— Je ne suis pas comme toi, se hérissa Hans. Je *ne* suis *pas* comme toi !

Grethel se tourna vers ses trois semblables, qui se tenaient immobiles un peu plus loin.

— Ramenez-le à ses appartements.

Les femmes l'encadrèrent ; le sortilège qui entravait les membres de Hans s'envola à l'instant où elles posèrent leurs mains sur lui. Il bondit en avant ; Ebony plaqua ses mains sur ses épaules.

— *Ne me touche pas !* lui cracha-t-il au visage.

Mais elle l'ignora. Ses comparses et elle lui tordirent les bras derrière le dos et l'entraînèrent en direction du couloir le plus près.

Hans se cambra, chercha la forme de sa sœur par-dessus son épaule. Grethel avait tourné les talons et s'éloignait, ses cheveux se balançant au creux de ses reins, la pierre blanche perchée au sommet de son crâne parmi un enchevêtrement de minuscules vignes.

Le pendentif de Hans pesa sur sa poitrine.

— Je ne ferai jamais partie des vôtres, et je ne serai jamais comme toi ! jura Hans dans un rugissement. Tu m'entends, Grethel ? JAMAIS !

Blottis l'un contre l'autre dans un coin de la maisonnette, Hansel et Grethel n'osaient bouger le petit doigt. La propriétaire des lieux se tenait à quelques pas de là, penchée au-dessus du grand fourneau que les jumeaux avaient aperçu en entrant. Elle leur tournait le dos, avec ses longs cheveux flamboyant qui cascadaient tout autour de sa silhouette.

Grethel pressa fortement la main de son frère.

— Je veux rentrer à la maison, gémit-elle tout bas.

Hansel serra sa main en retour.

— Ca va aller. Je vais nous sortir de là.

— Silence ! s'écria tout à coup la femme aux cheveux roux.

Hansel se crispa, et sa sœur se pelotonna contre lui. Il pouvait sentir les tremblements qui l'agitaient, alors que lui-même peinait à réprimer des frissons de terreur. Mais il était l'aîné et se devait d'être fort pour Grethel. D'autant plus que tout ce qui était en train de se produire était de sa faute.

Il regrettait tant de s'être approché de cette maison et d'y avoir suivi la femme aux cheveux roux ! Elle avait pourtant eu l'air gentille, au premier abord — jusqu'à ce qu'elle révèle ses dents pointues. Puis, avant que les jumeaux n'aient eu le temps de réagir, elle avait verrouillé la porte derrière eux. Hansel et Grethel étaient désormais prisonniers de cette étrange maisonnette de pain d'épices et de sucreries, et aucun d'eux ne savait ce qui les attendait.

Sans doute rien de bon.

Après leur avoir jeté un regard menaçant, la femme retourna à son fourneau, dont elle ouvrit la porte — presque aussi large que le bras de Hansel était long — et, passant rapidement sa main devant l'ouverture, elle chuchota une suite de mots inintelligibles. L'instant qui suivit, un craquement retentit et des langues de feu se déroulèrent en crépitant à l'intérieur du four.

Hansel blêmit. Malgré la chaleur de la pièce, qui s'accentuait déjà sous l'effet du feu allumé par leur geôlière, une sensation de froid glacé déferla dans ses veines. Un mot terrifiant, qu'il avait seulement entendu dans la bouche des conteuses du village, surgit dans ses pensées : Sorcière.

Des Sorcières, des êtres d'apparence humaine, mais qui possédaient des pouvoirs extrêmement puissants et dangereux. La dernière fois que Hans en avait entendu parler, il vivait encore au Creux-des-Deux-Monts, un village plus à l'ouest, avec sa famille. Un garçon de l'âge de Hansel et Grethel avait disparu, et les gens avaient commencé à murmurer le mot *Sorcières*, leurs yeux emplis d'effroi.

C'était à ce moment que les parents des jumeaux avaient décidé de quitter la région pour venir s'installer à Beck, beaucoup plus à l'est du Continent.

Hansel revint brutalement au présent lorsqu'il prit conscience que la femme aux cheveux roux — la *Sorcière* — venait vers Grethel et lui.

Le frère et la sœur se recroquevillèrent, mais ils n'avaient nulle part où se cacher.

— Toi…, commença la Sorcière à l'intention de Hansel.

D'un geste vif, elle attrapa une sucette colorée, qui poussait entre les lattes du plancher comme une mauvaise herbe, et la lui tendit.

— Mange.

Hansel fixa la friandise ; aussitôt, son estomac émit un gargouillis, et l'eau lui vint à la bouche. Il mit une seconde à s'apercevoir que ses doigts s'étiraient vers la sucette, comme dotés d'une volonté propre. Il ramena promptement son poing contre lui et secoua la tête.

La Sorcière arrondit les sourcils.

— Non ? s'enquit-elle. Tu en es sûr ?

Hansel aurait voulu le lui confirmer, mais il n'arriva ni à acquiescer du menton, ni à prononcer le moindre mot. Au contraire, l'incertitude l'envahit. Tandis qu'il fixait la sucette que brandissait toujours la Sorcière sous son nez, il n'eut qu'une envie : s'en emparer et la dévorer. L'idée lui tordit l'estomac. Une faim comme il n'en avait jamais connue s'empara de lui.

Il attrapa la friandise sans résister plus longtemps et la fourra dans sa bouche.

— Bien, sourit la Sorcière.

Même la vue de ses dents pointues ne parvint pas à couper l'appétit de Hansel.

Pendant que ce dernier engloutissait sa collation, la Sorcière retourna à son fourneau et se pencha sur le feu qui y brûlait. Sa voix s'éleva alors dans une sorte de chant lancinant. Sous le regard ahuri de Hansel, les flammes changèrent de couleur, passant du rouge le plus vif à un jaune éclatant, puis d'un vert clair à un bleu violacé. Il fut tiré de sa contemplation par Grethel, qui tira sur la manche de sa tunique. Sa sœur posa des yeux brillants de larmes sur lui.

— Je veux sortir d'ici, supplia-t-elle imperceptiblement. Je t'en prie, Hans !

Ses mots semblèrent faire tomber une chape de plomb sur les épaules de Hansel. Sa main fouilla instinctivement la poche de son pantalon, et ses doigts trouvèrent la pierre blanche qu'il y avait enfouie. Il se rappela le dernier vœu de son père, juste avant que Grethel et lui ne quittent la maison : *Protège ta sœur.* Sa gorge se serra, à la fois de peine à l'idée de ne jamais revoir son père, et de peur à la possibilité de le décevoir. Il déglutit et pressa la main de Grethel dans la sienne.

Il jeta un œil prudent en direction de la Sorcière ; celle-ci psalmodiait toujours devant son four, ses mains aux longs ongles comme des griffes dansant devant l'ouverture. Les flammes ondulaient de gauche et de droite dans la fournaise, comme si elles suivaient quelques mystérieuses directives.

Hans retira de sa bouche le bâtonnet, au bout duquel ne subsistait qu'un minuscule morceau de sucette fondue, et le jeta plus loin. Avant même d'avoir compris ce qui lui prenait, toutefois, il arracha une tige de réglisse du sol et la jeta au fond de son gosier. C'était si bon — et plus fort que lui ! Il tendait la main vers une nouvelle sucette quand Grethel l'interrompit d'une pincette à l'intérieur du bras. Sous son regard insistant, Hansel se reprit. D'un petit geste du menton, il désigna la Sorcière, puis son fourneau. Grethel acquiesça vigoureusement de la tête.

Aussi silencieusement que possible, les jumeaux se remirent sur leurs pieds. Concentrée sur ses incantations, la Sorcière ne les remarqua pas qui s'approchaient. Alors, retenant leur souffle, Hansel et Grethel levèrent leurs mains, quand la Sorcière fit brusquement volte-face.

— Que… ?

Une force invisible propulsa le frère et la sœur de l'autre côté de la pièce, où ils s'effondrèrent au pied du mur.

— Vous pensiez pouvoir vous débarrasser de moi aussi facilement ? rugit la Sorcière entre ses crocs comme des rasoirs. Sales petits vauriens !

Elle tendit une main en direction des jumeaux, puis referma son poing avant de le ramener contre sa poitrine. Ce faisant, Hansel sentit comme des doigts s'enrouler autour de sa cheville et le tirer vers la Sorcière.

— Hans ! s'écria Grethel en tentant de le retenir.

— El !

Mais la magie de leur geôlière était trop puissante. Hansel hurla, griffa le plancher dans le vain espoir de freiner sa course. La poigne invisible relâcha soudain sa cheville pour se refermer sur son cou et le forcer à se remettre debout, face à la Sorcière. Celle-ci planta son regard effervescent dans celui de Hansel, un sourire haineux déformant ses lèvres minces. De près, ses dents pointues étaient encore plus terrifiantes.

Un sanglot échappa à Hansel.

— Vermine, persifla la Sorcière.

D'un mouvement du poignet, elle fit pivoter son prisonnier, qui se retrouva ainsi face au gigantesque fourneau et aux flammes multicolores qui ondoyaient.

— Non ! protesta la voix larmoyante de Grethel. Hansel !

Hansel fit mine de se débattre ; la magie de la Sorcière le poussa alors brutalement en avant, en plein vers la gueule béante du fourneau. Il sentit la chaleur du brasier sur son visage, sur ses épaules. Un hurlement jaillit de sa gorge alors qu'une odeur de brûlé lui emplissait les narines. Ses sourcils roussirent. Une douleur vive, déchirante, dévora le côté droit de son visage et lécha son crâne. Il plaqua ses mains de chaque côté de l'ouverture du four ; il sentit ses paumes fondre, mais perçut à peine la douleur.

— HANSEL !

Il fut tiré en arrière. La canicule des flammes laissa place à une sensation de fraîcheur — ce fut encore pire. Des milliers d'aiguilles semblèrent s'enfoncer dans ses chairs à vif, et Hansel roula sur lui-même, se tordit de souffrance. Sa bouche était ouverte, mais le cri qui en sortait peinait à percer le martèlement de son sang à ses tempes, des crépitements de ses cheveux en train de brûler, de sa peau en train de cuir. Ce fut finalement l'épuisement qui le laissa immobile, pantelant et gémissant, au sol.

Le monde tournoyait. Il avait le cœur au bord des lèvres, mais pas la force de vomir. Ni celle de pleurer. Ni même celle de se laisser aller à l'inconscience.

Une voix doucereuse lui parvint :

— Quelle surprise… Mais qu'avons-nous là ?

Hansel mit un instant à reconnaître la voix de la Sorcière. Elle n'avait plus rien de grinçant, comme c'était le cas une minute plus tôt. Au contraire, elle avait retrouvé la gentillesse veloutée qui l'habitait lorsque sa propriétaire avait trouvé Hansel et Grethel à l'extérieur de sa maison.

Un frisson incontrôlable s'empara de Hansel.

— Laissez-nous partir.

Grethel.

Hansel fut pris d'un pincement au cœur ; il avait juré à leur père de la protéger, et il était en train d'échouer. Il sentit la pierre blanche dans la poche de son pantalon, lourde, insistante. Ignorant les explosions de douleur dans ses mains, il se redressa et tourna la tête à la recherche de sa jumelle.

Ce qu'il découvrit lui arracha un hoquet de surprise et d'incompréhension : non loin de là, la Sorcière se tenait sans bouger, rigide, les bras le long du corps. Hansel pensa d'abord que Grethel avait trouvé de quoi la ligoter, jusqu'à ce qu'il aperçoive sa sœur, un bras tendu vers la Sorcière, son poing bien serré dans le vide.

Hansel se rappela comment la Sorcière avait exécuté ce même mouvement, plus tôt, et comment des doigts invisibles s'étaient refermés autour de sa cheville. Sa bouche s'ouvrit, se referma, sans trouver les mots à prononcer, la question à formuler.

— El ? couina-t-il enfin.

Le son qui se fraya un chemin entre ses lèvres tenait davantage du croassement, mais sa jumelle reporta tout de même son attention sur lui. Ses yeux bleus brillaient de terreur.

— Qu'est-ce qui se passe, Hans ? lui demanda-t-elle d'une voix tremblante. Qu'est-ce qui m'arrive ?

Ce fut la Sorcière qui parla la première :

— Il semblerait que les apparences soient trompeuses...

Elle marqua une pause et fit alterner son regard perçant entre les jumeaux.

— Vos traits me sont familiers — quel est le nom de votre mère ?

Silence.

— Répondez ! gronda la Sorcière.

Le menton de Grethel tremblota.

— El, non ! la retint Hansel.

— Nyna, révéla Grethel. Elle s'appelle Nyna.

Hansel retint son souffle. Il ignorait pourquoi, mais l'idée que la Sorcière connaisse le nom de leur mère le remplissait d'effroi. Comme s'il s'était agi d'un secret. D'un secret dangereux.

La Sorcière confirma son intuition en esquissant un sourire carnassier.

— Nyna, répéta-t-elle. Bien sûr, j'aurais dû m'en douter — vous avez ses yeux.

— Vous la connaissez ? s'exclama Grethel.

Son poing, toujours tendu devant elle, se desserra légèrement. Hansel vit les épaules de la Sorcière se dénouer, et sa posture se relâcha subrepticement. Il tenta de se redresser sur une jambe, mais ses genoux le lâchèrent et il s'écroula de nouveau à terre avec un gémissement. Ses mains lui faisaient mal. Toute la moitié droite de son crâne pulsait au rythme effréné de son cœur et une odeur métallique lui piquait les narines. Pendant un instant, la douleur jeta un voile noir devant ses yeux et un bourdonnement sourd emplit ses oreilles.

Lorsqu'il revint à lui, il était allongé sur le flanc. De l'autre côté de la pièce, la Sorcière s'était rapprochée de Grethel, sa main ouverte levée vers elle. La peur retourna l'estomac de Hans.

— El, voulut-il la prévenir, la voix rauque.

— Vous pouvez vraiment me ramener à la maison ? s'enquit Grethel, qui n'avait visiblement pas entendu l'appel de son frère.

— Bien entendu, lui promit la Sorcière.

Grethel hésita.

— Mes parents, ils y seront, eux aussi ?

— J'ai bien peur que non, ma chère, soupira la Sorcière. Car vois-tu, si tu es encore ici, c'est que tes parents t'ont abandonnée.

Hansel ouvrit des yeux ronds de stupeur à ces mots : c'était un mensonge ! Leurs parents ne les avaient pas abandonnés, Grethel et lui ! S'ils leur avaient demandé de fuir, c'était pour les protéger — c'était ce que son père avait assuré à Hansel. Fuir. Suivre les pierres blanches. Mettre sa sœur en sécurité.

— El, non ! s'interposa-t-il en se redressant péniblement sur ses genoux. Ne l'écoute pas ; papa et maman vont venir nous retrouver, ils ont promis !

La Sorcière tourna la tête dans sa direction et le foudroya du regard. Avant qu'elle n'ait ajouté quoi que ce soit, cependant, Grethel prit la parole :

— Dans ce cas, où sont-ils, Hans ?

Ce dernier déglutit, surpris par le ton accusateur de sa jumelle.

— Ils vont venir, répéta-t-il. Il faut simplement suivre…

— … les pierres blanches ? compléta Grethel.

Sur ces mots, elle extirpa un petit caillou blanc d'une poche de son pantalon.

— Il n'y a plus de pierres blanches, Hansel, lui fit-elle tristement remarquer. Tu les as perdues.

Hansel s'apprêtait à la contredire lorsqu'il s'aperçut qu'elle avait raison. Il avait fait de son mieux pour suivre les indications laissées par leur père, mais avait tout de même échoué. À un moment, il avait perdu de vue les pierres. Une chose menant à une autre, il s'était égaré, et sa sœur avec lui.

— Alors, reprit Grethel, comment papa et maman pourront-ils nous retrouver ?

— Je…, bafouilla Hansel.

Il se tut, incapable de trouver les mots.

Sa sœur lui adressa un dernier regard mêlé de peur et d'abattement. Puis, elle joignit sa main à celle que lui tendait la Sorcière.

— El…, s'étouffa Hansel sans comprendre.

Elle ouvrit la bouche, mais la Sorcière la devança :

— Tu as fait le bon choix, petite.

Sur quoi elle tourna les talons et se précipita vers la sortie en entraînant Grethel derrière elle. Cette dernière écarquilla les yeux, confuse.

— Mais, Hansel ! plaida-t-elle.

— Lui aussi a pris sa décision, riposta sombrement la Sorcière. Il ne vient pas avec nous.

— *Non !* s'insurgèrent les jumeaux d'une même voix.

Hansel bondit sur ses pieds. Il fit mine de se jeter aux trousses de sa sœur, mais une vague de souffrance embrouilla sa vision et le fit trébucher.

— Hans ! l'appela Grethel. Hans !

— El ! répondit-il en tendant une main en direction de sa sœur.

Comme la Sorcière atteignait la sortie et en faisait sauter le verrou d'un geste de la main, les doigts de Hansel effleurèrent ceux de sa jumelle.

Au même moment, une violente bourrasque jaillie de nulle part projeta Hansel contre le mur opposé, presque cinq mètres plus loin.

— *Hansel !*

Une explosion de crépitements et de craquements couvrit le cri de Grethel. Étendu à terre, sonné, Hansel prit conscience d'un souffle chaud sur son visage. Il battit des paupières, pour les refermer aussitôt lorsqu'un éclat vert vif lui fit monter les larmes aux yeux.

— Grethel, fit-il faiblement.

L'air lui piqua la gorge. Il prit appui sur le mur tout près pour se redresser en position assise et, une main en écran devant son visage, il s'efforça d'ouvrir les yeux.

Il découvrit avec effroi qu'un mur de flammes vertes se dressait devant lui.

Un cri silencieux monta dans la gorge de Hansel. Il balaya frénétiquement l'intérieur de la maisonnette du regard, de gauche à droite, du sol au plafond. L'énorme fourneau vomissait des langues de feu qui s'étiraient dans toutes les directions. Déjà, le mur le plus près était noirci et une fumée nauséabonde emplissait les lieux.

Un craquement obligea Hansel à lever les yeux — quand un pan complet du plafond s'effondra. Une pluie de débris s'abattit sur lui. Des braises incandescentes percèrent sa tunique et s'attaquèrent à sa peau. Une fumée noire s'infiltra dans ses narines et lui brûla les poumons. Des friandises en flammes collèrent à ses cheveux, à ses mains.

Hansel hurla, hurla.

— *Grethel !*

Dans la distance, il lui sembla percevoir la voix de sa sœur qui appelait son nom.

Tout autour, les flammes continuaient de mugir, les fondations de la maison craquaient et gémissaient. Une odeur écœurante prit Hansel à la gorge : celle de la cendre, de sa propre chair en train de cuir.

Et celle, plus doucereuse, du sucre fondu.

Hansel se recroquevilla sur lui-même, pris au piège, et observa, impuissant, les flammes qui se refermaient autour de lui.

— Grethel ! appela-t-il une dernière fois. *GRETHEL !*

FIN DU LIVRE I

ÉDITIONS

www.ada-inc.com
info@ada-inc.com

www.facebook.com/EditionsAdA

www.twitter.com/EditionsAdA